KB260227

손영목 전작소설

거제도

1 폭풍

동서문화사

인간이란 실로 더러운 강물일 뿐이다. 인간이 스스로를 더럽히지 않고
이 강물을 삼켜 버리려면 모름지기 바다가 되지 않으면 안 된다.

손영목 전작소설
거제도
차례

주요인물

　최윤학 : 서울 출신 의용군 포로. 일찍이 '사회주의 낙원 건설'이라는 이상에 심취했던 인텔리 청년. 포로수용소의 극한 상황, 인간이기를 포기해야 하는 치욕스런 현실에 직면하자 이데올로기에 대한 회의로 자기 정체성을 상실하고는 끊임없이 고뇌하고 절망한다.

　윤석규 : 평안도 출신 인민군포로. 집안을 몰락시킨 공산당에 대한 증오심이 깊다. 적색 수용소에 있다가 성분 노출로 위기에 직면 죽음 직전에 극적으로 탈출에 성공한다. 그 뒤 공산포로와 대결에 열혈분자로 앞장서서 점점 포악한 짐승의 시간 속으로 빠져간다.

　박사현 : 하바롭스크대학 출신, 소련군 제25사단 참모장교 겸 통역관으로 1945년 8월 북한에 들어와 공산정권 수립에 관여한 소련파 노동당 부위원장. '하전사 전문일'로 위장, 수용소에 들어와 폭동을 배후에서 총지휘한다. 뛰어난 마르크스 레닌 이론 책략가.

　임덕현 : 북한에서 내려와 피란민사회를 발판삼아 출세한 인물. 생활력이 강하고 이재에 밝아 단기간에 큰 재산을 모은다. 이익을 위해서는 물불 가리지 않고 인정사정이 없지만, 한낱 유희의 대상으로 추구하던 여자에게서 진정한 사랑을 발견하고 삶이 바뀐다.

　옥치조 : 포로수용소 인근마을 이장. 시대상황으로 인해 자신의 가정이 파국으로 치닫는데도 속수무책인 무기력한 가장. 17만 6천명 포로수용소 설치와 피란민 집단 이입으로 극심한 전쟁 문화충격을 피할 수 없게 된 거제도 토착원주민들의 상징적인 인물.

조양숙 : 서울 출신 의용군 빼어난 용모의 여자포로. 공산당 비밀조직원으로 공작의 대상인 윤석규를 육체로 유혹하라는 지령을 받고 접근하지만 점점 피할 수 없는 운명적 사랑에 빠져들어간다.

옥상은 : 치조의 딸. 청순한 섬마을 처녀. 생계가 막막해진 가족을 위해 직업전선에 나섰다가 임덕현을 만나 유혹당하나 점점 성에 눈을 떠가며 한 난숙한 여자로 다시 태어나 현실에 순응해 나간다.

진상용 : 빨치산 출신 의용군포로. 하전사급 상사에 불과하나, 잔혹성과 카리스마로 포로집단을 좌지우지하는 극악한 공포의 인물. 하지만 최윤학에 대해서만은 인간적 애정과 신뢰를 보인다.

이학구 : 북한군 총좌. 제13사단 참모장. 사단장에게 권총을 쏘고 미국군에 투항했다. 공산군포로 중의 최고위 상위계급자로서 공산포로대표로 행세하나, 사실은 박사현에게 절대 지휘를 받는다.

프란시스 돗드 : 제12대 포로수용소장. 웨스트포인트 출신 유능한 장군. 포로관리에 압박아닌 휴머니즘적 접근을 하다 간계에 빠져 세계전사 유례 없는 포로수용소 소장이 포로들의 포로가 되고만다.

김병수 : 경기도 평강 출신 민간인 포로. 피란길에 어린 아들과 함께 유엔군에 억류. 겁이 많고 소심하다. 친공 반공 갈등 끝에 아들의 장래를 위해 이북 고향에 돌아가지 않고 남쪽에 남는다.

이옥례 : 옥치조의 아내. 단순하면서도 정신병리적 성격. 포로수용소 설치로 생계가 달린 보리밭이 망가지고 불구가 돼 돌아온 아들. 그 충격으로 실성하고 만다. 전장의 한 비극적 여인상.

폭풍과 보리

1

파도는 거대한 짐승의 무리처럼 허연 이빨을 세워 끊임없이 달려와 벼랑을 물어뜯었다. 칠흑 같은 어둠 속에 폭풍은 아우성치며 온 바다 위를 쓸어 내닫고, 암벽에 부딪쳐 솟구치는 거센 바람을 타고 높이 튀어오른 물보라가 빗발처럼 산지사방 흩날렸다. 바위섬의 나무와 풀은 부러지거나 뽑히지 않으려고 비명을 지르며 결사적으로 버티었다.

기암괴석이 우뚝우뚝 선 거제 해금강 벼랑 한 모퉁이, 받침대 모양으로 높다랗게 솟은 바윗덩이의 칼로 자른 듯 판판한 상단에는 돌짬에 깊이 뿌리를 내린 소나무 한 그루가 서 있었다.

나이를 헤아릴 수 없이 늙은 그 나무를, 사람들은 천년송(千年松)이라 불렀다. 구부러지고 비비꼬인 절묘한 모양이 학을 닮은 이 나무는, 까마득한 세월 동안 넓고 푸른 남해바다를 굽어보며 대자연의 기나긴 역사를 묵묵히 읽어왔다. 시간의 흐름이나 계절의 변화에 아랑곳없이, 사나운 바닷바람과 혹독한 눈비에 시달리면서도 의연한 자태로 언제나 그 자리를 지켰다.

그러나 그 겨울날 밤, 소나무는 광풍에 가지 하나를 무참히 꺾이고 말았다. 아득한 세월을 이어오면서 처음 경험하는 모진 아픔이었다. 꺾인 가지는 바람에 실려 멀리 날아가 바다에 떨어졌다. 큰 상처를 입은 나무는 그래도 바위틈에 깊이 박힌 단단한 뿌리로 힘껏 버티며 줄기차게 바람과 싸웠다.

밤새도록 포효하며 사위를 마구 휘젓던 바람은 새벽녘으로 접어 들 무렵에야 시부저기 기세를 거두었다. 바다는 마구 할퀴고 물어 뜯다가 끝내 지쳐서 엎드린 짐승이 숨을 거세게 몰아쉬듯 출렁이면 서도 어지간히 평온을 되찾아 날이 새기를 기다렸다.

광포한 밤은 그렇게 지나갔다.

1951년 2월 초순의 아침이 밝아왔다.

구름이 해를 가렸다 틔웠다 하고 겨울의 끝자락 바람이 쌀쌀한 날씨는 스산하기 그지없었다.

알파벳 소문자 y처럼 생긴 거제도의 북쪽 해안 중간을 깊숙이 파 고 들어간 고현만 앞바다에 미국해군 수송함선 LST 한 척이 출현한 것은 그날 오전 10시쯤이었다.

"와! 저기이 뭐꼬?"

"군함은 군함인 것 같은데, 생긴 기 우째 요상하네."

"그런데, 군함이 가왁중에 여기는 뭐하러 들어올꼬?"

"포로수용소하고 관계가 있는갑지, 뭐."

"포로수용소? 아니, 그기이 무신 소리요?"

"이 사람 보게. 일본 갔다 왔는갑네, 소식이 절벽인 거를 보니. 여기다 포로수용소 짓는다는 말 몬 들었나?"

인근 마을 주민들은 날씨가 쌀쌀한데도 불구하고 삼삼오오 밖에 나와 서서 불안감 섞인 호기심으로 군함을 바라보며 쑤군거리고 있 었다.

한국현대사에서 가장 큰 사건을 꼽는다면 말할 나위 없이 1950년 6월 25일에 일어난 남과 북의 전쟁이었다. 민족 내전 양상으로 시 작된 그 전쟁은 민주주의와 공산주의 이념경쟁의 시험무대 성격을 띠면서 걷잡을 수 없이 국제전으로 확대되었다. 세계의 모든 열강이 한반도로 모여들었고, 전국토를 싸움터로 해서 벌어진 전투는 격렬하고 처절하며 잔인하기가 극에 달했다.

그 한국전쟁 제1막은 북한군의 기습적인 38선 돌파 남진이었고, 2막은 유엔군의 38선 돌파 북진이었다. 3막은 벌떼처럼 압록강과 두만강을 건너 몰려온 중공군 참전, 그리고 세계전사에도 유례가 없는 거제도 17만 포로전쟁은 마지막 제4막이었다.

맥아더의 인천상륙작전 성공으로 파죽지세 북진을 거듭해 압록강변과 백두산 자락까지 이르렀던 한국군과 유엔군은 중공군의 인해전술 때문에 경기 오산지역까지 되밀렸다가 겨우 전열을 가다듬어 반격전을 전개했다. 두 번째로 서울을 포기한 채 임시수도 부산으로 황급히 내려간 정부가 겨우 한숨 돌리고 있을 때, 한반도 동남단 거제도에서는 한국전쟁 비극의 종반이 바야흐로 시작되고 있었다.

사실 공산군포로 관리는 전선에서 벌어지는 치열한 공방전 못지않게 한국군과 유엔군에게는 엄청난 부담이었다. 전쟁 발발 3개월만에 부산함락을 눈앞에 두고 낙동강으로 진격하던 북한군은 9월 15일 인천상륙작전으로 허리를 잘리는 결정타를 맞아 전의를 잃고 북으로 패주할 수밖에 없었다. 맹추격하는 한국군과 유엔군에게 북한군은 대규모로 나포되거나 투항해 왔다. 8월 말에 불과 2000명이던 포로가 2개월 후에는 무려 12만 명에 육박할 정도로 급증했다. 그 숫자는 전선이 북상함에 따라 마구 불어났다. 그에 따라 유엔군 총사령부는 포로의 수용과 관리에 여간 골치를 앓는 게 아니었다.

포로관리를 책임진 미국육군 제8군은 부산수용소를 대폭 확장하거나 증설했다. 하지만, 중공군의 대공세로 전선이 점점 남쪽으로 조여오자 평양과 인천 또는 대구 등지에 운영하던 임시수용소 포로까지 갑자기 한꺼번에 몰려 내려오는 바람에 비상이 걸리고 말았다. 가뜩이나 부산은 피란민만으로도 포화상태여서 수용시설을 증설할 공간이 아예 없었고, 대도시 변두리에 그런 대규모 불온시설을 두는 것 자체가 다분히 위험한 도박이었다. 더구나 결코 희망적 속단을 할 수 없는 전선의 암담한 상황도 포로집단의 잠재폭발력에 대한 우려를 가중시키는 데 한 몫을 했다.

그 골치아픈 현안과제를 놓고 고민을 거듭하던 미국 제8군이 유엔군총사령부와 협의해 내린 결론은 전선에서 더 멀고 수용관리가 용이한 곳에 수용소를 신설해 몽땅 이송한다는 것이었다. 그런 원칙 아래 심지어 미국 본토까지 포함한 몇 군데 후보지를 다각도로 검토한 끝에 일차적으로 낙점한 곳이 제주도였다. 그런데 그것이 막판에 갑자기 거제도로 바뀌고 말았다.

제주도가 배제된 이유는 이미 피란민으로 초만원 상태에다 생활용수가 넉넉지 못하고, 오랫동안 공산주의 빨치산 세력이 강했던 불온지역이기 때문이었다. 그러나 가장 큰 이유는, 임시수도 부산의 한국정부가 최악의 경우 이 섬으로 이전할 가능성이 있다는 것이었다. 그래서 방향을 바꾼 미국은 그 대체지로 거제도를 선택했다.

거제도는 최소 인력과 비용으로 포로를 효율적으로 관리할 수 있고, 강우량이 풍부할 뿐 아니라 삼림이 울창하고 하천이 발달해 생활용수 확보가 용이했다. 또한, 부산으로부터 이동거리가 짧고, 부득이 식량을 자급자족해야 할 경우에 필요한 경작지 확보가 가능하도록 섬이 크다는 이점이 있었다.

어쨌든 미국 제8군이나 유엔군총사령부로서는 나름의 최선책이었을지 몰라도 상대 당사자로서 그 흙에 세세대대 뿌리박고 살아온 거제사람들, 특히 포로수용소 부지로 농토와 임야를 징발당할 처지가 된 당시의 일운면 고현리와 근처 몇몇 마을 주민들에게는 그야말로 마른하늘의 날벼락이 아닐 수 없었다.

그렇지만 전쟁이 일어난 지 8개월이 지난 그날 문제의 함선이 출현하기까지 그런 사정을 제대로 아는 사람은 얼마 안되었다. 갑자기 미국군 소수인원이 몇 차례 불쑥 찾아와 고현 일대의 지형을 둘러보거나 측량하고 돌아갈 때, 그곳 면출장소나 경찰지서 주변에 포로수용소에 관한 이야기가 수근수근 돌기 시작했다. 하지만 당장 구체적 움직임이나 변화로 이어진 것도 아니었기에 그 정보를 접한 사람들도 긴가민가했다. 그러던 중에 그날 갑자기 문제의 함선이 출현했던 것이다.

짙푸른 빛깔의 거대한 선체를 과시하듯 천천히 고현만 안쪽으로 깊숙이 들어온 LST함은 이윽고 장평리 해안까지 바짝 다가서서 항진을 멈추었다.

주민들은 난생 처음 가까이에서 보는 군함의 위용에 압도당하는 한편, 혹시 기관고장으로 운항통제가 불가능해져 떠밀려와 좌초사고를 일으킨 것이 아닌가 싶어 은근히 불안하기까지 했다. 비정상적인 경우가 아니고는 그런 대형선박이 경사가 완만한 얕은 바닷가까지 깊숙이 들어올 수가 없다고 생각되었기 때문이었다.

주민들이 호기심 반 우려 반으로 웅성거리는 동안, LST함은 뭉툭한 입을 쩍 벌리고 하역작업에 들어갔다.

이물의 바우도어가 열리고 발판이 물가에 걸쳐지자, 맨 먼저 빠져나온 것은 지프와 스리쿼터 같은 중량이 가벼운 차량들과 한 무리의 장병들이었다.

장병들은 거의 다 후리후리하고 체격이 좋은 서양인이지만, 개중에는 작달막하고 후줄근한 모습의 한국군도 일부 섞여 있었다. 그들은 본격 하역작업에 대비한 사전 안전점검을 하거나 낯선 주위

풍경을 휘휘 둘러보았다. 그중 몇몇 미국군 병사들은 먼발치에서 구경하는 주민들을 향해 히죽거리며 어릿광대 같은 수작을 붙이기도 했다.

뒤이어 불도저·포크레인·덤프트럭 따위 건설공사용 중장비들이 둔중한 엔진소리를 내며 꼬리를 물어 조심스럽게 빠져나오고, 다음에는 화물수송용 트럭들이 개미행렬처럼 램프를 통과해 들락날락하면서 포장되거나 노출된 상태 그대로의 각종 물품들을 실어내었다.

병사들은 해변에 부려진 다량의 장비와 화물을 지휘장교의 지시와 호령에 따라 정리점검하는 한편, 바닷가 기스락에 대형 야전천막 십여 동을 뚝딱 세우고 취사시설까지 설치했다. 분명 장기주둔에 대비한 움직임이었다.

"와아, 저 엄청난 물자 좀 보소. 저렇게 때리신고도 배가 안 가라앉은 기 희한하닥하이."

"참말로! 그나저나 포로수용소를 얼매나 크게 지을락하는고."

"전장에서 지금꺼정 잡아다 부산에 가둬놓은 포로 숫자가 엄청난 모양이던데, 그거를 몽땅 옮기온다 치고 상상해 보라모."

"피란민들만 해도 넘쳐나는데, 포로꺼정 끌어다 보태몬 거제사람은 우짜란 말고."

"니기미! 와 하필이몬 우리 동네가. 들판에 시퍼렇게 자란 보리를 우찌하락고."

"보리가 문젠가. 앞으로는 벼농사도 다 지어묵었거마는. 세상 이런 날벼락이 어딨노. 아이고, 억장이야!"

웅성웅성 걱정과 불만을 쏟아놓으며 탄식하던 주민들은 장병들이 점심식사를 시작할 즈음 제풀에 물려 한 사람 두 사람 떨어져 나가 모두 집으로 돌아갔다.

그래도 여전히 남아 기웃기웃 쫄랑쫄랑 구경에 여념이 없는 것은 호기심 많고 세상모르는 코흘리개 조무래기들이었다.

몇몇 미국군 병사들이 먹다 남긴 C-레이션 부스러기나 껌 따위를 던져주자, 아이들은 처음에는 겁 많은 짐승처럼 주뼛주뼛 다가가 그것을 냉큼 주워 달음질쳤다. 그런 일이 몇 번 반복되자, 군인들이 악의가 없다고 판단한 아이들은 훨씬 대담해져 조금 더 가까이 다가가게 되었다.

그러다 어느 순간, 흑인병사 하나가 갑자기 버럭 소리를 질렀다. 그 바람에 혼비백산한 아이들은 다람쥐처럼 뿔뿔이 도망치고, 병사는 하얀 이를 얼굴 가득 드러내며 파안대소를 하였다.

이윽고 점심식사와 휴식이 끝나자, 장병들은 을씨년스러운 날씨에도 아랑곳없이 본격적인 공사작업에 들어갔다.

일운면 상동리 이장 옥치조가 그 사실을 알게 된 것은 바로 그날 점심때가 약간 지나서였다. 옆집 아낙이 마침 볼일이 있어 친정에 갔다가 돌아오는 길에 고현리를 지나면서 직접 목격하고는 그 생생한 소식을 가져와 전해 주었다.

그도 최근에 면출장소에 드나들면서 포로수용소 설치에 관한 이야기를 어렴풋이 주워듣기는 했지만 그것이 과연 실현성 있는지, 해당 토지 징발이 어디서부터 어디까지인지 정확히 알 방법이 없었고, 출장소 직원한테 물어봐도 그들 역시 자세한 내용에 어둡기는 매일반이었다. 그런데, 이제 그 소문이 기어이 현실로 불거진 것이다.

10만 명이 훨씬 넘는다는 그 포로집단이 들어갈 수용소를 짓는다면 고현에서 이어지는 이쪽 들녘도, 자기네 논도 무사하지 못할지 모른다고 생각하자, 머리 위로 갑자기 시커먼 먹구름이 몰려오는 느낌이었다.

그는 마음이 조급해져 서둘러 외출채비를 했다. 고현에 내려가서 사정을 직접 알아봐야 할 것 같아서였다.

방을 나서다가, 마침 밖에서 돌아오던 아내 이옥례와 마주쳤다.

"아니, 어데 가요?"

"고현에."

"고현에는 뭐하러?"

"면출장소에 볼일이 있어서."

치조는 애매한 대답으로 아내의 호기심을 비켜났다. 곧이곧대로 말했다가 아내의 수다에 발목 잡히고 싶지 않아서였다.

체구가 듬직하고 푼더분한 인상의 옥례는 어질고 순하면서도 주책없다고나 할까, 무슨 일에건 과장이 심하고, 감정의 기복이 커서 어떤 때에는 거의 실성한 사람처럼 굴었다.

치조는 이맛살을 찌푸리며 마루에서 내려 신을 신었다.

집을 나선 치조는 구불구불한 고샅을 빠져나가다가, 저만치 어느 집 양지바른 담벼락 밑에 쭈그리고 앉아 있는 피란민 소녀를 발견했다. 열 살이 될까말까, 거지꼴의 남루한 모습이었다. 두려움이 가득한 눈길이 치조의 시선과 마주치자, 뭔가 나쁜 짓하다 들킨 것처럼 발딱 일어나 재빨리 집 안으로 숨어버렸다.

이른바 '흥남철수'라고 일컬어지는 해상탈출로 공산치하에서 자유를 찾아 대거 남하한 함경도 피란민들 가운데 10만여 명이 미국해군 LST함을 비롯한 수송선단에 나눠타고 거제도의 관문 장승포 항구에 쏟아져 들어온 것은 지난 연말, 정확히 말하면 한국전쟁 첫해인 1950년 12월 25일 오후였다.

유엔군총사령부는 중공군의 압박 때문에 관북지역에서 작전 중이던 아군이 육로를 통해 효율적으로 철수하는 것이 사실상 불가능해지자, 군대뿐 아니라 피란민까지 함께 흥남에서 바다를 통해 빼내는 작전명 '크리스마스 카고'를 12월 12일부터 개시했고, 그리하여 24일 오후 1만4000명의 피란민을 태운 마지막 함선이 공산군의 압박 속에 눈발이 어지럽게 흩날리는 흥남부두를 간신히 벗어남으로써 그 긴박하고 처절한 철수작전은 극적인 대미를 장식했던 것이다.

아무 예고도 없이 자체 인구와 맞먹는 빈손의 피란민 집단을 떠넘겨 받은 거제사람들은 몹시 당혹스러웠으나, 양순하고 인정 넘치는 이들은 곧 관민합동으로 '거제시국대책위원회'를 구성하고 거도적(擧島的)인 긴급구호활동에 들어갔다. 피란민을 각 읍면에 분산시켜 거처를 제공하고, 너도나도 십시일반 식량을 갹출해 임시나마 호구를 해결해 주는 등, 동포애를 발휘하는 데 조금도 인색하지 않았다.

치조 역시 상동리 이장으로서 면출장소로부터 피란민 여섯 가구를 할당받아 마을로 데려와 빈방이 있는 몇 집에 사정 반 억지 반으로 입주시켰던 것인데, 소녀는 그 집에 신세를 지게 된 젊은 부부의 딸이었다.

지나오면서 고개를 돌리자, 소녀는 마당에서 퀭하게 들어간 눈으로 경계하듯 그를 쳐다보고 있었다. 애처롭기 그지없었다.

쯧쯧, 저 어린 게 무슨 죄가 있담. 한창 부모사랑에 재롱이나 피우며 학교에 다녀야 할 나이에. 도대체 이 지랄 같은 놈의 전쟁!

속으로 되뇌며 고샅을 벗어난 치조는 고현리로 통하는 완만한 내리막길에 들어섰다.

거제 명산 가운데 하나인 선자산을 등지고 그 북향의 낮은 자드락에 집들이 옹기종기 모여 있는 상동마을, 거기서 고현리까지는 십 리가 될까말까한 거리였다. 그러나, 겨울바다를 건너온 차가운 북풍을 정면으로 받으면서 한 시간 가까이 걷는다는 것은, 그 바람이 비록 세차지 않다 하더라도 결코 수월한 행보는 아니었다.

치조는 외투 호주머니 속에 양손을 깊이 찌르고 세워 올린 옷깃 속으로 가능한 한 머리통을 바짝 끌어들인 채 돌부리들로 우툴두툴하고 얼어붙은 길을 터벅터벅 걸었다. 그러면서 지금 온 나라를 뒤덮고 있는 이 전쟁의 먹구름이 언제 걷히려나 하고 염원을 담아 생각해 보았다.

한심한 민족이지, 글쎄. 왜놈들 압제에서 겨우 해방된 지가 얼마나 됐다고 편을 갈라 동족끼리 피가 터지게 싸우며 온 땅덩이를 쑥대밭으로 만드는 건가. 사람 사는 것처럼 살려면 남북이 한마음 한뜻으로 손잡고 땀흘려도 부족할 판에.

치조는 무거운 발걸음을 옮겨놓다가, 불현듯이 지금 군대에 나가 있는 큰아들 상국의 모습이 머리에 떠올랐다. 아니, 평소에 완전히 잊고 있다가 문득 생각난 것이 아니었다. 의식의 수면에 항상 물안개처럼 떠 있으면서 하루에도 몇 번씩 가슴을 쥐어박는 존재가 바로 상국이었다.

강원도 어딘가에서 띄운 편지를 받은 것이 작년 11월이었다. 가족 안부 문의와 집안 걱정이라는 상투적 문안 외에, 패주하는 공산군을 추격하며 승승장구 북진하고 있으므로 곧 남북통일이 될 것 같다는, 남자답고 어른스러운 패기가 제법인 편지였다.

함경도 피란민을 군함으로 실어올 정도라면 편지 보낸 후의 그쪽 사정은 보나마나 뻔한데, 그렇다면 이놈의 자식은 어찌 되었을꼬. 몸담고 있는 부대가 무사히 적지를 빠져나왔다면 천만다행이겠고마. 아무쪼록 조상님들께서 부디 어여삐 여겨 거두어주시옵소서.

치조는 이런저런 생각을 두서없이 떠올리며 발걸음을 재촉하고 있었다.

　이윽고 고현리에 도착한 치조는 앞으로의 상황이 자기 예상보다 더 나쁘게 전개될 것 같은 느낌을 떨쳐버릴 수가 없었다. 장평마을 바닷가에 정박한 군함의 위용과 들판에서 한창 정지작업에 분주한 공병대 불도저들의 움직임을 직접 목격하자, 그런 불길한 예감이 소슬바람처럼 더욱 밀려왔다.

　자기네 논밭이 온통 속살을 드러내며 까뒤집히고 새파랗게 자라던 보리가 졸지에 잡초처럼 무참히 갈아엎어지는 광경을 속수무책으로 바라보아야 하는 땅주인의 처지는 참담하기 그지없었다. 상대가 상대인만치 항의도 못하고 멀찍이 서서 웅성거리기만 하는 그들의 눈빛은 살기에 가까운 분노로 이글거렸고, 어떤 아낙은 대성통곡하며 발을 동동 구르거나 퍼지르고 앉아 그저 죄없는 땅바닥만 치고 있었다.

　주민들의 그와 같은 절망과 원망을 아는지 모르는지, 장병들은 태연스럽고 여유만만하게 작업을 진행하고 있었다.

　치조에게 그것은 결코 남의 일이 아니었다. 자기한테도 언제 닥칠지 모르는 일이었다. 그 '언제'가 바로 내일이나 모레일 수도 있었다.

　그는 무거운 가슴을 안고 면출장소에 찾아갔다. 무슨 구체적인 정보나 얻어들을 수 있을까 해서였다.

　미닫이문을 열고 들어가자, 사무실 한가운데의 무쇠 난로를 등지고 서 있던 출장소장 김 주사가 먼저 아는 체를 했다. 호리호리하고 이마가 벗겨진 중년이었다.

　"어, 옥 이장. 우짠 일이요?"

　"안녕하십니꺼."

　치조는 굽실 인사부터 한 다음, 얼른 문을 닫았다.

　"추운데, 이리 와서 보리차나 한잔하소."

“아인 기 아이라 계절이 뒷걸음질 치는 모양이네요.”

나무 타는 매캐한 냄새가 조금 거슬리긴 해도 훈훈한 사무실 안 공기가 더할 나위 없이 아늑했다. 뚜껑 틈새로 실낱같은 연기가 새어나오는 난로 위에 커다란 양은 주전자가 얹혀 있고, 주전자 속에서는 보리차가 구수한 냄새를 풍기며 끓고 있었다.

김 주사가 손수 컵에 따라주는 보리차를 훌훌 불어 마시며, 치조는 짐짓 물었다.

“방금 미군들이 공사하는 거를 구경하고 왔는데, 예다 포로수용소를 짓는다는 그거이, 도대체 뭐가 우찌 된 깁니꺼?”

“안 그래도 그 일 때문에 골치를 앓고 있는데, 부산에 있는 공산군 포로들을 이리로 끌고 올 모양인갑소.”

“몽땅 다요?”

“아마 그럴 거 같거마는.”

“아니, 십몇만인가 하는 포로를 다 끌어다 풀어놓으몬 우짜란 말이요?”

“풀어놓기는. 그런께 수용소를 짓는 거 아인가베.”

치조는 남의 동네 이야기처럼 가볍게 말하는 김 주사가 은근히 못마땅했다. 자기는 그 ‘풀어놓는다’는 표현을 ‘배에서 내려놓는다’는 의미로 쓴 것인데, 상대방은 뻔히 알면서 일부러 ‘방면(放免)’으로 왜곡해 딴청을 부리고 있는 것이다. 그가 이 바닥 출신 아닌 장목면 사람이란 사실이 불현듯 머리를 스쳐갔다.

“그만한 숫자를 집어여을락하몬 수용소 규모가 웬만해서는 어림도 없겠네요. 고현 들판을 다 깔아뭉개도 부족할 거 같은데.”

치조가 내심의 파동을 감춘 채 떠보자, 김 주사는 한술 더 떴다.

“고현 들판만 가지고서야 어디 감당이 되겠소. 모리긴 해도 독봉산 양쪽 계곡을 다 징발해 쓴닥고 하지 않으몬 다행이겠거마는.”

독봉산은 선자산과 국사봉 두 명산 자락이 고현만 쪽으로 의좋게 흘러내리다가 바닷가 바로 앞에서 갑자기 충돌해 뭉쳐 튀어난 것처럼 도드라진 지형으로서, 동쪽 산자락에는 장승포읍 수월리와 양정리가 이웃해있고, 서쪽 산자락에는 일운면 고현리와 상동리가 안겨있는 야산이었다.

치조는 갑자기 보리차 맛이 싹 달아나 컵을 놓고 말았다.

"아니, 그런 얘기가 구체적으로 있었습니꺼? 무신 통보라도 있던가요?"

"꼭 그런 거는 아이고, 예측이 그렇다는 기지. 비상전시령(非常戰時令)과 계엄령이 선포된 데다 군사작전권도 유엔군총사령관한테 넘기준 형편이니, 그 시커먼 안경쟁이 양반이 이 거제섬을 달랑 들어다 제주도 옆에 갖다 놓겄닥해도 우리로서는 속수무책이지 뭐. 그른께, 옥 이장도 마음의 대비를 하고 있어야 할끼요. 수용소가 상동리 일대꺼정 뻗쳐가지 않으몬 다행이고."

"정 그렇담 땅주인한테 최소한 보상은 해줘야 할 거 아이요."

"글쎄. 나중에 무신 조치가 따르몬 다행이지만, 지금으로서는 가망 없는 이야기가 아인가 싶거마는. 아, 전시(戰時)에 무신 놈의 토지수용 보상이 나오겄소."

결국 치조가 면출장소에서 얻은 것이라고는 짐더미처럼 커진 걱정뿐이었다.

남의 일처럼 사무적인 투로만 일관하는 김 주사가 밉살스러워, 평소 같으면 끌어내어 다모토릿집에라도 데려가련만 그냥 인사를 한 둥 만 둥 사무실을 나오고 말았다.

그는 빚 받으러 갔다가 면박만 당하고 쫓겨난 것 같은 참담한 기분으로 터덜터덜 집으로 향했다. 그러면서 자기가 처한 현실을 객관적으로 돌아보기 시작했다.

김 주사의 의견을 빌릴 것도 없이, 스스로 가늠해 봐도 포로 전부를 데려와 수용하려면 고현리 들판만 가지고는 어림반푼도 없을 것 같았다. 그러면 수용소 철조망이 독봉산 오른쪽 평지까지 포함해 뻗어 올라와 그 일대의 멀쩡한 경작농지를 점령해버릴 것이 불 보듯 빤한데, 치조네 논 열한 마지기 반은 하필이면 마을 들판의 가장 중심부에 있었다. 그러니 피할래야 피할 도리가 없었다.

세상에! 백주의 날강도에다 억지도 유분수지, 이런 기막히는 경오가 어디 있단 말인가.

그 논 열한 마지기 반을 잃는다는 것은 치조네 생계수단을 박탈당하는 것이나 다름없었다. 참으로 앞날이 암담하고 걱정되지 않을 수 없었다.

집에 도착한 치조는 말하고 싶은 기분은 아니었지만, 직접 보기도 하고 면출장소에서 얻어듣기도 한 정보를 종합하여 그 사정을 아내에게 대강 설명하지 않을 수 없었다.

옥례의 눈이 금방 경기를 일으킬 아이의 눈처럼 뚱그래졌다.

"아니, 그라몬 천금같은 우리 논을 참말로 갈아엎는단 말이요?"

"확실한 거는 두고 봐야 알겠지만, 십중팔구 그렇게 될 거로 각오하고 있어야겠거마는."

"아이고, 우짤꼬! 이 노릇을 우짜노. 기껏 보리 심어 놓고 말짱 헛농사하게 생깄으니……. 아이고! 그나저나 당장의 보리농사는 그렇다손 치고, 올해부터는 벼농사도 못 짓는단 말 아이가?"

"……."

"아니, 상국아부지, 말 좀 해보소. 참말로 아무 대책이 없단 말이요?"

"대책은 무신 놈우 대책. 지금은 전쟁 중이고마는, 미군들이 남의 나라 백성들 사정 봐줄락고 하겠나?"

구겨지는 기분에 자신도 모르게 짜증스런 대꾸가 튀어나갔다.

"아무리 그래도 그렇지, 돈 한 푼 안 주고 멀쩡한 남우 땅을 그냥 멋대로 빼앗아 갈락하는 이런 놈우 경오가 세상에 어딨노. 오로지 흙 파묵고 사는 우리 같은 농사꾼들은 앞으로 우떻게 살라꼬. 아이고, 참말로!"

"그만해라. 당장 닥친 것도 아인 일을 가이꼬 그리 호들갑을 떨어쌌노."

치조는 아내한테 핀잔을 주고 방에 들어가 외출복을 벗기 시작했다.

한 줄기 스산한 바람이 지나가면서 문풍지를 울렸다.

2

지금 내 인생의 부표는 과연 어디로 흘러가고 있는가.

최윤학은 함선 왼쪽 현문(舷門) 옆의 뱃전에 양쪽 팔을 걸치고 서서 약간 구부린 자세로 부슬비가 뿌옇게 흩날리는 바다를 바라보며 자신에게 묻고 있었다. 살빛이 희고 이목구비가 뚜렷해 서구적으로 생긴 그의 얼굴에는 비오는 바다의 쓸쓸한 분위기 못지않게 짙은 우수가 서려 있었다.

스물여섯 해나 살아온 나날들, 피를 나눈 가족, 나만의 꽃이었던 여자, 추상적이기는 하지만 분명히 존재한다고 여겨지던 어떤 가치, 그것을 목표로 쌓아왔던 작은 성취들, 그 모든 것을 깡그리 포기하고 부정함으로써 나 자신을 자유롭게 하는 것만이 내가 정녕 참답게 사는 길이 아닐까. 설령 그 자유가 죽음일지라도.

그는 속으로 중얼거렸다. 광활한 바다가 안겨주는 신선한 해방감과 근원을 알 수 없는 묘한 비애가 그를 감상(感傷)의 늪에 깊이 빠뜨려 마냥 허우적거리게 만들었다.

이송포로 제1진을 태우고 거제도를 향해 그날아침 10시쯤 부산을 출항한 미국해군 LST함은 영도 태종대를 멀찍이 우회하여 남남서(南南西)로 침로를 잡아 항진하고 있었다. 함선의 전방과 양쪽 측면 멀리 육지가 마치 검은 띠처럼 바다 위에 기다랗게 떠 있었으나, 시야를 가리는 뿌연 빗발 때문에 어디까지가 갑〔岬〕이고 어디부터가 섬인지 도통 분간할 수가 없었다.

먼 외해에서 불어오는 해풍의 촉감은 수만 개의 바늘이 온몸을 찌르며 통과하는 것 같고, 본래의 얼굴을 잃어버린 짙은 잿빛 바다는 보는 이의 기분을 한없이 울적하게 만들었다. 계절상으로는 이미 봄의 문턱에 들어선 3월 초순이건만, 비 내리고 바람 부는 바다 위의 기온은 아직 한겨울 그대로였다.

"원, 하필 이런 날을 택할 게 뭐람. 햇볕 쨍쨍한 날은 왜 놔두고."

담요를 어깨에 두른 포로 한 명이 바다에 침을 탁 뱉고 툴툴거리자, 여기저기서 맞장구치는 소리가 나왔다.

"일부러 우릴 고생시키려는 수작인 거요. 개새끼들이."

"제기랄! 이놈의 군함 탈취해 가지고 곧장 원산으로 내빼자고. 무공훈장 받고 출세나 하게."

"거 말 되지 않는 소리 말어. 물에 던져져 고기밥 되고 싶지 않으면."

"모두 일거에 봉기하면 불가능한 일도 아닐걸. 누가 깃발 들고 앞장서느냐에 달렸지."

웃기는 자식들! 현실성 있는 소릴 지껄여야지, 괜시리 입들만 살아서.

속으로 코웃음 친 윤학은 그들로부터 떨어지고 싶어 뱃전에서 팔을 거두며 몸을 세웠다.

바로 그때, 뒤에서 손 하나가 쑥 뻗어와 어깨 위에 얹히며 누군가의 목소리가 귀에 들어왔다.

"최 동무, 여기 나와 있었구먼."

돌아보니, 말상에 눈초리가 치켜올라간 포로 하나가 싱그레 웃고 있었다.

가야리 수용소 막사에서 함께 지낸 박수봉이었다. 남조선노동당 고위급 간부 경호원이었다고 전력을 자랑삼아 밝힌 그는 전에 서울이 '해방'되었을 때 내무서원으로 활약한 일을 과장해서 떠벌렸었고, 같은 서울사람인 줄 알고는 윤학에게 접근하던 자였다. 이송에 앞서 실시된 출신분류 때 뒤섞이는 바람에 헤어졌는데, 거제도로 향하는 수송선 안에서 다시 만난 것이다.

"왜요? 날 찾기라도 했소?"

윤학의 입에서 무의식적으로 무뚝뚝한 말이 튀어나갔지만, 박은 전혀 개의치 않았다.

"찾다마다. 아랫칸을 다 뒤져도 안 보이기에 다음 배를 타게 됐나 했지. 좌우지간 잘 만났소. 저쪽으로 좀 갑시다."

박이 윤학의 팔소매를 끌었다.

"어디를?"

"가 보면 알아요. 간부들이 전부 모여 있소."

"간부들이?"

"그렇소. 다들 최 동무를 기다리고 있어요. 갑시다."

막무가내로 재촉하는 통에 비위가 상하기는 했으나, 간부들이 모두 모여 있다는 말을 듣고는 궁금해서라도 따라가지 않을 수 없었다.

박수봉이 윤학을 데리고 간 곳은 반대쪽 현문 근처였다. 알 만한 얼굴들을 포함해 30여 명에 가까운 하급군관들과 하사관급 하전사

(下戰士)들이 일반포로들과 약간의 거리를 두고 그룹을 지어 쑤군거리고 있다가 뒤늦게 나타난 두 사람에게 시선을 모았다.

"여러분, 제가 말한 최 소위 동뭅니다."

박이 소개하자, 대머리에다 키가 땅딸막한 중년의 포로가 미소를 띠고 윤학에게 다가와 악수를 청했다.

"동무, 반갑구만이라. 나 진상용이오."

"최윤학입니다."

윤학은 마지못해 마주 손을 내밀며 목례를 했다.

진상용이라는 인물과의 대면은 처음이지만, 그 이름은 들어서 알고 있었다. 이른바 '여순반란사건' 때부터 활약한 빨치산 공비로서 의용군에 편입한 뒤 포로로 잡혀 부산수용소에 있을 때 갖가지 교묘한 수법으로 관리당국을 애먹인 일화로 유명했다. 계급은 하전사급인 상사(上士)에 불과해도 고위 군관급과 맞먹을 정도로 포로사회에서는 영향력이 상당한 실력자로 알려져 있었다.

그런 인물이 바로 눈앞에 등장하자, 윤학은 앞으로 겪게 될 포로생활이 결코 순탄치 않을 것 같은 생각이 들었다. 막연하지만 어쩐지 예감이 그랬다. 그리고 그 불길한 예감의 징후는 몇 주나 몇 개월 후가 아니라 당장 윤학 앞에 다가왔다. 윤학과 인사를 끝낸 진상용이 좌중을 둘러보며 하는 공개발언의 내용이 그만큼 예사롭지 않았기 때문이었다.

"에에, 이만하믄 대충 이 배에 탄 간부급 거의 모두인 거 같은디, 그럼 뭐땜시 동무들이 이 자리에 모이게 되았는지 그 이유를 말씀드리겠소."

이렇게 허두를 뗀 진은 밭은기침을 두어 번 뱉고 본론으로 들어갔다. 그들 무리로부터 떨어져 있는 사람들 귀에는 전달되지 않을 정도로 볼륨을 조절한 목소리였다.

"거 뭣이냐, 저그 우리가 부산 있을 때는 비빔밥에 잡탕처럼 뒤죽박죽인 데다 다들 제 앞가림에 바빠 조직적 투쟁을 못한 사실을 여러 동무들도 솔직히 인정할 것이오. 허나, 조국은 여전히 우리들의 구국전쟁 참가를 열렬히 희망하고 있고, 우리가 지금 비록 불명예스런 포로가 되어 있기는 허나 마음만 모지게 먹으믄 월매든지 적과 투쟁할 수 있단말시. 안 그렇소? 구체적으로 말하믄, 지금부터 소대·중대·대대를 다시 편성해 일사불란하게 움직이고, 양코배기들한테는 협조하는 척 좋은 인상을 심어줌으로써 주의를 따돌려 유사시에 대비해 힘을 비축하자, 그런 말이어라. 무슨 뜻인지 다들 알만하지요이?"

진은 자기 책략을 자랑하듯 주위를 휘휘 둘러보았다.

포로수용소 경비사령부는 이송작전을 개시하기 직전에 15만 명이 훨씬 넘는 포로를 북한출신 인민군과 남한출신 의용군으로 일단 분리하여 남한 의용군부터 먼저 거제도로 옮기기 시작했는데, 그 조치는 유엔군총사령부 지침에 따라 수용인원을 대폭 감축하려는 목적으로 취해진 일종의 비공식적 준비작업이었다.

사실 당시의 공산포로는 구성원의 성분에서부터 심각한 문제점을 지니고 있었다. 정규 북한인민군과 의용군 출신 외에도 억울하게 포로생활을 하는 사람이 여간 많지 않았기 때문이었다.

전쟁 초기 포로로 잡혀 강제로 북한군에 편입됨으로써 그쪽 체제에서 이른바 '해방전사'로 통칭되던 한국군 출신, 피난길에 조우한 유엔군과 말이 통하지 않아 위장 인민군으로 의심되어 끌려온 민간인, 치안유지를 위해 고향에서 임시경찰노릇을 하던 중 1.4후퇴 때 유엔군에게 무장해제를 당하고 부산으로 이송된 이북 반공청년, 공산당이 도망치기 직전에 서둘러 집행한 집단총살에서 구사일생 목숨을 건졌다가 뒤이어 들이닥친 유엔군에게 구조되어 실려온 우익인사 등, 사연도 기구절절 가지각색이었다. 더욱 어처구니없는 경우는 아버지 따라 쫄랑쫄랑 피난길에 나섰다가 아버지가 끌려오는 바람에 덤으로 함께 포로생활을 하는 어린애들이었다.

그런 시행착오의 불합리를 뒤늦게 인식한 유엔군총사령부는 굳이 포로로 취급할 필요가 없는 인원은 적정한 심사를 거쳐 석방함으로써 그만큼 관리부담을 덜기로 하고, 그 첫 대상으로 정규 북한인민군에 비해 상대적으로 붉은 물이 덜 들었다고 판단되는 남한출신 의용군을 꼽았다.

포로경비사령부가 그에 곁들여 생각한 두 번째 목적은 이번 기회에 포로사회의 기존조직을 와해시킴으로써, 그동안 사사건건 도전적 반발로 속을 썩여 온 지도부 불온분자들의 기득권을 박탈해 향후 포로관리의 효율성을 확보하자는 것이었다.

어쨌거나 그런 취지 아래 실시한 포로이분화 조치는 결과적으로 너무 안일한 졸속이었다. 남한의용군으로 통칭되는 집단의 구성원도 개개인의 출신과 사상에 따라 천차만별이기 때문에 그들에게 동일한 기준을 적용하는 것 자체가 문제성을 안고 있을 뿐 아니라, 공작 목적이나 자기보신책으로 신분을 속인 비의용군도 상당수 섞여 있었고, 조직 와해로 일시적 타격을 입은 포로지도부만 해도 기득권과 영향력 회복을 위해, 더 나아가 보복반격 획책을 위해, 거제도로 이송되는 그 시간 이미 그 계략을 은밀히 논의하고 있었기 때문이었다.

진상용의 말이 이어졌다.

"양코배기들은, 거 뭐시냐, 자기네 기준에서 우리 의용군 출신성분이 북조선 정규 인민군들보다 상대적으로 양호하다, 다시 말해서 다루기 쉽다, 그렇게 생각하고 있단말시. 등신 같은 새끼들! 허나, 우리 입장에서는 그만큼 운신의 폭이 넓어진 셈이니 고맙지 않으요? 그러니, 그거를 역이용해 우린 놈들의 허를 찌른다 그겁니다.
구체적으로 무슨 얘기냐 하면, 간부급인 여러 동무들이 지금부터
자발적으로 지휘관 소임을 맡아달란 것이오. 거제도에 도착하면 하
선할 때 50명씩 1개 소대로 편성되어 인솔될 때부터 새로운 부대편
성을 시작하고, 그런 조직체계로 힘을 비축했다가 유사시, 결정적
시기에 투쟁에 나서기로 한다, 그런 말이제이. 이와 같은 내 의견
에 대해서 누구 이의 있소? 있으면 워디 손들어 보더라고.”

　진은 주위를 휘휘 둘러보며 물었지만, 반대나 도전을 결코 용납
하지 않을 것 같은, 살기가 느껴지는 차가운 눈빛이었다.

　“이의 없소! 진 동무의 말씀이 아주 지당하오.”

　반대의견을 차단하려는 듯, 누군가가 대뜸 받았다. 그러자, 그것
이 신호이기라도 한 양 여기저기서 찬성발언이 튀어나왔다.

　“옳소! 놈들에게 본때를 보여주자고.”

　“우리의 투쟁역량을 키울 수 있는 좋은 기회요.”

　“암, 그렇고 말고.”

　이에 고무되어 자신감에 도취된 진상용은 득의만면해서 선언했다.

　“자, 그러믄 만장일치로 결정되었어라. 누구 혹시 쪼께 딴소리
하고접더라도 입 꾹 다물고 가만 계시셔잉? 마, 까딱 잘못 말이 헛
나왔다간 거제도 땅 밟아보지도 못하고 물고기들 점심거리 되는 수
가 있은께. 하하하!”

　우스개로 포장된 그 은근한 경고와 호탕한 웃음은 좌중을 완전히
장악하고도 남음이었다.

　그 자리에 있던 포로들은 군대계급에서 진보다 상급인 자가 더
많았지만, 모두 진의 카리스마에 압도된 나머지 섣불리 나서서 반
대나 다른 의견을 제시하는 용기를 발휘하는 사람은 하나도 없었
다. 무표정하게 딴전을 피우거나, 기껏해야 굳은 얼굴로 옆사람 눈

치를 살피며 술렁거리는 것이 고작이었다.

멀찍이 떨어져 있어 영문을 모르는 다른 일반포로들은 이상하다는 눈빛으로 힐끔힐끔 훔쳐보고 있었다.

수송선이 목적지인 고현만 해안에 진입한 것은 항해를 시작한 지두 시간 남짓 지나서였다.

"공지사항을 전달한다! 공지사항을 전달한다! 귓구멍을 최대한 활짝 열고 잘 듣길 바란다. 지금부터 약 20분 후, 여러분은 새 보금자리가 될 거제도에 상륙하게 될 것이다. 하선할 때는 최대한 질서를 지키고, 신속히 끝날 수 있도록 모든 지시에 협조적으로 잘 따를 것. 지금 이 지역에는 봄을 재촉하고 여러분을 환영하는 가랑비가 내리고 있다. 각자 소지품을 미리미리 잘 챙기도록. 이상!"

갑자기 스피커에서 흘러나와 함선 안에 울려 퍼진 소리가 포로들을 술렁이게 만들었다.

갑판에 있던 포로들보다도 밀폐된 것이나 다름없는 화물창에 갇힌 바람에 진력이 나고 더러는 배멀미에 심신이 지쳐 있던 포로들에게 특히 그 소리는 청량제 구실을 톡톡히 했다. 모두들 귀를 쫑긋하게 세우고, 드러누워 있던 자들도 부스스 일어나서 웅성거리기 시작했다.

"새 보금자리? 가랑비가 환영한다고? 미친놈!"

포로 하나가 투덜거리자, 저만치에서 누가 장난기로 받았다.

"아, 좋은 뜻으로 해석하몬 되지, 욕은 와 하노. 입 더럽어지거로."

"우릴 개똥으로 보고 빈정대는 소리 아니냐고, 저 새끼가."

투덜거린 포로가 발끈하며 목소리를 높이자, 심심하던 차에 잘 되었다는 듯이 하나 둘 한마디씩 거들고 나섰다.

“그 대단한 성깔 본께 인민전사 기백이 아직 살아 있는가베.”

“웃기고 있네. 전사? 기백? 포로로 잡혀 끌려다니는 주제에 무슨 얼어죽을 놈의.”

“어허! 그렇게 말하는 거 아녜유. 머잖아 조국의 품으로 돌아갈 사람들이 왜 이래유.”

“이건 또 무슨 진짜 개똥 뭉개는 소리여? 여기도 엄연히 우리나라 우리 국토인데, 어느 조국?”

그러자, 여기저기서 실소가 터져나왔다.

덜떨어지고 쓸개 빠진 자식들 같으니!

윤석규는 실없는 농담을 지껄이거나 거기 반응하는 자들을 싸잡아 속으로 욕을 퍼부었다. 결코 적의는 아니었다. 친공 반공의 색깔하고는 상관없이 비굴하고 나태하고 추저분한 포로의 타성에 질펀하게 젖어 본래 자신의 위치조차 잊고 있는 모두의 의식구조에 대한 증오에 가까운 혐오감이었다.

눈썹이 유난히 짙고 구릿빛에 가까운 피부가 탱탱하게 당겨진 듯한 인상을 풍기는 석규는 부산에서 수송선에 오른 이후 한마디도 입을 떼지 않았다. 옆에서 누가 말을 걸어도 묵묵부답, 겨우 고개를 끄덕이거나 젓는 정도의 반응이 고작이었다. 그러다 보니 옆사람들도 저절로 그를 관심의 대상에서 젖혀버렸고, 그래서 그는 오히려 홀가분한 자유를 만끽할 수 있었다.

배 안에서만의 일이 아니었다. 그는 부산포로수용소에 있을 때도 남들이 고개를 갸웃거릴 정도로 말을 아꼈고, 불필요한 소리는 아예 입에 올리지도 않았다.

저 친구, 전선에서 포탄 터지는 소리에 고막이 어떻게 됐나 봐.

그런 수군거림이 귓가에 들려올 정도였으나, 그로서는 그것이 오히려 다행이었다. 주위의 관심권으로부터 가능한 한 벗어남으로써 그만큼 자기보신의 안전효과가 높아진다고 판단했고, 사실이 그러했기 때문이었다.

마침내 함선이 장평리 선창 부근에 접안해 이물을 비스듬히 들이대고 바우도어를 열어 어찌됐든 겨우 정박이 완료되자, 포로들이 꾸물꾸물 하선하기 시작했다.

오는 도중에 갑판에서 모의한 대로 하급장교나 하사관급이 소대장을 자처하고 나서서 포로들이 부두에 내리는 대로 50명씩 정렬시켜 소대를 편성한 다음, 이들을 인솔해 수용시설로 이동하기 시작했다.

다행히도 비가 걷히고 있었다.

소지품이 든 골판지상자나 보퉁이를 들고, 또는 단출한 맨몸이기도 한 포로들은 경무장한 미국군과 한국군 호송병들의 감시 속에 터벅터벅 걸었다.

복장도 각양각색이어서 꾀죄죄한 인민군 군복 차림이나 민간복장, 또는 체격에 맞지도 않는 미국제 군작업복을 얻어 입고 더플백까지 어깨에 맨 모습도 있었다. 추위를 이기려고 뒤집어썼던 축축한 담요를 그대로 도롱이처럼 두르고 있는 미련퉁이도 눈에 띄었고, 감기에 걸렸는지 쿨럭쿨럭 기침하는 자도 있었다.

불도저로 밀기만 했지 아스팔트나 콘크리트로 포장하지 않은 신설도로는 조금 전까지 내린 비로 질척거리고, 신발바닥에 진흙이 쩍쩍 들러붙었다.

그들이 가고 있는 길 앞 저 멀리, 이미 널따란 평지로 변해버린 고현리 들녘에는 무수한 천막막사가 숲을 이루다시피 했고, 그 주위를 높은 철조망이 빙 둘러쌌으며, 곳곳에 감시망루가 세워져 있었다.

포로 중에는 잔뜩 찌푸린 하늘 하래 우중충하게 웅크린 산과 띄엄띄엄한 마을과 황량한 수용시설 등 주위의 풍경을 호기심에 찬 눈길로 둘러보는 자들이 없지 않았지만, 대다수는 등을 구부리고 어깨를 오그린 채 땅바닥만을 내려다보며 느릿느릿 걸음을 내딛기만 할 뿐이었다. 그 행진은 수용소까지 길게 이어졌는데 마치 장례식 행렬 같았다. 그들에게 있어 자신의 삶은 전혀 미래가 없는 것이었다. 어디로 옮기고 끌려가든 포로는 역시 포로일 따름이라는 자조와 권태가 그들의 초라한 전신에서 땀방울처럼 뚝뚝 떨어지고 있었다. 석규는 그들의 모습에 치밀어 오르는 욕지기를 삼키며 자꾸만 다짐하는 것이었다.

저기가 내 마지막 감옥이다. 꼭 그렇게 되어야 하고, 되도록 그렇게 만들고 말 것이야. 기필코!

석규는 우중충한 풍경으로 전방에 버티고 있는 수용소를 노려보았다. 다짐인 동시에 절실한 갈망이기도 했다. 그곳에서 포로생활이 끝나야 하는 것이다. 그것도 최대한 빨리. 또다시 다른 곳으로 이송되거나 무한정 연장되는 불운은 생각하기도 싫었다.

만에 하나라도 진짜 시뻘건 자들에 껴묻어 이북으로 송환되는 상황은 더더욱 말할 나위조차 없었다. 그럴 경우 취하게 될 항거는 미리 결정되어 있었다. 혀를 깨물거나 동맥을 자르는 자결이었다. 부산에서 수송선에 오르고부터, 아니, 부산수용소 정문을 나서면서부터 줄곧 그를 압박해 온 결심이었다.

포로 대열에 끼지 않고 측면에서 동행하며 미국군 호송병의 뒤를 졸졸 밟는 자가 있었다. 석규는 등에 똑같이 전쟁포로의 영문약자 PW를 하얀 페인트 글씨로 짊어졌으면서 소대장 행세를 하는 그 자의 뒤통수를 싸늘한 시선으로 노려보았다. 수송선에서 내리는 순간부터 누가 권한을 부여한 것처럼 앞에 나서서 설쳐대는 그런 군관 출신자들이 가소롭기 짝이 없었다.

기껏 일주일 정도 기초교육 받고 소위 계급장 얻어 달았다 해서, 아무 훈련도 없이 총알받이로 등 떠밀려 나온 보충병보다 뭐가 잘났다는 거야. 웃기는 새끼들 같으니! 그래서 미리 주도권을 확보하시겠다고? 이곳 분위기도 빨갱이들 판으로 몰아가보겠다, 이말이지? 흥! 결코 그렇게 되진 않을걸. 어림반푼도 없는 소리. 네놈들 마음대로 되진 않을 거다. 어디 두고 보라고.

부산수용소에서는 입소시기도 늦고 기존의 벽이 두텁기 때문에 자기 의지를 펼쳐 보일 기회를 얻지 못했다. 그러나, 이곳 거제도는 상황이 다르다. 새로운 환경, 새로 시작되는 생활이니 그런 만큼 똑같은 스타트라인에서 출발하는 경주인 셈이었다. 공평한 조건인만치 투쟁해서 그들의 발호를 꺾을 수 있는, 꺾지는 못하더라도 최소한 견제는 할 자신이 있다고 믿었다.

만일 그들과 충돌하는 사태가 벌어졌을 때 뜻을 같이 할 적극적인 동지를 얼마나 확보할 수 있을지가 관건이었다. 배짱 좋게 색깔을 아예 드러내놓고 설치는 극소수 포로 외에는 신변안전을 위해 대개 자기 신분이나 출신성분을 숨기기 때문에 누가 공산좌익이고 누가 반공우익인지 확실하지 않아 입조심을 하지 않으면 안 되었다. 그래서 그는 귀머거리에다 벙어리인듯 말을 아끼며 포로들을 하나하나 주의깊게 살펴본 것이다.

그러나, 분명한 사실은 자원입대한 진짜 공산당보다 강제로나 부득이하게 어쩔 수 없이 총알받이로 전장에 내몰린 사람이 더 많다는 것이었다. 더구나 공산인민군 정규군도 아닌 남한출신 의용군 집단이었다.

절대 불리한 싸움은 아니야. 분위기를 어떻게 띄워 응집력을 확보하느냐에 달렸어. 해보는 거야. 할 수 있고말고.

석규는 허리를 펴고 크게 심호흡했다.

제1진으로 도착한 포로들은 그들을 위해 책정되어 있는 제6구역(Emclosure)에서 거제도 생활의 첫 발을 내딛게 되었다.

고현리에 집중 조성된 제6구역은 60수용소부터 69수용소까지 평균 6000명씩 수용하는 모두 9개의 단위수용소에다 나중에 제602수용소부터 607수용소까지 일반장교 수용시설을 추가하게 된 집단지로서 가장 먼저 건설되었지만, 거제도 이전 결정이 워낙 갑작스러웠던 데다 준비기간이 짧다 보니 철조망 울타리와 일부 천막막사만 서둘러 세워 놓았을 뿐이어서 시설이 부족하고 엉성하기가 그지없었다.

아무튼 그처럼 열악한 수용소에 처음으로 입소한 포로들은 인원점검에 이어 입소절차를 밟기 시작했다.

첫 번째 과정으로 소지품검사를 받았는데, 그 검사에서 개인용 식기·스푼·포크 등이 모조리 회수되었다. 살균소독을 하기 위해서였다. 이어서 늦은 점심식사를 미국군의 야전식량 C-레이션으로 적당히 때웠고, 그러고 나서 일제 삭발을 했으며, 마지막으로는 몸에 이가 꾀이지 않도록 옷 속에 DDT 분말을 주입하는 소독을 실시함으로써 비로소 소정의 입소과정을 모두 마쳤다.

그때쯤 이 입 저 입에서 불평하는 소리가 나오기 시작했는데, 왜 이런 입소절차를 하필 비에 젖어 축축한 노천에서 굳이 받아야 하느냐는 것이었다.

"도대체 이놈들이 사람취급을 어떻게 하는 거야. 질퍽한 맨땅에 장시간 세워놓고 그냥 떨게 하다니."

"금메 말이시. 하는 꼴을 보아하니 앞으로의 여그 생활도 뻔할 뻔자 아닐랍디여?"

"때도 훨씬 지나 겨우 통조림 깡통으로 점심을 때우게 하는 거 봐유. 우리가 저희들 같은 양코배기유?"

그러나, 그것은 시작에 불과했다. 입소절차를 마친 포로들이 재편성을 거쳐 60명 단위로 한 막사씩 배정받아 비로소 천막에 들어갔을 때, 그들을 맞이한 풍경이 너무나 삭막했다.

천막 안은 축축한 땅바닥 그대로일 뿐, 아무런 시설이나 비품도 없이 텅 비어 있었다. 단지 양쪽 출입구 사이에 폭 1미터 50센티로 패여 있는 형식만의 중앙복도가 시설이라면 시설이겠으나, 그나마 비 올 때 배수관리에 소홀한 탓인지, 지표 밑으로 얕게 흐르는 지하수 때문인지 몰라도 복도 바닥에 물이 고인 막사가 여러 동이었다.

아무튼 그 휑하고 썰렁한 풍경을 접하자, 가뜩이나 추운 한데에서 받은 푸대접으로 감정이 뒤틀려 있던 포로들은 단박 격앙되어 눈빛이 달라졌다. 특히 공산포로들은 꼬투리를 잡았다 생각하고 강한 불만을 거침없이 토해내었다.

"이기이 뭐꼬. 흙바닥 맨땅에서 자락고? 침구도 하나 없이?"

"포로는 사람이 아니란 말이지. 개새끼들!"

"이 따위 식으로 우릴 처음부터 길들이겠다고? 흥! 그런 속셈이라면 큰 오산이여."

"어이, 동무들! 투쟁역량을 발휘해 기선을 제압해서 놈들에게 본때를 보이자고."

그런 분위기는 삽시간에 거의 모든 막사에 전파되었고, 누군가가 도화선에 불을 당기기만 하면 욱하고 일어서기라도 할 분위기였다.

63수용소에 배치된 석규는 공산포로들의 작태가 꼴사납긴 해도 전적으로 비판하고 싶지는 않았다. 그가 보기에도 자기들을 처음 맞아들이는 수용소 당국의 배려가 소홀했다는 비판을 면할 수 없게 되어 있었기 때문이었다. 그는 냉정히 한 발짝 물러나 사태진전을 관망하기로 했다. 소요가 심해지면 경비대가 결코 가만히 내버려두지 않을 것이고, 아직은 자기가 나설 시기나 상황도 아니었다.

결국 석규의 예측대로였다. 포로들의 분위기가 심상치 않게 돌아가자, 즉각 수용소 관리당국의 반응이 왔다. 다만, 그것은 물리적 제재가 아니라 서둘러 매트 대용 가마니와 담요를 수요에 맞게 적정량 지급하는 온건한 유화책이었다.

이에 고무된 공산포로들은 기왕의 기세를 끌고 나가 반미기류를 형성함과 동시에 주도권을 확실히 잡으려는 속셈으로 더욱 목소리를 높였다.

"개인별로 매트 한 장, 추가 담요 한 장씩 즉시 지급하라!"

"오늘 저녁식사부터 한식으로 충분히 배식할 것을 약속하고 실천하라!"

"수용소와 포로 양측의 원만한 관계를 구축하기 위한 협의기구를 설치하라!"

포로들이 이처럼 의기양양해서 설치고 있을 때, 돌연 날카로운 호루라기소리와 함께 무장병력이 급거 진입했다. 한국군과 미국군 혼성 경비부대였다.

경비병들은 순식간에 요소요소를 점거하는 한편, 앞장서서 목소리를 내던 강경파 주모자 몇 명을 현장에서 체포했다. 그 모습을 지켜보던 다른 포로들이 찔끔할만한 사나운 기세였다. 윽박지르면서 소총 개머리판으로 거칠게 몰고 간 경비병들은 당장에 그 골칫거리들을 영창에 처넣어버렸다. 관리당국은 사태가 악화되기 전에 싹을 잘라야 된다고 판단했던 것이다. 그 판단은 현명하고 시의적절했다.

의외의 돌연한 사태반전에 포로들의 사기는 무참히 꺾여버렸고, 무위로 끝난 어설픈 시위를 비웃고 나무라는 소리가 여기저기서 쑥덕쑥덕 들려왔다.

"자알 한다. 누울 자리나 보고 다리를 뻗어야지."

"금메 말이시. 초장부터 자극해 신경 건들믄 우리가 앞으로 고달 퍼지기밖에 더하까이."

"맞는 말이여."

석규는 고개를 돌려 그 소리의 임자들을 한 사람 한 사람 눈여겨 보았다. 유사시에 손을 내밀어 동지로 청할 수 있는 상대라고 생각 되기 때문이었다.

포로들의 분위기가 바람 빠진 풍선처럼 가라앉아 있을 때, 수용 소장인 경비사령관의 경고성명이 각 막사에 하달되었다.

"앞으로 본관의 지휘관리방침에 위배되는 어떤 도전적 태도도 용 납하지 않는다. 다만, 대우에 관한 문제는 제네바협정 규약에 충족 되도록 가급적 빨리 개선해 나갈 것을 약속한다. 제1진인 여러분은 순차적으로 이송되어 올 포로들의 수용시설 신축과 확장공사에 노 력봉사할 사명을 띠고 있다. 이 점 명심하고, 내일부터 시작될 사 역동원에 차질이 없도록 오늘 하루 충분한 휴식을 취할 것. 이상!"

곧이어 취사반과 자치조직 인원을 차출하느라 막사 안이 부산해 졌지만, 석규는 그 분위기에서 도망치기라도 하려는 듯 바닥에 깐 가마니 위에 담요를 둘둘 말고 모로 드러누워 눈꺼풀을 스르르 닫 았다.

가마니를 통과해 올라온 흙의 냉기가 그대로 담요 속까지 파고들 고 지푸라기의 뻣뻣한 촉감이 옆구리에 배기기는 했으나, 어쩐지 오래 잊고 있었어도 몸의 감각이 기억하고 있는 무엇과 같은, 그런 묘하게 아늑한 느낌이 밀려왔다.

홀연히 깨달았다. 그것은 고향집의 벽지도 바르지 않은 황토 방 바닥에 드러누웠을 적에 느껴지던 훈훈한 흙냄새 바로 그것이었다. 뭐라고 꼭 찍어 설명할 수 없으면서 가슴 시린 슬픔과 정겨움이 울컥 밀려오며, 그 고향집과 그리운 부모의 모습이 눈앞에 아련히 떠올랐다.

석규는 고문이나 다름없는 비애의 늪에 빠지려는 자신을 건지고자 얼른 고개를 흔들며 눈을 꾹 감았다.

3

미국 제8군의 당초 계획은 독봉산 왼쪽 고현리 일대에 정원 약 6만 명 규모 임시수용소부터 만들어 활용하고, 계속 구역을 확장해서 보다 영구적인 수용시설을 구축 운영함으로써 포로관리의 안정화를 달성한다는 것이었다.

그러나, 이전 필요성이 급박해지고 수송 진도가 너무 빨랐기 때문에, 영구시설은 뒷전이고 우선은 천막 위주의 간이시설로라도 감당하고자 설치작업에 급급하지 않으면 안 되었다. 그렇다 보니 수송선이 장평부두에 포로들을 계속 쏟아놓음에 따라, 독봉산 오른쪽 수월리와 양정리 일대에도 구릉을 뭉개거나 들판의 높낮이를 고르게 해서 막사를 짓고 철조망을 치고 감시초소를 세워 제7구역부터 제9구역까지 또 다른 단위수용소들을 순차적으로 건설하는 공병대의 공사가 쉴 사이도 없이 진행되었다.

불도저들이 굉음을 울리며 위협적 시위로 상동리 들판까지 밀고 올라온 것은 4월 초순, 이때는 한반도 남녘 들판 논밭에서는 보리가 제법 굵은 이삭을 달고 고개를 수그릴 무렵이었다.

그 일대를 측량하는 미국군 공병대의 움직임을 보고 가슴이 철렁 내려앉은 주민들은 사태를 알아채고 안타까움과 절망으로 어쩔 줄 몰랐으며, 그것은 그보다 조금 먼저 당한 아래쪽 고현리 주민들의 모습과 다를 바가 없었다.

"세상에 이런 어거지 무법이 어디 있노."

“아이고, 우찌하꼬! 이 아까운 농사를, 곧 묵을 멀쩡한 보리를 갈아엎는 꼴을 내 우찌 눈뜨고 볼꼬!”

“아무리 전쟁이라도 그렇지, 백성부터 살아야 할 거 아이가.”

“그렇고 말고. 백성 굶어죽기 맨드는 나라가 무신 놈우 나라고.”

상동리와 문동리 사람들은 멀찍이 떨어져 공병들의 작업광경을 바라보며 분노와 탄식을 쏟아놓았다. 하지만 그뿐 어떻게 손써볼 도리조차 없었다.

그런 마을사람들 중에 옥치조의 모습은 보이지 않았다. 그때, 그는 자기네 마당에서 담벼락 너머로 그 광경을 내다보고 있었다. 충분히 예상했던 일이거니와 고현리가 당하는 광경을 생생하게 목격도 했기에, 자기에게 현실로 다가온 불행한 사태 앞에서 그 정도로 담담해질 수 있었다.

누구를 탓하고 원망하랴. 다 이 못난 나라 백성으로 태어난 업보인 것을.

그는 한숨을 쉬며 속으로 뇌고는 몸을 돌렸다.

불현듯 술 생각이 났다. 소주 한 잔으로 목을 달래지 않고는 견딜 수 없을 것 같은 기분이었다. 그렇게 핑계라도 대고 싶었다.

아내는 집에 없었다. 들 언저리에서 발을 동동 구르며 시위하는 마을사람들과 같이 있으리라. 그래서 딸애를 불렀다.

“상은아!”

제법 큰 소리로 두 번째 불렀을 때야 뒷방 쪽에서 대답하는 소리가 나더니, 곧이어 딸의 모습이 집모퉁이에서 나타났다.

“와예?”

“술병하고 고뿌 좀 내오이라.”

상은은 마땅찮다는 기색을 슬쩍 떠올렸지만, 곧 아무렇지 않은 표정으로 돌아와 부엌에 들어갔다. 애주가인 아버지의 술시중은 그녀에게 일상화된 일의 하나였다.

얼마 안 있어 성년이 될 그녀는 어머니를 꼭 빼닮아 얼굴이 반듯하고 건강한 처녀였다. 중학교를 중퇴하고는 어머니를 도와 줄곧 가사를 돌보고 있었다.

잠시 후, 반쯤 채워져 있는 막소주병과 유리잔과 김치보시기가 얹힌 개다리소반을 들고 나온 상은은 마루에 걸터앉아 있는 아버지 앞에 조심스럽게 놓았다.

"미군들 공사가 임박해 다들 야단인데, 네는 나가도 안 보고 방구석에서 뭐하노?"

"그기이 무슨 구경거리라도 됩니꺼? 그러는 아부지는 와 집에 계신데예."

"뭐?"

"아부지는 우리 동네 이장 아입니꺼."

"허헛, 자슥."

치조는 실소를 터뜨렸다. 말인즉슨 맞는 말이었다. 명색이 이장이면 마을주민들의 이익을 앞장서서 지키고 대변해야 하는 존재가 아닌가.

그러나, 지금 그에게는 가능한 수단이나 대책이 아무것도 없었다. 주민의 한 사람으로서 속수무책 지켜볼 따름이었다. 그나마 이장이란 이름 때문에 같이 나서기가 뭣해 뒷전에 물러나 있는 그였다. 그런데, 다른 사람도 아닌 딸이 그런 자기 아픈 데를 뜬금없이 콕 찍은 것이다.

갈래머리 흔들며 돌아서는 딸의 뒷모습을 조금 어이없는 심정으로 바라보다가, 치조는 코르크 마개를 빼고 유리잔에 술을 따라 한 모금 마셨다. 입속이 얼얼하도록 탁 쏘는 쓴맛이 오늘따라 어쩐지 여느 때 같지 않았다. 기분 탓일 것이었다.

치조가 날감 씹는 기분으로 묵은 김치를 안주 삼아 소주를 석 잔째 들이켜고 있을 때였다. 고샅 쪽에서 부산스러운 발소리가 나더니, 그 체구에 어울리지 않게 강동한 몸뻬를 입은 아내의 모습이 삽짝 안으로 불쑥 들어섰다.

이옥례는 바락 소가지를 부렸다.

"참말로 속도 편한 사람이네. 이런 날 혼자 홀짝홀짝 술이 들어가요?"

"지랄 안 하나. 끌탕한다고 뭐가 달라지나?"

그렇게 대꾸하면서도 치조는 술병 마개를 닫아 술상을 한쪽으로 슬그머니 밀쳤다.

옥례가 마치 알 낳을 곳을 찾는 암탉처럼 마당에서 종종거리며 재촉했다.

"내가 미친닥하이. 여러 말 말고 일어서소, 고마."

"와?"

"미군들이 들판을 다 둘러보고는 막 내리가고 있소. 쐬넉가래를 단 차들이 올라와 갈아엎기 전에 보리를 대강이라도 훑어와야 될 거 아이가."

"아직 여물지도 않은 보리를 가져다 뭐할락고?"

옥례는 그예 주먹으로 자기 가슴을 쳤다.

"복장 터지겠네. 아, 덜 여물었을망정, 그거라도 건지다가 우찌 묵을 방도를 생각해 봐야 할 거 아이가. 빨리 준비하소 마."

그런 다음, 귀머거리도 들릴 만큼 큰 소리로 딸을 불렀다.

"와 그렇게 소리지르고 야단이고. 누가 귀 먹었나."

잠시 후 모습을 나타낸 상은이 얼굴을 찌푸리며 어머니를 타박했다.

"잔소리 말고 엄마 따라 들에 좀 나가자. 뼈빠지게 지어놓은 농사, 반의 반이라도 건지몬 여북이나 좋겠나. 아이고! 세상 살다살다 무신 이런 놈우 세월이 있겠노."

옥례는 연신 호들갑을 떨며 광에서 커다란 마대며 면포대 따위를 있는 대로 찾아내고 대바구니를 챙기는 등 부산을 떨었다.

잠시 후, 치조네 세 식구는 집을 나섰다. 자루들을 뭉쳐 옆구리에 낀 치조가 터벅터벅 앞장서고, 대바구니를 하나씩 든 옥례와 상은이 그 뒤를 따랐다.

아내의 성화에 못 이겨 나서기는 했지만, 치조는 썩 내키지 않았다. 지금 훑어오는 보리가 과연 식량구실을 할 수 있겠느냐는 의구심보다도, 명색이 이장이라고 남이 자기 주제꼴을 보면 어떻게 생각할까 하는 체면의식 때문이었다.

그러나, 고샅을 빠져나와 들녘에 발을 들이면서 그것이 쓸데없는 군걱정이라는 사실을 깨달았다. 다른 집 사람들도 그네와 똑같은 행장으로 너 나 없이 들로 나오고 있었기 때문이었다.

논에서 보리이삭을 너더댓 자루나 훑어다 집에 가져와 마당에 아무렇게 부려놓은 치조네 부부는 맥이 풀려 마루에 걸터앉아 한숨만 토하고 있었다. 잔뜩 부어터진 딸은 자루를 팽개치자마자 아무 말 않고 자기 방에 들어가버린 다음이었다.

봄에 정 먹을 것이 없으면 설익은 햇보리를 이삭째 훑어다 솥에 넣고 찐 다음, 절구로 옮겨 대강 찧어서 겨를 완전히 떨어내고 찐 쌀처럼 씹어먹거나, 다시 절구에 넣고 소금을 약간 뿌려 차지게 찧어서 보리떡을 만들어 대용식량으로 이용하는 것이 이 땅의 농민들이 춘궁기(春窮期)를 이겨내고자 오랜 경험으로 터득한 눈물겨운 생활지혜의 하나였다.

그런데, 치조네가 수확 아닌 수확을 해 온 보리는 걱정했던 대로 기대치보다 너무 덜 여물어 있었다. 아까운 욕심에 허리가 결리고 손마디가 쓰려 거의 피가 나도록 분주하게 움직인 노동의 소득이건만, 굳이 쪄서 찧어야 할지 말아야 할지 선뜻 마음을 결정할 수가 없었다.

"아깝아라, 아깝아라! 세상에 이런 얼척없는 일이 어디 있겄노. 한 달만 놔두도 충분히 묵을 수 있는 보리를 이 지경으로 내삐야 한단 말가. 아이고!"

억장이 무너지는 듯, 옥례의 넋두리가 또 본격적으로 시작될 모양이었다.

치조는 똑같이 답답하고 막막한 심정에서 평소의 그답지 않게 버럭 역정을 내고 말았다.

"그렇게 징징댈 거를 와 그리 극성을 떨었노. 모두 개골창 옆에 쏟아 내삐라. 소여물로나 믹이든지."

"죄받을 소리 그만 하소. 애면글면 우떻게 가꾼 곡식인데. 어느 한 포기 내 손길이 가지 않은 기 없는데."

"아, 묵을 수나 있는 거를 가이꼬 그런 말을 해야지. 하이튼 자네 호들갑 극성에는 손들었닥하이."

가슴에 소금 집어넣는 소리를 더 이상 해서는 안 될 것 같아, 치조는 온건한 목소리로 덧붙여 물었다.

"지금 광에 곡식이 얼매나 남아 있노?"

"몰라. 쌀이 작은 독으로 반 독, 보리쌀이 그보다는 쪼깨 많을는지."

옥례는 심란한 투로 대답하고 나서, 조금 간격을 두었다가 혼잣소리처럼 말했다.

"정 다급해지몬 친정에서 얻어다 묵든지 해야지 뭐."

"그래서야 어디 되겄나."

대꾸는 짐짓 그렇게 했지만, 솔직히 말하면 치조도 은근히 기대되는 바가 없지 않았다. 옥포만 안의 큰 해안마을 덕포리에 있는 처가는 그 마을에서 부농으로 행세하는 집안이기 때문이었다.

"그나저나 농사를 이리 망쳤으니, 분하고 원통해서 우찌하꼬."

도저히 심화를 가눌 수 없게 된 옥례는 그예 주먹으로 자기 가슴을 두드리고 땅이 꺼져라 한숨을 내쉬었다. 혹 끼쳐오는 한숨의 지독한 단내에 치조의 코가 다 질릴 지경이었다.

"너무 걱정 마락하이. 무신 수가 있겠지 뭐. 설마 산 입에 거미줄 치겠나."

"으이그, 평생을 들어 온 그 미적지근한 소리."

톡 쏘아붙인 옥례는 다음 순간, 갑자기 두 손바닥으로 얼굴을 가리고 흐느끼기 시작했다.

치조는 내심 깜짝 놀랐다. 아내의 상심이 그 정도일 줄 몰랐기 때문이었다. 오죽하면 그러랴 싶어 부드러운 말로 다독거렸다.

"쯧쯧! 남 우세스럽거로. 아, 그만해라. 누가 보겠다."

그래도 소용이 없자, 이번에는 한쪽 팔로 아내의 어깨를 지긋이 감싸 안았다. 그러고는 갖은 말로 다독거리며, 이 당혹스럽고 난감한 지경을 모면하는 데 도움이 될 만한 사람을 마음속으로 찾아보았다. 그러자, 누구 뚜렷한 대상이 떠오르기도 전에 먼저 불쑥 튀어나온 것은 큰아들 상국이었다.

그래, 그 장대 같은 놈이라도 집에 있으면 어떻든 마음이나마 든든하련만. 그러나저러나 지금쯤 어디서 어떻게 지내고 있을까. 무사하기는 할까.

아내를 푸근히 위안하는 남편의 위치에서 전쟁터에 있는 자식 걱정에 애간장 타는 평범한 아버지의 자리로 미끄러지며, 치조는 저도 모르게 큰 한숨을 내쉬었다.

그런데, 옥례는 그 한숨의 의미를 자기 나름으로, 말은 배포유한 척하면서도 농사를 망친 데 대한 깊은 상심의 증거로 해석한 모양이었다. 울음을 뚝 그친 그녀는 어깨에 얹힌 남편의 팔을 밀쳐내고 손등으로 눈물을 훔쳤다. 그런 다음 벌떡 일어났다.

의아해서 바라보는 남편의 눈길을 무시한 채, 그녀는 마당 한쪽 담벼락 밑에 있는 큰 무쇠솥에다 물을 붓고 보리이삭을 가득 안쳤다.

"우짤락고?"

"묵을 수 있을는지 없을는지, 한 번 쪄볼까 싶어서."

"아니, 뭐?"

치조는 기가 찼지만, 입을 다물고 말았다. 아내의 결연한 의지를 건드리기가 저어되어서였다.

옥례는 그예 아궁이에 불을 지폈는데, 결과는 역시 기대 이하였다. 적당히 익혀서 솥뚜껑을 열고 보니, 낱알이 아직 제대로 들지 않은 보리이삭은 절구에 넣고 찧을 형편이 도저히 못 되었다.

낙심한 그녀는 또 주먹으로 자기 가슴을 치며 한탄하기 시작하더니, 끝도 없이 이어질 것 같던 넋두리가 어느 순간 뚝 멎었다. 질금거리던 눈물마저 그치고는 솥의 보리이삭을 커다란 채반에 퍼내더니, 다른 보리이삭을 쏟아 붓고 다시 불을 지피고 있었다.

"임자 지금 뭐하노?"

치조는 기가 차서 아내를 멍하니 쳐다보며 물었다.

"아뭇소리 마소. 우짜든지 묵거로 해볼 모양인께."

"미쳤나. 그거를 우떻게 묵는단 말고. 아깝은 나무나 태워 축내지."

"죄다 쪄 말리서 맷돌로 갈아 볼란다."

"아니, 뭐라꼬?"

"허기지몬 송기도 벗기다 묵는데. 이거 빻은 거는 명색 보릿가리 아이가. 묵으몬 묵지, 와 몬 묵겄노."

확신을 가지고 말하는 옥례의 이글거리는 눈빛에는 어떤 귀기마저 어려 있는 것 같았다. 그녀는 아궁이의 불꽃을 다시 활활 일으킨 다음, 멍석을 펴고 조금 전에 쪄낸 보리이삭을 쏟아서 헤쳐 놓았다. 건조시키려는 것이었다.

치조는 더는 아무 소리 못하고 멍하니 지켜보고만 있었다. 표변한 아내의, 그것도 결혼 이후 처음인 괴이한 집념과 행위에 어안이 벙벙하지 않을 수 없었다.

그러나, 그것이 옥례 자신은 물론 그네 온 가정을 나락으로 떨어지게 할 불행의 신호이며 시작이었음을 알게 된 것은 훨씬 뒤의 일이었다.

어쨌든 내외간에 그런 기묘한 일종의 대치국면이 지속되고 있을 때, 중학교 졸업반인 막내가 학교에서 돌아왔다. 한 손엔 책가방 다른 손에는 교모(校帽)를 든 상기는 으쓱거리는 걸음걸이로 마당에 들어서다 말고 아버지를 향해 까까머리를 꾸뻑 숙였다.

"댕기왔습니더."

"인자아 오나?"

치조는 덤덤히 받았다. 어느덧 거의 자기 키만큼 훌쩍 자란 데다 코밑수염과 구레나룻이 거뭇거뭇한 막내를 새삼스런 관심으로 쳐다보자, 또다시 큰아들의 모습이 의식의 한가운데로 불쑥 뛰어들어왔다.

"뭐합니꺼?"

상기가 물었다. 불룩한 마대며 면포대를 발견하고, 또 자기를 본 척도 않고 아궁이 속에 들어갈 것처럼 쪼그리고 앉아 열심히 불만 때는 어머니가 이상해서 묻는 소리였다.

“느그 엄마 보리이삭 찌고 있다.”

“보리이삭예?”

“묵을 수 있을까 해서 미군들이 갈아엎기 전에 훑어왔다만, 공연한 짓을 했는갑다. 낱알이 너무 안 여물어, 내가 보기엔 헛수고 같은데, 말리서 보릿가리 빻겠다고 저리 고집을 부린다 아이가.”

아들보다는 정작 아내 본인더러 들으라고 하는 허드레 불평이었다.

상기 역시 자기네 마을 들판이 곧 포로수용소 확장공사 구역 안에 들어가리란 사실을 들어서 알고 있었다. 아래채 마루에 책가방과 모자를 던지더니, 마대의 아가리를 벌려 속을 들여다보았다. 그런 다음, 입속으로 뭐라고 씨부렁대며 홱 밀쳐버리는 투가 팩하니 분노가 이는 모양이었다.

그는 주춤주춤 어머니에게 다가가 등뒤에 섰다.

“엄마.”

그제야 옥례는 돌아보는 시늉을 했다. 아들의 얼굴을 바로 쳐다보는 것이 아니라, 마지못해 바짓가랑이에만 시선을 주었다가 도로 거두어 간다고나 할까. 그뿐이었다. 다녀왔느냐는 메마른 한마디조차 없었다.

상기는 평소와 판이한 어머니의 냉대에 무색하고 얼떨떨한 표정이 되어 아버지를 힐끔 돌아보고는, 아래채 마루에 성큼 올라서서 책가방과 교모를 들고 자기 방으로 들어가버렸다.

그러할 즈음, 보리이삭을 삶는 구수한 냄새가 깊은 수심의 안개처럼, 이 집 저 집에서 피어올라 소슬 바람을 타고 온 마을에 퍼져 나가고 있었다.

인간분류

1

1951년 그해 봄, 삼팔선 언저리에서 중공군을 주축으로 한 공산군 대 한국군과 유엔군의 일진일퇴 피곤한 소모전이 계속되는 가운데, 나라 안팎에서는 전쟁의 향방에 커다란 영향을 끼칠 두 가지 사건이 터져 세상을 깜짝 놀라게 했다.

그중 하나는 '국민방위군사건'이었다.

전시에 신속하게 병력을 동원하기 위해 1950년 12월 국민방위군 설치법을 근거로 급히 창설된 군대가 국민방위군이었다. 그러나, 창설 직후 1.4후퇴작전이 불가피해져 방위군 100만 여 명의 장정들은 후방으로 집단 이송되었는데, 그때 방위군사령관 김윤근을 비롯한 몇몇 고위 장교들이 혼란기를 틈타 당시 화폐로 23억 원(圓)이나 되는 엄청난 군비(軍費)와 군량미 5만 2000석을 착복하는 부정을 저질렀다. 그 바람에 보급이 끊긴 방위군 장정들이 아사지경에 내몰렸고, 사상자만도 5만여 명에 이르렀다. 이 사건은 국회에서 폭로되어 진상조사단이 구성되었고, 진상조사 결과 착복금 중 일부가 이승만 정치자금으로 사용된 사실이 드러났다. 이에 반발한 부통령 이시영과 사건배후로 지목된 국방부장관 신성모가 사임하고, 4월 30일 국회가 방위군 해체를 결의함에 따라 장정들은 모두 귀가 조치 되었다. 국가전력에 막대한 손실을 초래한 김윤근 등 사건주범 5명은 7월 19일 군법회의에서 사형을 언도받고, 8월 12일 형장의 이슬로 사라졌다.

이것이 국민방위군사건의 전말이었다.

그 사건으로 온 국민이 경악하고 있을 때, 나라 밖에서는 유엔군 총사령관의 갑작스러운 교체가 이루어졌다. 트루먼 미국대통령이 더글러스 맥아더 원수를 해임하고, 그 후임에 매튜 B. 릿지웨이 대장을 임명했던 것이다. 중공군 개입에 분노한 맥아더의 만주 폭격 주장이 자칫 이데올로기 세계대전을 촉발하게 될까 염려한 미국 정계와 군부 비둘기파의 이해가 맞아떨어진 정략의 회오리바람이었다. 그 인사조치는 단순히 군사지휘관 교체라는 차원에 국한되지 않고, 한국인들의 통일 염원과 무관한 정전협상 기반을 조성하려는 의도가 깔려 있다는 점이 심각한 문제점이었다.

그즈음 거제도 포로수용소에서는 그런 요란하고 격동적인 주변정황에도 아랑곳없이 시설 확대 설치작업이 밤낮 없는 강행군으로 진행되었다.

독봉산 왼쪽에 제일 먼저 건설된 고현리 일대 제6구역 외에 독봉산 오른쪽, 당시 행정구역상으로 장승포읍에 속한 수월리와 양정리는 북한군수용소에 일부 중공군수용소가 포함된 제7구역과 제8구역으로 변했으며, 독봉산 뒤쪽의 일운면 문동리에도 역시 북한군 전용수용소인 제9구역이 들어섰다.

1차 건설공사가 완료된 것은 4월 말이었다.

수용시설은 시간에 쫓겨 처음에는 천막으로 된 간이막사로 시작했다가 차츰 목재와 함석 등을 사용해서 지은 제대로 된 막사로 개선해 나갔고, 수용소 운영에 필요한 부대시설과 지원설비 등은 처음부터 나무랄 데 없이 완벽한 수준이었다.

장평부두에는 대형 선박 너더댓 척이 한꺼번에 접안해 하역작업을 할 수 있는 반영구적 설비가 갖추어졌고, 거기서 가까운 와치마을 들녘에는 중형 수송기가 이착륙할 수 있는 활주로가 건설되었다. 미국군 제64야전병원과 요양소가 수월리에 세워졌으며, 발전선(發電船)이 고현만에 들어와 정박했다가 나중에 이동식 육상발전시설로 교체되었다. 장평부두 근처의 보급창고는 비행기 격납고를 방불하게 할 정도의 대규모였고, 수월리 제7구역에도 포로보급품을 저장하는 보조창고를 두었다. 거제도를 대표하는 명산인 계룡산 정상에는 한반도 전역은 물론 일본에 있는 유엔군총사령부하고도 직접교신이 가능한 고성능 군사통신소가 설치되었다.

그처럼 시설공사가 거의 완료되는 한편으로 포로 이송작전에 박차가 가해지면서 부산에 있던 '미국 제8군사령부 제1포로수용소' 기구조직이 고스란히 고현으로 옮겨왔다.

포로에 대한 경비관리의 권한과 책임은 전적으로 미국군 경비사령부 소관이었으나, 실질적으로 포로를 접촉하고 감시하고 제어하는 하위역할은 한국군 경비부대가 수행했다. 그래서 제6구역에 제32경비대대, 제7구역과 제8구역에 제33경비대대, 가장 나중에 개설된 제9구역에 제31경비대대가 주둔하게 되었다.

그러나, 그 정도 병력으로 17만 명이 넘는 포로집단을 다스리는 것은 아무래도 무리였다. 그래서 관리당국은 포로자치제를 도입해, 각 수용소별 평균 수용인원 약 6000명을 1개 여단으로 묶어 대대·중대·소대로 편성하도록 권장했다.

이에 고무된 포로들은 군사편제와 별도의 자치기구로서 최고책임자 여단장 지휘감독 아래 감찰부·경비부·교육부·위생부 등 각 부서를 두고 완전한 치외법권을 행사하게 되었다.

그 뒤에 거제도 포로수용소에서 일어난 피비린내나는 사태로 미루어 볼 때, 관리부담을 덜기 위해 허용한 포로자치제는 그들의 손에 흉기를 쥐어준 꼴이나 다름없는 매우 경솔한 미봉책이었던 것이다.

어찌되었건 간에 남한출신 의용군 제1진으로 시작된 포로이송은 관리시설과 경비 및 지원체제 구축작업과 동시에 진행되었고, 4월 말경까지 부산에 있던 인민군과 중공군 포로 모두가 거제로 옮겨왔다. 그 이후에도 전선에서 발생하는 포로까지 계속 합류시킴으로써, 거제도는 그야말로 포로천국이 되고 말았다.

64수용소에 배치된 최윤학은 거제도에서 포로생활을 시작하면서부터 자신의 의지나 희망과는 상관없이 자치조직의 핵심부에서 활동하게 되었다.

행운이라면 행운인 그 기회는 전혀 뜻밖인 데서 찾아왔다. 감찰대장이란 자가 느닷없이 감찰부 사무실로 불러 일방적으로 고위직함을 떠안긴 것이다.

"최 동무, 서울에서 대학 다녔다고 했던가? 그렇다면 우리 중의 누구보다 먹물을 많이 먹은 셈인디, 그 좋은 머리 어따 써먹을 것이요? 우리 투쟁과업의 중요한 역할을 맡아 능력을 발휘해야제. 인사과장 직책을 줄 텡께, 감찰에서 나랑 같이 한번 멋지게 일해보더라고. 알았지요이?"

무슨 선심성 특혜라도 베푸는 듯 득의의 미소를 지으며 그렇게 제안한 감찰대장은 제1진으로 거제도에 오는 도중에 LST함 선상에서부터 두각을 보였던 빨치산 출신 진상용 바로 그였다.

진은 서랍에서 완장을 꺼내어, 책상을 사이에 두고 마주앉은 윤학의 턱밑에 픽 던졌다. 까만 바탕에 흰 글씨로 '감찰'이라 박고, 글자 바깥에는 흰줄 세 가닥이 둘러져 있는 완장이었다. 그러는 자신은 이미 흰줄 네 가닥의 감찰완장을 차고 있었고, 그것은 곧 감찰대장이라는 어마어마한 직함의 상징이었다.

"감사합니다만, 찾아보면 저보다 유능한 사람이 있지 않을까요? 감찰의 특성에도 어울리는⋯⋯."

무슨 서류철인가에 펜을 끄적거리며 힐끔힐끔 쳐다보는 두 감찰서기의 시선이 부담스럽기도 했으므로, 윤학은 일단 그렇게 한 발짝 뒤로 물러서는 투로 대답했다. 거기에는 상대방의 무지막지에 대한 지적 우월감에서 비롯된 경멸감이 깔려 있었고, 자신도 내심 그 점을 부인하고 싶지 않았다.

진은 조금 어이없다는 표정으로 윤학을 쳐다보았다.

"아니, 동무는 시방 감찰인사과장 제의를 거절하는 거요?"

"별다른 뜻이 아니라, 자치제 초기인만치 업무가 원활히 잘 돌아가기 위해서는 적재적소 원칙으로 사람을 써야 하지 않겠는가 하는 뜻입니다."

"어쩐지 뼈 있는 소리로 들리누만. 가령, 나처럼 가방끈 짧은 놈은 감찰대장 재목이 아니다, 그런 뜻인게벼?"

"원, 별말씀을⋯⋯. 진 동무야 부산 있을 적부터 투쟁역량 막강하기로 공인된 혁명전사 아닙니까? 제가 말씀드린 건 단순한 일반론적 애깁니다."

껄끄럽게 받아들이다가 칭찬에 기분이 확 풀린 진은 걸상이 안정감을 잃을 정도로 몸을 뒤로 확 젖히며 밝은 얼굴로 말했다.

"거 여러 소리 말고 인사과장 맡으소. 아, 감찰완장에 흰줄 세 가닥이면 이 철조망 안에서 끗발이 얼마나 센지 잘 알 텐데 워째 그런당가. 하여튼 지금부터 저쪽 책상이 동무 자리어라."

자기 책상과 대각으로 약간 떨어진 빈 책상을 턱짓으로 가리키더니, 갑자기 자리를 차고 벌떡 일어나며 말했다.

"갑시다."

"어디루요?"

“아, 가 보면 알 거 아닌게벼. 여단부에서 중대회의가 있어라.”

진이 그러면서 앞장서서 문쪽으로 걸어나가자, 윤학은 여전히 서기들의 시선을 의식하며 어색하게 완장을 집어들었다.

이 완장을 차고, 나는 앞으로 어떤 운명의 소용돌이에 휩쓸리게 될 것인가.

그런 착잡한 생각에 뭔지 모를 이상한 압박감이 밀려오며, 손에서부터 찌르르한 전율이 전신으로 번져 나갔다. 서기들에게 고개를 까딱까딱, 그 나름으로 복합된 의미의 가벼운 목례를 하고는 걸음을 재게 놀려 진의 뒤를 따라 밖으로 나갔다.

봄날 오후의 포근하고 아늑한 햇살이 을씨년스런 풍경의 포로수용소 위에 고르게 퍼져 있었고, 대다수 포로들이 광장에 나와서 어슬렁거리는 가운데 2인1조로 분뇨통을 메고 행렬을 지어 정문쪽으로 향하는 3대대 작업반 포로들의 모습이 눈에 들어왔다.

윤학이 진을 따라 여단본부에 도착했을 때, 본부 막사 안에는 여단장을 비롯한 지도급 부서장들이 장방형 테이블 양쪽에 편한 자세로 앉아 담소를 나누고 있었다.

진이 윤학을 그들에게 소개하느라 분위기가 잠시 흐트러졌다.

윤학은 그들의 악수세례를 받으면서 신입자의 위축감 같은 것을 느꼈지만, 이내 그런 생각을 털어버렸다. 그들이나 자기나 약간의 시차는 있을지언정 거의 비슷한 출발일 뿐 아니라, 면면을 둘러보건대 자리에 걸맞은 제대로 된 교육을 받았을 성싶은 인물은 있어 보이지 않아 최고학부 출신의 자부심이 살아났기 때문이다.

여단장 조태복이 경비조장을 불러, 회의가 끝날 때까지 누구도 출입시키지 말라고 엄중히 지시했다. 그런 다음 개회를 선언했다.

“에, 그럼 지금부터 여단간부회의를 시작하겠습니다.”

마른 몸매에 키가 크고 도수 높은 뿔테안경을 쓴 조는 경기도 어

느 시골의 면서기 출신으로 알려져 있었다. 점심식사 배불리 했느
냐는 질문으로 시작한 시시껄렁한 인사말 끝에, 여단서기장을 돌아
보며 안건을 발표하라고 지시했다.

서기장 강영하가 일어나 오늘 중점적으로 다룰 안건은 '정신훈련
강화'라고 말한 다음 도로 앉자, 조태복은 깍지 낀 손을 책상 위에
눕히고 상체를 앞으로 조금 내밀면서 장황하게 늘어놓기 시작했다.

"에, 이제부터 본격적인 거제도생활이 시작된다고 봐야 하는데…
…그렇다면 앞으로 여기서 어떻게 생활하느냐, 어떻게 여기 관리당
국 놈들과 효과적인 투쟁을 벌이느냐 하는 것은 우리들 자신의 안
전문제는 말할 것도 없고, 지금 전선에서 국련군과 국방군을 상대
로 피나게 싸우는 공화국 전사들을 돕는 문제하고도 연관되는 겁니
다. 생각들 해 보세요. 우리가 관리당국을 힘들게 하면 할수록 적
의 부담이 커져 결과적으로 그만큼 전력손실을 초래케 하는 효과를
거두는 것 아니겠소? 직접 무기 들고 원쑤의 군대를 무찌르는 것
에는 비할 수 없을지라도, 우리가 당면한 현실에서 그 정도의 투쟁
을 벌이는 것만 해도 결코 의미가 작다고는 할 수 없을 겁니다. 그
렇지 않겠소? 그러기 위해서 가장 필요하고 중요한 것이 투철한
혁명정신과 투쟁의지이기 때문에, 집단적 투쟁정신을 극대화하는
것이 우리가 당면한 첫 번째 시급한 과제라고 봅니다. 그러니까,
정신훈련 강화에 필요한 구체적인 방법을 모색해 보자 하는 것이
의제의 기본취지인 겁니다. 자, 다들 좋은 의견 있으면 제시해 보
세요."

여단장 발제발언이 끝나자, 맨 먼저 손을 든 것이 윤학이었다.

모두의 시선이 윤학에게 쏠렸고, 조태복이 발언을 허용했다.

윤학이 일어서려고 하자 조가 앉아서 하라고 했으므로, 그는 들
썩이던 엉덩이를 걸상에 도로 내려놓고 입을 열었다.

"감찰인사과장 최윤학입니다. 제가 말씀드리고자 하는 것은 방법에 관한 것이 아니라, 그에 앞선 절차상의 문제에 관한 겁니다."

"절차상의 어떤 문제를 말하는 거요?"

조태복이 안경알을 번쩍이면서 물었다.

"여단장 동무께서 말씀하신 정신무장의 강화, 그거 대단히 좋습니다. 그런데 그게 이곳 수용소 전체의 통일된 지휘체계에서 나온 방침인지, 아니면 우리 64 단독으로 하자는 건지, 그것부터 분명히 짚고 넘어갔으면 합니다."

잠시 고개를 끄덕인 조가 말했다.

"감찰인사과장동무의 발언 일리가 있소. 좋은 지적이오. 헌데, 다들 아시겠지만, 아직까진 다른 구역하고는 물론 우리 6구역 안의 각 단위수용소 간에도 의사소통이 제대로 이루어지지 않고 있는 실정이에요. 빠른 시일 안에 통신망이 갖추어지고 지휘체계도 확립될 것으로 아는데……어쨌든 모로 가도 서울만 가면 되고, 어차피 해야 할 과업 아니겠소? 다른 데 비해 모범적으로 앞서가서 나쁠 거 없으니까. 잘 모르긴 해도 다른 데서도 비슷하게 움직이고 있을 겁니다."

요컨대 정신무장을 강화하자는 것은 64수용소의 독자적 과제로 삼고 출발하자는 뜻이었다.

곧이어 교양공부를 시작하자는 등, 의용군은 제대로 된 군사교육을 받지 못했으므로 제식훈련부터 시작하자는 등 하고 몇 가지 의견이 나온 끝에, 감찰대장 진상용이 발언권을 얻었다.

"여단장동무 말씀대로, 모범적으로 앞서가서 나쁠 거 없어라. 특히 우리 6구역은 의용군 어중이떠중이들이어서 공화국 정규군만 있는 7구역, 8구역, 9구역과는 사정이 많이 다르다는 걸 감안해야지요이. 거 뭣이냐, 방금 이야기가 나온 교양공부며 제식훈련도 좋지만, 가장 확실하고 효과적인 정신훈련은 처음부터 겁을 팍 줘뿌러 쫄병들 기합이 바짝 들게 하는 것이요.”
“구체적으로 어떤 것을 말하는 건가요?”
조가 묻자, 진의 대답은 간명했다.
“반동분자를 끌어내 처단하는 것이어라.”
갑자기 어디선가 한 가닥 찬바람이 불어들어와 막사 안을 서늘하게 지나가는 느낌이었다. 누군가는 헛기침을 하고, 침을 꿀꺽 삼키는 사람도 있었다.
분위기가 갑자기 냉각된 가운데 진상용의 다음 말이 이어졌다.
“공개적인 인민재판을 하면 아주 좋은디, 시기적으로나 여건상으로나 그게 여의치 않으니 우리 감찰대에서 약식으로 해뿐지면 되지 않을랍디여? 하루 한두 놈씩, 며칠에 한 번씩 치러 내면, 그 효과는 입 아프게 말로 하는 교육사업 백 번보다 나을 것인게.”
“반동분자를……대체 어떤 기준으로 선별합니까?”
조심스러운 어투로 물은 것은 3대대장 강주열이었다. 그는 항상 과묵하고 조용하며 매사에 신중하게 처신하는 온건파로 인식이 나 있었다.
그에 대한 진의 대답은 명쾌했다.
“선별은 무슨 놈의 선별이당가. 주위를 둘러보면 평소 무담시 투덜거리고 트릿하게 구는 자슥이 어디 한두 놈입디여? 그런 자슥을 콩나물단지에서 썩은 콩나물 골라 뽑아내듯이 찝어내믄 되지. 하여튼 그 문제는 우리 감찰에서 알아서 진행할 틴게 맡겨 주시오.”
두 시간 가까이 진행된 간부회의는 정신훈련 강화 외에도 서너 가지 안건을 상정해 다루었지만, 결론적으로 그날 의결사항의 가장 핵심은 감찰대장 진상용이 밀어붙인 반동분자 처단이었다.
내가 지금 섣부른 명예욕에 눈이 어두워 돌이킬 수 없는 파멸의

길로 들어서고 있는 것이나 아닐까.

윤학은 회의를 마치고 여단본부 막사를 나서며 자신에게 묻고 있었다. 기분이 착잡하고 무거웠다. 바깥의 환한 햇살조차 왠지 부담스럽게 느껴졌다. 그는 키가 자기 턱에 겨우 차는 진상용을 한 걸음 앞세우고 감찰부 사무실로 향하며, 얼마쯤 자포자기적인 쓸쓸한 심정으로 뇌고 있었다.

어쩔 수 없어. 가는 데까지 가 보는 거야. 어차피 이 전쟁에 소모품으로 휩쓸려들면서부터, 이놈의 땅덩이가 남북으로 반동강이 나면서부터, 아니, 더 거슬러 올라가 어쩌다 우연히 들여다보게 된 책 몇 권으로 사회주의 혁명에 심취되었을 때부터, 너 최윤학의 운명은 이미 결정됐던 게 아니냐고. 이제 와서 돌이킬순 없는 노릇이야.

한밤중이었다.

드문드문 늘어선 보안등만 두텁고 육중한 어둠을 가까스로 떠받치고 있을 뿐, 취침나팔소리를 신호로 소등한 지도 서너 시간이나 지난 포로수용소는 괴괴한 정적 속에 묻혀 있었다. 이따금 감시망루의 서치라이트가 기다란 빛줄기로 시커먼 어둠 속을 휘젓고, 순찰경비차량의 엔진소리가 여운을 끌며 이어지다가 사라지는 것이 밤의 절대지배권을 흠집 내는 유일한 파격이었다.

그러나, 포로수용소 전체가 그처럼 고요함 속의 깊은 잠에 빠져 있지는 않았다. 야행성 동물들이 밤의 적막 속에서 벌이는 살벌한 생존경쟁처럼, 목숨이 걸린 치열한 줄다리기가 그 속 모퉁이에서 벌어지고 있었다.

제6구역 64수용소 감찰본부에서 가까운 경비소대 막사, 두꺼운 즈크천으로 외부와 차단된 천막 안에는 40촉짜리 백열 텅스텐 전구

두 개가 내쏘는 연한 황색 불빛 아래 짐승 도살장 같은 참혹한 광경이 연출되고 있었다.

포로 한 명이 알몸으로 걸상에 앉아 두 팔이 등받이 뒤로 젖혀져 걸상과 함께 단단히 결박되어 있었다. 심한 타박상을 입어 전신에 성한 데가 없고, 얼굴도 피투성이로 일그러져 처참하기 짝이 없는 몰골로 거칠게 가쁜 숨을 몰아쉬고 있었다.

주위에는 감찰 또는 경비 완장을 찬 포로 대여섯 명이 둘러싸고 있었다. 그들 가운데 소매를 걷어올린 두 명은 피묻은 몽둥이를 들고 있었다. 싸늘하고 눅눅한 공기 속에는 비릿한 피냄새까지 퍼져 분위기를 더욱 살벌하게 만들었다.

결박포로의 정면에는 책상이 놓여 있고, 책상 너머 걸상에는 말상에다 눈초리가 치켜올라간 경비소대장 박수봉이 담배를 꼬나물고 앉아 있었다.

박은 담배꽁초를 책상 모서리에 비벼 불을 꺼 아무렇게나 휙 던졌다. 그런 다음 결박포로를 험상한 눈길로 노려보며 감정을 억누르는 억양으로 말했다.

"목숨 건질 수 있는 마지막 기회야. 죽고 싶지 않으면 질문에 똑바로 불어. 알았어?"

결박포로가 말없이 고개를 들어 그를 바라보았다. 고통이나 두려움보다는 절망이 더 짙게 묻어난 눈빛이었다.

"포로가 된 날짜와 장소, 소속 부대명을 다시 대 봐."

결박포로가 입을 열었다. 기운은 없으나 발음은 또렷했다.

"작년 8월 3일인가 4일인가 잘 모르겠고, 장소는 경상북도 의성인가 하는……나중에 들어 알게 되었소."

"소속부대는?"

"8사단 83연대요."

“임마! 83연대가 너 한 사람이야? 다 너 혼자 꺼야? 대대 중대 소대까지 정확히 대.”

“3대대 1중대 2소대요.”

“연대장 이름은?”

“잘 모릅니다.”

“뭐? 직속상관 이름도 몰라? 이 새끼! 그러니까 거짓말하고 있다는 게 증명 되잖아.”

“연대장 이름을 들은 적이 있어야 알 거 아뇨. 배치된 지 얼마 되지도 않았고.”

“그래, 좋아. 그럼 국방군한테 붙잡혔을 때 상황을 자세히 설명해 봐.”

“아까 말한 그대로요.”

“이 새끼야! 주둥이 다시 까라면 까.”

옆에 서 있던 경비대원 하나가 욕을 퍼부으며 주먹으로 사정없이 마구 볼따구니를 후려갈겼다.

결박포로의 고개가 구십도 옆으로 돌아갔다가 되돌아왔다. 입에서 새로운 피가 주르르 흘러내렸다. 그러나 아무렇지 않은 듯, 덤덤히 말했다.

“그날 새벽 우리 분대가 정찰 나갔다가 국방군 수색대를 만나 사격전이 벌어졌소. 그러다 급히 퇴각하는데, 난 하필 발목이 삐끗하는 바람에 낙오하고 말았소. 그래서 붙잡힌 거요.”

박이 잇새로 밀어내는 듯한 음성으로 쏘아붙였다.

“닥쳐! 그따위 새빨간 거짓말이 통할 거 같아? 넌 일부러 낙오해 투항한 거야. 그렇지? 이 반동놈의 새끼!”

“반동 반동 하지 마시오.”

“뭐 어째?”

“난 정말 억울하단 말이오. 증거를 대 봐요. 내가 어째서 반동인
지.”

“이 새끼 봐라. 네놈이 이 민족해방전쟁에서 우리 공화국이 결국
에는 질 거라고 지껄였잖아. 그런데도 반동이 아니라고?”

“나 그런 말 한 적 없소.”

“증인이 두 사람이나 있는데도?”

“누군지 데려와 대질시켜 봐요.”

“끝까지 오리발 내밀 거란 말이지? 안 되겠구먼. 솔직히 인정하
고 용서를 빌어도 시원찮을 판에. 악질 놈의 새끼!”

박은 일단락을 짓겠다는 듯 깍지 낀 손을 뒤통수에 대고 상체를
뿌듯하게 젖히며, 각목을 들고 있는 포로에게 눈짓을 했다.

지시를 받은 두 포로가 손바닥에 침을 뱉고 다가서자, 결박포로
는 별안간 짐승처럼 울부짖으며 광적으로 몸부림쳤다. 그 바람에
의자와 함께 옆으로 나동그라지고 말았다.

그 위에 사정없는 무차별 난타가 가해졌다. 육질을 때리는 둔한
파열음과 걸상 나무에 부딪치는 메마른 탁음이 불규칙하게 번갈아
울리고, 피가 튀면서 실내 공기 속의 비릿한 냄새가 짙게 퍼졌다.

박은 마치 폭력의 진행에 따른 피해자의 변화를 관찰이라도 하
듯, 가만히 지켜보고 있었다. 눈만 약간 가늘게 뜬 표정 없는 얼굴
은 얼음처럼 차가웠다.

이렇게 포로수용소에서의 무자비한 고문은 인간의 영혼을 파헤치
고, 그 영혼의 깊이를 적나라하게 드러나도록 만들었다.

결박포로는 얻어맞을 때마다 비명을 질렀으나, 그 소리가 곧 신
음으로 바뀌고, 그것도 차츰 낮아지더니 끝내 잠잠해지고 말았다.
그러고 나서도 무지막지한 구타는 한동안 더 진행되다가, 박이 제
지의 뜻으로 손을 들어서야 겨우 끝났다.

박은 피곤한 표정을 지으며 부하들에게 턱짓을 했다. 어떤지 살펴보라는 뜻이었다.

결박포로 위에 몸을 구부린 경비대원이 이내 허리를 곧추세우고 돌아보며 고개를 저었다.

박이 짧게 물었다.

"갔어?"

"숨은 아직 붙어 있습니다."

"그럼 끝내버려."

경비대원이 결박포로를 반듯이 눕혔다. 포로는 발목까지 걸상 다리에 묶인 탓으로 걸상의 굴곡과 일치된 기묘한 자세가 되어 널브러져 있었다.

경비대원이 가슴 위에 발로 일격을 가했다. 갈비뼈 부러지는 소리가 들렸다. 부러진 뼈가 폐를 찔렀고, 포로는 의식불명 상태에서 별다른 고통 없이 금방 절명하고 말았다. 코와 입에서 시커먼 피가 줄줄 흘러나와 바닥에 커다랗게 번져나갔다.

이윽고 경비대원이 물러나자, 박이 아무렇지도 않게 말했다.

"내다 묻어. 삽질 말끔히 하라고."

인간의 생명과 인간의 존엄성이 지닌 가치가 더 이상 인정을 받지 못하는 세계, 인간의 의지를 박탈하고, 그를 단지 처형의 대상으로 전락시킨 세계, 이런 세계에서 개인의 자아는 끝내 그 가치를 상실하게 된 것이었다.

2

이송작전도 끝나고 거제도 포로수용소가 기반구축기로 들어가던 5월 초순 무렵이었다. 살랑한 봄바람보다 더 마음을 설레게 하는 소문이 드넓은 수용소 안에 쫙 퍼져 끼리끼리 쑥설쑥설 술렁거리게 만들었다.

"이제 곧 분류심사를 해서 군인과 민간인을 따로 가려낸다지?"

"민간인은 곧바로 석방 시키고, 군인은 사상을 따져 공산포로와 반공포로로 분리한다나 봐."

"그렇게 되면 어느 놈은 손뼉 치며 희희낙락하고, 어느 놈은 눈에 쌍심지 켜며 펄펄뛰겠군 그래."

"보나마나 큰 소동이 벌어지겠는걸. 걱정된다, 걱정돼."

그 중에서도 가장 민감한 반응을 보인 것은 제6구역 각 수용소 포로들이었다. 분류심사가 그들을 대상으로 실시된다고 알려졌고, 어쩌면 제6구역만 해당된다는 말도 들렸기 때문이었다.

제6구역 포로들은 거의 다 남한출신 의용군이지만, 그동안의 관리상태가 워낙 엉망이었던 탓으로 북한군 출신과 민간인 억류자도 상당수 섞여 있었다. 그와 같은 뒤섞임은 다른 구역들의 경우도 크게 다를 바가 없었다.

어쨌거나 첫 심사대상으로 알려진 제6구역의 분위기는 당연히 다른 곳에 비해 더욱 달아올랐다. 어떤 포로는 이 지긋지긋한 생활을 맨 먼저 청산할 수 있게 되었다며 기뻐하고, 석방이란 선물을 선뜻 받아야 할지 내쳐야 할지 마음의 갈피를 못 잡아 고민하는 자도 있었다. 가족을 만날 희망에 부풀어 싱글벙글하는가 하면, 분류심사의 저의를 제멋대로 왜곡한 나머지 '제국주의 양코배기놈들'에게 갖은 욕설을 퍼붓는 게정꾼도 있었다. 요컨대, 포로수용소 최고의 이슈인 동시에 화젯거리가 분류심사였다.

그런 들뜨고 어수선한 분위기에서 혼자 슬그머니 뒤로 물러나 딴 생각에 빠져 있는 사람이 있었다. 64수용소 2대대 4호 막사의 포로 윤석규였다.

사실은 심사의 날을 누구보다 간절히 기다리는 그였다. 심사관

앞에 서면 자기는 형식만의 의용군이었을 뿐, 완전한 민간인이라고 우길 작정이었다. 그래서 하늘이 두 쪽 나도 석방자 대열에 서고 말겠다는 각오였다. 그러면서도 섣부른 감정노출로 약점을 드러낼까봐 조심에 조심을 거듭하고 있었다. 운명적으로 공산포로들을 상대해 투쟁해야 하는 부득이한 국면에 처하면 목숨 걸고라도 앞장설 각오가 되어 있지만, 그 투쟁은 오로지 생존과 자유를 쟁취하기 위한 극단의 마지막 카드가 될 것이었다. 생존과 자유, 그 행운의 기회가 스스로 찾아오는데 굳이 목숨 내놓고 싸워야 할 이유가 전혀 없었다.

어쨌거나 석방만 되면 그만이다. 제발! 내가 철조망을 벗어난 뒤에 이놈의 수용소가 깡그리 무너지든 엎어지든 내 알 바 아니야.

그런 이기적 욕심이 동료포로들에게 내심 조금 미안쩍기는 해도, 그 동료들을 위해 자기를 희생하거나 그들과 생사고락을 끝까지 같이 하고 싶은 생각은 추호도 없었다. 인간의 자유가 보장되는 세계, 그 속에서의 자유로운 삶은 그 무엇과도 교환하거나 대체할 수 없는 절대가치로 그의 의식에 굳어져 있었다.

그러나, 상황은 그가 원하는 방향으로 순조롭고 원만하게 진행되어 주지 않았다. 우선 공산포로들의 노골적인 방해공작이 시작되었기 때문이었다.

분류심사가 확정적으로 내일모레쯤 실시될 것이라고 알려진 날 저녁, 석규가 속한 4호 막사 포로들이 8시에 시작될 취침점호를 앞두고 느긋한 대기상태로 휴식을 취하고 있을 때였다.

갑자기 보초경비의 깜짝 놀란 듯한 경계구령에 이어, 몸매가 땅딸막하고 팔에 넉 줄 감찰완장을 찬 사내가 막사 안에 불쑥 들어왔다. 감찰대장 진상용이었다.

수용소 내의 유명인물로서 하늘의 새도 떨어뜨릴 듯 위세가 막강한 그 고위간부의 느닷없는 방문에 4호 막사 포로들은 바짝 얼어붙고 말았다.

그런 분위기를 즐기기라도 하는 듯, 느릿느릿한 걸음으로 복도 중간까지 들어와 멈추어선 진은 모든 사람들이 들을 수 있게 큰 소리로 말했다.

"나 감찰대장 진상용이어라. 시방 동무들을 보아하니 앞으로 있을 분류심사 땜에 다들 말들이 많은 거 같은디, 이제부터 내 말 똑똑히 들으시오."

막사 안은 바늘 떨어지는 소리도 들릴 듯 조용하고, 얼음같이 싸늘한 냉기만 감돌았다.

"동무들은 바깥소식에 캄캄한께 다들 모를 것이요만, 우리 정보통에 의할 것 같으믄 지금 전선에서는 조국의 씩씩한 전사들이 승승장구로 국방군과 국련군을 압박해 밀고 내려오는 중이오. 따라서, 남반부가 해방되어 북남통일이 이루어지는 것은 확실하고, 문제는 오직 시간일 따름이어라. 그래서 내가 여러분한테 당부하고접은 건 다름이 아니고, 거 뭣이냐, 우리가 지금 비록 명예롭지 못한 포로 신세가 되어 있을망정 이런 처지에서나마 조국을 위한 투쟁정신을 발휘해야 안 쓰겠는가, 먼저 결론부터 말하자믄 그런 뜻이어라. 대강 알아듣겄지요이?"

진은 일단 말을 끊고 좌중을 둘러보았다.

포로들은 묵묵부답인 채 옆사람 눈치만 살폈다. 그가 하는 '조국을 위한 투쟁'이란 말에 명치를 얻어맞은 듯했다. 그 부류들이 일상용어처럼 쓰는 '투쟁'의 공격성과 피냄새를 그동안의 공동경험을 통해 알만큼 아는 그들이었다. 긴장감이 거북한 나머지 괜히 헛기침으로 목을 다듬는 사람도 있었다.

자기 말의 위력을 확인한 진은 득의의 미소를 지으며 말을 이었다.

"그럼 우리가 전개할 투쟁은 대체 어떤 것이냐. 간단히 말하자믄 분류심사 자체를 무용지물 헛수작으로 만들어뿌자, 그런 말이어라. 무용지물 헛수작이라……흐흐흐. 이게 구체적으로 무슨 뜻인가 하면, 동무들 중에서 민간인은 단 한 명도 나와선 안 된다는 것이어라. 이 원칙을 다들 명심하도록 하시오. 그럼 심사하는 놈이 물을 때 자기가 어떤 대답을 해야 쓰겠는가 하는 건 뻔하지 않으요? 다들 아시겠지요이? 그라고 설령 '나 민간인이요'라 대답하고, 그래서 석방되어 나간들 무슨 뾰족한 수가 있겠소? 지금 바깥에선 전쟁통에 인민들의 참상이 말이 아니어라. 어른 아이 할 것 없이 헐벗고 굶주려 부황 들거나 죽어 나자빠지는 판에, 나가봤자 거지꼴밖에 더 되겠소? 집에 돌아가는 것도 그래요. 기껏해야 입 하나 더 보태어 가족들한테 짐이 되기밖에 더할랍디어? 그럴 바엔 차라리 잘 먹고 편안하게 여그 있는 거이 현실적으로 백번 나아야."

포로들은 이상하다는 생각이 들었다. 진이 내세운 전제와 그 다음 말의 내용이 어쩐지 이가 맞지 않는다는 느낌을 받은 것이다. 앞에서는 '투쟁'이라는 거창한 명분을 내세웠으면서, 뒤에는 기껏해야 얌전히 포로생활을 지속하라는 소극적인 방법을 말하고 있지 않은가.

포로들이 그런 의구심을 가지는 가운데, 진은 그의 사상이나 신분으로는 얼토당토않은 것 같은 언설을 보태고 있었다.

"솔직히 말해, 이 전쟁통에 여그처럼 편안한 세상 어디 있간디? 별로 하는 일 없이 빈둥빈둥 적당히 시간만 죽여도 삼시세끼 배불리 먹여주겠다, 입히고 재워주겠다……. 잠자리가 좀 그렇긴 하요만, 그래도 전방에서 고생하는 동무들에 비하겠소? 아, 먼데 생각할 것 없이, 여그서 우리를 지키는 국방군 애새끼들 꼬라지 좀 보시요이. 하나같이 못 먹어서 배리배리하고 꺼치리하고……. 옷차림 새는 또 그게 뭐다요? 후줄그레하고 꾀죄죄한 게, 깡통만 들었으 믄 꼭 영도다리 밑에 쭈그리고 앉은 거지새끼나 진배없어라. 으하 하하! 안 그렇소?"

진은 자기의 비유가 마음에 썩 드는지 홍소를 터뜨렸고, 몇몇 포 로의 입에서도 실소가 비어져 나왔다.

"그 애들에 비하믄 으쨌거나 우린 미제 신품으로 쫙 빼어 입은 신사 아녀라. 그렇지요이? 담배 하나만 해도 개네들 피우는, 거 뭣 이냐, '화랑'인가 하는 그거 우리들 '자유'에 비하믄 어디 담배 축에 나 듭디여? 양코배기들은 어수룩하고 순진해서 국제적으로 포로 대우에 관한……거 뭣이냐, 제네바협정인가 뭔가 하는 것에 지나칠 정도로 맞추려고 하는디, 솔직히 고백하건대 나 남원골 촌놈인디, 서른댓 살 먹도록 여태까지 지금처럼 호의호식에 편안한 생활 해본 적이 없구만이라. 체중을 달아본 일이 없어서 모르긴 하지만, 내가 지금이라도 우리 집에 나타나믄 눈이 나쁜 우리 엄씨가 날 잘못 알 아보고 '손님 누구요?' 하실 거 같단게로. 하하하!"

이번만은 따라 웃는 사람이 없자, 진은 얼른 웃음을 거두고 엄숙 한 표정이 되었다.

"어디 나만 그런가. 여러분 역시 나하고 비슷한 처지, 비슷한 생 각일 것이요. 안 그렇소? 으쨌든 이렇게 우리가 먹고 입고 쓰는 거 다아 양코배기놈들과 남조선 괴뢰정부 놈들한테 부담을 지우는 것 잉게, 우리가 여그서 생활하는 자체가 이론적으로 보건대 조국을 위하고 적을 힘들게 하는 투쟁효과를 충분히 발휘하고 있단마시. 그렇기 때문에, 앞으로 돌아가서……여러분은 한 명의 이탈자도 없 이 결정적 시기가 닥쳐올 때까지 흔들림 없이 여그서 버티고 있으 믄서 투쟁하자, 그런 말이어라. 알겠지요이? 여기 만약 분류심사

에서 '나 민간인인께 석방시켜 주시오' 하고접은 동무 있소? 있으
믄 어디 손들어 보시오."

손을 드는 사람이 있을 턱이 없었다. 얼음장 같은 긴장감이 감도
는 가운데 모두 옆사람 눈치만 힐끔힐끔 살필 뿐이었다. 비로소 그
들은 진의 의중을 제대로 이해할 수 있었고, 과연 그다운 발상이라
는 감탄과 함께 새삼 어떤 두려움마저 느꼈다.

좌중을 휘휘 둘러본 진은 매우 흡족한 듯 회심의 미소를 띠며 못
을 박았다.

"이 막사에는 그런 반동적 생각을 가진 동무가 한 사람도 없는
모양이니 다행이네. 좋소. 참으로 영웅적인 훌륭한 태도요."

그러더니 자기가 조성해 놓은 긴장된 분위기를 사뭇 흩트려 놓자
는 수작인 듯, 침상 빈자리에 올라가 벌렁 드러누우며 타령조로 지
껄이고 있었다.

"어어허! 달력에서 또 하루, 이 지겹고도 즐거운 거제도의 하루
를 또 지워뿐저야 쓰겄네이."

그처럼 극과 극을 왔다갔다하는 비상식적 작태에 어안이 벙벙해
진 포로들은 벌어진 입을 다물지 못하고 조심스럽게 서로 눈길만
부딪쳤을 뿐이었다.

진이 윤석규네 막사 포로들에게 분류심사를 우회적으로 보이콧하
도록 강요한 것과 마찬가지로, 공산포로가 주도권을 잡은 모든 단
위수용소 내지 막사에서도 똑같은 일이 벌어지고 있었다.

그러나, 아직은 거제도 포로수용소의 체제 또는 기반이 확고하게
구축되기 전이고 개개인의 좌익 우익 색깔조차 선명히 드러나지 않
은 과도기였기 때문에 공산포로들의 조직력이 큰 힘을 발휘하지 못
했고, 그래서 분류심사를 무위화시키려는 활동에 그다지 큰 탄력이

붙지 못한 것이 사실이었다.

그 점은 석규에게 다행이었다. 공산포로들이 방해공작을 하거나 말거나 분류심사를 자유세계로 탈출하는 절호의 기회로 생각하는 그로서는 자신감과 용기를 가지고 자기 의지를 드러낼 수 있는 여지가 그만큼 넓다고 판단되었기 때문이었다.

그런 가운데 마침내 분류심사를 실시하는 날이 밝았다.

64수용소 포로들은 일과 시작시간인 오전 7시부터 3개 대대별로 분류심사를 받게 되었고, 석규가 속한 제2대대의 심사장소는 광장 변두리 철조망 근처였다. 책상 세 개가 철조망을 등진 채 약간의 간격으로 나란히 놓였고, 제6구역 담당 경비부대인 한국군 제32경비대대에서 차출된 하사관들이 한 사람씩 두툼한 인명부가 펼쳐진 야전책상 너머에 앉아 개인별 신상상담 형식으로 분류심사를 진행해 나갔다.

심사가 끝나면 곧바로 이동할 수 있도록 개인소지품을 미리 챙겨 들고 나온 포로들은 경무장한 경비병들의 경계감시 속에 정렬한 채 초조하게 서 있다가 결국 땅바닥에 퍼지르고 앉아 무료하게 시간을 죽이다가, 드디어 자기 차례가 되면 심사관 앞에 나아가 선 채로 질의에 응답하고 덧붙여 의견을 제시하는 식이었다. 그런 다음, 심사관 판정이 내려지면 군인포로와 민간억류자로 구분되어 경비병들의 지시에 따라 한쪽에 따로 정렬해 앉음으로써 새로운 수용소 또는 막사에 배치되게 되었다.

포로들은 처음에는 자기 운명이 걸린 일이므로 온 신경을 모아 앞사람들의 심사광경을 주시했으나, 시간이 흐를수록 어느덧 긴장감이 풀려버렸다. 잡담을 늘어놓거나 철조망 밖의 풍경, 특히 마을이며 주민들의 모습을 유심히 구경하기도 하고, 그것도 저것도 시들해진 포로는 무릎을 세워 끌어난고 코를 처박거나, 꺽지고 배포가 있는 포로는 경비병의 주의도 무시한 채 아예 더플백을 베개 삼아 땅바닥에 드러누워 토막잠을 자기도 했다.

남녘의 봄은 확실히 빨랐다.

철조망 밖 올망졸망한 초가집들 뒤쪽으로 밋밋하게 솟아올라간 선자산은 겨울의 때를 벗어버린 지 오래여서 초록빛 아니면 연둣빛으로 완전히 옷을 갈아입었고, 햇살이 포근한 한낮에는 어느 쪽으로 눈길을 돌려도 쉽게 아지랑이를 발견할 수 있었다. 밤이면 어디선가 간간이 들려오는 개구리 울음소리가 잠 못 이루는 포로들의 한숨을 자아내기도 했다.

성천은 지금 어떨까.

석규는 짙은 눈썹 아래 그 탐색적인 눈으로 철조망 밖의 산과 마을 풍경을 망연히 바라보며 속으로 뇌었다. 그는 쿨렁쿨렁한 더플백을 뭉치듯이 접어 오른쪽 옆구리를 받치고 비스듬히 기대앉아 있었다.

평안남도 성천은 그의 고향이었다. 특히 그가 나서 자란 산골마을은 4월말경이 되어도 아직 물러가지 않고 버티는 겨울과 싱싱한 기운을 뽐내는 새봄이 힘겨루기를 하는 고장이었다. 양지쪽에서는 나무며 풀이며 새순이 한창 돋아나는데, 골짜기 음지의 개울물은 아직 얼음 그대로였다. 말하자면 겨울이 끝나기도 전에 봄이 성급하게 찾아온다고나 할까.

그러나, 이미 그 고향은 망각되어도 하나 아쉬울 것 없는 산야였다. 뼈저린 한을 품고 외면하며 돌아섰기에 다시 찾아가고 싶지 않고 찾아갈 수도 없는 곳이었다.

사칫하면 상념의 질퍽거리는 늪 속으로 빠질 것 같은 석규를 구제하려고 의식을 환기시키듯, 아니면 장난을 걸 듯, 어디선가 흰나비 한 마리가 나타나더니, 심사를 기다리는 대열 중간에서 조금 앞쪽 가장자리에 앉아 있는 그의 앞으로 나풀나풀 날아왔다.

어, 요녀석!

석규가 순간적으로 손을 뻗어 잡으려고 했으나, 나비는 아주 쉽사리 그의 손길을 벗어나 나풀나풀 날아가버렸다.

불현듯 나비가 부러웠다. 철조망 따위가 전혀 장애가 되지 않는 나비처럼, 자기도 저 살벌한 철조망을 벗어나 온 산야를, 끝도 없이 이어진 신작로를 질주하고 싶었다. 달리다가 가슴이 터질 듯해 쓰러질 때까지 달리고 또 달리고 싶었다.

스르르 눈이 감겼다. 자유에 대한 영혼의 간절한 소망이 어느덧 고향 산야를 달리는 그의 어린 모습으로 형상화되어 닫혀진 망막 안에 꿈결처럼 파노라마처럼 선명히 떠올랐다. 그 산, 마을과 집들, 아름드리 정자나무, 그리고 낯익은 얼굴들. 그러나 그 속에 그의 가족, 양친의 모습은 없었다. 아니, 스스로 제외해버리고 있었다. 이미 이 세상에 존재하지 않는 두 분이었다. 떠오를 때마다 마치 불필요한 영상필름을 편집하듯 기억에서 억지로 가위질해버리며, 그때마다 자기 심장 귀퉁이까지 같이 잘려 피가 뭉클뭉클 새는 아픔을 감수해야만 하는 대상이었다. 그처럼 부모의 모습을 고집스럽게 외면하면서, 어린 그는 이를 악문 채 달리고 또 달렸다. 무슨 야생짐승처럼 울부짖으며…….

문득 누가 발을 툭툭 건드리는 바람에, 석규는 쪽잠에서 얼른 깨어나며 반사적으로 상체를 곧추세웠다.

경비병이 내려다보며, 빨리 대기위치로 나가라고 지시했다.

어느덧 그가 대열의 맨 앞이었다. 석규는 아직 백일몽의 여운을 완전히 떨어내지 못한 채 얼른 더플백을 집어 들고 일어나 대여섯 명 대기자들 옆에 가서 섰다. 곧 석규의 차례가 왔으므로 심사관 책상 앞으로 다가갔다.

일등중사 계급장을 단 심사관은 석규를 힐끗 쳐다보고는 눈앞에 펼쳐진 인명부로 시선을 가져가며 사무적으로 빠르게 물었다.

"번호와 성명."

"40298번 윤석규입니다."

포로번호를 찾아 석규의 간단한 인적사항을 일별한 심사관은 그를 똑바로 바라보았다. 쏘는 듯한 눈빛이었다.

"몇 살이야?"

"스물여섯 살입니다."

"집이 어디야?"

"경기돕니다."

"경기도 어디?"

대답하기 무섭게 일부러 기총소사처럼 빠르게 던지는 질문에, 석규는 그만 말이 막히고 말았다.

"경기도 어디냐고?"

"그, 그건……."

"왜 더듬거려. 너 진짜 의용군 아니지? 인민군이면서 가짜로 의용군 행세 하는 거잖아."

"아, 아닙니다. 전 민간인입니다."

다급하다 보니 엉뚱한 거짓말이 튀어나왔다.

심사관의 눈이 가늘어졌다.

"뭐? 민간인?"

"예. 사실은 피란 오다가 미군한테 붙잡혔습니다."

"이 자식이 누굴 속이려고 그래. 이런 전쟁판에 임마, 징집적령기인 스물여섯 살짜리 민간인이 어디 있어. 그리고 너 말투 그거, 요령을 부리긴 하지만 경기도가 아니야. 이북 억양이잖아. 그렇지?"

"아닙니다!"

"닥쳐! 이 새끼가 끝까지 사람 헛바퀴 돌리려 하고 있어."

소리를 버럭 지른 심사관은 경비병을 불러 석규를 군인포로로 분류된 무리 쪽으로 보내라고 지시했다.

얼굴이 구릿빛에서 청동빛으로 변한 석규는 책상 모서리를 붙들고 결사적으로 호소했다. 워낙 다급하다 보니 본래의 말씨가 튀어 나왔다.

"심사관님! 사실은 내래 아바이가 반동분자로 총살당하고 어마이는 그 홧병으루다 돌아가셔서 공산당이라면 티가 떨리는 사람입네다래. 기런 내가 공산포로들 속에 와 들어가야 합네까? 절대 안 됩네다."

"허헛, 짜아식. 드디어 본색을 드러내는군."

"아니, 정말입네다. 제발 믿어 주시라요."

"시끄러, 임마!"

석규의 호소를 냉정하게 물리친 심사관은 경비병에게 끌려 나가는 그에게 눈길도 주지 않고 대기자들 쪽을 향해 짤막하게 외쳤다.

"다음!"

이 날의 분류심사에서 황당한 낭패를 당한 사람은 비단 윤석규 한 명이 아니었다.

기본소양이 부족한 군인심사관들은 포로의 구성적 다양성을 전혀 고려하지 않고 이들을 무조건 부역자 아니면 공산당으로 취급했다. 이런 몰지각한 흑백논리식의 형식적인 심사결과가 어찌되리라는 것은 불보듯 자명한 이치였다. 석규 같은 반공청년이 공산포로가 득실거리는 제7구역 수용소에 보내지는가 하면, 남로당이나 빨치산 등 골수 공산주의자가 민간억류자의 탈을 쓰고 반공포로수용소에 버젓이 침투하기도 했다.

　요컨대, 저질의 분류심사로 옥석과 흑백이 뒤섞이는 양상이 됨으로써, 결과적으로 피비린내 진동하는 거제도 포로수용소의 비극을 촉진하는 결과가 된 셈이었다.

　늦은 저녁이었다.
　8시 점호를 마치고 취침나팔소리를 들으며 잠자리에 들어간 지 한 시간도 더 지났건만, 아직 잠을 못 이루고 부스럭부스럭 뒤척이는 포로가 한둘이 아니었다.
　"아빠, 나 추워."
　아들이 아버지의 품속으로 파고들며 작은 소리로 칭얼거렸다.
　"추워도 참아야지."
　"그래도 추운 걸 어떡해."
　"용오야, 이 정도는 견뎌야 사내인 거야. 눈감고 억지로라도 잠을 들어 봐."
　김병수는 그렇게 타이르며 아들을 꼭 껴안았다.
　남녘의 봄이라지만, 어두워지면 저만치 도망가 있던 겨울의 끝자락이 살그머니 되돌아온 것처럼 밤기운은 썰렁하고, 설상가상으로 최근 이삼일 동안 비까지 내려 추위가 한결 더했다.
　무엇보다도 견디기 어려운 것은 땅바닥에서 올라오는 냉기였다. 흙바닥에 방수포를 깔고 산에서 베어 온 풀을 간 다음 다시 방수포를 펴고 그 위에 가마니를 깔았지만, 고작 그 정도로 냉기와 습기가 해결될 리 만무했다.
　"동무는 애까지 데리고, 고생이 많구려."
　옆자리의 포로가 병수 쪽으로 돌아누우며 작은 소리로 말을 걸었다. 목이 짓눌린 것 같은 탁음이었다.
　"그러게 말이오."

“애가 몇 살이오?”

“열 살.”

“어쩌다 이렇게 되었소?”

지금까지 몇 번인지도 모르게 무수히 들은 똑같은 질문이었다. 그러나, 병수는 개의치 않고 선선히 대답하는 것으로 나름의 원칙을 정해 놓고 있었다. 자기보신의 한 방법이기도 했다.

“얼떨결에 공연히 피란을 나섰다가 길에서 미군을 만나지 않았겠소. 손짓 발짓 다 해가며 설명해도 도무지 말이 통해야지. 무조건 차에 올라타라고 하기에 ‘아하, 덕분에 다리 아픈 건 면하게 되었구나’ 하고 은근히 좋아했는데, 알고 보니 그게 아닙디다. 이리저리 끌려다니다 결국 못 풀려나고 도착한 곳이 부산 가야리수용소지 뭐요. 허허허!”

“어쨌거나 공차 얻어 탔으니 고생은 면한 셈이구면, 뭐.”

“먼 길을 걸어온 사람들에 비하면 그렇긴 하지. 허허허!”

“고향이 어디요?”

“경기도 평강.”

“다른 가족은 없소?”

“마누라하고 딸애가 있는데, 처갓집에다 맡겼다오. 마누라가 몸이 아파 데려올 형편이 아니라서. 어떻게 살아는 있는지…….”

병수는 자칫하면 감정의 푸른 심연 속에 빠질 것 같아, 마치 그것이 구원의 방법이기라도 한 듯 아들의 작은 몸을 꼭 끌어안았다.

시시콜콜 남의 일에 파고드는 성격인 듯, 포로의 질문이 이어졌다.

“피란은 왜 나왔소? 가족이 한데 뭉쳐 살아야지. 우리 같은 군인이야 선택의 여지가 없지만.”

“옳은 말이오. 실수한 거지. 잘못 판단했던 거지. 다들 피란 안

가면 죽게 되는 것처럼 떠드는 바람에 엉겁결에 떠났지만, 실로 후회막급이라오.”

“누구나 판단착오는 할 수 있지. 어쨌든 전쟁이 끝나는 대로 빨리 고향에 돌아가야겠구려.”

“가야지요. 갈 수만 있다면야. 그러나, 전쟁이 끝나야 말이지.”

“머잖아 끝날 거요. 그렇게 되지 않겠소? 통일이 되든지, 휴전이 되든지……. 우라질 놈의!”

말 끝마디를 그렇게 내뱉은 포로는 뒤통수를 보이며 반대쪽으로 돌아누웠다. 병수의 개인사를 집적거림으로써 한때의 무료함을 달래려 하다가, 자기감정의 올가미에 걸려버린 모양이었다.

불현듯 자동차 엔진소리가 들려오더니, 헤드라이트 불빛이 천막의 두꺼운 즈크천을 훑듯이 비추고 지나갔다. 가까운 데 있는 한국군 제33경비대대의 순찰차량이리라.

병수의 6대대 10호 막사를 포함한 77수용소가 소속된 수월리 제7구역은 72중공군포로수용소만 제외하고 순전히 북한인민군 포로수용소였다. 그러니, 병수 같은 경우는 도정(搗精)한 쌀 속의 뉘 같은 존재였고, 그 자신 그런 자기 처지의 불리함 내지 위험성을 잘 알고 있었다. 그렇기 때문에 서글서글하고 낙천적인 본래의 성품을 십분 발휘해 누구하고나 무난한 인간관계를 유지함으로써 주목을 피하려고 몹시 조심하고 있었다.

“아빠, 나 배 아파. 똥이 나오려고 해.”

용오가 품속에서 몸을 약간 뒤채며 걱정스러운 소리로 속삭였다. 뒤미처 작은 방귀소리까지 내었다.

“뒷간에 가야겠니? 정 못 참겠어?”

“응.”

“원, 녀석.”

병수는 하는 수 없이 부스스 자리에서 일어나 아들을 데리고 밖으로 나왔다.

바람이 불지 않아 고요함 속에 정체되어 있기 때문일까, 바깥 기온은 오히려 막사 안보다도 더 포근하고 아늑한 느낌을 불러일으켰다. 곰처럼 튼실하고 둔하게 생긴 병수는 한쪽으로 몸을 기울여 아들을 감싸안고 변소로 향했다.

그가 속한 6대대의 변소는 제8구역의 81수용소가 건너다보이는 철조망 바로 옆이고, 거기까지 가자면 서너 막사를 거쳐야만 했다.

"궁둥이에 힘줘 똥구멍을 꽉 죄어. 바지에 싸면 큰일이니까."

"알았어."

"변소까지는 참을 수 있겠냐?"

"응."

아버지와 아들이 이런 대화를 나누며 두 번째 막사를 막 지나려고 할 때였다.

돌연, 모퉁이에서 막대기를 든 두 사내가 불쑥 나타나 앞을 가로막았다.

"누구야?"

한 사내가 짧고 메마른 소리로 수하(誰何)를 했다. 이른바 CP(캄파운드 폴리스)라고 하는, 자체 경비대에 속한 포로였다.

"10호 막사 김병수라고 합니다. 아들놈 데리고 뒷간에 좀 가려구요."

"취침 전에 볼일을 보면 좋잖아요. 빨리 끝내고 들어가시오."

"예."

경비대원과 엇갈려 헤어진 병수는 아들의 손을 잡아끌며 변소로 향했다.

말이 좋아 변소지, 드럼통 아래위 중간을 잘라 만든 똥통을 가지

런히 놓고 그 위에 팔뚝 굵기 정도의 통나무를 서너 개 걸쳐 발판
으로 딛고 올라앉도록 해 놓은 것이었다. 칸막이도 없고 위쪽도 터
진, 그야말로 완전한 옥외간이노천변소였다.

통나무 사이로 발이 미끄러져 빠지지 않도록 아버지의 도움을 받
아 조심조심 똥통 위에 올라간 용오는 엉덩이를 까고 쭈그려 앉기
무섭게 물똥을 내리 쌌다.

"배탈이구나. 까딱했음 바지에 쌀 뻔했잖아."

"……."

"녀석, 고깃국에 너무 빠진다 했더니……. 뭐든 게걸스럽게 먹
으면 탈이 나는 법이니까 조심해. 알겠냐?"

"응."

병수가 진동하는 똥냄새를 피해 몇 발짝 떨어져 나오자, 용오가
엉거주춤 일어설 듯하며 다급한 소리로 불렀다.

"아빠, 어디 가?"

"가긴 어딜 가. 담배 한 대 피우려고 그런다."

"거기 있을 거지? 멀리 안 갈 거지?"

"사내자식이 겁은……. 여기 있을 테니 걱정 말고, 다시 나오지
않아도 되도록 천천히 아주 다 싸버려. 알았냐?"

"응."

아들은 다시 똥통 위에 쭈그리고 앉고, 아버지는 호주머니에서
담뱃갑을 꺼냈다. 한 개비 빼어 물고 성냥을 그어 불을 당겼다.
'자유'라고 새겨진 포로용 담배로서, 이북에 있을 때는 구경도 못한
궐련이었다. 그 맛있는 연기를 거푸 들이마시는데, 아들이 불렀다.

"아빠."

"왜?"

"나 엄마랑 용순이 보고 싶어."

그 말을 듣는 순간, 병수는 가슴 한쪽이 뜯겨 나가는 통증을 느꼈다. 갑자기 담배맛이 달아나버렸다.

"이 녀석아, 생뚱맞게 그런 소린 왜 해."

"그래두……. 잘 있을까?"

"잘 있지 않구. 외할머니 댁에 있으니까 걱정 없어."

"우리 언제 집에 가?"

"곧 가게 될 거야."

"곧 언제?"

"글쎄, 전쟁이 머잖아 끝날 테니까. 그땐 지체 말구 집에 돌아가자. 응?"

"알았어."

그러고는 잠시 후 또 툭 던지듯 물었다.

"근데, 피란은 왜 왔어?"

은근히 책망하는 투였다.

"누군 오고 싶어서 왔냐? 국방군이 뙤놈들 군사에 밀리고, 다들 피란 가야 한다고 서두르는 바람에 휩쓸려 떠나왔지."

"그래도 난 이런 수용소보다 집이 좋아."

"거 왜 자꾸 아빠 속상할 소릴 하고 그래. 쓸데없는 소리 그만하고, 추운데 어서 끝내."

병수는 짐짓 언성을 높임으로써 아들의 입을 막아버렸다. 그러면서도 속으로는 철부지한테 그런 말을 들어도 싸다는 생각이 들었다. 왜 그런 어리석은 판단을 경솔하게 행동으로 옮겼던가 후회되었다. 가족이 한데 서로 부둥켜안고 있으면 되지, 붉은 세상 파란 세상이 뭐 그리 중요하단 말인가. 지금까지 몇 번이나 거듭된 후회인지 몰랐다.

그의 눈길이 자신도 모르게 북녘 하늘을 향했다. 어두운 하늘에는 은가루를 뿌린 듯 별들이 눈앞에 가득했다.

여보, 어떻게 지내는가? 몸은 다 나았는가? 우리 용순이도 잘 있고?

불현듯 목이 탁 메이면서 콧등이 시큰하고, 순간 수많은 별들이 일렁거렸다. 주먹으로 눈가를 닦으며 아들의 존재가 의식되어 제풀에 밭은기침으로 목을 다듬었다.

그때였다.

왼쪽 저만치 어느 막사 모퉁이에서 날카로운 호루라기 소리와 수하(誰何) 소리와 함께 몇 사람이 후닥닥 튀는 기척이 들려왔다.

"아빠, 저게 무슨 소리야?"

용오가 조금 겁이 난 소리로 물었다.

"모르겠다. 별일 아니니 걱정 말고 얼른 끝내고 나와."

병수는 아무렇지 않은 듯 대꾸했지만, 사실은 그 역시 속으로 흠칫 놀란 것이 사실이었다. 아니, 놀라움으로 끝난 정도가 아니라, 어쩐지 소슬바람처럼 밀려오는 불길한 예감을 떨쳐버릴 수 없었다.

3

4월 하순에 군인포로와 민간인 억류자를 구별한다는 취지로 실시되었던 분류심사는 결론적으로 실패작이었다.

진행상의 준비부족과 졸속이 문제시되어 제6구역도 제대로 마치지 못한 채 중단되고 말았지만, 그로 인한 부작용은 심각했다. 반공포로가 공산포로수용소에 보내지는가 하면, 공산포로가 공작을 목적으로 가면을 쓰고서 반공포로수용소에 침투하기도 했다. 또, 민간인 판정을 받았다 해서 당장 석방되는 것이 아니라 억류생활은 여전히 계속되었고, 오히려 그들의 막사는 남로당이나 공비 출신들의 득세와 주도권 장악으로 더욱 불안분위기만 조성되었다. 요컨대, 분류심사는 차라리 하지 않느니만 못한 꼴이 되고 말았다.

그래도 아직 대부분은 군인포로거나 민간인 억류자거나 간에 공산 또는 반공의 색깔이 그다지 뚜렷하지 않았다. 그런데, 공산포로들이 선수를 쳐서 주도권을 장악하고 조직 확대에 박차를 가함에 따라, 상대적으로 위기감을 느낀 반공포로들 역시 조직력을 동원해 반발함으로써 급격히 이질적 양극화로 치닫게 되었다.

그 분류심사에 의해 윤석규가 떼밀려 간 곳은 제7구역의 77수용소로서, 모든 간부급 포로가 공산주의 사상이 투철한 장교들로 구성되어 있는 곳이었다.

새로 옮긴 곳이 정규 북한군 전용 수용시설 중의 하나일 뿐 아니라 그곳 분위기며 색깔이 빨개도 보통 빨간 것이 아님을 알게 되자, 처음에는 절망한 나머지 눈앞이 캄캄했다. 그렇게 기대하고 갈망하던 석방은커녕 더 까마득한 구렁텅이로 빠지고 말지 않았는가.

그러나, 곧 정신을 가다듬고 자신에게 용기를 불어넣었다.

호랑이한테 물려가도 정신만 차리면 산다고 했어. 놈들의 눈에 띄지 않게 죽은 듯 처박혀 있다가, 기회 봐서 우익세력이 주도권을 잡고 있는 수용소로 탈출해야지. 여기라고 해서 모두 대가리 속이 온통 시뻘건 놈들만 모여 있는 것은 아닐 테니. 정 부득이하면 생각이 올바른 동지 한 사람 두 사람 규합해서 피터지게 싸워 놈들을 제압하면 되지 뭐. 그렇게 할 수 있을 거야. 할 수 있고말고.

그러나, 석규의 각오와 다짐에도 불구하고 그를 둘러싼 현실은 점점 어렵고 위험한 상황으로 흘러가고 있었다.

처음부터 친공좌익 성격이 뚜렷한 77수용소는 관리당국의 포로자치제 방침을 기화로 호전적인 붉은 색깔을 더욱 짙게 드러냈다. 호칭에 따르는 수식어를 '동무'로 통일하고, 북한군 제식훈련에다 군가를 부르며, 걸음걸이도 마치 목각인형 동작처럼 딱딱한 그들 본래의 보행법을 따랐다. 지급된 작업복을 멋대로 뜯어 북한군 제복과 모자로 개조해 착용하고, 거기에 계급장까지 만들어 붙여 완전한 북한군 체제로 급속히 변모해 갔다. 관리당국이 수고를 덜고자 심사숙고도 없이 도입한 포로자치제가 결과적으로는 그들에게 날개를 달아 준 꼴이나 다름없이 되고 말았다.

그들은 관리당국이 마련한 포로교육도 거부하거나 자기네 방식대로 왜곡했다.

원래 유엔군 민간정보교육국이 주관해 편성한 포로교육은 공산주의에 대한 민주주의의 우월성을 선전한다는 잠정적 대원칙 아래, 구체적인 프로그램으로는 자활기술훈련, 한국과 중국의 역사·정치·경제, 자유세계 여러 나라의 발전상 등을 가르치고, 정서순화를 위한 문화활동으로는 영화 관람과 라디오 청취, 미술창작·음악연주·연극공연 등 취미활동을 할 수 있도록 권장 지원하고 있었다. 그런데 공산포로들은 관리당국의 의도와 조치에 반발하거나 배척하고, 그와 같은 기회를 세포조직 확대와 정보수집 및 상호통신 등의 기회로 적극 활용했다.

석규가 홍인조를 알게 된 것은 5월 어느 날 '신밧드의 모험'이라는 영화를 함께 보면서였다.

그날 저녁어스름 무렵부터 77수용소 광장 한쪽 가설무대 위에는 이동식 대형 스크린이 설치되고, 주변의 외등들이 모두 침묵하는 가운데 스크린 앞쪽에 포로들이 꾸역꾸역 모여들기 시작했다.

한 달에 20편 이상이나 각 수용소를 순회하며 상영하는 영화는 포로들의 흥미와 호응도가 대단해 가장 인기 높고 효과 있는 오락 프로그램이었다. 영화상영이 있는 날 저녁이면 저마다 좋은 자리를 차지하려는 선의의 경쟁이 벌어지고, 수천 명 장정들이 뿜어내는 땀내와 체온이 범벅된 후터분한 열기에 숨이 턱턱 막힐 지경이었다.

　포로들이 영화를 좋아하는 또 하나의 이유는 영화를 보는 날은 상영이 끝난 이후에야 취침점호를 실시하는 것이 관행으로 되어 있기 때문에 일찍 잠자리에 들지 않아도 된다는 것이었다.

　그날도 포로들은 땅바닥에 다닥다닥 붙어 앉아 각자 편한 자세로 잡담을 늘어놓으며 영화상영이 시작되기를 기다리고 있었다.

　석규의 자리는 스크린 정면 50미터쯤 비교적 좋은 위치였다. 그는 주변에서 웅성웅성하는 말소리를 귓등으로 흘리며 무릎을 껴안은 채 시간을 죽이고 있었다. 그때, 별안간 귀에 쏙 들어오는 것이 있었다.

　"어쩌니저쩌니 해두 양코배기 영화 하난 덩말 기뚱차단 말이."

　혼잣말처럼 뇌까리는 그 함경도 억양의 말소리는 바로 옆에서 들려왔다.

　석규가 힐끗 돌아보자, 옆의 사내도 고개를 돌려 그를 마주 쳐다보았다. 첫눈에 자기 또래거나 기껏해야 약간 연상일 듯한 인상이었다. 그 순간, 어스름 속의 그 짧은 눈맞춤에서 섬광 같은 빛이 교환되었다. 적어도 석규 자신은 그렇게 생각했다.

　사내가 나직한 소리로 다시 말했다.

　"안 그럼둥? 좋은 건 좋다고 솔딕히 인정해야지비. 입대 전에 소련영화르 두어 번 본 적 있는데, 지금 여기서 보는 미국영화보다 수준이 한참 떨어지오다. 동무도 소련영화 본 적 있음둥?"

　"아니, 없습네다."

　석규는 거짓말을 했다. 고향의 학교 운동장에서 상영하는 소련영화를, 그것도 전편(全篇)이 아니고 뒷부분을 본 적이 있었다. 그러니 그 한 번의 경험으로 미국영화와 소련영화의 격차를 논할 처지도 사실은 아니었다.

사내가 바짝 다가앉으며 거의 귓속말로 주워섬겼다.

"동무가 못 봤다이 하는 말인데, 소련영화 보다 보므 공산주의 선전하는 거 은연중 느낄 수 있지비. 그런데, 미국영화는 그런 냄새 안 풍기재앤소. 어찌 보므 흥미 위주 쓰레기 잡탕 내용인데, 조금 달리 보므 '아, 이런 거이 사람 살아가는 진짜 얘기구나' 싶거든. 하여튼 미국영화 재미있수다."

"영화 퍽 좋아하나 보오."

"기럼요."

간단히 시인한 사내는 몸을 더 기울여 석규의 귀에다 입을 바짝 갖다댔다.

"솔딕히 우리 배불리 먹구, 빈둥빈둥 펜안하구, 이런 오락거리까지 실컷 들기고 있는데, 지도부가 혁명덕 교양사업 암만 떠들어본들 무슨 효과 있겠음둥?"

사내는 비웃음을 발라 빠르게 속삭이더니, 얼른 조금 전의 자세로 돌아가 천연스럽게 시치미를 떼고 있었다.

이 자가 지금 날 시험하고 있어.

석규는 속으로 뇌었다. 그 역시 아무 일 없었다는 듯 무릎 안은 자세 그대로 잠자코 전방을 바라보았으나, 가슴속은 사내가 휘저어 놓은 소용돌이로 적잖게 흔들리고 있었다.

평상시에 포로들은 너나할것없이 촉각을 예민하게 곤두세우고 주위에 대해 경계망을 펴며 극도로 말을 조심했다. 자기 자신밖에는 아무도 믿을 수 없기 때문이었다. 누가 적이고 누가 한편인지, 상대방이 어떤 사상을 품고 있는지 불분명한 상태에서 어설프게 속내를 드러냈다가 어느 순간 뒷덜미를 우악한 손아귀에 움켜잡힐지 모르기 때문이었다. 그 결과 운수가 좋아야 병신으로 끝나고, 심한 경우 쥐도 새도 모르게 목숨을 빼앗겨야 했다. 반공포로 공산포로를 막론하고, 어느 쪽이 주도권을 쥔 수용소이건 긴장의 공포분위기가 만연해 있었다.

그런 사정을 모를 리 없는 자가 불온한 '반동적 언사'를 자기 귀에 슬쩍 흘려 넣어준 것이다. 떠보는 수작이라고밖에 달리 해석할 수가 없었다.

피차 어느 대대 어느 막사인지 소속을 모르니까 위험부담이 없다고 판단해 함부로 지껄인 건지도 몰라. 내가 빨갱이인지 아닌지 어찌 알고서. 그렇다면 이 친군 자기가 반공주의자임을 나한테 넌지시 암시한 건가. 내가 널 시험했으니, 너도 내 신호에 답해 다오, 하는 뜻으로. 아니면, 진짜 빨갱이로서 나한테 짐짓 미끼를 던진 건가. 옛다! 이 바보같이 미련한 놈아, 덥석 물어라, 하고.

석규는 옆자리의 포로가 던진 의혹의 그물에 친친 감겨 헤어날 수 없게 되었다.

얼마 후 영사기가 돌아가기 시작하고, 커다란 스크린에 온통 물결치는 총천연색 화상과 함께 서너 개의 확성기에서 울려퍼지는 음향효과로 수천 명 관객들이 정신을 빼앗겨 온 광장이 쥐죽은 듯 조용해졌으나, 그만은 머릿속이 생각으로 꽉 차다 보니 영화가 별로 재미도 없고 무슨 이야긴지 줄거리가 잘 잡히지도 않았다.

이윽고 영화가 끝나 스크린의 영상과 확성기소리가 사라짐과 동시에 광장의 외등에 불이 들어오고, 포로들은 모두 막사에 들어가기 위해 자리를 털고 일어났다.

석규와 옆자리의 사내는 약속이라도 한 것처럼 막사 쪽을 향해 나란히 걸어가기 시작했다.

사내가 호주머니에서 껌을 꺼내 석규에게 하나 주고 자기도 씹기 시작하면서 물었다.

"더런 모험영화 재미있디 않음둥?"

“글쎄.”

“난 재미있던데, 동무느 영화 별로 취미 없나 보오다.”

“뭐, 그저 그렇디요.”

“그럼 막사에서 쉬기나 하잰쿠, 와 나와서리 장장 두 시간 엉뎅이 배기도록 앉아 있음둥?”

“하하, 그래도 답답하게 드러누워 있는 것보단 나으니까니.”

각자의 막사로 갈라지게 되었을 때, 석규는 순간 용기를 내어 그에게 불쑥 제안하며 손을 내밀었다.

“통성명이나 하자우요. 내래 4대대 13호 막사 윤석규라고 합네다.”

“6대대 10호 막사 홍인조임다.”

상대방도 웃으며 마주 악수했다.

“우린 뭔가 통하는 데가 있는 거 같으니 가끔 만납시다래.”

“좋슴다. 좋고 말구요.”

다른 포로들은 무심하게 그들의 주위를 스쳐 지나갔다.

석규는 바로 다음날 늦은 오후 홍인조를 만나러 6대대 10호 막사에 찾아갔다.

그 다소 조급한 방문에는 나름대로 이유가 있었다. 홍이 정말 거기 있으면 있는 대로, 없으면 없는 대로 자기가 취할 분명한 대응 태도를 신속히 결정해야 하겠기 때문이었다. 그만큼 생면부지의 한 인간과 새로 관계를 맺는다는 것은 지금 그들의 사회에서는 위험한 모험이 아닐 수 없었다.

마침 침상의 가마니 바닥 위에 드러누워 있던 인조는 석규의 느닷없는 방문이 의외인 듯, 눈을 크게 뜨며 벌떡 일어났다.

“아니, 어쩐 일임둥?”

“심심하기도 하고, 홍 동무 생각이 나서요. 방해가 됐습네까?”

“원, 방해는……. 실은 내 역시 윤 동무 생각으 하던 참이었지비.”

“하하, 기래요? 역시 우린 통하는 데가 있수다래.”

인조는 석규를 먼저 밖으로 내보내더니, 잠시 후 뒤따라 나왔다. 그의 손에는 둘둘 만 옷가지 하나가 들려 있었다. 작업복 바지 같았다.

석규는 곧 그의 의도를 알아차렸다. 그것으로 군입정거리를 바꾸어 자기를 대접하려는 것이었다. 그처럼 온정으로 대하는 사람을 의심한 것이 내심 부끄러운 한편으로, 그를 동지로 끌어들일 수 있는 가능성이 크다는 희망에 가슴이 부풀었다.

그런데, 의외의 인물이 따라붙는 바람에 분위기가 이상해지고 말았다. 뒤미처 한 포로가 막사에서 나오며 말을 걸었기 때문이었다.

“동무들 보아하니 철조망 쪽에 가는 모양이구려.”

그 포로는 여남은 살짜리 소년의 손을 끌고, 다른 손에는 역시 작업복 바지로 보이는 옷가지를 말아 들고 있었다. 석규로서는 민간억류자 김병수와 초면이지만, 중년에 이른 나이와 전혀 군인답지 않은 분위기며, 무엇보다 어린애를 달고 있는 행색으로 봐서 그 주제꼴은 구태여 설명을 듣지 않아도 단박 파악할 수 있었다.

“아들놈이 주전부리를 하고 싶은 모양인데, 혼자 가기 뭣한 참에 잘됐소.”

병수는 그러면서 두 사람에게 다가왔다.

석규와 인조는 난처하다는 눈길로 서로 마주 보았지만, 그렇다고 그더러 따라붙지 말라며 내칠 수는 없었다. 진짜 이상하게 보일 것이기 때문이었다.

“네 몇 살이네?”

함께 외곽철조망 쪽으로 걸어가면서 석규가 소년을 돌아보고 물었다.

"열 살이요."

용오가 대답했다. 아이는 깡통을 오려 만든 모형자동차를 장난감으로 들고 있었다.

"그거 누가 만들어 주디?"

"아빠가요."

석규는 병수를 바라보며 씩 웃었다.

"솜씨가 상당합네다래."

병수도 싱글벙글 웃으며 대꾸했다.

"나도 내가 손재주 있다는 걸 여태 미처 몰랐어요. 철들고 나서부터 농사일만 배웠으니 알 턱이 있어야지. 이번에 철물공작소에 들어가서야 비로소 알았답니다."

포로에 대한 자활기술교육은 병수가 받고 있는 철물공작 외에도 목공·이발·구두수선·양복재단 등 다양한 분야에 걸쳐 시행되고 있었다.

병수는 석방되어 고향에 돌아가면 장터에다 대장간이나 하나 차릴 작정이라고 포부를 말했고, 석규와 인조는 실없이 웃으며 고개를 끄덕거렸다. 그러는 동안 외곽철조망 근처에 다다랐다.

포로 십여 명과 민간장사꾼 대여섯 명이 철조망을 사이에 두고 마주서서 벌써 흥정을 벌이고 있었고, 먼저 와서 볼일을 끝내고는 볼이 불룩하도록 뭔가 입에 잔뜩 넣고 우물우물 씹으며 돌아가는 포로도 있었다.

포로는 작업복이나 담요 따위 보급품으로, 장사꾼은 떡과 엿, 사탕과 과자, 또는 한두 가지 과일 등속으로 물물교환을 했다. 그 비정상적 상거래를 성립시키는 중요한 요건은 물품의 재화가치가 아니라 인간의 가장 원초적 욕구인 식욕, 단순히 그것이었다.

그런 단발식 교환거래는 포로가 휴식을 즐기는 척하며 철조망 근처에 얼씬거리고, 대기해 있던 장사꾼이 재빨리 달려옴으로써 전격적으로 이루어지곤 했다. 외곽경비를 맡고 있는 한국군 경비병은 대체로 보고도 못 본 척하는 편이었다. 그러다가 쌍방의 숫자가 점점 늘어나 문제발생의 우려가 있을 만하면 경비병이 현장에 나타나 장사꾼을 쫓아버림으로써 일과성(一過性)으로 간단히 정리되곤 했다.

표면적으로는 포로고객과 민간장사꾼 사이의 단순한 물물교환이지만, 한 꺼풀 벗기고 자세히 들여다보면 그 상거래 사이사이 일부는 공산포로와 북한간첩 간에 정보와 지령을 주고받는 은밀한 연락수단으로 활용되기도 했다.

포로수용소 관리당국 역시 그런 첩보활동을 우려했으나, 개연성만 있을 뿐 확실한 정황에 접근할 수 없을 뿐 아니라, 포로와 민간인 접촉이 워낙 예측불허의 불특정 장소에서 산발적으로 발생했다가 금방 끝나버리기 때문에 전혀 손을 쓸 수가 없었다.

인조는 작업복 바지 하나를 아직 맛이 덜 든 사과 세 개와 바꾸어 석규와 병수에게 하나씩 주었고, 병수는 역시 작업복 바지를 눈깔사탕 다섯 개 절편 네 개와 바꾸어 눈깔사탕은 몽땅 아들에게 주고 절편은 석규와 인조한테도 하나씩 나누었다.

"아즈방, 혹시 박운배라고 모름둥? 함남 풍산서 온 박운배."

인조에게 사과를 판 삼십대 초반의 여자가 흥정하는 짬짬이 아무 포로나 붙들고 절실한 음성으로 묻고 있었다.

대개는 고개를 젓고 말지만, 개중에 짓궂은 장난기로 천연스럽게 수작을 붙이는 포로도 없지 않았다.

"박운배? 그 사람이 아주머니 남편이오?"

"예. 아심둥? 박운배. 아즈방 아심둥?"

"우리 막사에 박운배란 동무는 있는데, 풍산사람인지 어떤지는 잘 모르겠는걸."

"좀 물어봐 주우. 풍산사람임으 틀림없이 우리 집 양반입꼬망."

"글쎄."

"제발 좀 말 전해 주우. 영진오마니 아아들으 데리고 피란 왔다고. 아즈방, 부탁하오다."

"알았소. 내 그 부탁 틀림없이 전할 테니, 그 절편 하나만 맛보기로 주구려."

간절히 매달리던 여자는 그제야 상대방의 속셈을 알아차리고는 샐쭉해서 외면해버렸다.

원, 미친 놈 같으니!

석규는 여자를 시시껄렁하게 우롱하는 포로에게 속으로 욕을 퍼부었다. 여자의 애절한 마음이 그대로 심금에 와 닿았기 때문이었다. 불현듯 엉뚱한 생각이 먼지바람처럼 풀썩 일었다.

나도 어머니가 피란 내려와 저렇듯 간절하게 날 찾으신다면……. 아니, 이북에 살아 계시기라도 하다면 얼마나 좋으랴.

자칫 감정의 늪에 빠질 것 같은 석규를, 인조가 지그시 끌어당겨 구제해 주었다.

"이만 갑세."

조금 서두르는 품새였다.

그러고 보니 가까운 외곽 감시초소 쪽에서 한국군 경비병 한 명이 이쪽으로 걸어오고 있었다. 장사꾼들을 쫓기 위해서였다.

석규와 인조와 병수는 사과와 떡을 먹으면서 막사로 돌아가기 시작했고, 한쪽 볼이 불룩한 용오는 흡족한 나머지 눈깔사탕을 쪽쪽 소리나게 빨면서 아버지의 꽁무니를 졸졸 따라갔다.

어느덧 날이 저물고 있었다. 하늘은 서쪽에 빛나고 있는 구름과, 짙은 청색에서 팟빛으로 끊임없이 색과 모양이 변하는 구름으로 살아 숨쉬었다. 그 빛나는 풍경은 그들의 음산한 막사와 날카로운 대조를 이루고 있었다.

몇 번 오가며 상대방을 저울질하던 석규와 인조가 결정적으로 가까워진 것은 신상이야기를 주고받은 다음이었다.

어느 날 오후 인조가 석규를 찾아왔고, 두 사람은 마치 산책이라도 하듯 광장 외곽 쪽으로 나란히 걸어나갔다. 이제는 피차 흉금을 털어놓아야 할 시점이라는 암묵적 합의에 의한 만남이었으나, 진지하게 대화할 수 있는 마땅한 장소가 없었다.

먼저 신상고백을 한 것은 석규였다.

"내래 고향은 평남 성천이고, 우리 아바이는 천석꾼까진 못 돼도 소작농 여럿을 거느린 지주였다오. 데법 부유한 집 외아들로 태어나 꽤 유복한 소년시절을 보냈디요. 아바이는 아들놈 좀 잘되길 바라는 부모욕심에 날 피양(평양)에 유학(遊學)까지 보냈디만, 내래 솔딕히 공부에는 뜻도 없고 머리도 따라주디 않아서리, 중학교 겨우 졸업하고 집엔 코빼기도 보이디 않은 채 피양역 부근에서 껄렁껄렁한 생활을 하고 있디 않았갔소. 그래설라무네 아바이한테 붙들려 혼띠검 당하고는 집에 끌려왔는데, 알고 보니 나뿐 아니라 우리 집의 운수는 거기까지가 한계였수다래. 해방 되고, 곧이어 빨갱이 세상으로 변하면서 우리 집은 하루아침에 풍비박산을 당하고 말았으니까. 놈들이 토지개혁을 구실로 재산을 몰수하려 들자, 성미 팔팔한 우리 아바이 반항하다가 총살당했고, 어마니하고 내래 빈털터리로 마을에서 쫓겨나 삼사십 리 떨어진 외갓집으로 간 겁네다. 그러니 갑자기 남편 잃고 거렁뱅이 신세 된 우리 어마니 심덩이 오죽했갔소? 몸져누워 눈물과 한탄으로 하루하루 연명하다 끝내 원한과 심화를 이기디 못해 그만 피를 토하고 돌아갔디요. 제기랄! 새삼 이 니야길 하자니 칼로 가슴을 째고 심장을 끄집어내는 것 같구만. 어쨌거나 놈들이 조국해방전쟁이니 뭐니, 하도 나발을 까며 닦달하는 바람에 하는 수 없이 끌려나오기는 했디만, 이가 갈리는 철천지원수들한테 내래 미쳤다고 충성할 것이며 누구 좋으라고 아까운 목숨 바치갔소? 전쟁터에 나가기만 하면 기회를 봐 투항귀순할 속셈으루다 기회를 노리고 있었디. 결국 낙동강전투에서 한밤중 후퇴명령이 떨어졌음에도 불구하고 참호 속에 죽은 듯 납닥 엎드려 있다가, 희뿌연 아침이 되어 고개를 살짝 들어 보니까니 국방군부대가 보이길래 겉옷 다 벗구 속옷바람으로 손들고 뛰어나간 겁네다. 이제 생각하면 그때 내래 참 바보짓 했시다래. 당장 국방군 군복으로 갈아입고 그 부대 따라 북진대열에 설 기회였는데, 가만히 생각하니까니 북에서 단 하루도 훈련을 받디 않고 인민군 군복을 입었기에 총도 잘 쏠 줄 모르면서리 어드렇게 국방군으로 싸우갔는가, 차라리 훈련소에 가서 훈련 받고 제대로 된 군인이 되자, 이런 욕심이 생기더군. 그래서 국방군훈련소로 보내달라고 했는데, 나를 인계받은 헌병대 자식들이 행정처리를 잘못한 바람에 엉뚱하게스리 부산 거제리수용소로 떨어지지 않았갔소. 낙심천만인 가운데서도 신분을 속이는 게 신상에 이롭겠다 싶어 거짓부리 소속을 대고서리 의용군 행세를 했디요. 그래야만 빨갱이놈들한테 투항귀순 사실을 숨길 수 있을 뿐 아니라 석방도 빨리 될 것 같았으니까니. 그러나 석방은커녕 이 거제도까지 흘러오게 됐고, 지난번 분류심사 때 멍청한 심사관을 만나는 바람에 이 77수용소로 떼밀려온 겁네다. 정말이지 세상에 나처럼 운 나쁜 놈이 있을까?"

석규의 이야기가 끝나자, 인조가 필요 이상의 악력으로 그의 팔

뚝을 꽉 잡았다.

"윤 동지 항상 그늘진 표정으 보구 어렴풋이 짐작으 했으나, 그 토록 피맺힌 사연 있는 줄으 몰랐습메. 덩말 뭐라구 위로해야 좋을 디 모르겠소꼬망."

"고맙소. 하지만 이제는 한낱 지나간 먼 이야기디요. 어쨌든 처음으로 홍 동지한테 털어놓고 나니까니 가슴이 시원하긴 하네 뭐."

"그런다고 그 원한 어디르 가겠슴. 어찌하든 김일성 이하 공산당 놈들으 모조리 때려쥑이고설라무네 남북통일으 이룩해 풀어얍지. 그래야만 윤 동지도 죽어서 부모님 떳떳이 뵐 수 있는 거 앙이갔소."

석규의 입에서 자신도 모르게 한숨이 새어나왔다.

"백 번 옳은 말이디만서두, 홍 동지가 말하는 그런 통일의 날이 언제 올까요? 지금 개성인가 어딘가에서는 정전회담이 열리고 있다는데."

인조가 조금 불만스러운 투로 말했다.

"이럴수록 우리 같은 반공우익청년들이 각오르 다지구서리 일어서야 하고, 그 우선으로 이 수용소 빨갱이새끼들으 모조리 때려잡아야 하잰겠슴. 다른 사람 아닌 윤 동지가 그처럼 약한 소리르 함으 어드케."

"미안하오. 내래 잠시 마음이 풀려서리……."

"사과할 것까지느 없고. 어쨌든 윤 동지르 만난 게 나 얼마나 위안 되고 힘이 나는지 모르오꼬마."

이렇게 말한 인조가 이번에는 자기 신상이야기를 늘어놓기 시작했다.

"내 고향은 함북 회령임다. 스무 살 되던 1944년에 청진 바로 아래 경성에 있는 경성고등보통학교르 졸업하고 고향 회령에서 보통

학교 선생이 되었꼬망. 왜정 때는 지금 중학교에 해당하는 고등보통학교 졸업하고 3개월 연수과정만 이수함으 준교사 자격증 취득해 보통학교 선생노릇으 할 수 있도록 제도화되어 있었다오. 그러다 해방 되어 모든 사회체제가 갑재기 극심한 변혁의 회오리에 휩쓸리는 바람에 내 교직생활은 고작 1년 만에 끝나고 말았디요. 마음 어수선해서 나 자신이 그만두고 말았지비. 남북한에 미국군과 소련군 들어오고 나서 세상이 어드케 변했는가는 윤 동지도 잘 알 테니 생략하고, 내 곤욕 치른 일이나 이바구합세. 당시 서울에서는 이른바 '모스크바 3상회의'에서 결정한 대로 우리나라르 5년간 신탁통치하는 문젤 놓고 미·소공동위원회가 줄다리기 협상으 벌이고 있었재엔 갔슴. 아니, 왜놈덜 압제에서 겨우 풀려났는데 다시 남으 나라 지배르 받으라니 말이 되는 소립메? 당연히 신탁통치 반대와 즉시 독립으 외치는 열광적 국민운동이 전국에서 일어날 밖에. 남북한이 마찬가지였지비. 민족으 염원이 똑같은데 다른 목소리 나올 니유가 있나, 없지. 그런데, 1946년 정초부터 사정이 백팔십도 달라졌소꼬망. 이남에서는 안 그렇나 본데, 니북에서는 공산당놈들이 쏘련 지령으 받아 신탁통치 반대에서 찬성으루 갑재기 정책으 바꾸지 않았음둥. 어제까지 '반탁, 반탁' 외치다가 하루아침 변절해 태도가 확 달라지니까니 이게 말이 되얍지. 다들 어처구니없어 분통으 터뜨리는데, 피끓는 이십대 초반에 그나마 먹물이라고 먹은 내가 남으 집 불 보듯 하고 있겠슴? 그런데, 언제 어디선지 잘 기억 못하갔으나, 사석에서 한 내 비판발언이 공산당 귀에 들어갔나 보오다. 어느 날 갑재기 내무서원들이 들이닥쳐 회령내무서로 끌고 가지 않겠슴. 거기서 1차 조사 받고 다음날 웅기로 호송되어 웅기내무서 유치장에 구금됐는데, 유치장에는 나보다 먼저 들어온 온갖 잡범들이 수두룩했슴메. 내 혐의사실으 알고 난 그들이 걱정 반 장난 반으루 나보고서리 시베리아 벌목공으로 끌려가게 됐다고 겁 주는 바람에 '이거 덩말 큰일났구나' 싶었디. 게다가 수감자 취조는 주로 밤에 행해지는데, 한밤중 몇 사람씩 끌려나가고 자지러지는 비명소리가 들려오기도 해 심산하기 이루 말할 수 없었꼬망. 내 터음으루 유치장에서 불려나간 건 웅기에 도착한 지 사흘째 되던 날 밤이었소. 날 취조한 수사과장은 인정사정 없는 독종으루 알레져 다들 벌벌 떨었는데, 회령내무서에서 넘어온 조서르 보더니, 대뜸 '경성고보 출신이네?' 하고 묻디 않갔슴. 알고 보니 천만뜻밖 내 6년 선배였소꼬망. 잔뜩 긴장했던 난 그제야 살았다 싶어 붙들고 늘어졌지비. 그 작자 나더러 의자에 앉으라 하고 자기 먹던 식혜까지 권하며 '와 신탁통치르 반대하네?' 하고 묻더란 말이. 그래서 대답했지. 사상이나 정치 같은 거 알지도 못하고 관심도 없지만서두, 일본 압제에서 겨우 해방됐는데 다시 다른 나라 통치르 받는다는 거이 언어도단 앙이냐고. 이남사람은 물론 우리 니북사람도 바로 얼마 전까지 입으 모아 반탁, 반탁 외치지 않았냐고. 그러니까니 수사과장은 고개르 끄덕끄덕하며 아무 말 없더군. 머릿속에 빨간 물이 얼마나 들었는진 몰라도, 저도 한민족이고 사리분별이 있을 터인즉 느끼는 바가 와 없갔슴메? 어쨌든 난 그때부터 학교선배 호의루다 다른 잡범들과 달리 특별대우르 받다가 2주만에 풀려나 집에 돌아왔으니, 운이 퍽 좋았던 셈이구마. 그렇디만 그 구속사건 경험은 내 머릿속에 지워지지 않는 상처로 남았소. 구름 끼어 흐릿한 겨울하늘으 날아 남쪽으로 내려가는 기러기떼르 유치장 창문으 통해 쳐다보믄 속으로 '아! 나도 훨훨 날아 자유로운 세상으루 갈 수만 있다면!' 했고, 석방되고 나서도 이놈으 사회주의 세상에서는 내 인생으 미래 없다 싶어 덜망했거든. 어떤 측면으로는 이번 전쟁이 윤 동지 경우도 그렇디마는 나한테도 절호의 기회였던 게 사실입메. 단지, 첫 단추가

잘못 끼워디는 바람에 옷꼴 우습게 돼버린 격이긴 하지만서두. 이
것도 우리들 운명이라므 운명 앙이갔소?”
　자기 신상이야기를 마친 인조는 긴 한숨을 내쉬었다.
　똑같이 속을 다 까뒤집어 보임으로써 상대방에 대한 불신감을 완
전히 털어버린 두 사람은 생사고락을 같이 하기로 굳게 맹세했다.
나이를 따지자 스물여섯 살 동갑이므로, 말까지 트고 완전한 친구
가 되었다. 피차 외롭고 불안하던 처지여서 급속도로 가까워져 갔
다.
　그들은 자주 어울리며, 동지로 끌어들일 만한 인물을 암암리에
주변에서 찾아보기로 약속했다.
　첫 번째로 떠오른 관심대상이 김병수였다.
　병수는 외곽철조망 쪽에 한 번 같이 다녀온 이후 인조에게 유난
히 친근하게 굴며 접근해 왔고, 석규가 6대대로 인조를 찾아가면
두 사람 사이에 곧잘 끼어드는 것을 당연한 일로 여기는 것 같았
다. 민간억류자에다 나이도 거의 열 살 가까이 연상이어서 썩 끌리
지 않는 인물이지만, 조금 주책없다 싶을 정도로 소탈하고 어진 성
품을 보건대 경계해야 할 요주의대상은 아닐 성싶었다.
　“어느 선을 그어놓고서리 받아주는 척하자고.”
　“좋디. 머리 쓰는 건 어떨지 몰라도 뚝심 하나는 있어 보이니까
니, 유사시 역할으 맡기믄 한몫 감당하지 않겠슴.”
　두 사람은 그런 평점으로 병수를 적당한 거리에서 붙들고 관리하
기로 했다.

피란민

1

　다소 아이러니컬한 관점으로서, 한국전쟁은 거제도의 지정학적 중요성을 부각시켜 주는 계기가 되었다고 해도 틀린 말은 아니었다.

　거제도는 한국전쟁 발발 초기부터 갑자기 주목받게 되었는데, 그 이유는 우선 긴급 피란처로서 최적의 양호한 입지조건을 갖추고 있다는 점이었다. 임시수도 부산에 갑자기 몰려든 대규모 피란민의 조기 분산수용이 용이할 만큼 이동거리가 짧으면서 섬이 클 뿐 아니라, 사회적 경제적 충격을 어느 정도 감당할 수 있는 자체 토착 경제기반을 갖추고 있었다. 그런 조건 때문에 거제도는 전쟁기간 통틀어 피란민 천국이 되었고, 같은 맥락으로서 포로수용소까지 떠맡게 된 셈이었다.

　거제도에 처음 들어온 피란민은 1950년 6월 끝무렵 서울이 북한군에게 점령되기 직전 대거 탈출해 부산으로 내려온 서울피란민의 일부였다. 곧이어 북한군 대공세에 의한 전선의 급격한 남하로 불과 한 달만에 경상도 지역을 제외한 국토의 거의 전부가 사실상 적화됨에 따라, 그 직전에 도망쳐 나온 창원군·고성군·통영군·거창군·하동군 등 남쪽 여러 지방의 피란민들이 거제도에 대거 몰려들어왔다.

　갑자기 한꺼번에 수만 명의 피란민 집단을 떠맡은 거제사람들의 당혹과 고충은 상당했으나, 그 기간은 길지 않았다. 인천상륙작전 성공으로 전세를 역전시킨 유엔군과 한국군이 파죽지세로 치고 올라가면서 전선이 급격히 북상함에 따라, 서울피란민들은 환도하는 정부를 따라 서울로, 그 밖의 인근지방 피란민들도 저마다 자기 고향으로 서둘러 돌아갔기 때문이었다.

그러고 난 다음의 거제도는 마치 태풍이 지나간 뒤처럼 스산한 정적과 허탈한 분위기가 감돌았으나, 세모를 앞두고 이번에는 함경도 피란민 십여만 명이 한꺼번에 쇄도해 들어옴으로써 지난번보다 더한 혼란과 어려움에 직면하게 되었다. 유엔군은 처음에 197척의 선박과 1만 7500여 대의 차량을 동원해 군병력과 장비만 철수시키려했으나, 한국군의 강력한 요청으로 10만 명이 넘는 함경도 피란민들의 구조 작전을 감행한 것이었다.

1950년 8월 이미 한국정부는 임시수도 부산에서 국회로 하여금 피란민수용임시조치법을 제정하게 하는 한편, 정부 차원의 '난민구호중앙위원회'를 발족시킴으로써, 일선에서의 전쟁 수행 못지않게 중요한 사회적 과제로 떠오른 피란민 구호문제를 해결하기 위해 진력하고 있었다. 그리하여 1951년 3월 정부기관인 사회부 거제분실과 유엔의 민간원조기관인 CAC(Civil Assistance Command) 거제도팀이 섬에 건너와 자리잡았고, 자체에서도 기존의 시국대책위를 발전적으로 확대 개편한 '거제도중앙구호위원회'를 발족시킴으로써 본격적인 구호활동이 전개되기 시작했다.

그러나, '가난 구제는 나라도 못한다'는 속담처럼, 아무리 정부가 팔을 걷어붙이고 외국 관련기관이 보조를 취한다 하더라도 대상인구가 무려 10만이 넘고 보면 그 구호활동에는 한계가 있있다.

생계가 암담해진 피란민들은 가져온 패물이나 의복 등을 팔아 불과 몇 푼의 자금을 마련해 지역주민들의 양해와 협조 아래 빈터에다 소꿉장난 같은 가게를 여는 등, 그나마 실낱같은 희망 아래 자립의 길을 찾기 시작했고, 한편 각 읍면사무소가 적극 권장 지원해 피란민시장이 개설됨으로써 그들의 자구노력에 탄력이 생겼다.

그럴 즈음 고현리 일대에 들어서기 시작한 포로수용소는 피란민들 처지에서 보면 가뭄 끝에 내린 단비나 다름없었다. 미국군 또는 한국군 부대에서 민간노동력이 필요해짐에 따라 실업자들에게 취업의 문이 열렸고, 그 우선권이 피란민들에게 주어짐으로써 그들이 궁핍을 모면하고 자립의 희망을 걸 수 있는 획기적인 돌파구가 마련된 셈이었다.

6월 중순을 넘어서자, 아직 한여름도 아닌데 남녘의 섬이라 날씨가 제법 더웠다. 낮이면 내리쬐는 뙤약볕에 정수리가 따가울 지경이었고, 저녁만 되면 거짓말 보태어 거의 벌만한 모기들이 축축하고 으슥한 곳에서 몰려나와 극성을 부리는 바람에 여간 고역이 아니었다.

그런 어느 날 오후 3시 무렵이었다.

장승포의 오목한 포구 왼쪽 바닷가 어느 일본식 목조가옥 이층에 자리잡은 '북한피란민연락처' 본부 겸 장승포읍지소 사무실은 너더댓 평 다다미 방바닥에 다 앉지 못해 더러는 서 있어야 할 만큼 빼곡하게 들어찬 남자들 때문에 자칫하면 방바닥이 내려앉지 않을까 염려될 정도였다.

창문만으로는 부족해 출입문까지 활짝 열어젖혀 놓았으나, 땀에 절은 몸들이 저마다 풍겨내는 열기에다 한창 달구어진 바깥기온의 영향으로 방 안은 후터분하기 짝이 없었다. 그렇지만 그런 체감 온도도 그들을 그 자리에 집결시킨 현안문제의 심각성이 불러일으키는 열기에 비하면 아무것도 아니었다.

피란민연락처장 겸 장승포지소장 임덕현이 먼저 말을 꺼냈다.

"오늘 각 지소장들과 특히 우리 장승포 일부 유력 통반장들으 이 더운 날씨에도 불구하고 모이잰 것은 사안의 중대성이 그만큼 크기 때문임다. 다시 말해, 우리가 이 시점에 빨리 손 안 쓰구 이곳 읍장이란 자 하는 대로 따라갈 경우, 그 결과는 뻔하디 않갔슴? 자유르 찾아 정든 고향산천 버리고 여기 내려와 똑같은 처지에 있는 사람들 권익으 대변하고 정부당국으 시책에 협력하느라 동분서주한 공헌은 간 데 없이, 부정부패 오명만 뒤집어쓰게 됐다 말입메. 어디 그뿐임둥? 자칫하므 쇠고랑 차고 감옥소 들어가는 치욕스런 봉변으 당하지 않는단 보장이 없지 않갔슴. 마, 가장 책임이 무거운 이 임덕현이야 말할 나위 없고, 여러분들이라고 무사할 수 있을 것 같슴두? 천만으 말씀! 이런 일 터지므 칼자루 뒨 쪽에서래 가능한 한 많은 피르 보려구 함다. 뒤에서 일터리 잘못한 허물으 가리고서리 즈이 입장만 좋게 만들려는 약은 생각인 게지요. 어쨌든 마, 우리는 이를템 한배르 탄 셈임다. 그러니 빨리 공동대책으 강구해야 하고, 그러기 위해서느 좋은 의견들으 내놔야 한다, 그런 말입메."

이렇게 모두발언을 한 덕현은 자부심이 뚝뚝 떨어지는 표정으로 좌중을 휘휘 둘러보았다.

쌍꺼풀이 진 부리부리한 눈, 뭉툭한 코와 두툼한 입술, 영양상태가 좋아 번지르르한 피부, 어느 모로 뜯어보더라도 피란 와서 고생하는 사람 같은 그늘진 구석은 발견할 수 없는 모습이었다. 중키가 떠받치기에는 조금 큰 듯한 두상이지만, 본인은 그 약간의 언밸런스를 신체적 결점으로 생각해서 위축되거나 고민해 본 적이 한 번도 없었다. 그만큼 자기에 관한 모든 점에서 자신만만하고 당당한 사나이, 그가 곧 임덕현이었다.

그가 말하는 '중대한 사안'이란 구호양곡 배급제도의 변경 가능성이었다.

행정당국도 초기에는 급작스럽게 쏟아져 들어온 피란민들에 대한 뒤치다꺼리에 정신없이 우왕좌왕했으나, 차츰 한숨을 돌리게 되고 현실 안목이 쌓이면서 자기들이 집행하고 있는 현행 구호제도의 문제점을 하나 둘 발견하게 되었다.

그 중에서도 가장 중요하고 시급히 개선해야 할 문제가 구호양곡 배급제도였다.

구호양곡은 피란민 통반을 단위로 해서 일괄적으로 배급하고 있었는데, 질이 나쁜 통장이나 반장들이 유령인구를 조작해 과다수령하고, 그것으로도 성이 차지 않아 통반운영비니 뭐니 하는 엉터리 명목으로 일정량을 빼돌려 착복하는 사례가 공공연히 일반화되어 있었다. 그렇다 보니 정량을 다 받지 못하는 일반 피란민들은 배고픔을 면할 수 없게 되고, 그것이 당연히 민원이 되어 하나 둘 쌓여가고 있었다. 그런 부조리한 폐단은 섬 안의 각 읍면에 공통된 현상이었지만, 그 중에서도 구호대상인구의 절대다수를 껴안고 있는 장승포읍의 잠재적 불안요소가 가장 크고 심각했다.

이걸 이대로 묵인했다간 급기야 어떤 불행한 사태로 폭발할지 모르고, 그리 되면 가장 무거운 책임으로 뜨거운 꼴을 당할 사람은 바로 나다.

그렇게 판단함으로써 걱정이 태산같아진 제 아무개 장승포읍장은 급기야 사회부 거제분실과 거제도중앙구호위원회, CAC 등 관련기관들과 협의해 현행 통반 단위 일괄배급제에서 각 가구당 개별직배제로 가능한 한 빨리 전환한다는 방침을 결정했다.

그런 정보는 덕현처럼 피란민사회에서 명색이 감투라고 자리를 차지하고 있는 자들이나 그들과 배짱이 통하는 통반장들을 당연히 분노하게 만들었다. 더군다나 피란민 세력의 가장 중심권일 뿐 아니라 제도개혁 논의가 처음으로 입씨름에 오른 장승포읍 경우는 반발의 잠재폭발력이 다른 지역에 비해 상대적으로 뜨거울 수밖에 없었다. 그리하여 그 염려스러운 징후가 바로 그 시각 피란민연락처 사무실에서 첫 번째로 서서히 구체화되고 있었다.

덕현의 모두발언에 이어, 둔덕면지소장 오동천이란 자가 잔기침을 하며 나섰다.

"으흠! 논의에 앞서 임 처장께 한 가지 질문 있슴다."

"하시오."

"나 그리 오래 안 살았디만서두, 모든 세상만사가 인간관계에서 비롯되고, 또 역시 인간관계로 결론난다고 알고 있슴다. 에, 그런 취지에서 말하건대, 처장님이 우리 피란동포들 최고지도자로서 무거운 책무르 지고 동분서주하는 노고에 항상 감사히 생각하고 있슴다마느……한식구나 다름없는 처지라 기탄없이 질문해도 되갔지요?"

"기럼요. 얼마든지요."

덕현은 웃으면서도, 속으로 '이런 웃기는 자식!' 하고 콧방귀를 뀌었다. 상대방이 간부급들 중에서는 가장 연장자 축에 드는 데다 꼬치꼬치 파고드는 기질의 소유자로 알려져 있기 때문이었다.

오 지소장이 깐깐한 목소리로 말했다.

"단도직입으로 묻갔는데, 그 읍장이란 사람과 공적이든 사적이든 평소 어떤 인간관계르 맺고 있는지, 그 점에 대해서리……."

"아, 말씀 뜻 잘 알갔소꼬망."

덕현은 손짓까지 하며 얼른 상대방의 말을 가로막았다.

"오 지소장은 나더러 와 평소 그 사람한테 '와이로'도 좀 멕이구 해서리 좋은 관계르 만들어 놓지 않았냐, 그랬음 그가 이번 경우 같은 심통으 안 부릴 게고 하다못해 최소한으 '유도리'라도 보일 거 아이냐, 마, 그런 뜻인가 본데, 난들 와 그런 이치 모르겠음둥? 허나, 참고적으로 말하건대, 여기 경찰서장 하고는 아니 할 말로 기생오입도 같이 할 덩도루 이 임덕현이 긴밀한 관계르 맺어놓고 있슴. 마, 그런고로 경찰쪽하고는 아무 문제 없고, 덕분에 우리 연락처 대외적 활동이 지금껏 순조롭게 풀려나가고 있는 거 여러분도 인정할 게요만, 고약하게시리 고 읍장이란 깍 맥힌 사람한테느 그런 약발이 일절 안 먹힘메. 지금까지 몇 번인가서리 접촉 기회 가지려구 시도했재이 않겠슴. 그때마다 손사래 치는 바람에 두손들고 말았슴다. 마, 그럴 정도로, 시쳇말로 바늘루다 찔러도 피 한 방울 안 날 덩도로 꽉 막히고 깐깐한 원리원칙주의자임메. 그러니 난들 어떡하갔소. 뾰족한 방법 없어 여러 동지들 의견으 구하는 거 앙이갔슴.”

분위기가 조금 술렁거리며, 정 그렇다면 대규모 반대시위를 벌이자거니, 간부들이 단식투쟁에 들어가자거니 하는 성급한 제안들이 나왔다.

덕현은 손을 들어 얼른 그 발언들을 깔아뭉개었다.

“그리 간단한 문제 앙이오다. 대중 동원은 하다하다 안 될 때 마지막 수단인 것임다. 단식투쟁도 마찬가지구. 문제는 아직 그쪽에서 배급제도 바꾸는 걸 공식화한 단계가 아니란 겁메다. 그런 극약처방으루 성급하게 앞서가는 건 켕기는 구석 있어 괜히 발끈한다는 인상으 줄 수 있지 않겠슴. 이 시점에 가급적 말썽 없이 원만한 해결으 할 수 있는 묘안이 있으믄 우선 찾아야 합메.”

그리하여 한참의 설왕설래 끝에 내려진 결론은 간부급들이 일차 읍사무소에 찾아가 읍장을 면담해 제도개혁이 부당하다고 들고 일어나 철회를 강력히 요구한다는 것이었다. 그래서 말이 통하면 그만이고, 통하지 않으면 어쩔수없이 데모를 하든 단식투쟁에 들어가든 물리적 힘이라도 불사하기로 입장을 정리하고 대책회의를 끝냈다.

각 지소장과 몇 명의 통반장들로 구성된 대표단 십여 명이 연락처장 임덕현의 인솔 아래 장승포읍사무소에 느닷없이 찾아가자, 직원들은 나름대로 짚이는 바가 있어 자못 긴장하는 기색이 역력했다.

그러나, 정작 읍장만은 전혀 개의치 않고 자연스러운 담담한 태도로 이들을 맞이했다. 회의실에서 반갑지않은 방문자들과 대면한 그는 여유있게 말문을 열었다.

"사전 통지도 없이 이렇게 찾아오시는 바람에 뭐 시원한 마실 것도 미처 준비를 몬했네요. 그런데, 다들 우짠 일입니꺼?"

덕현이 상체를 앞으로 내밀며 대답했다.

"최근 전해들은 바로, 읍장님이 앞으루 우리에 대한 구호양곡 배급제도르 바꾸잰 거 같은데, 그 덩말인지, 그렇다므 구체적으루 어드레 바꿀 건지, 그 말씀으 좀 듣고자 이렇게 찾아왔슴다."

"아, 그래요? 제대로 들으셨네 뭐. 사실입니더. 매 가구당 직급제로 바꾸기로 사회부 분실이랑 구호위원회랑 충분히 논의해서 결정했습니더. 다음번 배급 때부터 시행할락고 준비하고 있소."

읍장의 대답이 워낙 직설적이고 명쾌해서 방문자들은 일순간 말문이 막히고 말았다. 모두 눈만 끔벅거리고, 괜히 헛기침하는 사람도 있었다.

덕현이 무리의 우두머리답게 얼른 물고 늘어졌다.

"관에서 뭔가 방침으 결정하므 우리터럼 힘없구 불쌍한 백성 따를 수밖에 없지 않겠슴? 그래도 이번 경우는 우리 15만 피란동포들이 당사자 입장에서 설명으 요구할 권리는 있다고 생각함. 와 그리 갑재기 바꾸기로 했습메?”

읍장의 입가에 싸늘한 미소가 슬쩍 떠올랐다가 사라졌다.

“와 바꾸기로 했느냐 하몬, 현행 배급제도는 문제점이 많기 때문이요.”

“어떤 문제점 말임둥?”

“임 처장님이랑 여러분은 그라몬 현재의 배급방식에 아무런 하자가 없다고 생각합니꺼?”

“우리 생각엔 마, 그렇습다.”

“그래요? 참말로 그렇게 생각들 하고 있습니꺼?”

“읍장님, 기런 식으루 되묻지 말구, 그 하자란 거르 구체적으루 지적해 줍쇼. 그래야 우리도 수긍할 거 수긍하고, 해명할 거는 해명할 거 앙이갔습메.”

더운 날씨에도 불구하고 분위기가 아연 싸늘하게 식어갈 때, 마침 여직원이 사이다가 담긴 유리컵들이 얹힌 커다란 양은쟁반을 들고 들어왔다. 경직되던 분위기가 그 덕에 조금 누그러졌다.

여직원이 각자의 앞에 컵을 하나씩 얌전히 놓고 나간 다음, 읍장이 조용히 입을 열었다.

“방금 처장님이 현행 배급제도의 하자를 지적해 돌락고 하싰는데, 그라몬 기왕 이야기가 나왔으니 기탄없이 말씀드리지요. 지금까지 파악된 문제점은 두 가집니더. 하나는 유령인구가 터무니없이 많다는 거, 이기요. 통반에서 처음에 제출한 명단과 실제 배급기준표 사이에 상당한 차이가 있는데, 이거는 다시 말해 일선 통반에서 인원수를 조작하고 있다는 이야기지요.”

읍장의 말이 채 끝나지도 않아서 통장과 반장들이 일제히 발끈해 항의하고 나섰다.

“아니, 기럼 우리가 사기 치고 도둑질해 왔다는 말임둥?”

“읍장님, 우리 아무리 거제땅에 들어와 신세지고 있대서 그런 심한 말 해도 되는 것임둥?”

“뚜렷한 증거도 없이 이런 모욕으 당하다니, 나 원!”

그러나, 읍장은 눈도 깜짝하지 않고 태연히 대응했다.

“이것 보시오. 방금 증거니 뭐니 해쌌는데, 정 그라몬 당신네 통반을 표본조사해서 실제 머릿수와 서류상 인원수가 얼매나 정확히 일치하는가 확인해 보까요? 검증 받을 자신이 있다몬 누구든지 말씀하이소. 내일이라도 내가 직접 나가서 확인해 볼긴게.”

“그야 백 프로 정확히 일치한다고는 장담 못 함다. 왜냐면, 항상 유동인구가 발생하니까니. 우리 통으 경우, 사흘 전에도 한 세대 네 식구가 들어왔단 말임메.”

“그런 유동성을 몰라서 하는 말이 아입니더. 문제는 통반이 다 우째서 전출자는 없고 전입자만 있냐 말이요. 거제 전체나 우리 장승포읍에 할당돼 있는 피란인구는 빤한데, 여러분이 제출한 청구명세를 볼작시면 우리가 가지고 있는 배급기준표보다 엄청 불어나 있고, 그 수치(數値)매저도 매번 납득할 수 없이 달라진다, 그런 이야깁니더. 여러분은 그 이유를 나한테 우떻게 잘 설명해 줄 수 있소? 어디 좀 들어보입시더.”

정곡을 찔린 방문자들은 금방 기세가 꺾였고, 읍장은 싸늘한 눈으로 그들을 둘러보며 여전히 가라앉은 목소리로 말을 이었다.

“또 한 가지는……이거는 직접 당사자들인 여러분 앞에서 차마 입에 올리기 민망한 말이지만서도, 기왕지사 이렇게들 찾아들 오싰고 문제점 지적을 요구했시니 그냥 넘어갈 수가 없네. 뭔고 하니, 지금꺼정 숱한 민원이 들어오고 있는데, 통반에서 운영비니 뭐니 하는 구실로 구호양곡을 정량으로 배급 안한다는 깁니다. 성인한테는 하루 한 홉 반, 아아들한테는 한 홉이라꼬 기준량이 돼 있는데,

그것이 중간에서 일부 새뿌고 각자에게 골고루 안 돌아간다, 다시 말하몬 여러분의 고향 이웃사람이요 친척이요 친구이기도 한 사람들이 마, 자기 몫을 다 몬 찾아 묵고, 몬 찾아 묵는 그만큼 배를 곯고 있다는 이야기지요. 지금처럼 국가적으로나 민족적으로 크기 이 불행한 시대에, 이런 불미스런 일이 벌어져서야 되겠소?”

읍장의 조리정연한 지적은 잔뜩 벼르고 찾아갔던 사람들의 허를 찌르고도 남았다. 모두들 벌개진 얼굴로 꿀먹은 벙어리가 되어 어색하게 앉아 있었다.

읍장의 말이 이어졌다.

“바로 지난 봄에 터진 ‘국민방위군사건’을 들은 분은 아실 겁니더. 아, 명색이 고위 군직에 있다는 인간말종 몇 놈이 엄청난 군비(軍費)와 군량미를 횡령 착복해가지고 수십만 애국장정들을 아사지경에 몰아넣었고 또 국가전력을 크게 약화시키지 않았겄소. 천하에 돌로 쳐죽일 놈들! 여하튼 그 사건으로 지금 조야가 발칵 뒤집힌 지경인데, 이런 판국에 피란동포들꺼정 ‘우리도 배곯고 있으니 밥이 새는 이유를 조사해 도라’ 하고 자꾸 떠들어쌌는닥하몬, 그 원성이 어데까지 우떤 결과로 이어질 것 같소? 나나 여러분이나 괜한 구설수에 휘말리 들어가 큰 고생 하지 않고 체면 유지 할락하몬 배급제도 개선으로 민원을 후딱 잠재우는 수밖에 없십니더. 그런께 마음이 좀 불편하더라도 솔선해서들 협조해 주시기 바라요. 정식으로 부탁합니더.”

국민방위군사건까지 들먹이며 상대방 입에다 재갈을 채우는 노련한 수법이었다.

피란민 간부들은 더 이상 할 말이 없었다. 혹 떼려다 더 얻어붙인 꼴이 된 그들은 싱거워진 사이다만 홀짝 들이켜고는 읍장의 득의에 찬 시선을 뒤통수에 받으며 후줄근한 모습들로 터덜터덜 읍사무소를 떠나는 밖에 도리가 없었다.

그러나, 세상사의 물길이 꼭 곧은 줄기로만 흐르지는 않고, 무슨 일이든지 항상 가변성이 있는 법이다.

구호양곡 배급문제는 읍장의 복안대로 개혁의 급물살을 타게 되는 것이 당연한 대세인 것 같았으나, 갑자기 불거진 엉뚱한 걸림돌로 인하여 한바탕 엄청난 역류현상이 초래된 것은 그로부터 불과 얼마 후의 일이었다.

2

거의 아무것도 가진 것 없이 황황히 고향산천을 버리고 떠나와 거제도까지 흘러온 피란민들은 말할 수 없을 정도의 막심한 고생을 견뎌야 했다. 지역 원주민은 물론 정부 차원의 구호활동이 활발하게 전개되기는 했지만, 이들에게 필요한 의식주를 최저기본수준으로나마 공급해 주기에는 전반적 상황여건이 너무 빈약하고 열악했기 때문이었다.

그런 관점에서 볼 때, 거제도 포로수용소의 출현은 원주민들한테 재난이었을지언정 피란민들 입장에서는 고맙기 그지없는 신의 축복이며 희망의 선물이었다. 포로수용소는 개설될 때부터 많이 필요한 민간노동력을 주로 피란민으로부터 흡수해 주었고, 군부대는 물론 심지어 포로수용소 철조망 안에서조차 부정 유출된 다량의 군수품과 풍부한 PX물품이 상거래의 매개 활력이 되어 단시일 내에 커다란 상업경제권이 형성되었다. 상술에 능하고 생활력이 강한 이북사람들에게는 고기가 물을 만난 격이나 다름없었다.

포로수용소 인접지역인 연초면 죽토리 관암마을 일대 1만여 평 들판이 이른바 '양키시장'이라고 하는 대규모 상설시장으로 갑자기 변해 크고 작은 점포가 즐비하게 들어섰다.

거기서 거래되는 것 전부가 군부대와 포로수용소에서 흘러나온 군수품이었지만, 시장상인들이 대부분 피란민이기 때문에 군당국이나 행정당국도 그들의 생계문제를 고려하는 인도주의 차원에서 단속의 손길을 거의 뻗치지 않았다.

그런 순수 군수물자 외에도 PX를 통해 흘러나온 각종 물건들이 양키시장에 다량 진열되거나 쌓여 있었다. 통조림과 커피·맥주·양주·담배 같은 기호품, 비누·치약·화장품 같은 생활소모품, 카메라·선풍기·다리미 같은 가전기기 등, 선진화한 미국인들의 생활용품 가운데 빠진 것이 거의 없을 정도였다. 가난하고 소박하게 살아온 사람들에게는 시장바닥을 한 바퀴 돌며 두리번거리는 눈요기만으로도 신기하고 즐거울 지경이었다.

그처럼 양성화된 상거래만 있었던 것이 아니었다.

군무원으로 배속되어 근무하는 민간인들 중 약삭빠른 자들은 군수품을 차로 실어 나르는 과정에 일부분씩 조직적으로 빼돌리기도 하고, 심지어 보급부서에 근무하는 미국군 장병을 한패로 끌어들여 보급창고에서 차때기로 빼내다 처분하는 대규모 절도단도 있었다. 그런 대담한 범죄행위를 저지르는 부류의 거의 전부가 삶에 절박한 피란민이었으나, 나중에는 극소수 원주민도 나쁜 물이 들어 범죄행위에 가담하기에 이르렀다.

더욱 어처구니없는 경우는 실력자급 포로들의 부정행위였다.

경비당국의 느슨한 감시관리로 간이 커질 대로 커진 이들은 철조망 밖의 피란민들과 짜고 보급품을 유출해 팔았다. 그렇게 해서 저마다 시계나 금반지 같은 귀중품을 몸에 지니고 한껏 뽐내는가 하면, 분수에 걸맞지 않게 여가시간을 즐기고자 라디오나 축음기 따위를 사들이기도 하고, 심지어 공산당 선전활동에 필요한 각종 인쇄물을 제작하기 위해 고급 등사판을 버젓이 구입해 들이기도 했다.

　여하튼 포로수용소와 관할 군부대를 공급원으로 해서 형성된 상권(商圈)은 거제도 자체내는 물론이려니와 부산·마산·통영 등 외부지역 도시에서까지 활성화될 정도로 막강해졌으며, 부산국제시장에서 거래되는 물품의 절반 이상이 거제도에서 흘러나간다는 말까지 들렸다. ‘양키시장바닥 개는 달러를 물고 다닌다’는 비유가 공연한 것이 아니었다.

　그 정도이다 보니 호경기에 편승한 술집·극장·다방·카바레 등 각종 유흥업소가 앞다투어 들어와 간판을 내걸고 도시의 환락을 쏟아 퍼뜨리기에 여념이 없는 가운데, 포로수용소에 필요한 전기를 공급하기 위해 설치한 이동식 발전시설에서 생산된 전력의 여분이 민간인들에게 공급되어 그 전기를 이용한 네온사인까지 등장해, 그야말로 대도시에 뒤지지 않는 휘황찬란한 불야성을 이루었다. 말하자면, 국내에서도 가장 화려하고 역동적인 ‘기지촌’이 탄생했다.

　그 일대에 판잣집 또는 하꼬방을 지어 자체 촌락을 이루거나 원주민들 집에 얹혀사는 피란민들은 모두 포로수용소와 양키시장에서 직접 혜택을 받았다. 그들은 다른 지역 피란민들에 비해 월등한 자립자활 기반을 단기간에 마련했다. 그러다 보니 유입인구가 자꾸 늘어나 거의 포화상태에 이를 지경이었다.

　피란민들이 그처럼 변화의 물결에 뛰어들어 재빠르게 일어서는데 비해 상대적으로 밀리거나 위축되는 것은 오로지 땅 파먹는 재주밖에 모르고 살아온 융통성 없는 지역 원주민들, 예컨대 상동리 이장 옥치조 같은 사람들이었다.

　어느 날 오후, 한 중년남자가 치조네 대문을 들어서며 주인을 찾았다.

"무신 일입니꺼?"

마루에 걸터앉아 자작으로 소주를 홀짝이던 치조는 술병을 한쪽으로 슬그머니 밀치고 일어서며 물었다.

"이 집 주인장이십니까?"

"그렇소."

"잠깐 실례하겠습니다. 저는 수월리 해명마을에 살고 있는 사람입니다."

수월리라면 독봉산 저쪽 포로수용소 제7구역이 있는 곳이었다.

치조가 이 고장에 아무리 오래 살았어도 그쪽 마을 주민들과 다 면식이 있을 턱 없지만, 첫눈에 보아도 농사하고는 먼 세련된 인상인 데다 말쑥한 차림새와 표준어를 구사하는 깍듯한 억양이 그 마을 토박이가 아닌 외지인임을 말해 주고 있었다.

"그렇습니꺼. 그런데, 무신 일로……?"

"우연히 지나가다가 보니, 밖에 있는 댁의 외양간이 눈에 띄더군요."

"외양간요?"

"네. 그런데, 소를 기르지 않는 모양이지요?"

"키우다가 근자에 처분했습니더."

농사지을 땅도 없는데 소가 무슨 소용이냐 싶어 반 오기로 팔아버렸고, 그래서 그네 대문밖 오래뜰에 있는 헛간 한쪽을 차지한 외양간은 휑하게 비어 있었다.

"그런 거 같아 찾아뵌 겁니다. 당장 소를 다시 키우실 의향이 없다면 외양간을, 기왕이면 헛간까지 같이 저한테 임대해 주십사 하구요."

"임대요?"

"네. 임대료는 후하게 지불하겠습니다."

"아니, 냄새나고 더럽은 데를 뭐할락고……."

그러다 말고 치조는 말을 뚝 끊고 표정이 굳어졌다. 상대방의 의중을 비로소 헤아린 것이다.

그의 판단은 틀리지 않았다. 사내는 가식적인 웃음을 지으며 착 감겨왔다.

"실은 말씀이죠, 저 외양간하고 헛간을 빌려주시면, 저는 거기에다 방을 꾸며 가지고……."

"아니, 됐소."

"네?"

"형씨가 뭐를 말할락하는지 짐작합니더. 우리 집은 안 된께 다른 집에 가서 알아보이소."

사내가 당황했다.

"제 말은 그게 아니고……."

"그기이 아이몬 뭔데요."

"아, 꼭 그렇게만 말씀하지 마시고, 현실적인 이익도 생각해 볼 만하지 않습니까? 단도직입으로, 저는 매달 댁에 꼬박꼬박……."

"그만두입시더. 나한테 아무리 그래도 소용없은께. 이걸로 이야기 끝내입시더."

치조의 태도가 워낙 철벽같으니까, 그제야 사내도 표정이 굳어지더니 인사도 하는 둥 마는 둥하고 입속으로 뭐라고 중얼거리며 팽 나가버렸다.

원, 별 미친 인간 같으니!

치조는 사내의 모습이 사라진 대문간을 물끄러미 바라보며 차마 못해준 욕설을 입속으로 뇌까렸다.

사내의 의도는 뻔했다. 외양간과 헛간을 임차해 방으로 개조해 색시장사를 하겠다는 것이었다.

포로수용소와 군부대가 들어오고 마을이 기지촌으로 급속히 변화하면서 새로 생긴 풍속현상의 하나가 소위 '양공주'라고 하는 미국군 상대 매춘여성들의 등장이었다. 대개 이들은 숙식 편의를 제공하는 포주 밑에 여러 명씩 소속되어 있었고, 독자적으로 거처를 확보해 단독영업을 하는 경우도 있었으며, 한창 많을 때는 3000여 명까지 추산될 정도로 그 규모가 상당했다. 어떤 면에서 보면 그들이 포로수용소경기의 한 축을 감당하고 있다고 해도 과언이 아닐 정도였다.

치조네 상동리만 해도 어느 결인지 모르는 사이 여러 집에 양공주가 들어와 있는 모양이었고, 마을사람들 중에는 방금 나간 작자가 제시한 것처럼 남에게 임대하는 방식이 아니라 아예 직접 방을 고치고 헛간을 개조하거나 해서 색시장사를 하는 적극파 철면피도 있었다.

치조는 그런 사람들을 보면 딱하기 그지없었다. 그렇게 해서 돈을 벌면 얼마나 버는지 알 수 없으나, 어디 그것이 사람으로서 할 수 있는 노릇인가. 온전한 정신이라면 도저히 못할 노릇이었다. 그렇다고 해서 그 사람들한테 싫은소리를 할 수도 없었다. 이장이라고 하는 무보수 봉사직에 그런 권한이 있을 리 없고, 현실적으로도 농경지를 빼앗긴 사람들의 호구지책이라는 상황을 무시할 수 없기 때문이었다.

망할 놈의 전쟁!

치조는 마음속으로 투덜거렸다. 불평이라기보다는 푸념이요, 탄식이라고 해야 옳았다. 언제부터인지 그는 잘못된 모든 일의 책임을 자기도 모르게 전쟁에 전가시키는 버릇이 생겼다. 현실의 질곡으로부터 정신적으로 도피하고 자신의 무능력을 변호하기 위한 일종의 자기만의 눈가림인 셈이었다.

느닷없는 불청객이 휘저어 놓고 간 불쾌하고 떫은 기분에서 치조가 미처 빠져나오지 못하고 있을 때, 뒷산 자드락의 밭에 올라갔던 아내가 마침 돌아왔다.

포로수용소 건설에 농토를 징발당한 뒤 마음고생에 생활고가 겹친 탓으로, 이옥례는 그 얼마 사이에 살이 쏙 빠지고 겉늙어 전형적인 가난한 촌아낙 모습으로 변해 있었다.

"아이고! 상국아부지."

옥례는 대문을 들어서면서부터 눈을 뚱그렇게 뜨고 두 팔로 허우적대기까지 하며 호들갑을 떨었다.

"또 와?"

치조가 눈살을 찌푸리며 물었다. 아내에 대한 평소의 인식 탓에 자신도 모르게 타박하는 투로 말이 뱉어졌다.

"저기 말이요. 내가 밭일을 막 끝내고 오줌이 마려워 숲에 들어갔더이, 양갈보 가시내캉 시꺼먼 미군 껌딩이가 뻘거벗고 담요 우에서 이상한 짓을 하고 있다 아이요. 세에상에! 얼매나 놀래서 가슴이 벌렁거렸는지 모리겠닥하이."

"쯧쯧!"

치조는 눈을 흘기며 혀를 찼다.

듣고 싶지 않으니 그만두라는 시위건만, 눈치 없는 옥례는 호미가 담긴 바구니를 아무렇게나 던지고 옆에 와서 마루 끝에 궁둥이를 붙이며 말을 계속했다.

"그런 아아들은 몸을 팔 방이 없어서 담요를 가이고 산에 들어간닥하데. 상국아부지, 이 아래 준식이네랑 소동댁 같은 집에서는 뒤꼍에 달개를 붙이기도 하고 헛간을 방으로 고치기도 하고 해서 양갈보장사를 한다 아이요. 그 벌이가 상당히 괜찮은 모양이데. 우리도 대문밖에 있는 저 외양간을……."

"거 말 같지도 않은 말 그만해라."

치조는 아내의 주책없는 말을 그예 중단시켰다.

"이거 뭣이 전염이라도 됐나, 아까는 가왁중에 이상한 자석이 찾아와 시답잖은 소리를 하더니, 이번에는 에핀네꺼정 물이 든 모양 같은 말을 하네. 나 참!"

"이상한 자석이라니, 누가 왔다 갔는데?"

"누군지 내가 아나. 수월 산다는데 여기 사람은 아이고, 보아하니 피란민이데 뭐."

"그 사람이 뭐락했는데?"

"당신하고 똑같은 소리다. 우리 외양간을 빌리 도라나 우짜라나."

"그래서 이녁은 뭐락했소?"

"아, 뭐락하기는. 단마디로 끝내고 쪽가보냈지 뭐."

"상국아부지."

옥례가 엉덩이를 끌어 바짝 다가앉으며 불렀다. 그녀의 눈이 별안간 빛을 발하고 있었다.

"와아 또?"

"우리도 그런 장사 해 보는 기 우떻겠소."

"아니, 뭐락고?"

치조는 몸을 틀어 아내를 노려보았다.

"임자, 지금 뭐락했노."

"와요. 내가 몬할 말 했나. 우리도 이러고 있을 기 아이라 뭐든지 해 볼 궁리를 해야 할 거 아이가. 소 판 돈 까짓게 얼매나 된닥고. 그나마 이리저리 꿀찧어 없애고 보이 몇푼이나 남았소?"

"그래서 얼굴에 철판 붙이고 그런 장사라도 하자꼬? 에이기, 쯧쯧!”

“하몬 하지 몬할 거는 뭐꼬. 체면이 밥 믹이주나. 우리 아아들한
테 좀 뭐하다마는……”

“치아라, 고마.”

치조는 그예 버럭 소리지르며 벌떡 일어났다.

“궁리 궁리 하다가 죽을 궁리 낸닥하더마는, 생각한다는 기 고작
……”

대거리가 오고가 봐야 피차 기분 상하기밖에 더하랴 싶어, 치조
는 일부러 아내한테서 떨어져 마당 끝쪽 감나무 그늘 밑으로 슬그
머니 피해버렸다.

그곳에 서면 담 너머로 완만한 경사 아래 포로수용소 전경이 거
의 다 내려다보였다. 엄중한 철조망과 드문드문 높다랗게 솟아 있
는 감시망루, 그리고 신기한 느낌이 들 정도로 전후좌우 정렬이 반
듯하게 늘어서 있는 막사들. 포로들은 막사 언저리나 광장에 나와
서 무질서하게 어슬렁거리고, 한쪽에서는 축구를 하고 있었다.

혹시 상국이도 저처럼 이북에 포로가 되어 끌려간 건 아닐까.

불현듯 그런 의문이 불쑥 튀어나오는 바람에 제풀에 가슴이 철렁
내려앉았다가 이내 스스로 강하게 부인했다. 그럴 리가 없었다. 아
니, 없어야 했다.

1년이 되도록 아들에게서는 아무 소식이 없다. 자진해서 편지를
띄우기커녕 동생이 보낸 문안편지에 답장조차 보내지 않았다. 전쟁
터를 뛰어다니느라 경황이 없을 것이고, 설령 편지를 부쳤어도 때
가 때인만치 우편행정이 말이 아니라 도중에 증발해버렸을 가능성
도 있었다. 그렇게 생각하며 자신을 위안하지만, 가슴속의 불안한
그늘은 걷히지 않았다.

그런 점에서 보면 아내는 신기한 여자였다. 이따금 아들에 대한

그리움에 애간장이 타는 듯 사뭇 호들갑을 떨다가도, 그때만 지나면 까맣게 잊어버린 듯 태연스럽고 멀쩡해지는 여자가 옥례였다. 날이면 날마다 노심초사가 지나쳐도 딱한 노릇이지만, 며칠이 지나도록 아들의 아 자도 입에 올리지 않는 것 또한 정상이라고는 할 수 없었다.

본디 줏대 없고 조금 되통스러운 평소의 행동거지나 말투를 감안해 넘겨버리면 차라리 간단한 노릇이겠으나, 만에 하나 최근들어 징발로 빼앗긴 농토 때문에 마음고생이 심하다 못해 머릿속 어딘가의 나사 하나가 풀렸다고 한다면 이보다 더한 횡래지액(橫來之厄)이 어디 있단 말인가. 이제는 어느 정도 진정이 된 듯하지만, 처음에는 밤에 자다가도 벌떡 일어나 분하고 원통하다고 자기 가슴을 탕탕 두드리며 땅타령 보리타령을 하곤 했다.

이런 생각을 하며 아내 쪽을 슬며시 돌아본 치조는 다음 순간, 갑자기 간담이 서늘해지고 말았다. 아내가 고개를 끄덕거리며 뭐라고 혼잣말을 중얼거리듯 입을 오물오물하고 있었기 때문이었다.

그날밤, 치조는 나란히 누운 채 손을 뻗어 아내의 손을 꼭 잡았다. 아무 대화 없이 그렇게 오랫동안 잡고 있었다.

개울 쪽에서 개구리들의 울음소리가 요란하게 들려왔다. 곧 비가 올 모양이었다. 어쩐지 바람 한 점 없이 밤기온이 찐다 싶었다. 포로수용소 쪽에서 차소리가 아득하게 들려왔다. 경비차량이 순찰을 도는 것이리라.

한참만에 옥례가 한숨을 포옥 쉬었다. 그러고는 남편을 불렀다.

"상국아부지."

"와?"

"앞으로 우리 우찌 살지요?"

“쯧! 또 그 소리.”

“이녁은 속도 좋아 눈만 감으몬 송장이더라마는, 나는 정신만 말똥말똥, 당최 잠이 안 오요.”

“말은 그렇게 해도 잘도 코를 골데.”

“아무러면 그런 날이 하루도 없으까.”

“……”

“생각만 하몬 미치겄닥하이. 그 애써 가꾼 아깝은 보리 몬 건지다 묵고, 논은 논대로 뺏기고……”

치조가 이번에는 그녀 쪽으로 돌아누우며 한 팔을 돌려 껴안았다.

“또 시작이네. 기왕 그렇게 된 거를 자꾸 끌탕하몬 뭐하노. 병만 되지. 그만 잊어삐락하이.”

“참, 당신도……. 잊을 거를 잊지, 그거를 우찌 잊는단 말고.”

“안 잊으몬 우짤긴데. 그런닥고 보리하고 논이 되돌아오나?”

“모리겄소, 고마.”

바락 소가지를 부리며 움찔하는 아내를, 치조는 팔에 힘주어 꼼짝 못하게 만들었다.

“사람이 명만 붙어 있으몬 우짜든지 산다. 사람 목숨처럼 질긴 기 어딨노. 설마 산 입에 거미줄 치까. 정 뭣하모 내가 수용소나 부대에 어디 일할 자리 있는지 알아보꺼마.”

“그기이 참말이요?”

“참말이지 않고. 체면이 밥믹이 주는 것도 아이고.”

“그렇게라도 된다믄야……”

솔깃해지는 아내를 보고, 치조는 조금 양심의 가책을 느꼈다. 일자리를 알아보겠다고 한 것은 진심이 아니라 아내를 다독거리기 위한 임시방편이었기 때문이었다.

옥례는 잠시 고른 숨소리만 내더니, 갑자기 몸을 움찔하며 혼잣말처럼 뇌까렸다.

"참, 생각만 해도 소름이 돋는닥하이."

"또 뭐가?"

"산에 있던 그 가시내 말이요. 몸도 에리에리한 년이 꺼먼 부룩대기(숫소) 같은 그 인간하고 해도 아래가 성할는지 몰라."

"쯧쯧! 에핀네가 되잖은 소리도 하고 있네. 아, 음양의 이치란 짝만 맞추모 다 되게 돼 있는기라."

"아무리……. 그렇게 몸을 내돌리는 가시내들도 이다음에 아아를 가질 수 있을까?"

"그기이 자네가 걱정할 일이가. 그건 그렇고, 그딴 생각은 갑자기 와 하는데? 자다가 봉창 뚜드리도 유분수네."

"몰라. 잠이 안 온게, 이 생각 저 생각……. 앞으로 살 일도 그렇고……."

옥례는 또 깊은 한숨을 토했다.

그 한숨소리가 무수한 바늘이 되어 치조의 가슴속으로 들어와 여기저기 사정없이 찔러댔다. 이번에는 그가, 아내를 다독거리기커녕 오히려 자신이 잿빛 안개 같은 막막한 비애에 휩싸이고 말았다.

3

피란민연락처장 임덕현은 사무실을 나서기 전에 벽거울에 전신을 비쳐보며 잠시 흐뭇한 기분에 빠져들었다. 눈 코 입, 어느 구석을 뜯어봐도 재복이 줄줄 흐르는 상이었다.

키가 좀 더 컸으면 좋겠지만, 뭐 어떠랴. 세상에 키 크고 실속 있는 놈 없고, 자고로 큰일을 이룬 인물은 대개 작달막하고 다부지게 생긴 사람 아니던가.

“어디 가시려구요?”

꺽다리 사무보조원이 웃통에 러닝셔츠만 걸친 채 부채로 땀을 식히며 물었다.

덕현이 거울에서 떨어지며 대답했다.

“경찰서 좀 다녀와야겄다.”

“네에……..”

“아무래도 대책으 강구해야잖겄슴?”

“그럼요. 잘 다녀오십시오.”

사무보조원이 맞장구를 쳤다.

덕현이 말한 ‘대책’이란 피란민 구호양곡 배급제를 개조하려는 장승포읍장을 반격해 시도를 무산케하려는 것이었고, 그 반격의 단초를 경찰 쪽 인맥에서 얻어 낼 궁리였다.

김의 배웅을 받으며 사무실을 나선 덕현은 무심결에 거제경찰서 쪽을 힐끗 쳐다보았다. 장승포 포구는 항아리처럼 어귀가 잘록하고 안쪽 깊이 둥글게 퍼져있어서, 장승포2구 바닷가의 피란민연락처 사무실과 장승포5구 바닷가의 거제경찰서는 약간 어긋난 각도로 서로 마주보이는 위치에 있었다.

그동안 처먹은 게 있으니, 그도 내 부탁을 거절 못하렷다.

김 아무개 서장의 탐욕스러운 얼굴을 떠올리며 속으로 코웃음친 덕현은 삐걱거리는 나무계단을 밟고 아래로 내려와 구부정하게 뻗은 방죽길 가장자리를 따라서 걷기 시작했다.

방죽 언저리에는 쉬는 고깃배들이 한가하게 떠 있고 거리에는 나다니는 사람도 별로 없어, 포구는 여름날 오후의 나른하고 포근한 안식에 푹 빠져 있었다. 그 어디에도 전쟁의 긴박감이나 살풍경한 분위기 뿐만 아니라 그 뒤안길의 어려운 현실하고도 한참은 멀게 느껴지는 평화로운 풍경이었다.

그는 지금의 이 아름다운 섬, 아름다운 포구가 정녕 마음에 들었다. 풍광의 아름다움도 아름다움이지만, 자기에게 부를 가져다주는 인간들과 여러 상황조건을 사랑하지 않을 수 없었다. 유일하게 읍장이란 걸림돌이 튀어나와 거치적거리기는 해도, 세상만사 그 정도 애로사항 없이 순조롭게 이루어지는 법은 없는 것이다. 그깟 어려움이야 타개하면 그만이지 않는가.

경찰서 조금 못 미처 두모리로 넘어가는 갈림길이 있는 곳에서 그는 약간 경사진 그 오르막길 쪽을 힐끗 쳐다보았다. 무의식중의 행동이었지만, 이유가 없는 것은 아니었다. 그 고갯마루 조금 못 미친 곳에 읍사무소가 있었다.

이 새끼, 너 오줌 지리게 된 거 모르지? 어디 두고 봐.

그는 입속으로 뇌까리며 코웃음을 쳤다. 말할 나위 없이 읍장을 향한 앙심이었다.

잠시 뒤, 경찰서 앞에 당도한 덕현은 정문의 입초 순경에게 까딱 목례를 했고, 순경은 거수경례로 답했다. 마당발로서 드나들지 않는 곳이 없는 덕현이기에, 거제경찰서 근무자들도 그를 모르는 사람이 없을 정도였다.

"어, 임 처장. 불쑥 어쩐 일이오?"

서장은 소파에 혼자 앉아서 계절적으로 아직은 약간 때이른 느낌이 드는 선풍기 바람을 즐기고 있다가 멋쩍은 미소로 덕현을 맞았다. 그 중고품 선풍기는 고현의 미국군부대 PX에서 흘러나온 것을 덕현이 최근에 구해다 바친 귀한 뇌물이었다.

"예, 좀 긴히 의논드릴 일이 있꼬망."

"무슨 일인지 모르지만, 우선 앉으시오."

서장은 자리를 권하고 나서 덧붙여 말했다.

“임 처장 덕분에 올여름 아주 시원하게 보낼 수 있겠어요.”

“하하, 그렇슴? 그렇다니 다행임다.”

“미국사람들 물건 하난 역시 잘 만든단 말이야. 선진국이 그냥 선진국이 아냐. 그건 그렇고……의논이라니, 무슨 일이오?”

“예, 그거이…….”

덕현은 깍지 낀 손을 탁자에 올려놓으며 몸을 약간 앞으로 기울였다. 구호양곡 배급방식 문제로 읍장과 대립하게 된 자신의 어려운 처지를 설명한 다음, 고개를 설레설레 흔들기까지 하며 아주 난감한 듯 말했다.

“기래서 이 임덕현이 아주 죽을 지경임다. 제 읍장 그 사람 어찌나 뻣뻣하고 고집불통인지……. 기러니까니 서장님 힘 좀 빌려줍쇼. 부탁함다.”

“아니, 그 인간 그거 정말 안 되겠구면.”

서장이 돌연 표정이 뻣뻣해지며 씹어뱉자, 덕현은 상대방의 과잉 반응이 오히려 의아스러웠다.

“와, 읍장이 서장님한테두 밉보일 짓 한 게 있슴둥?”

“지난봄 내 친지 한 사람이 하도 부탁해서 공유수면(公有水面) 사용 문제로 그 인간한테 협조를 부탁한 적이 있었지요. 일반행정 문제는 그쪽 소관이니까. 그랬더니, 공유수면 사용허가권은 도지사한테 있다는 핑계를 대며 딱 잘라 거절하지 뭐야. 더럽고 아니꼬운 자식! 아니, 이 거제도 바닥에서 섬 전체의 치안을 총괄하는 경찰서장이 위요, 일개 행정부서장인 읍장이 위요? 그냥 묵인만 해 줘도 될 걸 도청에다 쑥설거려 현지조사가 나오는 바람에 결국 손도 못대고 말지 않았겠소. 나 원!”

“허! 기런 일이 있었슴둥?”

“그러니 내 체면이 뭐가 되겠냐고. 그래서 ‘이 밥맛 떨어지는 새끼, 어디 두고 보자' 하고 벼르던 참이오."

덕현은 기대 밖으로 일이 잘 풀려나가는 것 같아 회심의 미소를 지었다.

거의 흥분해서 읍장에 대한 험담을 늘어놓던 서장이 어느 순간, 기세를 누그러뜨리며 난색을 보였다.

"그러나저러나 내가 임 소장을 어떻게 도와주지요? 기분 같아서는 그 인간 쇠고랑 채워 유치장에 끌어다 처넣어 혼찌검을 안기고 싶은 생각이 굴뚝같지만, 업무소관과 계통이 서로 다르니 말이오. 횡령이나 뭐나, 작은 꼬투리라도 있다면 또 모르지만."

"그 작자르 혼내는 일은 내게 맡겨주웁쇼. 서장님 몫으 분풀이까지 해주갔슴다. 다만, 내 부탁하는 건 뒤르 조금 받쳐 주십사 하는 게오다."

덕현이 비로소 속내를 드러내자, 서장의 눈이 조금 커졌다.

"아니, 임형이 그 자식을 혼내요? 어떻게?"

"읍장은 지금 약은 놈 제 꾀에 제가 넘어간 격이 된 꼴입메. 읍에서 기안해 올린 새로운 배급방법에 대해 부산에서 미처 승인이 안 떨어진 모양이오. 마, 빨리 승인이 나야 배급으 실시하든 말든 할 텐데, 위엣놈들이 무관심한 겐지 정신 딴 데 파는 겐지 아직도 도장 찍어 내려보내지 않고 있잖겠슴? 그러니 원리원칙을 신주단지테름 아는 꽉 막힌 인간이 어쩌겠습메. 목 아프게 위만 테다보구 있을 밖에. 와 배급을 안 하냐 다그치니까니 며칠만 참고 양해해 달래는데, 이 절호의 기회르 니용 못함으 어드런 기회 또 기다리갔슴? 하하하!"

"흠! 알 만하군 그래. 그럴싸해."

"그래서 군중으 동원해 읍사무소르 좀 시끄럽게 만들 계획임다. 읍장이 위에다 말으 잘못하는 바람에 정부가 구호양곡 끊었다고 다소 좀 부풀린들 누가 그 진위르 따지겠소꼬망. 하하하!”

“썩 괜찮은 생각이구려. 하지만 낼모레라도 위에서 배급지시가 떨어지면 말짱 헛일이잖소.”

“그야 닭 쫓던 개 지붕 쳐다보는 격이 되갔지비. 그래서 당장 서두르겠단 말이. 서장님 도움 필요한 게 뭐인가 하므…….”

‘읍장 타도’라는 공통의 목적을 놓고 의기가 투합한 두 사람이었다. 덕현은 득의에 차서 손짓발짓까지 써 가며 열심히 설명했고, 고개를 끄덕이며 듣는 서장의 얼굴에는 흡족한 미소가 떠올랐다.

그 음험한 계략에서 피어오르는 열기가 못마땅한 듯, 한 가닥 시원한 바닷바람이 열린 창문으로 몰래 들어와 사무실 안을 휘저어 놓고 있었다.

다음날 오전 10시쯤, 읍사무소에 갑자기 피란민들이 꾸역꾸역 모여들기 시작했다. 그 수는 금방 삼사백 명에서 육칠백 명으로 불어났고, 그러고도 먹잇감에 개미 꼬이듯 사방에서 계속 줄을 이어, 읍사무소 좁은 마당은 물론 바깥 한길까지 빼곡하도록 삽시간에 점령해버렸다.

읍직원들은 당혹과 긴장으로 어쩔 줄 모르고, 인근 주민들도 놀라서 불안한 눈길로 조심스럽게 지켜보고 있었다. 읍장 나오라는 고함이 산발적으로 튀어나올 즈음에는 읍직원들도 돌발사태의 심각성을 인식해 전원 일손을 놓고 대비태세로 현관 앞에 나와 섰다.

그때쯤 이미 시위대가 거의 1000여 명 군중으로 불어났으며, 삽시간에 일촉즉발의 긴박하고 험악한 공기가 그 일대를 뒤덮어버렸다.

뒤미처 읍장이 현관 앞에 모습을 나타내자, 군중이 웅성웅성 술렁거리며 험악한 소리가 터져나오기 시작했다.

“어째 쌀 배급 안 주네?”

“나쁜 놈들! 네들만 밥 세 끼 톄먹으면 그만이네? 우린 굶어둑어도 상관없어?”

“아무리 피란 왔기로서니 한민족이고 국민인데, 이런 대접으 해도 되는 게야?”

읍장은 각오를 단단히 한 굳은 표정으로 침착하게 발언하기 시작했다.

“읍장 제상목입니다. 여러분들이 왜 이렇게 찾아오싰는가 하는 것은 설명을 듣지 않아도 잘 압니다. 그러나, 행정을 책임 맡고 있는 이 사람도 답답하기 짝이 없습니다. 이번에 배급방식을 종전의 통반 일괄배급제에서 매 가구당 개별직급제로 바꾼 것은 여러분을 편하고 좋게 해드릴락고…….”

그러자 군중의 앞쪽에서 항의가 튀어나와 말을 가로막았다.

“야! 뭐이가 편하고 좋다는 게엔가. 배곯는 게 편하고 좋아?”

“그따위 언사가 어디 있네. 당신도 배고파 봤어?”

읍장도 호락호락하지 않았다.

“그런께 조금만 참으라는 거 아입니꺼. 당장이라도 행정지시가 떨어지몬 배급을 실시할 깁니다. 일선에서 여러분 심부름하는 우리 고충도 알아 주시야지요. 그러니 하루이틀만 참아 주이소. 정 그라몬 제가 오늘 낮배로 부산에 올라가서…….”

그러나 읍장은 다음 말을 이을 수 없었다. 군중의 항의가 빗발쳤기 때문이었다.

“뭐가 어드래? 참으라? 이 간나새끼야! 네 아아새끼 눈 퀭해서리 드러누워 있어도 그 따우로 말할 수 있어?”

“배급방식이고 지랄이고 다 소용없어. 당장 쌀 내 놔. 쌀!”

“창고가 어디야? 창고열쇠 내 놔! 우리 거 우리 손으로 가져가야겠으니."

"기래! 이래 둑으나 저래 둑으나 둑긴 매일반이디."

제풀로 촉발되어 벌떼처럼 흥분한 피란민들이 욱해서 쇄도하자, 읍직원들이 막아섰다.

그러나 애초부터 대등한 게임이 될 수 없었다. 읍직원들은 동료 몇 명이 뭇매를 맞고 피투성이가 되자 이내 사기를 잃고 뿔뿔이 도망쳤으며, 이에 더욱 고무된 군중은 읍청사에 뛰어들어갔다. 유리창이며 책상이며 마구 박살이 나고, 서류들이 휴지조각처럼 날았다.

그때, 사복경찰 두 명이 나타났으나, 소용이 있을 리 없었다. 신분을 밝히고 자제를 호소하던 그들은 시위대에게 집단폭행을 당하고 혼비백산해서 도망치고 말았다.

순박하게만 살아온 토착원주민들은 감히 상상도 못한 집단폭력을 목격하자 난감하고 두려운 나머지 멀찍이 떨어져 불안한 얼굴로 구경만 할 뿐이었다.

그런 일대소동이 벌어졌음에도 의아스러운 것은 경찰의 태도였다. 경찰서와 읍사무소가 직선거리로 불과 삼사백 미터여서 시위대의 아우성이 들리지 않을 리 없으며, 더군다나 사복경찰 두 명이 현장에 나타났다가 피투성이 되어 도망쳐 돌아가기까지 했는데도 불구하고 감감무소식이었다.

경무주임 지휘 아래 정복 또는 사복 경찰관 20여 명이 소요현장에 나타난 것은 읍사무소가 폭발사고를 당한 것 같은 무참한 꼴이 되고, 피란민들도 제풀로 지치고 시들해져서 일부는 돌아가고 일부는 남아서 웅성거릴 때였다.

경찰대는 형식적으로 사고수습을 한 후, 현장에 남아 있던 피란민 간부 몇 명과 읍장 부읍장을 임의동행 형식으로 경찰서에 연행해 갔다.

"아니, 저것들이 도대체 어느 고을 포졸들이고. 바로 뒤통수에서 이런 소동이 벌어졌는데, 지금꺼정 귓구멍을 틀어막고 있었던 것가 뭐꼬."

"서장 이하 모조리 낮잠자느락고 몰랐던갑지 뭐."

"형사 둘이 떡매 맞듯이 얻어맞고 가는 거 안 봤나? 그랬는데 모르기는 뭐로 몰라."

사람들은 경찰대의 태도가 상식 이하로 해괴한 나머지 느적느적 돌아가는 그들의 뒷모습을 바라보며 이렇게들 쑤군거렸다.

그러나, 정작 더 해괴한 일은 경찰서 안에서 벌어지고 있었다.

현행범으로 연행해 온 피란민들을 형사가 취조하고 있을 때, 술기운으로 얼굴이 불그레한 채로 서장이 수사과 사무실에 불쑥 들어왔다.

한쪽 대기의자에 앉아 있던 읍장과 부읍장이 엉거주춤 일어나 아는 체했으나, 서장은 거들떠보지도 않고 피의자심문을 진행하던 형사에게 다짜고짜 버럭 소리를 질렀다.

"뭐야?"

형사가 일어나 어물어물 상황설명을 하려는데, 서장이 따귀를 올려붙이며 호통쳤다.

"이 새끼야! 불쌍한 사람들이 배고파 쌀 달라고 한 게 무슨 죄야. 그까짓 걸 사건이라고 조사하고 자빠졌어? 모두 방면해."

형사가 당황해서 미처 어쩔 줄 모르자, 서장은 계속 욕을 퍼부으며 피란민들을 당장 내보내라고 윽박질렀다.

덕분에 따귀 한 대 맞지 않고 온전히 풀려난 피의자들은 자기들 딴에도 황당하고 홀린 기분인지 멋쩍은 기색을 감추지 못하면서 어슬렁어슬렁 돌아가버렸다.

어안이 벙벙해진 것은 경찰관들뿐 아니라, 읍장과 부읍장도 마찬가지였다. 그러나 두 사람은 자기들을 위한 곤욕이 준비되어 있다는 사실을 미처 깨닫지 못하고 있었다.

피란민들이 문밖으로 사라지자마자, 서장은 두 사람 쪽으로 후딱 고개를 돌렸다.

"이것들은 또 뭐야?"

상식 이하의 말투에 당혹스러워진 것은 다음 상대인 장본인들보다도 오히려 경찰관들이었다. 아무리 경찰서장이라 해도 그 지역의 행정관서 최고위직 인사 두 사람에게 그런 몰상식한 막말을 하다니, 자기 귀를 의심해야 할 지경이었다.

누구보다 충격을 받은 사람은 읍장이었다. 적어도 거제도 섬 안에서는 경찰서장과 더불어 자신이 공직사회를 대표하고 있다고 자기딴에 내심 자부해 온 그였다. 그런데도 여러 사람들이 주시하는 앞에서 그런 모욕적 망발로 자존심이 밟히자, 이성에 앞서 감정이 불끈 솟는 것을 어쩔 수 없었다.

읍장은 자신도 모르게 벌떡 일어났다.

"아니, 서장님. 지금 뭐락했십니꺼?"

"뭐가 어째?"

"나 명색이 이곳 읍장이오. 그런데 그런 험한 소리를 해도 되는 깁니까? 내가 무슨 피의자요? 당신 부하요?"

"이 자식 봐라!"

"이 자식이라니, 진짜 말을 그 따우로밖에 못하겠소?"

"뭐, 그 따위? 너 이 새끼, 그러잖아도 그동안 벼르고 있었어. 오늘 나한테 잘 걸렸다."

서장은 폭력을 휘두르려고 달려들었으나, 단순한 일대일 완력다툼이라면 체격으로 보나 기운으로 보나 읍장이 꿀릴 조건이 아니었다. 차마 반격은 가하지 않았지만, 중뿔난 망아지처럼 날뛰는 서장의 양쪽 손목을 꽉 붙들고 더 이상의 과격한 짓은 못하게 제압해버렸다. 그럴수록 흥분한 서장은 길길이 뛰며, 부하직원더러 읍장을 당장 수갑 채워 구속하라고 소리쳤다.

그러나, 사리분별을 알 뿐 아니라 처음부터 지켜본 경찰관들이 그것도 명령이랍시고 순순히 따를 리가 없었다. 우선 진정하라고 달래는 척하면서 사실은 뜯어말려 읍장이 본의 아닌 폭력사태에 휘말려들 소지를 요령껏 차단해버렸다.

느닷없는 소란에 다른 방 직원들이 우르르 몰려오고 그들까지 곤혹스러워하며 일방적으로 만류하자, 서장도 더 고집 피워 봐야 체면만 구겼지 별무소득이다 싶은지 마침내 못 이긴 척 떠밀려 자기 방으로 가버리고 말았다.

"여러분들 봤지요? 서장 하는 거 봤지요? 나중에 문제가 생기거든 양심적으로 증언해 주이소."

못내 분이 풀리지 않은 읍장이 등등한 기세로 주위를 둘러보며 선언했다.

"읍장님, 마, 진정하이소. 날씨가 덥다 보니 별난 일도 다 생긴다 생각하고요."

수사계장이 좋은 말로 다독거리고 다른 직원들도 싱글싱글 히죽히죽 웃는 품이, 따분한 판에 구경한 한낮의 해프닝이 나쁘지는 않았다는 투였다.

"이기이 진정해서 될 일이요? 읍사무소가 우떻게 됐는지, 여러분 눈으로 봤지 않소. 아니, 그런데도 명색 경찰서장이란 인간이……나 원, 세상에!"

"그 기분 이해합니더. 마, 우짭니꺼. 피차 비슷한 처지에, 서로 도와야 할 처지에 크게 문제되지 않거로 읍장님이 좀 아량을 베푸이소. 부탁합니더."

읍장은 수사계장이 그렇게까지 말하는데 그 자리에서 더 이상 따따부따하는 것은 오히려 상대방 감정만 상하게 해서 역효과를 낼거라 판단했다. 그래서 마침내 수긋해진 그는 부읍장과 함께 그들의 배웅 속에 순순히 경찰서를 빠져나오고 말았다.

그러나, 개인감정과 상관없이 그날의 폭력사태는 유야무야 덮어질 수 있는 성질의 사건이 아니었다.

읍장의 진정성 보고에 따라 사건은 경상남도 도의회는 물론 국회에까지 비화되어 큰 물의가 빚어졌고, 부산에서 진상조사단이 파견되어 전말내용을 시시콜콜 파헤쳤다. 결국 거제경찰서장은 하루아침에 옷을 벗어야 했으며, 상관의 지시 때문에 시위대의 소요사태에 신속히 대응할 수 없었던 애꿎은 경찰간부 세 사람한테는 좌천 발령이 떨어졌다.

결과적으로 장승포읍장은 완승을 거둔 셈이었고, 그가 주도한 구호양곡 가구당 개별배급제는 피란민들의 환영과 지지 속에 착실히 시행에 들어갔다.

사람의 마음이란 간사한 것이어서, 바로 직전에만 해도 통반장들의 교언과 선동에 속아 흥분했던 한때의 감정이 눈 녹듯 사라진 피란민들은 읍장의 덕을 칭찬해 마지않았다.

조삼모사(朝三暮四)한 계략과 통큰 배짱으로 거제도 섬을 한 번 들었다가 놓은 임덕현은 피란민연락처가 더 이상 자기가 몸담고 있을 자리가 아니라고 판단했다. 뒤끝이 두려워서가 아니라, 이제는 별로 건져 먹을 것이 없다고 본 것이다.

그는 사회부분실 관계자와 각 지소장들로 구성된 운영위원회를 소집한 다음, 미리 준비한 사퇴서를 제출했다.

  그 갑작스러운 거취표명에 운영위원들은 번의와 재고를 권했으
나, 당황하지도 않고 떨떠름한 기색들인 것으로 봐서 썩 진정이 담
겨 있는 말 같지 않았다.
  날 이따위 식으로 대우하겠다? 드러내진 않았어도 그동안 속내
는 달랐다 이거지? 그래, 좋아. 배은망덕한 놈들! 죽일 놈들!
  뒤끝이 머쓱하니 자존심이 상한 덕현은 후임자가 선출될 때까지
업무를 계속 관장해 달라는 의례적 요망사항에 가타부타 분명한 대
답도 하지 않은 채, 경찰서장과 바쁜 약속이 있다는 거짓 핑계로
먼저 자리에서 일어났다. 미련없이 홀가분한 심정으로 피란민연락
처 사무실을 빠져나온 그는 속으로 이렇게 뇌며 하늘을 쳐다보고
혼자 웃었다.
  제기랄! 어디 이젠 고현에 가서 양키물건장사나 한판 벌여 볼
까.

탈출

1

독봉산 동쪽 수월리 제7구역과 양정리 제8구역, 그리고 산 뒤쪽의 문동리 제9구역에 집중되어 있는 19개 단위수용소들은 그 중 두세 개만 제외하고 애초에 순전히 북한정규군포로 전용수용시설이었는데도 반공포로와 공산포로 간의 세력분포가 어느 정도 균형을 이루게 되었다.

그에 비해, 독봉산 서쪽 고현리 일대 제6구역은 순전히 남한출신 의용군 전용수용시설임에도 불구하고 공산좌익포로들이 압도적 우세를 점하여 대조를 이루었다.

이들 제6구역도 처음에는 초전에 포로가 되어 강제로 북한군에 편입되었던 한국군 출신인 이른바 ‘해방전사’들이 득세하고 있었고 그때는 비교적 평온했으나, 4월의 분류심사 때 이들 대부분이 다른 수용소로 재배치됨과 동시에 강경파 골수 공산포로들이 공작 차원에서 적극 침투해 주도권을 장악함으로써 사정이 백팔십도 달라지고 말았다. 제6구역 9개 단위수용소 가운데 겨우 60수용소와 65수용소 정도가 그나마 반공포로들의 주도 아래 있는 듯했으나, 그것도 언제 폭발할지 모르는 위험 속의 불안한 우세에 불과한 실정이었다.

6월 어느 날 오후, 큰길을 사이에 두고 마주보는 64수용소와 65수용소 양쪽 포로들 간의 충돌은 그 폭발 위험이 처음으로 현실화

된 사건이라고 할 수 있었다.

그날 65수용소 각 대대별 작업소대 포로들은 2인1조가 되어 소위 '허니바케쓰'라고 하는 분뇨통 하나씩을 목도에 달아 메고는 경무장한 한국군 경비병들의 호위감시 아래 수용소 정문을 차례로 빠져나와 바닷가로 향했다. 고현 앞바다에다 오물을 버리기 위해서였다.

드럼통 반 토막짜리 분뇨통 수십 개가, 그것도 거의 찰랑찰랑 넘칠 정도가 되어 일렬종대로 한꺼번에 움직이기 시작했으니, 그 상황이 간단할 리가 없었다. 역겨운 구린내가 천지에 진동하고, 삽시간에 온 사방에서 모여든 똥파리는 흡사 벌집을 건드린 바람에 화가 나서 쏟아져 나온 벌떼처럼 붕붕거리며 어지럽게 날았다.

아무리 희한한 광경일지라도 구경하기커녕 누구나 코를 싸쥐고 멀리 달아날 판이건만, 그 상황에도 일부러 포로들 가까이 다가가는 사람들이 상당수였다. 가족이나 친지를 찾는 이북 피란민들이었다. 그들은 눈을 가늘게 뜨고 목을 길게 뽑아 포로 한 사람 한 사람 확인하는 것으로도 모자라 찾을 사람의 이름을 대며 애타게 묻기도 했다.

마을을 지나 이윽고 바닷가에 도착한 작업소대 포로들은 차례로 바다에다 그냥 오물을 쏟아 부었고, 해안 쪽 바닷물은 심한 폭우 뒤의 흙탕물이 그대로 흘러내려온 것처럼 누런 혼탁수로 변해버렸다.

삽시간에 바닷물을 그렇게 오염시켜 놓은 포로들은 다시 정렬해 귀로에 올랐는데, 사건이 터진 것은 그들이 65수용소 정문에 거의 다다랐을 때였다.

그날따라 길 맞은편 64수용소 철조망 안쪽에서 한 무리의 포로들이 땅고르기와 배수로 보수작업을 하고 있었는데, 이들은 빈 분뇨통을 메고 돌아오는 65수용소 작업소대 포로들을 보더니 괜히 시비를 걸었다.

"어이! 너희들이 싼 똥 너희들이 처먹지, 바다에는 왜 갖다버리냐?"

"그래, 저 자식들은 똥 처먹어도 싸. 반동 개새끼들!"

"야! 우리 허니바케쓰 공짜로 줄긴게 갖다묵어라."

작업소대 포로들이 그런 소리를 귓등으로 흘리고 그냥 지나갈 리가 없었다. 그들은 걸음을 멈추고 삿대질하며 마주 욕을 퍼붓기 시작했다.

시비의 잘잘못이 분명하므로 작업소대 인솔책임자인 한국군 일등중사가 64수용소 포로들을 향해 큰 소리로 경고주의를 주자, 이번에는 하사관뿐 아니라 휘하의 병사들한테도 조롱과 욕설이 날아왔다.

"어이, 중사! 쫄병도 아닌데 배를 얼마나 곯았기에 그렇게 말라비틀어졌냐?"

"쫄병새끼들은 또 어떻고. 꼭 비루먹은 강아지 꼴들일쎄. 가엾다가여워."

"우리 취사장 꿀꿀이죽 주꺼마, 갖다묵고 살 좀 쪄라, 살 좀."

"옷 꼬라지는 그게 뭐디야. 깡통만 들먼 완전 거지새끼들이구만. 하하하!"

평소 포로들이 자기네보다 훨씬 잘 입고 잘 먹는다는 사실 때문에 가뜩이나 자존심 상하고 불만이 컸던 한국군 경비병들에게는 그 이상의 모욕이 없었다. 모두 참지 못하고서 있는 욕설 없는 욕설 다 동원해 마주 퍼붓는 가운데, 성미가 팔팔한 병사 하나가 소총을 허공에 겨누고 공포 한 발을 쏘았다.

그러나, 그까짓 총성 일발에 위축될 위인들이 아니었다. 오히려 자극을 받은 64수용소 포로들은 더욱 극렬해져서 고래고래 악을 쓰며, 작업과정에 주워 모아 놓은 돌멩이를 집어 던지기 시작했다.
돌멩이는 엉성한 철조망 사이로, 아니면 위로 우박같이 날아왔다.
뻥 뚫린 대로에 엄폐물 하나 없이 노출된 65수용소 포로들과 한국
군 병사들은 모면할 도리가 없었다. 당황한 나머지 우왕좌왕하며
피하기에만 급급하고, 머리가 깨져 피를 흘리는 피해자도 발생했
다.
　그때였다.
　"이 빨갱이새끼들아!"
　마침내 참다못한 병사 하나가 벽력같이 외치며 수평조준사격을
가했다.
　탕탕!
　지휘관이 저지하고 자시고 할 겨를도 없었다. 제대로 겨냥한 것
도 아니건만 철조망 안쪽 포로 하나가 직방으로 복부를 관통 당해
벌렁 자빠졌다.
　그것이 신호였다. 그 돌발사태는 격분과 당혹감으로 어쩔 줄 모
르던 병사들에게 갑자기 악마의 탈을 씌웠다. 이성을 팽개친 병사
들은 마구 방아쇠를 당겼다. 총구들이 잇달아 불을 뿜고, 포로들이
픽픽 쓰러졌다. 그와 동시에 돌멩이 세례가 뚝 그치고, 포로들은
본능적으로 땅바닥에 납작 엎드리거나 막사 쪽으로 줄행랑을 놓기
바빴다.
　불과 사오 초 동안 지속되던 요란사격이 뚝 그치자, 일순 형언할
수 없이 무거운 정적이 밀려왔다. 뙤약볕 아래 양쪽 포로들과 병사
들은 패닉상태에 빠져 멍해 있었고, 공기의 흐름도 시간마저도 잠
깐 정지된 것 같았다.
　그 정적을 흩트려 놓은 것은 총상을 입은 포로의 절규와 신음이
었다. 그제야 포로들은 정신이 돌아온 듯 벌떡 일어나 부상자를 구

호하기 위해 부산하게 움직이기 시작했고, 일부는 철조망에 붙어 병사들에게 항의와 저주를 퍼부었다.

일등중사가 권총을 뽑아 허공에다 공포 한 발을 쏘았다. 그렇게 해서 쌍방의 주의를 끌어모은 다음, 큰 소리로 부하병사들에게 명령했다.

"또다시 난동 부리면 가차없이 발사하라. 사격준비!"

명령에 따라 병사들이 얼떨결에 사격준비자세를 취하자, 철조망에 붙어 있던 포로들이 후닥닥 흩어져 달아났다.

"망할 새끼들!"

"빨갱이놈들한텐 오로지 강하게 몰아쳐야 약발이 통한다고."

65수용소 작업소대 포로들은 득의에 차서 한마디씩 했으나, 그렇다고 해서 결코 밝은 얼굴은 아니었다. 총격과 사상자 발생은 그들로서도 결코 신바람 날 일이 아닌 엄청난 불상사이기 때문이었다.

그때쯤은 해당 양쪽 수용소 포로들이 각 막사에서 대거 몰려나와 사건현장 쪽으로 쇄도하고 있었고, 65수용소 뒤쪽에 주둔한 한국군 제32경비대대는 물론이려니와 전망관측이 용이한 위치에서 제6구역 전체를 내려다보고 있는 미국군 경비사령부에서도 경비초소의 재빠른 보고로 상황의 심각성을 알고는 비상을 걸어 사태수습과 확산방지를 위해 병력출동을 서두르고 있었다.

포로 3명이 사망하고 30여 명이 중경상을 입은 그날의 우발적 참사가 경비병력의 대거출동으로 더 이상 악화되지 않고 수습됨으로써 제6구역은 표면상 안정을 되찾았으나, 그것으로 문제가 끝난 것은 결코 아니었다. 오히려 더 큰 사고가 예약이 된 셈이었고, 분위기 역시 태풍 직전의 고요에 지나지 않았다.

호된 꼴을 당한 64수용소에서도 나름대로 사태수습을 서둘렀다.

관리당국에 사과와 사고책임자 처벌을 엄중히 요구하는 한편, 65수용소를 상대로 한 보복공격을 획책하기 시작했다.

그날저녁 여단본부에서 열린 운영회의는 어느 때보다 침통하고 무거운 분위기였다.

여단장 조태복이 먼저 발제발언을 했다.

"오늘 사고는 앞으로 우리의 투쟁활동과 공작사업이 어떻게 전개되어야 할 것인가 하는 문제에 대해 시사하는 바가 크다고 생각되오. 다시 말해서, 우리 64가 지금 좋든 싫든 시험대 위에 올라선 격이라는 거지요. 이런 일을 당하고도 흐지부지 넘어가면 다른 수용소들에게 체면이 서지 않을 뿐 아니라, 자체 내의 사기에도 좋지 않은 영향을 주게 됩니다. 따라서, 우리는 비단 이 6구역뿐 아니라 거제도수용소 전체의 선도적 모범이 되도록 분발해야 하고, 그런 각오 아래 적과 싸워 이겨야 합니다. 방금 내가 말한 적이란 이곳 관리당국과 국련군, 국방군과 남조선 괴뢰정부는 물론이려니와, 바로 이 수용단지 안의 반동분자들도 해당됨은 말할 필요가 없겠지요. 따라서, 대외적으로는 우리의 투쟁역량을 과시하고, 대내적으로는 사기진작의 효과를 가져올 수 있는 조치를 강구해야 됩니다. 아무쪼록 건설적인 좋은 의견들 부탁하오."

여단장의 주문에 따라 교양교육을 강화하자거니, 혁명적 구호가 적힌 플래카드와 공화국 깃발을 내걸자거니, 군가를 열창하자거니 하는 의견들이 나왔다.

그러자, 감찰대장 진상용이 대뜸 폭탄발언으로 그런 소극적 의견들을 간단히 깔아뭉개버렸다.

"거 무슨 쓰잘 데 없는 소리! 65에 쳐들어가 반동의 새끼들을 모조리 박살내버리믄 간단할 거 아녀라."

좌중의 모든 시선이 진에게로 쏠렸다.

조태복이 물었다.

"쳐들어가다니, 어떻게 말이오?"

"그쪽 취약지구에 프락치를 침투시켜 거점을 확보하는 한편, 내일부터라도 땅굴을 파기 시작한단마시. 그래서 땅굴이 완성되는 날 밤에 돌격대를 투입해 일거에 제압해버리믄 끝나는 것 아니겠소. 뭐가 어려워."

"땅굴이라……."

"우리 쪽 철조망 옆에 있는 창고막사에서부터 파들어가믄, 저쪽 철조망까지 기껏해야 오륙십 미터밖에 더 되겠소? 24시간 밤낮없이 교대로 작업을 진행하믄 넉넉잡고 열흘 안에 관통할 수 있을 것이요. 땅굴이라 하믄 연전에 지리산에서 활동한 내가 반달곰 못지 않은 전문가니께."

진상용은 그런 익살로 좌중을 웃게 만들었다.

다만, 웃지 않는 한 사람이 있었다. 감찰인사과장 최윤학이었다. 그만은 웃을 수가 없었다. 진의 아이디어가 채택된다면 피아간에 얼마나 많은 피를 흘리게 될 것인지 생각하자, 간담이 서늘해졌다.

그러나, 윤학의 생각에 상관없이 여단간부회의에서 다수의 찬성으로 채택된 진상용의 아이디어는 다음날부터 창고막사를 기점으로 곧장 시행에 들어갔다.

땅굴파기는 전직이 측량기사였다는 한 포로의 목측(目測)을 기초로 삼아, 특별히 차출된 작업반이 엄중한 보안조치 속에 하루 4교대로 24시간 내내 땀흘리는 식으로 진행되었다. 창고막사 안에서 수직으로 굴착하기 시작해 지하 6미터 지점에서 수평직각으로 각도를 꺾어 65수용소 쪽으로 향하도록 했으며, 공간의 단면넓이는 한 사람이 몸을 약간 구부리고 자유자재로 움직일 수 있을 정도였다.

무엇보다 우선되고 중요한 공작원 투입은 치밀한 작전계획 아래 별도로 추진되었다. 공작원은 당성(黨性)이 특별히 강한 포로 10명으로 골라 구성되었고, 배신하는 경우 처단도 기꺼이 받아들인다는 서약을 한 다음 구체적인 작전교육을 받았다.

디데이는 양쪽 작업반끼리의 싸움이 있은 지 사흘째 되던 날이었다.

그날 오후 과업시간에 64수용소 작업소대 포로들은 지난번 충돌사고로 중단된 배수로 보수공사를 마무리하는 데 필요한 석재를 마련한다는 구실로 관리당국의 허가를 얻어 가까운 산으로 올라갔다. 한국군 분대병력의 호위감시가 따라붙은 것은 물론이었다.

이윽고 여름해도 서쪽으로 기울고 작업의 목표치도 달성되었으므로, 포로들은 채취한 석재들을 목도채에 매달아 메고 산을 내려오기 시작했다. 그리하여 일행이 65수용소 정문 앞을 지날 때였다.

후미 쪽의 포로 10여 명이 별안간 석재를 동댕이치고 일제히 목도채를 뽑아드는 동시에 호위감시병 한 명을 번개같이 제압하고는 미리 준비해 감추고 있던 단검을 꺼내어 목에 겨누었다. 그러고는 인솔자인 이등중사를 향해 다급하게 소리쳤다.

"우린 반공포로요! 우리를 65에 보내 주시오."

"지옥 같은 64에는 죽으면 죽었지 못 들어가겠소."

"제발 목숨 좀 살려주시오."

인솔자를 비롯한 호위감시병들과 나머지 포로들이 깜짝 놀라 미처 대응할 엄두를 못 내는 사이에 난동포로들은 납치한 병사를 에워싸고 경계태세를 취하면서 65수용소 정문 쪽으로 후퇴했다.

놀라기는 65수용소 정문을 지키던 두 한국군 초병도 다를 바가 없었다. 느닷없이 들이닥친 포로들이 문을 빨리 열라고 협박조로 강요했기 때문이었다. 급기야는 그들에게도 흉기를 들이대며 위협했다.

그 광경을 보고 있던 나머지 포로들 중의 일부가 마침내 정신이 돌아온 듯, 똑같이 목도채를 빼들고 이탈자들에게 달려들며 으르댔다.

"이 배신자들아!"

"개새끼들! 반동새끼들한테 가겠다고?"

"어디 맘대로 될 줄 알아? 흥! 어림도 없다."

삽시간에 난투극이 벌어졌고, 피를 흘리는 부상자까지 발생했다. 그러나, 양쪽 다 흉기로 쓰기에 손색없는 목도채를 들고 있기 때문에 결정적인 충돌은 서로 적당히 피하는 선에서 기세싸움에만 열을 올리는 형국이었다.

그럴 즈음에는 벌써 두 수용소 안쪽 철조망에 여러 명의 포로들이 달라붙어 주먹을 휘두르고 발을 구르며 소란을 피우고 있었고, 그 숫자는 시간이 흐를수록 기하급수로 늘어났다. 64수용소 포로들이 이탈자 강제 원대복귀를 강력히 촉구하는 반면, 65수용소 포로들은 그들을 자기네 수용소로 잽싸게 불러들이지 못해 안달하며 미친 듯 아우성이었다. 특히 65수용소 포로들의 기세가 상대적으로 더 뜨겁고 험악했다.

"야, 보초! 얼른 들여보내지 않고 뭐해."

"이 새끼야! 그 사람들 저쪽에 끌려 들어가면 다 죽어. 너 책임질래?"

"병신아, 빨리 문 열어 줘. 너 빨갱이냐?"

이처럼 열화 같은 항의가 뒤통수에 쏟아지는 데다 이탈포로들이 여차하면 폭력으로 돌파할 기세를 보임으로써, 정문초병은 완전히 얼이 빠져버렸다. 더군다나 도움을 요청하는 간곡한 눈빛으로 바라보는데도 불구하고 인솔책임자인 이등중사가 단호한 태도를 취하기커녕 속수무책인 듯 우왕좌왕하기만 함으로써, 초병은 그가 반공포로의 도주를 은근히 묵인하는 것으로 나름대로 편리하게 판단해버렸다.

초병은 마침내 빗장을 풀어 문을 열었고, 그 순간 65수용소 쪽에서 우레 같은 환호성이 터져 올랐다.

이탈포로들이 뛰어들자, 65수용소 포로들은 미리 안쪽 정문을 열고 나와 바깥문과의 사이에 터져 있는 공간에 대기하고 있다가 재빨리 이들을 에워싸 보호하는 한편, 64수용소 작업반 포로들의 접근을 차단하는 경계태세에 들어갔다.

대낮의 극적인 위장탈주극은 각본대로 나무랄 데 없이 종료되었다.

자정 무렵이었다.

숲 깊은 선자산 자락 아래 포로수용소는 조용히 잠들어 있었다. 경비순찰로와 외곽철조망 쪽에만 보안등이 켜져 있을 뿐, 각 수용소들은 적막한 어둠 속에 묻혀 있었다. 서치라이트가 이따금 그 어둠을 휘저으며, 게딱지처럼 다닥다닥 붙어 있는 막사들과 훵한 광장을 훑고 지나가곤 했다.

사방 모든 것이 잠들었을 법한 그 시각, 야행성 설치류(齧齒類)처럼 보이지 않는 곳에서 움직이는 무리가 있었다. 64수용소 창고막사 쪽이었다. 두꺼운 즈크천이 빛의 투과를 차단하는 그 막사 안에만 불이 켜져 있었다. 그나마 손전등 서너 개였다. 어지럽게 흔들리는 그 불빛 속에서 여단장 조태복을 위시한 64수용소 지도급 거의 모두의 얼굴에 빛과 어둠이 번갈아 교차하며 짙은 조화를 이루었다.

조태복이 손목시계를 들여다보다 말고 돌격대장에게 말했다.

"동무, 12시요."

“예, 알았습니다.”

“이제부터 65광장에 우리 공화국 깃발이 휘날리고 않고는 전적으로 동무의 수완에 달렸다는 사실을 명심하시오.”

조가 악수를 청하자, 돌격대장은 공손히 손을 내밀었다.

돌격대장은 경비3조장 박수봉이었다. 그는 64수용소에서 진행되거나 집행되는 모든 작전행동의 선두에 항상 서는 인물로 어느덧 공인되어 있었다.

“그럼 행동개시에 들어가겠습니다.”

“임무 완수하고 나면 박 동무는 특별승진이오. 부탁하오.”

“걱정 마십시오, 여단장동무.”

박수봉은 거수경례를 붙인 다음, 손전등을 들고 막사 바닥에 뻥 뚫린 시커먼 구멍 속에 몸을 집어넣었다. 그의 뒤를 이어 삽을 든 네 명의 선발대원이 따라 들어갔고, 마지막 한 명은 자기 키 만한 간이 사다리를 끌고 있었다. 그들은 모두 수건으로 눈 밑을 가렸는데, 호흡으로 발산되는 탄산가스를 면섬유로 어느 정도 걸러내어 터널 속 공기오염을 완화하는 효과로써 호흡곤란 사태를 예방하려는 조치였다.

나무사다리를 타고 6미터 깊이의 바닥에 내려간 박수봉과 그의 부하들은 수평으로 꺾어진 굴의 방향에 따라 몸을 구부리고 두더지처럼 앞으로 나아가기 시작했다.

열흘 남짓 걸려서 완성단계에 달한 땅굴은 거의 수평 직선 방향으로 뚫려 있고, 군데군데 물기로 질척거리기는 해도 공간넓이나 벽면상태가 신속히 몸을 움직이는 데 전혀 불편함이 없을 정도였다. 다만, 깊이 들어갈수록 산소가 점점 부족해져 약간씩 숨이 가빠졌으나, 못 견딜만한 정도는 아니었다.

“이렇게 해서 수용소 바깥까지 빠져나갔으면 좋겠구만. 제기럴!”

박수봉의 바로 뒤에 붙은 대원이 씨부렁거리자, 뒷사람들이 한마디씩 보태었다.

"PW 글자 등에 짊어지고 나가면 뭐해. 눈에 띄어 금방 체포되고 말 텐데?"

"융통성하고는……. 나가자마자 벗어던지고 어디서 얌생이해 입으면 되지, 뭘."

"그래? 어디 해 봐. 말이야 쉽지."

박수봉이 듣다못해 돌아보며 신경질을 부렸다.

"왜들 그래. 정신들이 나갔어? 이 판에 무슨 잡담이야 잡담이?"

그 바람에 모두 고자누룩해지고, 다시 중대 사명을 띤 두더지의 신분으로 돌아가 전진을 계속했다.

끝도 없이 이어질 것 같던 시꺼먼 구멍이 갑자기 끝나면서 전방의 우툴두툴한 벽면이 손전등 불빛 속에 떠올랐다. 마침내 땅굴 끝에 다다라 있었다.

"끝입니까?"

대원 하나가 박을 보고 물었다.

"그래, 다 온 거야."

"그럼 이 위가 65의 외곽철조망 안쪽이란 말이죠?"

"그렇다고 봐야지, 측량기사란 놈 모가지가 성하려면."

그렇게 대꾸한 박은 고개를 기울여 한쪽 귀를 위로 향하게 하고 잠시 동작을 정지하고 있었다. 그 모양을 본 대원들도 긴장해서 숨을 죽였다.

"들어봐. 무슨 소리 들려?"

"아뇨."

"잘 들어봐."

"조용한데요."

"그럼 위쪽으로 뚫기 시작해. 차례로."

박이 그렇게 말하고 자리를 비켜주자, 뒤에 서 있던 대원이 대신 앞으로 나섰다.

그는 박이 비춰주는 손전등 불빛의 도움을 받아 땅굴 천장을 삽으로 찍어서 파기 시작했다. 축축한 흙이 푸슬푸슬 떨어졌다. 흙을 뒤집어쓴 대원은 대강 털어버리고 작업을 계속했으며, 어느 순간부터는 떨어지는 흙에 신경쓰지 않게 되었다.

그렇게 해서 발생한 흙부스러기는 대기자들이 손으로 긁어 차례차례 뒤쪽으로 보내어 바닥에 얕게 깔아 처분했다. 파는 사람이 지치면 다음 대기자와 차례차례 교대하고, 그렇게 해서 굴착부위가 높아짐에 따라 이번에는 사다리가 이용되었다.

그처럼 불편하고 힘든 작업이 두 시간 가까이 계속될 때였다.

갑자기 한 무더기의 흙부스러기가 와르르 떨어지고 구멍이 뚫리면서 신선한 공기가 흘러들어왔다. 마침내 땅굴이 목표지점 지표와 관통한 것이었다. 힘들고 어려운 작업을 끝냈다는 기쁨도 한순간, 팽팽한 긴장감이 그들의 몸을 굳게 했다.

박수봉이 작업자를 끌어내린 다음, 스스로 사다리를 딛고 올라가서 지상에 머리만 내밀고 심호흡하며 사방을 둘러보았다. 영락없이 65수용소 철조망 안쪽 가장자리였고, 가까운 막사와의 거리는 100여 미터 가량 되어 보였다.

CP가 있나 하고 다시 한 번 사방을 둘러보았지만, 어두워 잘 보이지 않아서 그런지 몰라도 움직이는 것이라곤 개미새끼 한 마리 눈에 띄지 않았다. 그렇지만 그 어디에선가 지난번의 침투공작조가 이 부근을 예의주시하며 대기하고 있을 것이 틀림없었다.

박은 바닥에 내려가서 가장 뒤쪽의 부하에게 지시했다.

"성공이야. 빨리 가서 돌격대 출동시켜."

　64수용소 창고막사에서 초조하게 대기하고 있던 여단장 이하 간부진과 돌격대원들은 선발대원 한 명이 흙투성이가 되어 나타나 보고하자 기쁜 나머지 가벼운 환호성을 질렀다. 아연 분위기에 활기가 넘치며, 몽둥이나 칼 같은 흉기를 하나씩 든 돌격대원들이 차례차례 땅굴 속으로 모습을 감추었다.

　땅굴 끝에서 대기하던 박수봉은 돌격대 선봉이 도착하자 다시 사다리를 올라가서 이번에는 본격적으로 입구를 크게 넓혔다. 그런 다음, 손전등을 수평으로 쳐들고 켰다 껐다 두어 번 신호를 발했다.

　과연 어느 막사 옆 컴컴한 어둠 속에서 깜박깜박하는 라이터 같은 작은 불빛이 눈에 들어왔다. 다시 한 번의 점멸신호로 서로의 존재를 확인하자, 박수봉은 비로소 땅굴을 벗어나며 부하들에게도 신속히 따르도록 명령했다.

　그때쯤 상대 불빛 쪽에서 무슨 야행성 짐승처럼 소리 죽여 잽싸게 이쪽으로 달려오는 어두운 모습들이 희미하게 보였다. 공격 목표 지점으로 인도해 줄 공작원들이었다.

　밖에서는 그런 위기상황이 닥쳐오고 있건만, 65수용소 포로들은 꿈에도 모른 채 여전히 초여름밤의 달콤한 잠에 혼곤히 빠져 있었고, 야간근무를 서고 있던 일부 CP가 사태를 알아차린 것은 이미 때늦은 뒤였다.

　맨 먼저 난리가 난 곳은 경비부 막사였다. 64수용소 돌격대가 폭풍같이 뛰어들며 흉기를 휘두르자, 그들은 미처 뭐가 뭔지도 모른 채 깨지고 터져 피를 흘리고 비명을 질렀으며, 운좋게 예봉을 피한 자들은 줄행랑을 놓기부터 했다.

　경비부 막사가 그처럼 아수라장이 되었을 때, 머리가 돌아가는 CP 하나가 재빨리 감찰부 막사로 곧장 달려간 것이 65수용소로서는 실로 천만다행이었다. 단위수용소를 지탱하는 물리적 힘의 양대 축 가운데 하나인 감찰부는 즉각 비상을 걸고 발빠르게 움직이기 시작했다. 그리하여 64수용소 돌격대 일부가 들이닥쳤을 때는 황망한 대로 어느 정도 전열을 갖추어 대항전을 펼 수 있었다. 일대 혼전이 벌어지고, 아우성과 비명과 무기 부딪치는 소리로 밤이 온통 출렁거렸다.

기습한 쪽이 처음에는 선공(先攻)의 효과를 톡톡히 보았으나, 시간이 지날수록 상황이 반전되어 점점 몰리기 시작했다. 무엇보다도 수적인 절대열세가 그들에게 치명적이었고, 마침내 수비진형으로 간신히 방어하면서 정문 쪽으로 주춤주춤 밀리는 형세가 되고 말았다.

"이 빨갱이놈들! 살아서 나갈 수 있을 거 같아? 어림없다."

"닥쳐! 이 반동아."

"쥐새끼처럼 기어들어와 잘 걸렸다. 각오해라."

"좋다! 죽기 아니면 살기다. 덤벼라!"

그때쯤은 한국군 제32경비대대와 미국군 경비사령부에 비상이 걸려 병력이 출동하고, 감시망루의 서치라이트는 대형무대 위의 군무(群舞)를 비추는 조명처럼 그 집단난투극을 주변의 어둠 속에서 생생하게 포착해 주고 있었다.

그러나, 출동병력은 곧바로 진압작전에 돌입하지 않았고, 먼저 한국군 지휘장교가 지프 위에 서서 마이크로 으름장부터 놓았다.

"경고한다! 경고한다! 양측은 난동을 중지하고 각각 물러서라. 불응하면 모조리 구속해 삼중영창(三重營倉)에 집어넣겠다. 쌍방 즉시 30보 뒤로 물러서라. 마지막 경고다!"

으름장은 사고의 주범격인 돌격대보다 65수용소 포로들에게 더 먹혀들어 그들의 전의를 반감시켰다. 자기들은 선의의 피해자인데,

재수없어 잡혀 들어가게 되면 그 이상 억울한 노릇이 없다 싶었다.

삼중영창. 세 겹의 철조망에 둘러싸인 처벌감방. 그것은 포로들에게는 듣기만 해도 몸서리가 쳐지는 혐오대상이었다. 경비대의 상투적 위협도 위협이지만, 어쩌다 거기 들어갔다 나온 포로의 부풀린 경험담이 실제 이상의 공포분위기를 조성했기 때문이었다.

65수용소 포로들이 엉거주춤하는 사이 박수봉과 그의 부하들은 재빨리 정문을 때려부수고 간신히 빠져나와 자기네 64수용소로 귀환하는 데 성공했다.

경비대 장병들은 더 이상의 사태악화 없이 그만하기도 다행이라는 듯, 앰뷸런스를 불러 부상자들을 수월리 제64야전병원으로 후송한 것 외에는 별다른 후속조치도 취하지 않고 잠시 후에 제각기 철수해버렸다.

그러고 나자 살벌하던 난투극의 현장은 부러진 몽둥이나 낭자한 핏자국, 그리고 찌그러진 정문 따위의 흔적만 남긴 채 거짓말처럼 다시 적요한 밤의 침묵 속에 가라앉았고, 그 위로 짙은 어둠이 검은 눈발처럼 두텁게 내리쌓이고 있었다.

2

공산포로와 반공포로 간의 반목과 마찰은 날이 갈수록 심해지고, 아울러 좌익공산수용소와 우익반공수용소의 구분도 점차 뚜렷해져 갔다.

그와 같은 극단적 분열현상은 꼭 주도권을 잡겠다는 목적 이전에 기필코 살아남으리라는 절실한 생존욕구에 그 뿌리를 두고 있다고 하는 편이 옳은 해석이었다. 공산포로든 반공포로든 막론하고 상대방을 죽이지 않으면 결국에는 내가 죽게 된다는 피해의식에 사로잡혀 있었다. 이성적으로 한 발짝 물러나서 바라보면 중간영역이란 것을 발견할 수도 있으련만, 그 가능성을 고려하기커녕 존재 자체를 인정하려고 하지 않았다. 그렇게 두 이념 사이의 접촉면이 예민해질수록 마찰의 화기냄새가 코를 찌르고 상처가 생기며 결국에는 붉은 피가 흘렀다. 일종의 히스테리 현상이었다.

양쪽의 힘이 비교적 균형을 이루는 수용소는 그런 대로 사정이 나은 편이었다. 피차 위험부담이 큰 싸움을 섣불리 시작하기 어려울뿐더러, 어느 쪽에 속하든 간에 기댈 수 있는 든든한 우군이 있기 때문이었다. 그렇지만 힘의 저울판이 한쪽으로 기우는 수용소의 경우, 그 쳐들린 쪽에 속하는 포로는 하루하루가 살얼음판이며 지옥이라고 해도 과언이 아니었다.

윤석규의 처지가 바로 그런 경우였다.

그가 속한 77수용소는 초기부터 붉은색으로 출발했거니와, 그 색깔은 날이 갈수록, 그리고 포로수용소라는 조직체계의 특수성이 자리가 잡히면 잡힐수록 농도가 더욱 짙어만 갔다.

그가 이성적으로 판단할 때, 77수용소에서 벌어지는 행태는 아무리 호의와 아량으로 본다 하더라도 결코 정상이 아니었다. 기탑 위 깃봉에는 인공기가 버젓이 게양되어 펄럭이고, 철조망을 비롯한 여기저기에 '조선민주주의인민공화국 만세!' '승리하자! 민족해방전쟁' 따위 공산혁명구호가 적힌 현수막이 펄럭이며, 상호 호칭과 복식은 물론 군대식 메커니즘 모두가 완전히 북한인민군을 재현하고 있었다. 심지어 관리당국이 설정한 포로관리 프로그램조차 교묘하게 왜곡되어 공산당의 편의에 맞춰지고 있을 정도였다.

그렇다 보니 석규는 자기가 지금 어디에 속해 있고 서 있는지 깜빡깜빡 착각과 혼란을 느끼는 경우가 없지 않았다. 그럴 때는 극심한 좌절과 절망으로 미칠 것 같고, 하루라도 빨리 이 지긋지긋한 빨갱이 소굴을 벗어났으면 하는 소망이 간절했다.

더구나 참을 수 없는 것은 반동분자로 찍힌 포로들이 한 사람 두 사람 사라지고 있다는 사실이었다. 평소 누구나 극도로 조심스러워져 속내를 드러내지 않기 때문에 우익인지 좌익인지 모르다가, 어느 날 문득 한 사람의 모습이 보이지 않음을 깨닫게 될 때의 참담하고 허탈한 기분이란 이루 말할 수 없었다.

그런 일은 그가 속한 4대대 13호 막사뿐 아니라 77수용소 전체, 아니, 거제도 포로수용소 거의 모든 단위수용소에서 공통적으로 일어나는 다반사였다. 바로 옆에서 잠자던 사람도 모르게 한밤중에 조용히 처리되는가 하면, 시위효과를 노리고서 여러 사람의 주시 속에 공공연히 끌어내기도 했다.

사망자의 참상은 그가 얼마나 악랄한 수법에 의해 죽었는지 말해주고 있었다. 철사나 전깃줄에 목이 조인 것은 약과이고, 머리에서 발끝까지 시퍼런 멍으로 뒤덮여 있거나, 둔기에 맞아 살집이 짓이겨져 터져버린 곳이 한두군데가 아니었다. 심지어 꽁꽁 묶인 채 무수히 짓밟혀 부러진 갈비뼈가 폐를 찔러 내출혈로 죽기도 했다. 어떤 경우는 몸에 전혀 상처가 보이지 않고 폐에 물이 들어 있지도 않은 시체도 있었는데, 나중에야 목구멍에 틀어박힌 솜뭉치가 발견되기도 했다.

그러한 정치살인의 희생자들은 경비병들이 다음날 아침에 가장 빨리 발견할 수 있는 수용소 정문 근처나 경비순찰로 옆에 내던져져 있었다.

공산포로들이 즐겨 쓰는 방법의 하나는 희생양이 밤에 변소에 갔을 때 자행되었다. 무방비 상태의 희생자들은 뒤에서 엄습해 오는 죽음의 그림자를 눈치채지 못하고 있다가 순식간에 분뇨통 안에 거꾸로 쳐박혀 오물에 질식해 생을 마감했다.

그처럼 공산포로들의 보복은 신속하고 잔인했다.

석규에게 유일한 위안거리는 홍인조를 만나는 일이었다. 그를 만나서 이야기를 서로 주고받으면 답답하던 속이 그나마 풀리고 어느 정도 새로운 희망을 붙들 수 있었다.

그렇지만 두 사람의 우정이나 힘은 현실을 타개하는 데 참으로 무력했다. 그들을 둘러싼 벽은 너무나 높고 거칠며 적대적이었다. 그 벽을 깨뜨릴 묘안이 없었다. 내부에서 반공동지를 발굴 규합해 공산당과 대항하는 것은, 실제로 그 단계까지 간다 하더라도 계란으로 바위치기에서 끝날 것이 뻔했다. 그렇다고 반공수용소로 탈출하는 차선책이 가능하냐 하면 그 역시 뾰족한 방법이 없었다. 그럴수록 두 사람은 서로가 필요했고, 그래서 결속력을 더욱 다졌다.

"희망덕인 소식이 있으꾸마."

어느 일요일 오후, 포로들의 연극공연이 열리는 가설무대 앞에서였다. 관람은 뒷전인 채 멀찍이 바깥쪽으로 벗어나 둘이 나란히 걸으면서 인조가 불쑥 꺼낸 말이었다.

시간은 아직 오후 6시가 못 되었고, 해가 서쪽 중천으로 쑥 기울어 볕은 그리 따갑지 않다 하더라도 한낮에 달구어져 채 식지 않은 지표가 발산하는 열기는 여전히 훅훅 쪘다. 포로수용소 역내에는 보안감시의 편의상 나무 한 그루 남겨 놓지 않았기 때문에, 뙤약볕을 피할 수 있는 그늘다운 그늘은 눈 씻고 둘러봐도 없었다.

"어떤 소식인데?"

"82수용소, 거기 여단장이 빨갱이인 데 비해 감찰대장은 열렬한 반공주의자라 하등마. 빨갱이들 그 이름만 들어도 진저리치며 이빨으 갈 덩도인데, 운이 나빠 그한테 걸려들었다 하므 '네 이 새끼 빨갱이디?' 한마디에 반은 둑이서 나간다는군. 그터럼 강경하게 몰아붙이다 보니 명색 여단장이란 인간도 등쌀에 못 견디다 결국 다른 수용소로 줄행랑 놓고 말아, 82수용소느 어제까지 우익이 완전

장악했다등마. 그리고 또 하나, 지금 각 수용소 반공청년들이 결집
해서리 단체르 만들려는 모앵이야."
"그래?"
석규로서는 뜻밖이었다. 82수용소 사건이나 우익단체의 태동 자
체보다도, 자기보다 처지가 하나도 나을 것 없는 인조가 그런 고급
정보를 그처럼 잘 알고 있다는 사실이 놀랍지 않을 수 없었다.
사정을 알고 보니, 인조는 작업소대에 속해 있는 덕분에 어쩌다
감찰부 사무실 앞 화단 정비작업을 하러 갔다가 감찰대장과 여단통
역관 등 고위간부 몇 명이 주고받는 대화를 슬쩍슬쩍 엿듣는 도중
에 그런 정보를 입수한 모양이었다.
석규 역시 같은 제7구역의 74수용소를 비롯해 자기네 77수용소에
서 비스듬히 건너다보이는 제8구역의 81수용소와 82수용소 정도가
우익이 상대적 우세를 점하고 있다는 정도는 소문으로 들어서 알고
있었다.
"잘 됐디 않안? 대항세력이 본격적으루 나타나니까니 빨갱이놈
들도 신경 안 쓸 수 없갔디. 하여간 우익세력이 진작부터 뭉쳤어야
했습메. 기랬음 지금쯤은 판도와 양상이 퍽 달라졌을지도 모르는
데. 안 그런가?"
인조는 반공청년들의 세력화에 여전히 큰 의미를 부여하는 말투
로 석규의 동의를 구했다. 그러나, 석규는 인조의 분위기에 마냥
동조하고 싶은 기분은 아니었다.
"그거이 우리하고 무스기 상관있네."
그가 시큰둥한 투로 말하자, 인조는 뜻밖이라는 듯이 쳐다보았
다.
"뭐라고?"
"현실이 그렇잖은가. 이곳 77은 빨갱이 소굴인데, 바깥에 기런

우익단체가 생긴들 우리한테 머이가 실질적 도움이 되냐고.”

“어쨌든 후원세력인 것만은 사실 아임메. 있어서 나쁠 거 없디 않안?”

“홍 형, 우리 주변을 돌아보자우. 여기가 남한이고 포로수용소 맞네? 이런 개판을 방치하는 미국놈들은 도대체 어드렇게 생겨먹은 인종이네? 포로자치제? 아니, 이거이 도대체 말이나 되는 짓거리네? 뜻이 통하는 동지를 최대한 발굴해서리 뒤집어엎자고 지난번에 그랬디만, 솔딕히 말하문 난 희망을 버렸어. 적어도 여기 77에서는 가망이 없어.”

“그럼 어찌 해야 됨메?”

“당장은 나도 모르갔어, 어드렇게 해야 할지를.”

석규는 발부리에 걸리는 작은 돌멩이를 힘껏 걷어차 날려 보냈다. 담배를 꺼내어 인조한테 권하고 자기도 한 개비 빼어 물고 성냥으로 불을 붙였다. 그러고 나서 말을 이었다.

“확실히 말할 수 있는 건, 나도 홍 형도 목숨을 부지할라문 이 지옥을 벗어나야 한다는 것이야. 그것도 가능한 한 날래.”

“무슨 수로?”

“글쎄, 방법을 찾아야겠디. 찾아보기요.”

“…….”

“중요한 거느 우리한테 시간이 넉넉지 않다는 사실이니까니, 그 점을 명심하라우.”

“그건 기래.”

인조가 마침내 풀죽은 소리로 말했다.

그때, 가설무대 위에서 어떤 장면이 연출되고 있는지, 관람하던 포로들이 왁자하게 웃었다.

그러나, 석규와 인조는 고개를 돌려보고 싶지도 않았다. 그저 묵묵히 걸음만 떼어놓을 따름이었다.

그런 그들을, 김병수가 멀리서 조심스럽게 힐끗힐끗 바라보고 있었다.

석규가 우려한 위험이 닥쳐온 것은 너무 빨랐고, 그것도 전격적이었다.

연극공연이 있은 바로 다음날 밤 자정 무렵이었다.

곤히 잠들었던 석규는 누가 자기 몸을 흔드는 바람에 흠칫해서 눈을 떴다. 손전등 불빛 속에 두세 명의 하반신이 보였다.

"어?"

미처 완전히 의식이 돌아오지 않은 가운데서도 자기한테 위기가 닥쳐왔음을 본능적으로 깨달은 석규는 상체를 벌떡 일으켰다. 그러자, 우악스런 손길이 양쪽 어깨를 찍어눌렀다. 나직하면서도 힘을 준 음성이 귓가에 울렸다.

"조용히 나오시지. 소란 떨지 말고."

석규는 그 지시에 순응하면서, 자기 몸이 가늘게 떨고 있음을 깨달았다. 그는 지금 자기에게 일어나고 있는 일을 이해하려고 머리 회전을 최대한 가속화했다.

이건 분명한 위기다. 나한테 위기가 닥쳐온 거야, 그토록 조심했는데도. 그렇다면 왜? 특별히 내가 이들한테 주목받을 뚜렷한 이유가 없지 않은가. 실수한 적이 없는데. 누가 고자질이라도 한 걸까? 인조가? 설마 그럴 리가……

그때쯤은 소처럼 신경이 무뎌서 여전히 코를 골고 있는 한두 사람을 제외하고 석규 주변의 포로들 거의가 분위기를 알아차린 낌새였으나, 다들 모른 척 꿈쩍도 하지 않고 숨을 죽이고 있었다.

석규는 앞뒤로 호위감시를 받으며 막사를 나섰다. 그제야 자세히 보니 모두 네 명이었다. 완장을 차지는 않았으나 감찰대원들임을 직감으로 알 수 있었다.

어둠 속에 약간 굵은 가랑비를 동반한 바람이 불고 있었다. 그 서늘한 기운이 전신을 훑고 지나가자, 석규는 찬물로 샤워라도 한 듯 기분이 차분하게 가라앉았다. 스스로도 이상할 정도였다. 짐짓 질문을 던져 보았다.

"내래 어디로 가는 겁네까?"

"가 보면 알아."

등뒤에서 날아온 대답이었다. 감정이 들어가 있지 않은 보통 말투였다.

"무슨 일이지요? 이렇게……."

"약간 조사할 일이 있어서 그래. 오래 걸리지 않을 거야."

여전한 말투였다.

오래 걸리지 않는다고? 금방 죽게 된다는 뜻인가?

그렇게 생각하면서도 한편으로는 정말 '약간의 조사'로 끝날지도 모른다는 희망 쪽으로 마음이 기울어지는 것은 어쩔 수 없었다.

어느 막사 모퉁이에 이르렀을 때, 근무를 서고 있던 CP 두 명이 불쑥 튀어나와 앞을 가로막았다.

"동무들, 수고 많수다."

석규의 앞사람이 말을 건넸다.

"아, 예."

경비대원은 한눈에 알아차린 듯, 얼른 비켜나며 길을 터 주었다.

석규가 연행된 곳은 감찰부 막사였다. 예상하고 각오도 했지만, 막상 실제상황으로 확인하게 되자 자기도 모르게 오스스한 전율이 온몸을 훑고 내려갔다.

막사 안에 떼밀려 들어간 석규는 갑자기 피가 아래로 쏠리는 느낌이었다. 촉수가 낮은 백열전구 누런 불빛 속에 팔이 의자 등받이 뒤로 젖혀져 묶인 채 축 늘어져 있는 인조의 모습이 얼른 눈에 띄었기 때문이었다.

"오늘밤엔 반동분자가 두 놈이야?"

인조 앞의 책상 너머에 앉아 있던 흰줄 셋짜리 완장의 감찰부장이 재미있다는 뜻인지 따분하다는 뜻인지 입꼬리를 살짝 올린 독사 같은 표정으로 하는 소리였다.

엉성하나마 그런 대로 사무실 꼴을 갖춘 실내에는 예닐곱 명의 감찰대원이 서성거리고 있었다. 대개 완장을 차지 않거나 간혹 찬 사람도 있고, 두어 명은 러닝셔츠 바람으로 참나무 몽둥이를 들고 있었다. 몽둥이 끝부분은 검은 얼룩으로 유난히 더러웠다. 널빤지 벽면에는 인민공화국 수상 김일성의 초상 액자가 버젓이 걸려 있고, 감찰부 복무지침이며 무슨 인원현황 도표 같은 것도 붙어 있었다.

부어터진 눈을 간신히 뜨고 석규를 발견한 인조가 의미심장한 눈빛으로 그를 보았다.

널 이 자리에 끌려오게 만든 게 내가 아니야!

그 눈빛은 그렇게 외치고 있었다.

석규는 얼른 알아들었다. 그 또한 같은 뜻의 눈빛을 보냈다. 그리고 둘은 그 경황에도 누구보다 믿었던 동지에게 배신당하지 않았고 자기도 배반하지 않았다는 자긍심에 눈물겹도록 뿌듯한 기쁨을 맛보았다.

석규는 인조처럼 의자에 앉혀진 채 결박당했고, 곧이어 형식상의 심문이 시작되었다.

감찰부장은 두 사람의 인적사항을 묻더니, 대뜸 명치를 쥐어박듯이 툭 던졌다.

“너희들 반동분자지?”

“아, 아님다.”

인조가 불에라도 덴 듯 펄쩍 뛰며 신음 섞인 쉰 목소리로 단호히 부인했다.

“아니긴 뭐가 아니야. 그런데 와 끌려왔네?”

“그건…….”

“나도 모르갔습니다야?”

“예.”

“이 간나새끼! 너희 두 놈이 자주 만나서리 반동적인 내기를 하는 걸 본 사람이 수두룩한데도 아니라고 잡아뗀?”

“억울함다. 우리가 친하게 지낸 거 사실이디만, 신세타령이나 함으 했디 불온한 니야기는 나눈 적 없슴다.”

“닥치라우! 확실한 증인이 있는데도 기따구 소리야? 공화국이 무리한 전쟁을 벌였다는 둥, 관리당국이 우리한테 자치를 준 건 청맹과니 짓이라는 둥, 기런 말 지껄이디 않았어?”

“그런 적 없슴다. 정말임다.”

“이 반동 악질놈의 새끼!”

옆에 서 있던 감찰대원 하나가 욕을 퍼부으며 인조의 옆구리를 사정없이 걷어챘고, 인조는 의자와 함께 나동그라지며 의식을 잃었다. 그러자 다른 감찰대원이 찬물을 끼얹었고 가느다랗게 신음소리를 내는 그에게 몽둥이 세례가 시작되었다. 둔탁한 파열음이 들리면서 온 사방으로 피가 튀었다.

그런 인조를 싸늘하게 노려보던 감찰부장의 시선이 이번에는 석규에게로 왔다.

“넌 어드케 아무 말이 없네?”

석규는 제풀로 긴장해 상체를 꼿꼿이 세웠다.

"대답 못하는 거 보니 혐의사실을 인정하는 거구만."

"……."

"이 종간나새끼! 대답하지 않갔어? 내 말이 말 같디 않아?"

그러나, 석규는 여전히 입을 다물고 있었다. 어쩐지 입이 떨어지지 않아서였다. 자기가 처한 상황에 대한 두려움보다도, 방금 감찰부장이 말한 그런 언급을 한 적이 정녕 없지 않았다는 양심의 고백에 스스로 발목이 잡히고 말았다.

김병수, 그 새끼!

갑자기 귀울음이 울리기 시작하며, 가슴속 어딘가에서 그런 욕설이 튀어나왔다. 똑떨어지게 분명하지는 않지만, 인조와 그런저런 대화를 주고받을 때 그 장년사내가 곁에 있었던 것 같았다. 그럴 정도로 두 사람은 그 즈음 김병수에 대해서 경계심을 풀고 있은 것이 사실이었다.

그 새끼가 빨갱이 정보원이었다니! 아냐. 그럴 리 없어. 그는 그럴 위인이 못돼. 뭔가 밉보이는 짓으로 눈밖에 나자, 무식한 작자가 당황한 나머지 자기 살자고 횡설수설 우릴 걸고넘어진 걸 거야. 그래, 맞아. 공정하게, 이성적으로 판단해야지. 아무리 이런 경우에 처했을지언정.

질문과 욕설이 쏟아졌지만, 귀울음이 사이렌 소리만큼 커진 탓으로 석규의 귀에는 제대로 들어오지 않았다. 자기 몸 위에 뭔가 투명하고 두꺼운 유리관 같은 것이 덮어씌워져 있는 것 같았다. 그렇게 자기와 주변상황이 차단되고 격리된 듯한 느낌이 들었다.

그러면서도 그의 이성은 유리처럼 맑고 투명했다. 스스로도 기이할 지경이었다. 아니 어쩌면 그는 고통에 대한, 그리고 서서히 죽어가야 하는 상황에 대한 정당한 '이유'를 찾으려고 애쓰고 있는 것인지도 몰랐다. 곧 닥쳐올 절망적인 죽음에 대해 마지막으로 격렬하게 항의하고 있는 동안, 그는 자신의 영혼이 사방을 뒤덮고 있는 음울한 빛을 뚫고 나오는 것을 느꼈다. 그는 그것이 절망적이고 의미 없는 세계를 뛰어넘는 것을 느꼈으며, 삶에 궁극적인 목적이 있는가라는 그의 질문에 어디선가 "그렇다"라고 하는 활기찬 대답 소리를 들었다.

다음 순간, 머리와 등에 갑자기 커다란 통증이 왔다. 그것도 여러 번. 아니, 계속이었다. 그렇지만 이상하게도 못 견딜 정도는 아니었다. 자기 몸에 작렬하는 타력과 그에 대한 신경반응이 어쩐지 남의 몸 남의 살에서 일어나고 있는 것인 듯 둔하고 아득하게 느껴질 뿐이었다.

석규가 그나마 자신의 의식을 가까스로 붙들 수 있은 것은 거기까지였다.

어느덧 눈앞이 하얘지면서, 온몸이 붕 떠서 어떤 나락 속으로 빠르게 떨어져 갔다.

어머니가 보인다. 소복차림이다. 빛이 눈부시게 환한 들판이다. 꽃이 만발하였다. 어쩐지 눈익은 풍경들이 몽환적이다.

어머니!

그러나, 어머니는 잔잔한 미소로 말없이 바라보기만 할 뿐, 스르르 뒷걸음질쳐 그로부터 멀어진다. 온몸이 부유하는 것만 같다. 아무리 힘을 다해서 달려도 그 간격은 점점 아득해질 뿐이다. 그러다가 삽시간에 시야에서 사라지고 만다.

어머니이!

안타까움에 울부짖으며 몸부림치다 보니, 어느 새 자기가 집에 와 있다. 고향집이다. 휑한 빈집이다.

아버지가 대문을 들어선다. 이상한 옛날옷을 입고 있다.

아버지!

그러나, 아버지는 아는 척도 들은 척도 하지 않고 안채와 사랑채, 뒤채를 돌아다니며 방문을 하나하나 열어본다. 방 안에는 아무것도 없다. 그냥 빈방이다. 마지막으로 광을 열어본다. 쌀가마니가 항상 차곡차곡 쌓여 있어야 할 그곳도 텅 비어 있다.

그렇게 문이란 문은 다 열어젖힌 아버지가 도로 대문 밖으로 나간다. 붙들려고 급히 뒤따라 나가지만, 이상하게 접근할 수가 없다.

아버지!

그래도 아버지는 못 들은 척, 뒤도 돌아보지 않고 휘적휘적 걸어간다. 아니, 땅에 발을 붙이지 않고 조금 공중에 뜬 것처럼 그 움직임이 그렇게 유연하고 빠를 수가 없다.

아버지이!

가슴이 미어질 것 같아 목이 터져라 불러보지만, 아버지의 모습은 어느 틈에 사라진다. 대신에 그의 몸은 갑자기 어떤 하얀 소용돌이에 휘말려 추락하기 시작한다. 소용돌이 돌아가는 소리가 아득하게 들리다가 차츰 선명하게 잡힌다. 위잉, 위잉, 위잉!

그러던 어느 순간, 마치 끊어진 전선이 어쩌다 접촉되어 전기가 통하듯, 그렇게 석규의 의식이 희미하게 돌아왔다. 그래도 귓가에는 소용돌이 소리가 여전히 울려, 그것이 현실인지 꿈속인지 얼른 분간되지 않았다. 조금 더 의식을 가다듬은 다음에야 그것이 바람소리임을 알 수 있었다.

그렇지. 바람이 불고 있었지. 그렇다면 난 아직 죽지 않은 건가?

그는 눈꺼풀을 살그머니 들치고 의식의 촉수를 가능한 한 사방으로 뻗치며 자기를 둘러싸고 있는 상황부터 읽으려고 했다. 우선 깜깜한 어둠이 망막에 잡혔다. 너무나 깜깜해서 '이게 역시 현실이 아니지 않은가' 하고 의심할 정도였다. 그러나, 그것은 분명히 밤의 장막이었다. 그리고 자기는 땅바닥에 모로 쓰러져 있었다.

역시 죽지 않았구나!

속으로 뇌며 몸을 움직여 보았으나, 모든 관절이 제자리에서 빠져나와 있는 듯 전혀 기운을 쓸 수 없었다. 그러나, 그것뿐만이 아니었다. 어떤 제삼의 물리적 힘이 자기를 꼼짝 못하게 붙들고 있었다. 그것을 의식하자, 비로소 의자에 묶인 채로 그 의자와 함께 쓰러져 있다는 사실을 깨달을 수 있었다. 옆구리 쪽에서 올라오는 땅바닥의 냉기가 생생하게 느껴졌다.

불현듯 인조가 생각났다. 그래서 잠시 귀를 기울여 보았으나, 들리는 것이라고는 쉴새없이 막사의 양철지붕을 쥐어뜯고 울부짖으며 달려가는 비바람소리뿐이었다. 시간이 얼마나 되었는지는 전혀 가늠이 되지 않았다. 잠시 꼼짝하지 않고, 이제부터 어떻게 해야 할지 지끈거리는 머리로 생각을 가다듬어 보았다.

어쩌다 요행히 숨이 끊어지지 않았을 뿐, 놈들이 날 봐 준 건 아니야. 결코 그랬을 리가 없어. 죽어라 두들겨서 뻗으니까 끝난 줄 알고 어디 끌어다 팽개쳐 놓았겠지. 아니면 그냥 아까 그곳이거나. 그대로 갖다 묻어버리지 않은 게 천만다행이다. 놈들도 이런 스산한 밤에 그 짓 하는 건 싫었겠지. 그러나저러나……날이 밝았을 땐 어떻게 되지?

거기까지 생각이 이르자, 이대로 있어서는 안 된다는 내면의 강한 외침이 들려왔다. 이곳에서 빠져 나가야한다! 피와 함께 몸에서 쑥 빠져나갔던 기운의 일부가 도로 들어오는 것 같았다. 조급해지려는 마음을 스스로 다독거리며, 전신을 움직여 결박의 정도를 가늠해 보았다. 두들겨맞고 뒹굴고 하는 동안에 묶음이 조금 느슨해졌음을 알 수 있었다. 손을 이리저리 최대한 움직이자, 줄의 끝이 잡혔다. 잡아당겨 보았다.

아!

터져나오려는 탄성을 꿀꺽 삼켰다. 묶은 매듭이 스르르 풀렸다. 손이 자유로워지자, 그 다음은 순조로워 몸의 묶음을 풀고 의자로부터 완전히 자유로울 수 있었다. 그러나, 거기까지뿐, 일어나려고 하자, 뼛속까지 스며드는 감당하기 어려운 고통에 자기도 모르게 신음을 토하며 널브러지고 말았다. 하체 어딘가가 심하게 망가진 것 같았다.

잠시 동안은 그대로 가만히 있었다. 그렇지만 포기할 생각은 추호도 없었다. 그들에게 또다시 몸을 맡겨 잔인한 마무리를 하도록 내버려둘 수 없었다. 그러는 자신을 용서할 수 없었다.

여길 빠져나가야 해. 윤석규, 그것도 못해 내면 넌 사내자식 아니야. 죽어도 싸. 싸고말고.

그렇게 자신을 격려하고 꾸짖으며 팔꿈치로 기어 보았다. 어깻죽지가 쑤시고 결렸지만, 그런 대로 포복은 가능할 것 같았다. 중상 입은 무슨 짐승처럼 힘겹게 엉금엉금 기어가기 시작했다. 무엇인지 모르지만 딱딱한 물체에 부딪치기도 하면서 마침내 벽면에 닿았다. 널빤지로 짜인 벽의 하단부였다. 이번에는 손으로 그 벽을 더듬고 돌아가면서 문을 찾아보았다. 그리하여 기어이 문을 찾는 데 성공했다.

문은 잠기지 않은 채 그냥 닫혀 있는 상태였다. 실로 행운이었다. 한쪽 어깨로 밀자, 별다른 저항 없이 열렸다. 잠시 동정을 살폈다. 밖에는 비를 동반한 바람이 세차게 몰아치고 있었다. 계절적으로 아직 이른데도 태풍이나 다름없는 비바람이었다. 사방 어디에도 인기척은 없었다.

석규는 외곽철조망 쪽이라고 가늠되는 방향으로 기어가기 시작했다. 땅바닥에 부딪친 빗물이 튀어 얼굴을 마구 때렸지만, 그쯤은 아무것도 아니었다. 오히려 차가운 바람과 비가 자꾸만 까마득해지는 석규의 정신을 다잡아주었다.

넌 죽지 않는다. 윤석규, 넌 결코 이대로 죽을 수 없어. 죽어선 안 되는 거야. 해야 할 일이 있으니까. 부모 원수, 너 자신의 원수, 친구의 원수, 원수가 너무도 많잖아? 그들을 때려잡아야 하잖아? 그렇고 말고.

그는 이처럼 끊임없는 격려와 촉구로 자신을 몰아붙이며 이를 악물고 기고 또 기었다. 어둠과 비바람이 그를 도와주었고, 서치라이트 불빛은 막사에 방해를 받아 그가 움직이는 쪽에는 요행히 비쳐지지도 않았다.

마침내 철조망에 간신히 다다랐을 때는 온몸의 감각이 없을 정도로 기진맥진 만신창이가 되어 있었다. 그나마 살아 있는 것은 정신력뿐이었다.

그런 석규를 도운 것은 하늘이었다. 대지에 쏟아진 빗물이 낮은 데를 골라 계속 흘러내리면서 토사를 깎고 고랑을 내다가 보니 배수로 근처에 이르러서는 드문드문 수챗구멍 같은 것을 만들어 놓았기 때문이었다.

손으로 진흙을 파헤쳐 그 공간을 더 넓히고 될 수 있는 한 몸을 지면에 밀착시키면서 철조망 밑으로 기어나가기 시작했다. 남은 기운을 다해 최대한 파헤친다고 했건만 미흡했는지 철조망 가시에 옷이 걸렸다. 석규에게는 그것이 마치 누군가의 우악스런 손길이 자기를 붙드는 것 같았다. 불현듯 두려움이 왈칵 밀려오며 마음이 조급해졌다.

이것 놔! 놓으란 말야. 난 나가야 해. 나가야 한다고.

그는 속으로 부르짖으며 필사적으로 마지막 남은 기운을 쏟았다.

쇠가시가 옷을 뚫고 등 어딘가를 찍어 할퀴는 것 같았다. 그러나 그런 것쯤에 신경쓰고 자시고 할 겨를이 없었다. 기고 또 기었다. 만신창이가 된 몸뚱이가 마침내 배수로에 철퍼덕 떨어졌다.

성공이다!

그러나, 완전히 끝난 것은 아니었다. 그것으로 안전지대 골인이라고 할 수는 없었다. 온몸의 남은 힘을 다 쥐어짜 길 위로 기어올라가지 않으면 안 되었다. 다행히 배수로는 둑이 낮았으므로, 잠시 용을 쓴 끝에 길섶에다 상체를 걸칠 수 있었다.

바로 그때였다. 갑자기 자동차 엔진소리가 들려오며, 빗줄기 사이를 투과한 헤드라이트 불빛이 젖은 넝마처럼 널브러진 석규의 몸뚱이를 훤하게 비추었다.

그것이 경비순찰차라는 사실을 알자, 그는 본능적으로 한쪽 손을 쳐들었다. 그런 다음에는 긴장이 풀려 의식을 아주 놓고 말았다.

3

맥아더 장군이 유엔군총사령관에서 전격 해임될 때부터 이미 한국전쟁의 흐름은 당사자인 한국인들의 숙원인 '국토와 민족의 통일'과는 상관없는 방향으로 서서히 물꼬가 열리기 시작한 것이 분명한 사실이었다.

전쟁발발 만 1년이 되던 1951년 6월 24일, 공산주의 종주국 소련은 유엔대사의 입을 통해 '유엔군과 중공군의 동시 철수'를 전제로 한 휴전회담 개최를 제의함으로써 세계의 이목을 집중시켰는데, 그것은 미국과 영국 등 유엔군 주력국들의 염전파(厭戰派)와 끈을 대고 은밀히 진행해 온 물밑교섭을 마침내 수면 위로 드러낸 뻔한 정치제스처에 불과했다.

사실은 그 이전에도 영국이나 인도 등 직간접주변국들이 평화교

섭을 주선하려는 움직임을 보인 적이 있었지만, 그때는 중공군의 공세가 활발하던 시기여서 공산측에 의해 간단히 묵살되고 말았다. 그러나 유엔이 공산중국을 침략자로 낙인찍어 한목소리로 규탄하고, 한국군과 유엔군의 총반격으로 형세가 역전되어 전선이 삼팔선 너머로 다시 북상한 데다 열세를 만회하기 위한 그들의 소위 '춘계 대공세'가 실패로 끝나는 등 상황이 불리하게 돌아가자, 북한과 중공은 마침내 소련을 대리로 내세워 정전협상을 제의하기에 이르렀다.

공산측의 그런 태도 변화에는 협상 진행으로 잠정적이나마 전선의 총성이 멎고 소강상태가 유지되는 기회를 이용해 전력을 보충 회복하려는 저의가 숨겨져 있었고 실제도 그렇게 진행되었다. 그래도 어쨌거나 미국정부가 기다렸다는 듯 즉각 호응해 손을 내밈으로써, 아시아 극동의 지정학적으로 예민한 작은 반도의 민족간 갈등으로 빚어져 국제전으로 확대된 비극적 전쟁은 그 순간부터 '이긴 것도 진 것도 아닌 싸움'으로 상처만 남긴 채 봉합되는 기묘한 양상으로 변질되어 가고 있었다.

미국정부로부터 전권을 위임받은 신임 유엔군총사령관 릿지웨이 장군이 6월 30일 '유엔의 훈령'이라는 고도의 정치적 수사(修辭)를 발라 가며 공산군 수뇌부에 대해 정전협상을 갖자는 제안성명을 방송으로 발표하자, 상대편에서도 바로 다음날 북한군 총사령관과 중공군 총사령관 명의의 방송을 통해 7월 중순 38도선 개성에서 회동하기를 희망한다고 화답해 왔다. 그럼으로써 휴전회담 개시는 급물살을 타게 되었다.

그에 대한 한국 국내의 충격과 실망은 말할 수 없이 컸다.

한 국가와 민족의 운명이 당사자 뜻이 배제된 채 제삼자의 이해타산에 좌우되어 제멋대로 흘러가려고 하자, 온 생애를 혁명가와

독립투사로 살아오는 동안 국가문제와 자기 운명을 동일시할 정도가 되어버린 카리스마의 화신 이승만 대통령은 즉각 '더 무서운 전쟁의 서곡이 될 어떠한 평화제안도 수락할 수 없다'고 특유의 호소력 강한 떨리는 음성으로 선언하며, 휘하의 한국군만으로라도 북진통일을 달성하겠다는 의지를 표명했다. 국민은 국민대로 대규모 궐기대회를 열어 휴전결사반대와 국토통일을 목이 터져라 외쳤다.

그처럼 나라 안팎에서 휴전회담 개최 문제를 둘러싸고 숨가쁘게 전개되는 줄다리기는 거제도 포로수용소에서 불붙기 시작한 전대미문의 '포로와 포로의 전쟁'에 기름을 끼얹은 격이 되고 말았다.

그러나, 그 시점까지만 해도 그것이 상식수준의 시위나 충돌 정도를 넘어 대규모 살상전으로 확산됨으로써 휴전회담 향방을 좌우하는 결정적 변수가 되리라는 사실을 예측할 만큼 트인 정치안목을 가진 인물은 하나도 없었다.

초여름 어느 토요일이었다.

11시 30분부터 시작되는 점심식사를 모두 마친 포로들이 오후 5시 저녁식사 때까지 장장 다섯 시간 이상의 무료함을 때우기 위해 저마다 나름의 방법으로 휴식을 즐기고 있을 무렵, 제7구역 76수용소의 장교막사에서는 화투노름이 한창 벌어지고 있었다. '자유'를 낱갑 단위가 아니라 아예 보루째 쌓아 놓고 진행하는 따먹기 경쟁이었다.

화폐 통용이 불가능한 관계로 원시적 물물교환밖에 거래행위가 성립될 수 없는 포로사회에서 기호배급품인 담배는 가장 확실하고 기본으로 인정되는 교환가치를 지니고 있었고, 그래서 노름이 벌어졌다 하면 으레 담배 따먹기였다.

옆에다 담배를 수북이 쌓아놓고 둘러앉은 노름꾼 대여섯 명은 몰두해서 모두 눈빛이 펄펄 살아 있었고, 주위에서 구경하는 포로들도 그들만큼은 아니라도 반 이상은 정신을 빼앗긴 얼굴들이었다.

그러나 그 구경꾼들 뒤쪽에 서서 기웃이 넘겨다보는 한 중년포로만은 열기가 뜨거운 분위기에서 한 발짝 비켜나 입가에 냉소와 같은 가느다란 미소를 띠고 있었다. 중키에 군살 없이 잘 빠진 몸매에다 서글서글한 얼굴로 누구한테나 첫인상은 좋게 보일만한 사내였다.

이학구 총좌. 북한군 제13사단 참모장. 공산군포로 중의 가장 상위계급자.

이런 신상명세를 가지고 있는 그는 지난 1950년 9월 하순의 다부동전투에서 미육군 제1기병사단에 귀순한 자였다. 귀순할 당시 권총으로 사단장의 팔을 쏘고 도망쳤다는 설이 있었고, 북한군최고사령부 지령을 받고 포로들을 총지휘하기 위해 위장투항했다는 수군거림도 들렸다.

이학구는 부산포로수용소에 있을 동안은 대체로 조용한 몸가짐으로 일관했는데, 전투 중에 생포된 것이 아니라 자기 발로 적군진지에 걸어와서 두 손목을 내밀었다는 자격지심의 발로인 것 같은 인상을 풍겼다.

그래도 그는 귀순이나 위장투항이냐에 상관없이 수용소 측은 물론 동료포로들로부터도 계급에 상당하는 예우를 받아 오고 있었다. 힘이 부쳐 포로로 잡혔든 목숨을 건지려고 스스로 귀순했든 간에 오십보백보다, 우리도 그보다 뭐가 떳떳한가, 어차피 같은 신세로서 한솥밥 먹는 처지가 아니냐는 동류의식의 공감대라고 할까, 이해심 덕분이었다. 그렇지만 장교포로 중에는 대놓고 내색은 하지 않아도 반동배신자라고 고까워하는 눈초리로 그를 흘겨보는 자도 없지 않았다.

　어쨌든 이학구를 포함한 장교막사 포로들이 한창 노름판에 정신이 팔려 있을 때, 돌연 같은 제7구역 아래쪽 수용소 어딘가에서 여러 발의 총성이 아련히 들려왔다.

　본능적으로 동작을 멈추고 고개를 번쩍 든 포로들은 서로의 얼굴을 쳐다보았다.

　"저거이 웬 소동이지비?"

　"어디서 뭔 일 난 거 아니가?"

　"총소리로 거리를 가늠하건대 73이나 72쯤일 것 같은걸."

　"72는 중공군수용소잖아. 그것도 모조리 반동의 새끼들."

　중국군포로는 약 2만 명이었고, 그 중에서 일상구호로 '죽어도 장제스가 있는 타이완으로'를 외치는 대다수 반공포로는 72수용소, 나머지 공산 및 중도파 포로는 86수용소로 나뉘어져 있었다.

　총성은 단속적으로 이어지다 곧 멎었고, 더 이상 다른 기척도 들려오지 않았다.

　잠시 귀를 기울이던 그들은 다시 조금 전의 분위기로 돌아가 도박에 몰입하기 시작했으나, 판의 분위기는 달구어지기도 전에 뜻밖의 훼방꾼이 등장하는 바람에 금방 시들해지고 말았다. 76수용소 여단장 이임철 대좌가 막사 안에 불쑥 들어섰기 때문이었다.

　"동무, 잠깐 나 좀 보기요."

　머쓱한 표정이 되어 판을 거두는 노름패들은 거들떠보지도 않고, 이임철은 똑바로 이학구를 향해 말했다.

　"나 말이오?"

　"그렇습네다."

　"무스기 일로?"

　"잠깐 좀 나오시겠습네까? 긴히 상의할 일이 있습네다."

　말투는 정중했으나, 어찌 들으면 은근한 명령조 같기도 했다.

  북한군 제40사단 참모장이던 이임철은 이학구가 스스로 뒷전에
물러나 초연한 척 처신하고 있음에 비해 자신이 여단장으로 있는
76수용소는 물론이려니와 다른 수용소들에도 영향력을 행사하고 있
는 실력자였다.
  이학구는 별로 마뜩찮은 기색인 채 어슬렁어슬렁 따라나섰다.
  대지에는 초여름 오후의 따가운 햇살이 내리쬐고 있었다.
  "조금 아까 그 소리 들었습네까?"
  나란히 걸으면서 이임철이 시선은 전방으로 향한 채 물었다.
  "총성 말이오?"
  "예."
  "듣긴 들었소만……."
  "그거 73에서 소동이 벌어진 겁네다래."
  "아니, 그래요? 무스기 일이오?"
  이학구가 조금 놀라며 쳐다보았으나, 이임철은 씩 웃고 고개를
까딱까딱하며 애매하게 대답했다.
  "곧 아시게 됩네다. 가서 다 니야기합세다."
  이학구는 그런 식의 석연찮은 대답이 기분에 거슬렸으나, 굳이
캐묻고 싶지는 않아 입을 다물고 말았다.
  이임철이 이학구를 데려간 곳은 교회막사였다.
  포로수용소 관리당국은 일부 기독교도나 천주교도 포로들의 신앙
생활을 돕는다는 인도적 취지에다 은근히 회유 효과를 노리고 각
수용소 안에 교회를 개설해서 운영해 오고 있었다. 예배는 미국인
군목(軍牧)이 주일마다 찾아와서 집전하지만, 실질적인 교회운영은
포로 중에서 신앙경력이 있고 독실한 신도가 맡아서 하고 있었다.
그러나 76수용소의 경우는 공산당 세력이 워낙 강하기 때문에 교회
는 유명무실한 실정이었으며, 수용소 당국의 비위를 맞추기 위해

형식적으로 문을 열어 놓고 있는 정도에 지나지 않았다.

열어젖혀져 있는 문 안으로 들어가자, 상급군관 대여섯 명이 목제 긴의자에 제멋대로들 편안한 자세로 앉아 담소하고 있다가 두 사람을 보더니 엉거주춤 일어났다.

제7구역 각 수용소의 상위간부들로서 이학구가 보기에는 하나같이 이임철 계열이었으며, 그렇기 때문에 그는 약간의 소외감을 느끼지 않을 수 없었다.

이윽고 다들 자리잡고 앉자, 이임철이 좌중을 둘러보며 입을 열었다.

"에, 이제 이 총좌동무까지 이 모임에 참석했으니까니, 명실공히 이곳 거제해방구의 최고지휘부로서 앞으루다 우리가 전개해 나아갈 투쟁사업에 대해 진지한 논의를 하기요. 지금 이 시각 73의 애국동무들이 관리당국을 상대로 처우개선을 요구하며 항의투쟁을 벌이고 있는 모양인데, 저렇게 아무 계획성 없이 단발적으루다 하는 것은 소모적일 뿐이지, 생산적 효과를 기대하기는 어려운 겁네다. 그건 그렇다손 치고, 아시다시피 지난 5월 저 윗동네 92에서 조선노동당 거제도지부가 '자유전취회(自由戰取會)'란 위장명칭으로 발족하구 서리 각 구역에 연락소를 개설한 거이 다들 아실 테지요. 하지만 그거느 어디까지나 당조직으로서의 상징성만 가졌을 뿐이고, 우리는 따루 부산에서부터 추진해 온 '해방동맹'을 활성화시켜 실질적인 힘으루다가 놈들의 관리당국과 싸워서리 조국의 최후 승리를 앞당기는 데 크게 기여하자는 것이요. 그러자므 투쟁력량을 극대화하는 거이 무엇보다도 급선무이기 때문에, 앞장서서리 깃발 들고 우리를 이끌어 줄 탁월한 지도자를 모시지 않으면 안 되갔습네다. 그런 취지에서 생각건대, 계급서열로 보나 지휘력량으로 보나 이학구 총좌동무래 최적임자임매. 이 자리에서 이 총좌동무를 위원장으로 추대하기요."

당황한 이학구가 손사래를 치면서 사양했다.

"이임철 동무, 무스기 그런 말을 하오. 난 위원장 될 자격이 없소."

"자격 없다이, 와 그런 말을 하십네까?"

"내래 귀순자이잖소."

"그거이 상관없습네다. 나를 포함해 여기 있는 우리 중에 그 점에서 하늘 우러러 떳떳한 사람 뉘기 있습네까? 위원장 자리느 동무가 꼭 맡아야 합네다. 아까 동무를 모시러 가기 전에 우리끼리 충분히 논의하고서리 의견일치를 본 문제입네다."

그래도 이학구가 사양하자, 다혈질로 알려진 78수용소 여단장 엄정섭 대좌가 굳은 표정으로 조금 어성을 높였다.

"아니, 이 총좌동무, 자꾸 그렇게 사양하는 저의래 대체 뭡네까. 진짜루다가 조국을 끝까지 배반할 작정인 것입네까?"

"어허! 엄 동무, 거 말이 좀 지나치구만."

이임철은 짐짓 그렇게 꾸짖고 나서 이학구를 향했다.

"우리가 놈들 관리당국을 상대로 총궐기 투쟁하는 거느 조국의 승리에 큰 보탬이 되는 영웅적인 행위고, 그러기 위해서는 뉘긴가 자격 있는 지휘관이래 앞에서 이끌어야만 합네다. 서열로 보나 뭐로 보나 이 총좌동무 말고 위원장직 맡을 능력자가 어데 있단 말입네까? 사양하실 일이 앙이오."

"해방동맹이야 이 동무와 여기 여러분이 주동해서 만든 거이고, 또 지금까지 잘 이끌어 왔디 않소. 그러니 이 동무가 계속 맡는 거이 순리일 것이라요. 나야 뒷전에서두 나름대로 돕는 방법이래 있을 테니께루."

이학구가 계속 겸양을 보이자, 이임철도 끝내 정색을 하며 압박을 가했다.

"이 총좌동무, 곧 정전교섭이 시작될 거라는 정보르 동무도 대강 들어서 아실 거라요. 그거래 곧 휴전을 의미하는데, 그렇다면 현재 상태에서 어느 쪽이 유리한 고지를 차지하고 있느냐에 따라 칼자루 쥐는 쪽과 칼날을 쥐는 쪽이 정해지지 않갔습네까? 그러니, 우리가 이 남반부 남쪽 섬에서 투쟁을 어드렇게 전개하느냐 하는 것으 협상테이블의 주도권과 직결되는 중대한 문제인 것입네다. 이런 판국인데, 이 총좌동무는 조국혁명을 위해서리 솔선해서 맡아도 시원치 않을 책무를 계속 거저 사양하기만 할 겁네까? 정 그러면 진짜루다 동무의 사상을 의심치 않을 수 없을 겁네다."

이임철이 그처럼 협박성 발언까지 동원하며 강요함에 따라, 이학구도 손들지 않을 수 없었다. 마침내 그는 해방동맹 위원장직을 수락했고, 그래서 포로집단의 공식적 우두머리가 되었다.

이학구의 위원장 취임으로 새로운 전기를 맞이한 해방동맹은 보안을 위한 통용명칭을 '용광로'로 정하고 포로수용소 전구역을 완벽하게 커버할 수 있게 빠르고 치밀한 계획 아래 조직을 확장 정비해 나가기로 했으며, 그에 앞서 군사행동부·정치보위부·내무부·민청행동결사대·당간부학교·인민재판소 등의 기구를 갖추었다. 마치 포로들로 구성된 망명정부 같은 희한한 꼴이었다.

"위원장동무, 어두워지면 나랑 같이 77에 좀 다녀오기요."

장교식당에서 저녁식사를 같이 하면서 이임철이 이학구의 귀에다 슬쩍 불어넣은 말이었다. 주위사람들을 다분히 의식하는 투였다.

숟가락을 입으로 가져가던 이학구의 동작이 잠깐 멎었다.

"77에? 무스기 일로?"

"꼭 만나야 할 인물이 있습네다."

“만나야 할 인물? 그거이 누구요?”

“글쎄, 가보면 압네다.”

이임철은 싱그레 웃으며 그렇게만 대답하고 식사에 열중하는 모습으로 이학구의 다음 질문을 봉쇄해버렸다.

이학구도 굳이 캐묻지 않고 무관심한 척했다. 의도적으로 자기 권위를 흠집내려는 듯 매번 그런 식으로 한자락 깔고 이야기하는 상대방의 말투에 평소 좋은 감정이 아니었기 때문이었다. 그러나, 식사를 마치고 막사로 돌아와 휴식을 취하면서도 이임철이 말한 인물에 대한 궁금증에서 해방될 수가 없었다.

바로 옆이긴 하지만 순찰도로를 사이에 두고 이중철조망으로 차단 분리되어 있는 77수용소까지 굳이 건너가서 만나라니. 그것도 한밤중에. 아니, 명색이 수용소단지 전체의 최고지도자인 나를 앞아서 맞이할 정도라면, 그 상대는 도대체 얼마나 대단한 거물이란 말인가.

어쩌면 별다른 일이 아님에도 불구하고 이임철이 괜히 부풀려서 자기를 골탕먹이려는 수작인지 모른다는 옹졸한 생각도 해 보다가, 이내 그 생각을 지웠다.

아직은 수용소 개설 초기인만치 포로들은 당국의 다소 느슨한 경비와 포로자치제로 특징지어지는 유화적 운영방침 덕분에, 여러 가지 구실로 같은 구역 안의 수용소와 수용소간, 심지어 구역과 구역간에도 부분적 접촉이나 왕래를 하는 데 별로 구애를 받지 않았다. 그렇지만 경비병력이 바깥으로 철수하고 철조망 안이 완전히 포로들만의 세상이 되는 야간의 경우는 사정이 달라져, 구역간은 물론 단위수용소간에도 일절 접촉이 허용되지 않았다.

물론 그 경우에도 포로들은 귀신이 곡할 기상천외한 갖가지 수법으로 통제의 벽을 돌파하긴 했으나, 그것은 아주 중요하거나 긴급을 요하거나 하는 특별한 경우에 한했다. 따라서, 이임철이 감시망루 경비병의 눈을 속이고, 만에 하나 불운하게 경비순찰대와 졸지에 마주치는 상황까지도 고려해야 하는 위험한 철조망 돌파를 스스로 앞장서겠다고 하는 것은 바로 그 특별한 경우에 해당한다는 이야기가 아닌가.

그런데, 그 이임철이 취침시간 직전에 이학구를 불쑥 찾아와서는 갑자기 김빠지는 소리를 했다.

"나중에 77에 굳이 갈 필요가 없게 되었습네다."

"어째서?"

"그 사람이 직접 래일 이쪽으로 찾아오겠다고 연락이 왔습네다."

이학구는 처음에는 어안이 벙벙했고, 이윽고 노여움이 고개를 쳐들었다.

이 자식이 의도적으로 나를 헛바퀴 돌리려는 수작이야 뭐야.

그러나, 민감하게 반응하는 자체가 자기 허점을 드러내는 짓 같아서 일부러 시큰둥한 투로 받아넘기고 말았다.

이임철이 말한 77수용소의 문제인물을 이학구가 만난 것은 다음날 오후 교회막사 안에서였다.

이학구가 이임철을 따라 교회로 가 보니, 그전 같으면 평일 낮에는 포로들이 낮잠 자는 장소나 노름하는 장소쯤으로 이용될 뿐 한산하던 교회 주변에 10여 명의 하급군관들이 어슬렁거리고 있었다. 심심파적으로 그냥 어슬렁거리는 것이 아니라 경계망을 펴고 있는 것이 틀림없었을 뿐만 아니라 7월 한여름임에도 불구하고 막사의 창들이 모두 꼭꼭 닫혀 있고, 출입문도 마찬가지였다.

그 광경을 보는 순간, 이학구는 긴장하지 않을 수 없었다. 문제인물이 자기가 짐작했던 것보다 더 대단한 거물임을 간파했다.

두 사람이 출입문을 열고 교회 안에 들어가자, 휑한 실내 저만치에서 혼자 의자에 앉아 있던 사내가 일어섰다. 짧은 코밑수염을 기른 사내는 키가 작달막한 데다 턱이 빈약해서 풍채가 볼품없고, 사병급 하전사의 평범한 차림새였다.

"부위원장 동무, 오시느라 얼마나 고생했습네까? 이렇게 뵙게 되어 참으루 영광입네다."

이임철이 차렷자세로 경례를 붙이며 인사하므로 이학구도 엉겁결에 같이 경례했는데, 사내의 반응이 뜻밖이었다.

"동무, 거 부위원장 소린 빼기요. 앞으로도 절대루. 알갔소?"

말투는 부드러웠지만 분명한 명령이자 경고였고, 인사치레 미소조차 없었다.

"아! 실수했습네다. 죄송합네다."

이임철이 당황해서 더욱 몸이 굳어지자, 그제야 사내는 손을 내밀며 악수를 청했다.

"괜찮소. 아무튼 그동안 수고들 많았수다래."

황송한 듯 굽실하며 손을 잡는 이임철과 악수를 끝낸 사내가 조금 가늘어진 눈매로 비로소 이학구를 유심히 쳐다보며 손을 내밀었다.

"동무가 바로 그 이학구 총좌요? 반갑수다. 나 박사현이오."

"아, 예."

황망히 손을 내미는 이학구의 온몸이 갑자기 싸늘하게 얼어붙었다.

박사현. 이른바 '깔로'로 통칭되는 소련교포 2세. 1926년 5월, 그의 가족은 집안 살림을 쟁겨 소련으로 떠났다. 그곳에서 초등학교와 중학교를 졸업하고, 열두 살 때 콤소몰(공산청년동맹)에 가입했으며, 시베리아 극동 캄차카반도의 하바롭스크 대학을 졸업하고는 집단농장 지배인이 되었다. 소련공산당 정당원으로서 우수한 자질을 인정받은 그는 1945년 8월 소련군 제25사단 참모장교 겸 통역관으로 북한에 들어와 선동전문가로서 공산정권 수립에 깊숙이 관여했다. 대중에게 그리 많이 알려지지는 않았지만, 노동당 부위원장으로서 북한에서는 김일성 수상과 남일 대장 다음가는 소련파 실력자로 꼽혔다.

이런 신상명세가 말해주듯 대단한 거물이 가장 하찮은 포로의 신분으로 위장해 수용소에 잠입해서 지금 자기 눈앞에 서 있었다.…
…

자진투항의 불명예가 낙인처럼 이마빡에 찍혀 있는, 적어도 본인 스스로 그런 자격지심을 떨어내지 못하는 이학구로서는 박사현이란 거물의 출현이 앞으로 자기 신상에 어떤 변수로 작용할 것인지 불안하고 걱정되지 않을 수 없었다. 더구나 말투로 보건대 자기 존재를 특별히 유념하고 있었다는 뉘앙스가 아닌가.

박은 이학구의 그런 심리적 동요를 아는지 모르는지, 그와 이임철에게 자리를 권하고 자기도 의자에 앉았다. 그러고는 차분한 목소리로 입을 열었다.

"수령께서는 동무들을 비롯한 조국의 인민전사들이 이곳에서 고생하고 있음에 대해 몹시 안타까워하시며, 아울러 역경 속에서도 조국을 위해서리 꾸준한 투쟁활동을 전개하고 있는 전사들의 공로를 인정하여 치하해 마지않으십네다. 지금 위쪽에서는 전세계가 큰 관심으로 주시하는 가운데 휴전협상을 열기 위한 물밑교섭이 진행되고 있수다래. 교섭이 곧 마무리되면 우리측 남일 대장을 수석으로 한 대표단과 국련군(國聯軍)측 대표단이 개성쯤에서 맞대면해서리 휴전을 어떤 식으루다가 타결하느냐 하는 문제를 놓고 책상머리 싸움을 벌이게 될 판인데, 우리의 전략은 가급적 회담을 오래 딜딜

끌어 놈들을 지치게 만들고서리, 그동안에 시간을 벌어 손실된 전력을 만회함으로써 협상의 우위를 차지하자는 게요. 기런 관점에서 볼 때, 동무들의 임무가 참으로 막중하지 않을 수 없수다래. 상황적으루 적의 후방에 있는 동무들은 제2전선을 형성하고 있는 셈이오. 따라서, 동무들이 앞으루다 어드런 투쟁을 전개해 놈들의 뒤통수를 치느냐에 따라 정전협상의 향방이 좌우될 뿐 아니라, 나아가 이 민족사적 해방전쟁을 승리로 마무리 짓고 북남통일의 위업을 달성할 수 있을 것이라고 단언해도 틀린 말은 아닐 게이오. 그런 취지로 우리 최고사령부가 '특별공작대'를 조직했는데, 이들은 특수훈련과 교육을 마치는 대로 최전선에서 자진투항으로 위장해서리 이곳에 속속 들어올 것이오. 이 특별공작대는 본관의 직할관장인데, 앞으루다 반동분자를 색출, 처단하고, 세포조직을 확대하고 감시하는 일같티 여러 임무래 수행하게 될 게이오. 그리고 특히 장교와 하사관으루다 편성된 첩보부 소속 공작원들도 이 수용소에 들어올 것인데, 그 동무들은 휴대용 무전수신기로 각 구역간 통신연락을 담당하믄서리 특별공작대와의 유기적인 업무협조로 나를 도울 게이오. 그거 뿐 아이라, 우리와 정전협상 대표단의 공동노력을 조정하기 위해 통신연락 임무를 띤 유격지도부 레포(연락원)들이 피란민으루 가장해 침투해서리 이미 저 철조망 밖 요소요소에 아지트를 마련해 잠복 대기중입네다. 이 동무들은 발로 뛰면서리 여기와 개성간의 교량역할을 하게 될 게이오. 이학구 총좌동무, 이임철 대좌동무."

"옛."

"이건 극비 등의 극비사항이기 때문에, 이 거제도에서 우리 세 사람밖에 이 사실을 아는 사람이 있어서는 절대 앙이됩네다. 잘 협조해 주기요. 아시갔소?"

“알갔습네다. 명심하갔습네다.”

이학구와 이임철은 이구동성으로 대답했다. 주의경고를 받지 않아도 박이 말하는 엄청난 내용에 숨이 막힐 지경인 두 사람이었다.

박이 말을 이었다.

“수령동무께서 이 박사현이르 이곳 관리책임자로 특별지명해 파견하셨으니까니, 이제부터 모든 공작사업하고 투쟁활동이래 지도총책인 내가 정점이고 내가 결정하고 내가 집행할 것이오. 그렇디만 나는 비밀보안상 ‘전문일’이란 무명 하전사 신분을 계속 유지해야 되니까니, 공식 업무는 이미 대내외에 얼굴이 알려진 두 동무가 나서서 해야 하오. 무슨 말인디 알갔소?”

“예, 동무.”

“이상이오. 질문할 거라도 있소?”

박은 두 사람을 번갈아 쳐다보았다.

“기건 기런데…….”

이임철이 말끝을 흐렸다.

“말해 보기요.”

“동무께서는 계속 77에 계실 작정입네까?”

“기렇소. 와?”

“제가 생각하기에는……이 76쪽으로 오시는 거이 어드런가 해서요. 그래야만 저희가 안전하게 잘 모실 수 있을 뿐 아니라…….”

“아니오.”

박은 손을 들어 이임철의 말을 막았다.

“날 생각해서 하는 말인 줄은 아는데, 그런 신경 쓸 필요 없습네다. 오히려 서루 떨어져 있으면서리 긴밀히 연락만 취하는 거이 안전관리에 유리할 거라요. 또 공작사업 추진도 더 효율적이라 생각하오.”

"그건 그렇티만……."

"됐소. 결론이 났으니 내 문제는 더 말하지 말기요."

박은 그렇게 단호히 못박더니, 이학구를 쳐다보았다.

"그리구 이 총좌동무."

"예, 동무."

"앞으로 우리 투쟁노력이 탄력을 얻으려면 특히 동무의 적극적인 활동이 필요하오. 또 동무가 충분히 그럴 수 있는 력량이 있는 자라 나는 믿고 있소. 우리가 지혜를 모아서리 손잡고 죽기살기로 투쟁해 가면, 아니 할 말로 17만 인민전사의 힘으루 이까짓 섬 하나 장악 못하갔소? 나는 충분히 해낼 수 있다고 믿소."

"옳으신 말씀입네다."

"기렇고말고. 아무튼 오늘 참 기분 좋고 힘이 불끈 솟는 거 같구만. 우리 희망을 가집세다. 자, 기럼……."

박사현은 이학구와 이임철에게 차례로 손을 내밀었고, 두 사람은 복종하는 자세로 공손히 악수를 했다.

초여름 한낮의 무더위 속에 포로수용소 전체가 축 처져 있을 때, 막후에서는 공산포로 핵심인물들에 의한 큰 음모가 비밀리에 싹트고 있었다.

전장과 시장

1

조상님도 무심하시구나! 이 나이에 인생살이가 왜 이다지도 고달프고 꼬여만 가는가.

옥치조는 마루에 걸터앉아 담벼락 밑 작은 텃밭에 끝물로 노랗게 올라와 있는 장다리꽃을 망연히 바라보며 탄식했다. 자기의 현실, 뿌리가 뽑힌 나무처럼 삶의 터전을 상실한 데다 자식을 전장의 포화 속에 내보내 놓고 노심초사할 뿐인, 무지렁이 같은 자기 꼬락서니가 한심해서였다.

옆에는 개다리소반이 놓여 있고, 상 위에는 술이 3분의 1쯤 남은 되들이 소주병과 유리잔, 안주로 마늘줄기 몇 포기와 고추장 종지가 얹혀 있었다.

집에는 그 혼자뿐이었다.

아내는 작은아들을 데리고 친정에 가고 없었다. 명목은 허리를 다쳐 거동을 못한다는 친정어머니 병문안이지만, 어려운 사정 내비치고 쌀말이나 얻어오려는 것이 사실은 더 긴요한 목적이었다. 그렇기 때문에 작은아들을, 그것도 안 따라가겠다는 것을 윽박질러서 굳이 데려갔다.

딸은 언제 나갔는지도 모르게 아침나절부터 코빼기도 보이지 않았다. 농사를 짓지 않게 됨으로써 별로 할 일이 없어진 딸아이 얼굴 보기가 점점 힘들어진다는 것이 치조네 부부의 새로운 걱정거리인 동시에, 집구석에서 된소리가 간혹 나게 되는 원인의 하나였다.

그는 잔을 채워 홀짝 들이켠 다음, 마늘줄기를 하나 집어서 고추장 듬뿍 찍어 입에 넣고 우적우적 씹었다. 방금 목구멍을 넘어간 소주의 탁 쏘는 뒷맛과 마늘줄기의 풋풋한 맛이 어울려 감칠맛이 그만이었다. 아무 생각 없이 한 잔 마시고 나서 하늘을 쳐다보고, 다시 한 잔 마시고는 산들바람에 반짝반짝 윤을 발하는 감나무 잎을 바라보곤 하는 식으로 한참씩 뜸을 들이면서 모두 넉 잔을 마셨다. 그러고 나서야 술병 주둥이를 코르크 마개로 닫아 술상을 한쪽으로 밀쳐놓았다.

그는 팔을 뒤로 뻗어 마룻바닥을 짚고 비스듬한 자세로 앉아 멍하니 허공을 바라보았다. 뱃속에서 퍼져나가는 술기운 덕분에 사지에는 저릿한 새 힘이 솟는 듯했으나, 머릿속에는 오히려 안개가 끼는 듯한 느낌이었다. 최근 들어서 항상 그렇게 기분이 가라앉아 있었다. 어떤 생각도 선명하게 잡히질 않았고, 눈에 보이는 것 생각하는 것 모두 시들하게 느껴질 따름이었다.

그것은 딱히 할 일이 없어짐으로써 생긴 증상이었다. 보리 베어 수확하고, 물 대어 써레질하고, 볍씨 뿌려 모 심는, 몸에 배인 그런 일을 할 수 없게 됨으로써 생긴 일종의 병이었다. 들판의 논을 징발당하고 일마저 빼앗긴 데 대한 조건반사라고나 할까.

농사꾼은 세상없어도 농사를 지어야 했다. 입에 풀칠도 해야 하지만, 농사일 자체가 삶의 기본이요 활력의 근원이었다. 그런데 그 기본과 근원을 상실했으니, 몸과 마음에 병이 생기지 않는다면 오히려 이상한 노릇이 아니겠는가.

전쟁이 언제 끝나서 포로수용소가 떠나고 논을 도로 찾을 수 있게 되는지 생각하면 한숨이 절로 나오고, 지상에 세워져 있는 것을 다 깨부수어 치우고 다시 곡식을 심을 수 있을 정도가 될 때까지 쏟아 부어야 할 노역을 생각하면 막막하기 그지없었다.

"어허! 이놈의 세상이 참……."

치조가 허탈한 기분으로 한숨처럼 혼자 탄식할 때였다.

오래뜰 쪽에서 발걸음소리가 들리더니, 허리가 구부정하고 어깨에 가방을 걸친 중년사내가 대문간에 모습을 보였다. 우체부였다.

뜻밖에도 우체부가 나타난 순간, 치조의 뇌리에 번개같이 떠오른 것은 큰아들 상국이었다.

"안녕하십니꺼."

낯이 익은 우체부가 마당에 들어서며 인사를 했다.

"어서 오이소."

치조가 자기도 모르게 벌떡 일어나며 답례인사를 하자, 우체부는 미리 손에 들고 있던 편지를 내밀며 말했다.

"군사우편인데요. 옥상국이가 아들입니꺼?"

"예, 우리 큰놈이요."

손을 내미는 치조의 동작뿐 아니라 목소리에도 아연 활기가 돌았다. 방금 우체부를 본 순간, 혹시 전사통지나 아닌가 싶어 간이 철렁했었다. 그런데 본인이 보낸 편지라면 어떻든 무사하다는 이야기가 아닌가.

"요샌 군대 간 아들 편지를 부모한테 전할 때만큼 흐뭇하고 보람을 느끼는 일이 없습니더. 괜히 나꺼정 즐거워진닥한게요."

우체부는 호주머니에서 손수건을 꺼내어 이마의 땀을 닦으며 말했다.

"참, 그렇기도 하겠소. 고맙소."

"그나저나 이놈의 전쟁이 빨리 끝나야 할긴데, 많이 걱정되시지요?"

"마, 우리 같은 민초들 인력으로 되는 일이 아이잖소."

"하긴 그렇지요. 하지만 그래도 말입니더."

치조는 편지를 얼른 뜯어보고 싶었으나, 볼일이 끝났음에도 불구하고 얼른 돌아가지 않고 뭉그적거리는 우체부의 태도가 마음에 걸렸다. 부지불식간에 시선이 술상으로 향했다. 얼핏 우체부의 마음을 헤아릴 것 같았다.

"수고하싰는데, 술 한잔하이소."

"아, 예."

우체부가 허리를 굽실했다. 싫지 않다는 뜻이었다. 치조가 병마개를 따 잔에 가득 부어서 주자, 우체부는 황송한 듯 잔을 받았다. 거푸 두 잔을 받아 마시더니, 석 잔째는 손을 내저었다.

"안주가 시원찮습니더."

그러면서 치조가 마늘줄기를 내밀었으나, 우체부는 사양하고 총총히 사라져버렸다.

치조는 그제야 '군사우편'이라고 찍혀 있는 편지봉투를 마루에서 집어 조심스럽게 개봉했다. 가슴이 가늘게 물결쳤다.

취급하는 손길을 여럿 거치면서 구겨지고 주름 잡힌 하도롱봉투 속에서는 붉은 줄을 간격으로 해서 검은 잉크글씨가 촘촘히 적힌, 두 번을 접은 편지지 달랑 한 장이 나왔다.

치조는 사랑하는 아들의 실체가 그대로 배어 있는 편지를 읽어내려갔다.

아버님 전상서

그동안 아버님께서 안녕하시옵고, 어머님께서도 안녕하시옵고, 동생들도 무사히 잘 지내고 있는지요.

소자는 가족들 염려 덕분에 싸움터에서 무사히 용감히 잘 싸우고 있으며, 공산오랑캐를 쳐부수기 위하여 열심히 노력하고 있습니다.

남북통일이 될 날도 멀지 않은 것 같습니다. 우리 국군은 참말 잘 싸우고 있습니다.

지금쯤 우리 거제에서도 보리 수확이 한창이겠지요? 소자가 있는 이곳 근처에서도 들에서 농부들이 누런 보리를 베고 있는 것을 봅니다. 그런 것을 보고 있으면 집에 빨리 몹시 가고 싶습니다. 아버님 일하시는 것을 도와드리고 싶습니다. 소자가 집에 있을 때에 별로 말을 잘 듣지 안하고 부모님 속을 상하게 한 것을 생각하면 후회가 많이 됩니다. 용서하여 주십시오.

작년 10월에 소자가 보낸 편지는 받으셨는지요? 전쟁하느라고 바빠서 집에 편지를 자주 쓸 형편이 못되었습니다. 정말 죄송합니다. 용서하여 주십시오.

그리고, 소자는 지금 경기도에 있습니다. 있는 데는 병원입니다. 싸우다가 조금 다쳐서 병원에 입원해 있습니다. 그러나 별로 심하지는 않사오니, 너무 걱정하시지 마십시오. 혹시라도 면회를 오실까 봐 있는 곳을 알려드리지 않겠습니다. 죄송합니다.

몸이 나으면 집에 휴가를 가게 될 것 같습니다. 그때에 가서는 아버님 어머님께 꼭 효도하겠습니다. 정말 아무 걱정 마십시오. 소자는 편안히 잘 있습니다.

그러면 오늘은 이만 쓰겠습니다. 내내 안녕히 계시옵소서.

단기4284년 4월 16일

불효자 상국 올림

편지를 읽고 난 치조의 심정은 간단히 말해 걱정과 안심의 교차였다. 병원에 입원할 정도로 다쳤다는 바람에 정신이 번쩍 들고, 그래도 목숨을 잃지 않았다니 불행중 천만다행이다 싶어 안도의 한숨이 새나왔다.

편지 내용이 어딘지 모르게 짜임새가 덜하고 꾸며내는 것 같은 구석이 느껴지긴 했으나, 그래도 구구절절 부모를 위하고 집을 걱정하는 맏아들의 무게가 물씬 풍기는 편지임에 틀림없었다.

이놈의 자식, 제법 신통하기는……

가슴속이 후련하게 열리면서 콧날이 시큰해졌다.

입대하기 전의 상국은 가족들을 난감하게 할 정도의 큰 말썽을 부리지는 않았다. 그렇다고 고분고분하고 착실한 축에 끼는 아들도 아니었다. 농사를 비롯한 집일에 시큰둥할 뿐 아니라, 이따금은 엉뚱하게 튀는 고집으로 어머니의 지청구와 아버지의 호된 꾸중을 듣기도 했다. 요컨대, 잘나지도 못나지도 않은 보통 농촌청년이었다고나 할까.

그런 점에서 본다면 군문에 입대한 것은, 목숨이 왔다갔다하는 위험만 접어둔다면 본인에게도 가족에게도 행운의 기회인 측면이 없지 않았다. 본인은 보다 트인 시각으로 세상을 바라보고 자기 정체성을 돌아보며 가족이 얼마나 소중한 존재인지 절감했을 것이며, 그런 성숙성이 편지의 문맥에서 구구절절 배어나고 있었다. 적어도 아버지로서 느끼기에 그랬다. 그리고 치조 자신이나 다른 가족들도 장남이라는 존재가 집안에 얼마나 든든한 기둥인가 하는 사실을 새삼스럽게 절실히 깨닫는 계기가 된 것이 사실이었다.

그만해도 하늘이 도운 것이니, 아무쪼록 끝까지 무사히 돌아와다오. 제발!

치조는 마음속으로 간절히 빌었다. 똑같은 내용으로 조상님들한테도 간절한 마음으로 기구했다.

친정에 갔던 이옥례가 집에 돌아왔을 때는 해거름이었다.

거의 한 가마니 부피는 실히 될 것 같은 곡식자루를 두텁게 꼰

새끼줄로 멜빵까지 만들어 상기의 등에다 지우고, 자신도 중간치 자루 하나를 머리에 이고는 땀투성이의 벌건 얼굴이 되어 돌아왔다.

"상은아! 상은이 어데 있노."

옥례는 대문간을 들어서면서부터 숨넘어갈 것처럼 딸의 이름을 불러댔다.

치조는 문을 열어젖힌 방 안에서 목침을 베고 누웠다 말고 벌떡 일어나 맨발로 뛰어나갔다.

"이 카시나 어디 갔소?"

"몰라. 낮에부터 몬 봤다."

"문디 같은 년! 어디 들어오기만 해봐라."

치조는 그렇게 벼르는 아내의 머리에 얹힌 자루부터 받아 가까이에 있는 절구통에 걸쳐놓고 작은아들의 짐도 받으려고 했으나, 상기는 본 척도 않고 혼자 아래채 마루로 가더니 자루를 던지듯이 내려놓았다. 다분히 심통이 틀어진 기색이었다. 그해 봄 중학교를 졸업한 상기는 성급히 어른흉내 내느라고 머리를 기르기 시작했다.

먼 길에 덥고 힘들어서 그러려니 싶어, 치조는 그 작은 불경(不敬)을 눈감아 주기로 했다.

"아이구, 목이야 어깨야."

토방에 퍼질러앉은 옥례는 어깨숨을 몰아쉬며, 자기 수고와 피로를 조금 과장하고 있었다.

"애썼네."

"인자아는 마, 또 갖다묵으락해도 나는 몬 가겠소."

"아, 준다 하몬야 이번에는 내가 가꺼마."

치조는 짐짓 그런 농담으로 아내의 불편한 심기를 슬쩍 피한 다음, 비로소 작은아들을 건너다보고 치하했다.

"네 수고했다. 힘들었제?"

"아입니더."

상기는 볼에 사탕이라도 넣은 듯한 소리로 대답하며, 이미 흠뻑 젖은 옥양목 하얀 셔츠를 벗어 얼굴과 몸뚱이의 땀을 훔쳤다. 이름 표를 떼버리고 일상복으로 내처 입는 중학교 교복 여름옷 윗도리였다.

"느그 헹한테서 편지 왔다."

치조는 아들을 향해 말하고, 위채마루와 부엌의 중간에 짜 넣은 찬장에서 편지를 꺼내어 아들에게 주는 시늉만 하고는 다시 마룻바닥에 놓았다.

"아니, 상국이 편지요?"

토방에 앉아 있던 옥례가 용수철에 퉁긴 듯이 벌떡 일어나며 외치고, 상기도 셔츠를 팽개치고는 빠른 걸음으로 마당을 건너왔다.

"우떻닥하노."

옥례는 남편한테 내용을 묻다 말고, 이번에는 이미 봉투에서 편지지를 꺼내 펼치는 작은아들에게 재촉의 화살을 돌렸다.

"좀 빨리 읽어 봐라. 뭐락고 썼노?"

상기가 편지를 읽기 시작하자, 옥례의 눈에는 벌써부터 눈물이 그렁그렁 고였다. 그러더니 병원 소리가 나오자마자 새된 소리를 질렀다.

"아니, 병원? 느그 셍이가 우찌 됐닥고?"

"허! 더 들어보몬 알 거 아이가."

치조가 가볍게 핀잔하고, 상기는 나머지 구절을 마저 읽었다.

작은아들이 편지를 다 읽고 나자, 옥례는 쥐이뜯을 듯이 남편에게 매달리며 호들갑을 떨었다.

"아이고! 상국아부지, 이기이 무신 소리요? 우리 아아가 얼매나 다쳤길래 병원에 있닥하노.”

“이 사람아, 크게 다쳤거나 작게 다쳤거나 병원에 가는 거는 마찬가지 아이가. 편지를 봐하니 걱정할 정도는 아인갑거마는.”

“어디가 혹시 병신이라도 된 거 아인가 모리겠네. 이 노릇을 우찌하꼬.”

“거 씰데없이 방정떨고 있네. 사정도 정확히 모리면서.”

치조는 눈을 부라리고 아내를 꾸짖으면서도 새로운 불안감이 먹구름처럼 몰려오는 것을 어쩔 수 없었다. 아내의 우려대로 정말 큰 부상이 아닐까 싶었다. 무엇보다도, 분명히 어디를 어떻게 다쳤다는 설명이 없는 점이 마음에 걸렸다. 심한 부상이 아니어서 진정 본인도 대수롭지 않게 넘어간 것인지, 집에서 걱정할까 봐 실제사정을 얼버무려 숨긴 것인지 분명하지 않았다. 어쨌거나 지금은 편지 그대로 믿는 것밖에 방법이 없었다.

“그누마가 부상이 심해 봐라, 편지를 이런 식으로 썼겄나. 하이튼 앞뒤 문맥을 보아하건대, 쪼끔 다치가이꼬 병원치료를 받고 있기는 있는 거 같거마는. 크게 걱정할 거 없다.”

“참말 그러까, 상국아부지?”

“아, 그렇닥하이. 전쟁통에 나가서 손가락 하나 안 다친 군인이 어딨노. 먼데 볼 거 없이 지세포댁이 아들놈 보라모.”

치조는 그렇게 비유를 대면서 내심 가벼운 가책을 느꼈다. 지세포댁이란 한마을의 어느 과수댁 택호로서, 그네 아들이 상국이랑 비슷한 무렵에 징집되어 전장에 나갔다가 불과 몇 달만에 유골로 돌아온 바람에 온 마을에 그런 흉사가 없었다.

어쨌든 지세포댁 아들을 들먹임으로써 아내의 호들갑을 잠재우는데 성공한 치조는 비로소 처가댁 안부를 물었다.

“그래, 장모님 많이 편찮으시더나? 댁내에 다른 별일은 없고?”

"약 묵고 침 맞고 해서 괜찮던데 뭐. 살살 걸어댕기데. 오빠는 그새 머리가 허옇게 샜더마는. 하기사 낼모래 환갑이 거진 됐으니 ……. 우리 아부지는 종일 어데 가싰는지 안 보이데."

순간, 치조는 갑자기 뒤통수라도 얻어맞은 듯 정신이 번쩍해서 자기도 모르게 아들을 바라보았다. 시선이 부딪쳤다. 상기 역시 불쾌함과 난감함을 감추는 기색이 역력해 보였다. 치조는 얼른 눈짓으로 아들더러 잠자코 있으라는 신호를 보낸 다음, 아내를 짐짓 꾸짖었다.

"임자 나이 오십도 안돼 가이꼬 볼써로 노인 행세 할락하나. 와 자꾸 엉뚱한 소리를 해쌌노."

"내가 뭐락했는데?"

"빙장어르신 돌아가신 지가 언젠데, 보이느니 안 보이느니……. 버릇 되겠다. 쯧쯧!"

"아이고, 내 정신 좀 보래. 깜빡깜빡한닥하이. 히히히!"

옥례는 그제야 민망한 듯 웃었으나, 치조와 상기는 벌레 씹은 얼굴이었다.

사실 옥례 본인을 제외한 치조네 가족 모두의 가장 큰 걱정거리는 그녀의 실성기였다. 봄에 들판의 논을 포로수용소에 징발당한 데다 애써 가꾼 보리마저 수확을 얼마 남겨 놓지 않고 무참히 갈아엎어지는 꼴을 보자, 그 충격과 울화로 머릿속 어딘가가 조금 이상이 생긴 듯했다.

몇 달이 지나는 동안 어느 정도 진정되었는지, 자다가 벌떡벌떡 일어나는 짓 따위는 하지 않게 되었다. 그러나, 평소에는 멀쩡한 것 같다가도 어느 결에 멍한 표정으로 말이 없다든지, 듣는 사람을 어안이 벙벙하게 만드는 가당찮은 소리를 한다든지, 30년 가까이 살아왔으면서 집으로 통하는 고샅을 깜빡 잊어버리고는 한참동안

마을 안을 뱅뱅 돌기도 하는 것을 보면, 애초의 충격으로 생긴 이상이 아무래도 정상으로 돌아오기 그른 모양이었다.

그런 옥례 때문에 치조네 가족은 걱정도 걱정이지만 무엇보다 마을에 창피해서 견딜 수 없었다. 이장댁네가 살짝 맛이 갔다고 뒤에서 쑤군거리는 소리가 들려오는 것 같아 뒤통수가 따가웠다.

더구나 그날따라 치조로 하여금 더욱 입맛을 쓰게 만든 것은 아내가 친정에 가서까지 자기 친족들에게 그런 모습을 보였다는 사실이었다. 잠시 후 옥례가 뒤꼍 남새밭에 가고 둘만 남았을 때, 상기가 툴툴거리는 소리로 아버지한테 일러바쳤다.

"아까 외할부지 어디 가셨다는 거 말입니더, 외갓집에서 엄마가 또 그런 말을 했다 아입니꺼."

"그래?"

"외삼촌이랑 외숙모랑 어리뻥뻥한 모양입디더. 나 창피해 죽는 줄 알았어예. 괜히 따라가서……."

그러고 보면 돌아왔을 때 볼이 잔뜩 부었던 얼굴은 꼭 힘들어서뿐만이 아니라 그런 이유도 있었던 것이다.

"아부지, 엄마 참말로 걱정입니더. 우짜몬 좋아예?"

"글쎄 말이다."

치조는 입맛을 쩍쩍 다셨다. 먹고 살기도 막막한 판국에 엎친 데 덮친 격으로 아내가 저러하니 그저 한숨만 나올 뿐이었다. 큰아들의 군사편지는 이미 관심권에서 쑥 밀려나 있었다.

"상기야."

"예?"

"이럴수록 우리가 잘해야지, 느그 어무이가 저럴 때 막 나무라고 야단을 피우는 거는 오히려 마음에 나쁜 영향을 끼친단 말이다. 우짜든지 좋은 말로 따독거리고 기분 상하지 않게 해서 스스로 마음의 중심을 잡거로 옆에서 도와주야지. 알겠제?”

“알았어예.”

그날저녁 치조네 집에서는 소동이 벌어졌다. 땅거미가 질 무렵, 난데없는 원피스 차림에 머리까지 살짝 파마를 한 모습으로 까불까불 마당에 들어선 상은이 화근이었다.

가족들이 아침에 본 것하고는 너무나 판이한, 그것도 성숙한 여자 모습을 흉내내려고 애를 쓴 꼴이었으니, 그러고도 조용히 넘어간다면 오히려 이상할 판이었다.

“세에상에! 니 꼬라지가 그기이 뭐꼬.”

딸의 늦은 귀가시간 자체를 문제삼으려고 잔뜩 벼르던 옥례가 눈이 둥그레져 묻자, 상은은 제풀에 발끈해서 소가지부터 부렸다.

“꼬라지가 우떤데.”

“이 가시나 보래. 방구 뀐 년이 썽낸닥하더니……. 네 그 옷 어데서 났노?”

“와, 도둑질해 입었을까 봐.”

“네 지금 그거 엄마한테 무신 못된 말버릇이고.”

듣다 못한 치조가 아내 역성을 들며 딸을 꾸짖자, 더욱 기가 등등해진 옥례는 자기 방으로 가려는 딸의 팔을 낚아채며 종주먹을 들이댔다.

“말해라. 이 옷 어데서 났고, 찌진 머리카락은 또 뭐꼬.”

“…….”

“내가 몬 산다. 못된 송아지 궁뎅이에 뿔 나고, 시락하는 초는 안 시고 촛병마개부터 신닥하디니……. 우찌된 긴지 말 안할것까? 확 쥐뜯기 전에.”

그제야 상은은 어머니의 갈퀴손이 날아올까 봐 곁눈질로 경계하면서 한결 기죽은 작은 소리로 대답했다.

"나 취직했다."

"뭐락고?"

"취직……."

"어덴데?"

"연초시장."

"여언초시장? 아니, 양키시장 말 아이가."

"……."

"이느무 가시나 보래. 거기서 뭐하는 덴데?"

"……."

옥례가 그예 딸의 머리통에다 꿀밤을 먹였다.

"이년아, 와 말을 몬하노. 꼬라지를 보아하니 술집이가, 아이몬 양갈보짓하는 데가?"

그 험한 말에 상처를 입은 상은이 별안간 머리채를 흔들고 발광하며 악쓰는 소리를 지르고, 치조 역시 눈초리를 치켜올리며 아내를 꾸짖었다.

"아아니, 자네 지금 그기이 무신 소리고. 아무리 나무랄 일이라도 말을 가리야 할 거 아이가. 체통머리 없이, 자석한테."

"와요, 내가 몬할 말 했나. 이기이 집안 망칠 가시나 아인가 보소. 동네 창피한 줄도 모리고."

그때, 상은이 함부로 불쑥 내뱉은 소리가 결정타였다.

"동네 창피하게 하는 기 누군데."

"뭐락고?"

"옴마 닐로 두고 사람들이 뒤에서 뭐락해쌌는지 아나?"

그 순간, 누구보다 놀라고 당황한 사람은 치조였다. 무언의 이해와 약속으로 가족간에 금기가 되어 있는 엄청난 말이 딸의 입에서 튀어나왔기 때문이었다.

"이놈우 자석!"

그는 순간적으로 걷잡을 수 없이 치미는 분노에 이성을 잃은 나머지 커다란 손바닥으로 딸의 귀쌈을 올려붙이고 말았다.

철썩!

순간, 그 파열음은 때리고 맞은 장본인들뿐 아니라 옆에 있던 사람까지도 갑자기 얼이 쑥 빠지게 만들었다. 고개가 돌아가도록 따귀를 얻어맞은 상은은 자기한테 일어난 일이 믿어지지 않는 듯 크게 뜬 눈으로 아버지를 쳐다보고, 치조 역시 자기 손바닥과 딸의 얼굴을 번갈아 보았다. 세상 누구보다 착하고 어진 남편이자 아버지인 그가 가족한테 손찌검하는 꼴을 난생처음 목격한 옥례와 상기의 놀라움 또한 그에 못지않았다.

돌연, 상은이 왁 울음을 터뜨리며 자기 방이 있는 뒤꼍으로 뛰어 달아났다.

실수를 절감한 치조는 자기도 모르게 딸에게 손을 뻗으려다가 순간적으로 거두어 들였다. 딸보다는 아내를 다독거리는 것이 급선무임을 깨달았기 때문이었다.

옥례가 아무리 평소 주책을 부리고 이따금 정신이 오락가락한다 할지라도 완전히 돌아버리지 않은 이상 자기 주제를 아주 모를 리는 없었다. 그나마 가족이 눈감아주고 감싸주는 덕에 얼굴 뜨거운 줄 모르고 평소처럼 지내오는 그녀였다. 그런데, 그 가족의 하나인 딸의 입을 통해 듣지 말아야 할 소리를 그예 듣고 만 것이다.

상기는 아뭇소리 않고 슬그머니 돌아서서 아래채 자기 방에 들어가버렸다.

아내의 얼굴이 하얗게 변하며 눈물이 글썽해지는 것을 본 치조는 얼른 손목을 잡아끌어 방으로 데려갔다.

“와 이라요. 놓으소.”

“나하고 이야기 좀 하자.”

옥례는 뿌리칠 듯하다가 마지못한 듯 순순히 따라 들어왔다.

“임자하고 나도 인자아는 좀 변해야 될 때가 된 거 같은 생각이 문득 드네. 아아들한테 말이다.”

방에 앉자마자 치조가 조심스럽게 말을 꺼냈다.

“뭐를요?”

“상은이 저거 벌써 열아홉 살 아이가. 상기는 열일곱 살. 우리가 저만한 나이일 적에 우땠는가 생각해 보자고. 임자가 나한테 시집 왔을 때가 몇 살이었제? 그라고 보이 꼭 상은이 나이였거마는 뭐. 지금 우리가 쟈들을 너무 애취급을 하고 있는 거 아인가 몰라. 그런 생각 안 드나?”

“이이가 시방 무신 말 하노. 나이만 처묵는닥고 어른이 되요? 지금 아아들이 우리 때하고 세근(소견)이 같나? 천양지차이다.”

“허! 그거는 고루한 우리 생각일 뿐이네. 쟈들 지금 다 컸네. 어른이야. 오히려 예전보다 훨씬 개명한 시대에 살고 있는 쟈들이 더 어른스러운지 몰라.”

“듣기 싫다 고마. 저년 저거 방금 에미한테 대드는 꼴 안 봤소? 철딱서니하고는……. 그라고 또, 손찌검은 이녁이 해 놓고서 와 나 보고 뭐락해쌌노.”

“그러게 말이다. 하이튼 내가 가서 잘 타이를긴게, 당신이 좀 참아라. 자석 이기는 부모가 어딨노.”

“아니, 그라모 저년 저거 저라고 돌아치는 꼴을 보고만 있을기요? 여태 잘 키워 놓고는 신세 망치게 하고 싶어서? 호미로 막을 거 가래로 막지 말고 애진작에 단속을 해야 할 거 아이가. 사내새끼도 아닌 가시난데.”

"알았다. 알았닥하이. 나한테 맡기도라."

딸이 부리는 성깔에 어른이 과잉반응을 보인 단순한 문제로 몰아감으로써 아내의 자존심과 체면을 지켜 주려는 것이 치조의 배려였다. 사실 달리 현명한 방법도 없었다.

그렇게 아내를 다독거려 놓은 치조는 딸의 방으로 갔다.

문을 가만히 당겨보니 안으로 고리가 걸려 있으므로 가만 두드렸다.

"아부지다. 문 열어라."

아무런 기척이 없었다.

"잠시 열어 봐라. 할 이야기가 있다."

그제야 움직이는 기척이 있더니, 고리 따는 소리에 이어 문이 열렸다.

상은은 어둑어둑한 속에 돌부처처럼 앉아 있었다. 이불을 덮어쓰고 누웠다가 일어난 꼴이었고, 울어서 눈이 띵띵 부어 있었다.

측은한 생각이 치조의 가슴을 후볐다. 문지방에 걸터앉아 타이르기 시작했다.

"아부지가 잘못했다. 난생처음이라 놀랬을기다마는, 나도 황당하기 이를 데 없구나. 손목이라도 자르고 싶은 심정이다. 그러나, 생각해 보레이. 느그 엄마가 저렇기 깜빡깜빡 정신을 놓곤 할수록 누구보다도 가족인 우리가 숨기고 감싸고 해야 할 거 아이가. 대처에는 정신병원이란 곳도 있는갑더라마는, 그런 데 입원시키는 거는 우리 형편에 생각할 수도 없을뿐더러, 엄마 상태가 그 정도는 아이다 아이가. 포로수용소 때문에 저리 불쌍한 지경이 됐으니, 생각할수록 얼매나 통탄할 노릇이고. 의사는 아이다만 아부지가 생각건대, 저 정도믄 우짜든지 마음 편안하게 즐겁게 해 주고 좋은 음식

배불리 묵도록 해서 마음에도 몸에도 보양을 시키주는 기 최선의 처방이고, 그라몬 서서히 정상으로 돌아올 거 같구나. 그런데, 참 애석하게도 우리 현실이 그렇지 몬하니 말이다. 잘 묵기는커녕 삼시세끼 때우기에도 급급하제, 네 오래비는 전장에 나가 있제……우찌 하루 한신들 마음 편할 때가 있겄노. 그런데다 네는 또 아까 불쑥 그런 소리꺼정 했으니, 가뜩이나 말은 안 해도 자격지심을 갖고 있을 느그 엄마가 충격을 안 받게 생겄나? 그래 가이꼬야 우찌 정상회복을 기대할 수 있겄노. 이놈우 자석, 아무리 욱해도 할 말 안 할 말은 가리야제.”

“제가 잘못했어예.”

상은이 코를 훌쩍이며 비로소 입을 열었다.

“됐다. 꼭 네를 탓하자는 소리가 아이다. 엄마 마음도 알아주라 그 말이다. 오로지 자석 사랑하고 걱정해서 하는 소리제, 자기 몸에서 닐로 낳아준 엄마가 무신 억하심이 있겄노. 그러이 네가 용서하고 마음을 풀어라. 네도 풀고 엄마도 풀어주고. 알겠나?”

“예.”

“그라고, 듣고 보이 아부지도 걱정 안 할 수가 없구나. 네가 가 왁중에 취직이니 뭐니 함서 차림새가 달라지니, 대체 무신 영문이고?”

“아부진 제가 아직도 어린앤 줄 압니꺼.”

조금 뚱한 소리로 이렇게 타박한 상은은 치조가 궁금하게 여기는 부분을 소상히 털어놓았다. 양키시장 안에 있는 다방에 레지인가 무엇인가로 내일부터 근무하기로 했으며, 그것도 숙식을 거기서 해결하는 조건이라고 했다. 입고 있는 옷이랑 머리맵시에 들어간 비용은 급료를 선불로 받아 지불한 모양이었다.

“생각해 보이소. 농사도 없고, 아부지도 그냥 놀고 계시고……

앞으로 우리 식구 살아갈 일이 막막하지 않습니꺼. 상기 저거는 이제 겨우 중학교 마쳤으니 아직 제 앞가림도 몬할끼고……천상 뭔가 벌이를 해서 다는 책임 몬 져도 집안살림에 도움을 줄 수 있는 식구라고 해봐야 저밖에 더 있습니꺼. 그래서 직업전선에 나설락하는 긴께, 아부지도 저를 이해하시고 놔 주이소. 옴마한테도 잘 말씀해 이해를 시키시고예. 남이 우떻게 보겠나 하실지 모르지만, 그 사람들이 우리 믹이살릴 것도 아인데 신경쓰지 마이소. 체면이 밥 믹이줍니꺼. 그라고 지금은 시대가 바꼈습니더. 아부지도 한번 양키시장에 가보이소. 가서 이북사람들 악착같이 살아가는 모습을 보이소. 놀랄 깁니더. 우리 거제사람들은 그들에 비하몬 우물 안 깨구리라예. 다 제가 알아서 하고, 우짜든지 아부지 어무이 힘 덜 들 거로 도울 긴께 걱정마이소. 두 분 착하신 마음 제가 와 모리겠습니꺼.”

또박또박 이어가는 딸의 말을 들으며, 치조는 내심 깜짝 놀라고 말았다. 본인 말대로 아이가 아니라 거뜬한 성인이었다. 어떤 면에서는 자기보다도 앞서 있었다. 그런 딸아이를 단발머리적 아이로만 취급해 온 자기와 아내의 옹졸한 근시안에 문제가 있었음을 인정하지 않을 수 없었다. 치조는 그제서야 어느 정도 마음이 놓였다.

“그래. 네가 정 그렇다몬 아부지는 더 말 안하꺼마. 우짜든지 단디이 해라.”

“알았어예.”

치조는 비로소 문지방에서 엉덩이를 떼고 일어섰다.

“미처 이야기를 몬 했다마는, 낮에 네 오래비한테서 편지 왔다. 쪼끔 다치서 병원에 있는갑더라.”

“아니, 뭐라예?”

상은이 화들짝 놀랐다.

"큰 부상은 아인갑더라. 너무 걱정하지 마라. 이따 나와서 편지 읽어 보라모."

"예."

"그라고, 느그 엄마 지금 심통이 나 있을 테니, 네가 나와서 저녁준비 해라."

"알았습니더."

치조는 딸과 대화를 나누고 돌아나오면서 뭔가 후련한 것도 같고, 허전한 것도 같고, 애틋하게 슬픈 것도 같고, 도무지 종잡을 수 없이 착잡한 기분에 땅이 꺼져라 한숨을 쉬었다.

2

연초면 죽토리 관암마을 일대의 양키시장은 포로수용소가 들어오고 나서야 개설되었으면서도 불과 몇 개월간의 경기호황과 규모 확대가 놀라울 정도여서, 마치 어느 날 갑자기 땅 속에서 그럴싸한 도시 하나가 불쑥 솟은 것이나 다름없었다.

거기에는 미국군 PX를 거쳐 흘러나온 이른바 '양키물건'과 포로들의 물물교환에 의해 철조망 너머로 또는 밑으로 거래된 보급품이 더미더미 쌓였고, 사람들의 분주한 움직임과 떠들썩한 목소리로 하루종일 활기가 넘쳐흘렀다.

시장사람들은 거의 피란민이었다. 좋은 물을 찾아 들어온 약삭빠른 대처사람이나 토착원주민이 일부 끼어 있지 않은 것은 아니었지만, 주류를 이루고 주도권을 행사하는 계층은 역시 피란민이었다. 빈손이나 다름없던 월남 초기의 고난을 딛고 일어난 그들은 이북사람 특유의 강한 생활력과 장사수완으로 시장경기의 불기가 꺼질 새 없이 기름을 부었고, 거기서 확대 재생산된 재화는 얼마 전까지 조용하던 섬을 들썩거리게 하면서 대처로 흘러나갔다. 그리고 그런

호황에 기생하는 서비스업소와 유흥업소들도 덩달아 호황을 누리면서 저마다 수지를 맞추고 있었다.

거제경찰서에 업무연락 관계로 왔다가 고현으로 돌아가는 군용트럭을 얻어타고 장승포를 출발한 임덕현이 그 양키시장 앞에서 내린 것은 오후 2시쯤이었다.

북한피란민연락처 일을 때려치운 뒤 새로운 사업을 찾아 나선 걸음이었는데, 그는 오는 도중에 벌써 무슨 될만한 사업거리를 발견한 듯싶어 흐뭇한 자긍심에 혼자 취해 있었다.

역시 이 임덕현이의 머리 하나는 알아줘야 해. 척 하면 척, 한번쯤 둘러보면 제 발로 내 주머니에 들어올 돈이 보인다니까. 역시 난 타고난 사업가야. 자, 그건 그렇고……돈 버는 건 나중 일이고, 우선 어디 좀 들어가야겠지?

사방을 두리번거리던 덕현의 눈에 문득 간판 하나가 들어왔다. 이층 구조인 엉성한 목조건물의 아래층 출입문 위에 붙어 있는 '빅토리다방'이란 널빤지 간판이었다.

그래, 우선 저기 들어가서 숨이나 좀 돌리고…….

덕현은 이렇게 생각하며, 그 다방에 다가가 문을 밀었다.

맨 먼저 그를 반긴 것은 축음기 레코드에서 흘러나오는 여자가수의 애절한 유행가였고, 파리만 날리다가 모처럼의 손님을 본 마담의 상냥한 인사는 그 다음이었다. 열댓 평이 될까말까한 다방 안은 집기들이나 장식이 의외로 깔끔하고 정돈되어 있다는 느낌을 주었다.

"이거, 장승포에 있는 다방보다도 괜찮구만기래."

덕현은 바람이 솔솔 들어오는 창가자리에 가서 소파에 엉덩이를 털썩 내던지며 짐짓 들으라는 듯이 말했다.

"안녕하세요? 장승포에서 오신 모양이죠?"

마담이 따라와서 맞은편에 앉으며 말을 붙였다. 토박이 말씨도 이북 피란민 말씨도 아닌 표준어투였다. 볼륨 있는 몸매를 오렌지색 계통의 양장으로 감춘 듯 만 듯한 삼십대였고, 서글서글한 인상이 호감을 주었다.

"이 시장에 다방 여기 한 군데뿐임둥?"

덕현이 묻자, 마담은 턱짓으로 서쪽을 가리키며 대답했다.

"저어쪽에 하나 더 있지만, 여기 비하면 시설도 서비스도 많이 떨어져요."

"이 다방이 시설도 서비스도 훨씬 낫다?"

"그럼요."

"기런데 와 이리 손님이 없지비?"

"이럴 때도 있죠. 항상 붐비면 떼돈 벌게요? 그리고 이맘때면 시장사람들 다 한창 바쁠 시간이예요."

"어쨌거나……. 그래, 시설은 당장 눈에 보이는 거니 그렇다손 치고, 서비스는 대체 뭐이 낫다는 게엔가?"

"우선 차맛이 좋다는 거죠."

"기럼 차 말구 다른 서비스는?"

"다른 서비스라뇨?"

"이를테면 남자손님으 즐겁게 해 준다거나 하는……."

덕현이 능글맞게 웃으며 농담을 던지자, 그제야 말귀를 알아들은 마담은 짐짓 유혹하듯 눈을 살짝 흘겼다. 상당한 물장수 관록을 향수냄새처럼 살살 풍겨내는 탯거리였다.

이때, 아직 어린 티를 벗지 못한 레지가 다가와서 보리차가 담긴 컵을 탁자에 놓으며 덕현에게 물었다.

"차 뭐를 가지오까예?"

"커피."

“뜨거운 거예, 아이몬 냉커피예?”

“기왕이몬 냉커피예. 아가씨 주인 것까지 두 잔예.”

일부러 과장한 토박이 말씨 흉내에 마담은 호들갑스럽게 까르르 웃고, 레지는 무안한 중에도 샐쭉한 표정이 되며 도망치듯 얼른 카운터 쪽으로 가버렸다.

“애가 숫기없고 순진해서 저래요. 처음이라서……..”

마담이 웃음을 거두며 하는 말이었다.

“촌닭이긴 한데, 몸매 하난 도시 애들보다 낫구먼.”

덕현은 노골적인 시선으로 레지의 뒷모습을 바라보다 말고 얼른 자세를 고쳐 앉으며, 양복 상의 안쪽 호주머니에서 명함을 한 장 꺼내어 마담에게 내밀었다. 북한피란민연락처장 직함이 찍혀 있는 명함을 그대로 쓰고 있었다.

“나 이런 사람입메. 새 단골한테 방금 말한 서비스 잘 부탁하오.”

명함을 들여다본 마담이 반색하며 더욱 상냥하게 착 달라붙었다.

“어머나! 피란민연락처……처장님. 대단한 분을 미처 몰라봐서 죄송해요. 전 이 마담이라고 합니다.”

마담은 공손히 고개를 숙였다.

“성은 이, 이름은 마담?”

“아이, 처장님도……..”

“통성명 할라믄 자기 이름으 제대로 대야 하는 것 앙이오? 내 이름이야 명함에 적힌 그대로고.”

“성급하기도 하셔라. 초면에 숙녀의 이름까지 알려고 하는 건 실 롄 줄 모르세요?”

“기럼 구면 되므 그 땐 마, 이름도 몸도 알게 해 줄 게엔가? 기 대되는구먼.”

“그야 모르는 일이죠. 이쪽에 자주 오시나요?”

“자주가 아니라, 이곳에 와서 아주 터르 잡을 작정입매.”

“어머! 그러세요? 잘 됐네. 앞으로 우리 다방 많이 이용해 주세요. 부탁합니다.”

마담은 다시 고개를 까딱 숙였다.

주객이 잠시 동안 이런 수작을 주고받을 때, 문이 열리며 두 남자가 들어왔다. 그러자 마담은 덕현한테 형식적인 양해를 구하고 얼른 일어나 새 손님을 맞이하기 위해 자리를 떴다.

망할 년! 난 혼자고, 저놈들은 둘이다 그거지.

덕현은 마담의 뒷모습을 향해 들리지 않는 욕을 뱉었다. 그러고는 그녀에게 향한 관심의 촉각을 간단히 끊어버리고, 아까부터 구상하는 사업에 대한 생각을 퍼 올려 몰입하기 시작했다.

철공소는 양키시장 북쪽 언저리, 장승포와 고현과 하청 세 방향에서 뻗어온 신작로가 한군데서 만나게 되는 연초삼거리 근처에 있었다.

명색만 철공소일 뿐, 군부대에서 쓰레기로 흘러나온 빈 드럼통이나 철판 따위로 가정생활에 쓰임직한 여러 가지 공작물을 만들어 시장에 내다 파는 것이 고작인 보잘것없는 작업장이었다. 언뜻 보기에 철공소라기보다는 차라리 고물상이라고 하는 편이 더 어울릴 것 같았다.

다방에서 얻어들은 간단한 정보만으로 긴가민가하며 터벅터벅 철공소에 찾아간 덕현은 간판도 없고 썰렁한 그 외관만 언뜻 보고도 괜한 헛수고가 아닌가 하는 실망감이 가로막는 것을 어쩔 수 없었다.

그래도 기왕의 걸음이다 싶어, 열려 있는 엉성한 철문을 통해 안

으로 들어서자, 쭈그리고 앉아서 둥그렇게 자른 철판조각을 모루에
다 대고 망치로 두들겨 프라이팬 같은 것을 만들던 꾀죄죄한 작업
복 차림의 사내가 힐끗 쳐다보았다.

"실례함다."

덕현이 인사말을 던지자, 사내는 일손을 놓고 의아한 표정으로
천천히 일어났다. 삼십대 후반이나 되었을까, 몸매가 다부지고 인
상이 조심스러워 보이는 사내였다.

"어찌 오옵심두?"

덕현은 그가 같은 함경도 출신임을 단박 알아차렸다. 일이 잘 풀
리려는 징조 같았다.

"댁이 주인임둥?"

"그렇소만, 무스기 일임메?"

"단도직입으로 묻기 좀 뭣한 질문인데, 혹시 자동차 정비기술 같
은 거이 가디고 있소?"

"쇠르 두드려 메든지 만드는 건 자신있디만, 자동차느 잘 모름
다. 그런데 무스기 일임메?"

하긴 단번에 두 마리 토끼를 잡으려고 하는 건 욕심이지.

재빠르게 머리를 굴린 덕현은 사내에게 다시 물었다.

"방금 쇠루다 메든지 만들 수 있댔는데, 그렇다므 지에무씨
(GMC)르 뻐스루 개조할 수는 있겠음둥?"

"지에무씨 도라꾸(트럭)르 버스로 말임두?"

그렇게 되묻는 사내의 표정이 순간적으로 예사롭지 않게 변하는
것을, 덕현은 놓치지 않았다.

"그렇소. 도라꾸르 버스로, 차체 외관으 바꿀 수 있는가 말이."

"그거야……월남하기 전에 철도공작창에서 하고많은 날 용접하
는 게 일이었으니 가능하지비. 대체 무스기 일로 그럼메?"

덕현은 무릎이라도 치고 싶었다. 일이 기막히게 착착 들어맞는 것 같아 신바람이 났다.

"긴히 상의할 일이 있어서 기런데, 시간 좀 낼 수 있겠슴?"

"글쎄, 무스기 일인지……."

"나한테도 형씨한테도 두루 좋은 일입메. 아, 돈 왕창 벌 수 있는 일이람 나쁠 것 없디 않잤소? 우선 통성명이나 합세. 나 이런 사람올시다."

덕현이 그러면서 명함을 건네자, 받아서 본 사내가 갑자기 굽실 허리를 꺾으면서 한결 부드럽고 공손한 태도로 황태봉이라고 자기 이름을 댔다. 북한피란민연락처장이란 직함의 무게가 새삼 또 증명되는 순간이었다.

잠시 후, 덕현은 황태봉으로 하여금 철공소 문을 잠시 닫게 하고 빅토리다방으로 그를 데려갔다.

차 두 잔 팔아주고 떠난 덕현이 새 손님을 한 사람 달고 다시 나타나자 마담은 필요 이상 호들갑을 떨면서 반겨 맞았으나, 중요한 사업파트너를 발견한 기쁨이 큰 덕현에게 물장수여자의 값싼 아양 따위는 이미 시큰둥할 뿐이었다. 그는 응대를 하는 듯 마는 듯하고, 황을 아까 자리로 데려가 마주 앉았다.

레지에게 홍차를 주문하고 난 덕현이 황에게 물었다.

"우선, 황형 고향이 덩확히 어딥메? 말씨르 보아하니 같은 함경도인 줄은 알갔는데."

"고향은 혜산인데, 함흥 살다 월남했슴다."

"오, 그렇소꼬마? 난 무산이지만서두, 성진서 오래 살았슴. 그러고 보니 동향이나 다름없네. 가족은?"

"마누라하고 남매가 딸려 있슴."

"데리구 월남했소?"

"예. 지금 가티 고생하고 있슴다."

덕현의 입에서 저도 모르게 한숨이 새어나왔다.

"황형은 나한테 비하므 행운이우다. 난 미처 챙길 겨를 없어 가족으 몽땅 거기 두고 혼자 간신히 내려왔디 않았갔슴. 지금 어드래 지내고 있는지……."

"참 안됐습메. 처장님 가슴 몹시 아프갔소꼬망."

"이리 험악한 세상 만났으이 어쩌갔소. 마, 운명이거니 해야지비."

그런 다음, 자칫 감정의 진창에 빠질 것 같은 기분을 바꾸려고 의식적으로 쾌활하게 말했다.

"아무튼 전쟁은 전쟁이고 우리 사는 문제는 또 다르니까니. 어때요, 황형. 나르 도와 유망한 사업 하나 해 볼 생각 없음두?"

덕현의 제안이 너무 뜻밖인 듯, 황은 어리둥절한 표정으로 덕현을 쳐다보며 어물어물 말했다.

"사업이라니, 갑자기 무시기 말씀인지……."

"어렵게 생각할 거 없소꼬망. 나는 자본으 대고 당신은 기술으 대고, 그래서 여객뻐스회사르 하나 차리자는 겁메."

"뻐스회사르 말임둥?"

"그렇소."

덕현은 탁자 위로 몸을 조금 기울이며 목소리를 낮추었다.

"좀 더 자세히 설명하자믄, 미군부대에서 지에무씨 폐차 몇 대르 불하받을 생각이오. 폐차디만 겉모양만 그러티, 엔진으 멀쩡한 차입메. 눈가림해서 그렇게 덕당히 빼내는 방법이래 찾아보므 있을 테고, 마, 그 내 할 몫이니까니 황형은 신경쓸 거 없소꼬망. 기러니까니……어쨌든 그거 갖다가 당신이 뚝딱뚝딱 고쳐 뻐스르 만들고 회사르 차려 운영하잔 말입메. 황형도 아다시피, 이 큰 섬에 굴러다니는 차래야 고작 관용차 몇 대하구 군용차뿐이라, 일반인들으 실어 나르는 대중교통수단이 전혀 없지 않슴둥? 해방 던에 왜놈이 운영하던 운수회사가 있었던가 본데, 해방되고나서리 이 무식한 인간들이래 섣부른 반일감정으루 다 때려부숴 그야말로 페차르 만들었다는 니야기 아니겠슴. 마, 하여튼 이런 실정이다 보니 다들 무슨 볼일이 생길 경우, 십리든 수십리든 고달프게 걸어서 다리품으 파는 수밖에 없단 말임다. 그러니 우리가 뻐스 몇 대 조립해개지구서리 독점사업으루 본격적인 상업운행 해봅세. 어드케 될 것 같소? 어때요, 감이 좀 잡힘둥?”

“아, 예. 하지만 너무 갑작스러우이 도무지⋯⋯.”

황은 여전히 황당한 느낌을 떨쳐버릴 수 없는 모양이었다.

그런 그를 보며, 덕현은 내심 짜증이 고개를 쳐들었다. 그래도 꾹 참고 좋은 낯으로 설득해 나갔다.

“물론 황형 심정으 이해합메. 느닷없이 찾아와개지구서리 초면에 이런 말으 하니 주저되기도 하겠지비. 하지만 나 명색 피란민연락처장이오. 당신으 포함해서 15만 이북피란민들 모두의 행정사항으 처리하는 최고책임자 앙이겠슴? 이런 내가 하필 황형한테 사업제안으 하는 이유느 단지 한 가지, 당신의 그 기술 때문이오. 마, 또 모르디. 수소문하므 우리 피란민 둥에 당신만한 기술자 또 있을지. 그럴 경우, 당신한텐 이런 좋은 기회 주어진다느 보장이 없다 그검다. 아시갔소? 어쨌거나 사업자금 대라는 것 아니니끼니, 당신은 그야말로 밑져도 본전 앙이오. 아까 철공소 가 보고 솔딕히 한심한 생각 들었는데, 이보시라요, 황형. 피란 와서 고생하느 불쌍한 가족들 호강도 좀 시켜야 되디 않갔소? 장래르 생각해 돈도 벌어야 하고⋯⋯. 참, 그나저나 지에무씨 끌어다 황형한테 맡기므 뜯을 거 뜯고 붙틸 거 붙텨서 뚜드려 맞춰개지구 뻐스루 개조하는거이 덩말 자신은 있는 게요? 기술으 믿어도 되갔소?”

“그건 자신이 있음다.”

“그럼 됐꼬망. 우리 화끈하게 사업 제대로 한번 해 봅세.”

그래도 황은 선뜻 쏠려 오지 않았으나, 덕현이 끈기로써 한참 온 갖 화술을 동원해 설득하자 마침내 그가 내미는 손을 잡았다.

1단계 성공이다!

덕현은 속으로 쾌재를 불렀다. 왠지 앞으로의 일도 술술 풀릴 것 같은 예감이 들었다.

3

다방 빅토리에는 온갖 부류의 인간들이 드나들었다.

시장 장사꾼과 상거래 관계로 찾아온 외지인, 가까이에 있는 면사무소·경찰지서·학교 근무자와 그들에게 용무가 있는 사람, 먹고 살만한 형편이면서 여태까지 도시적 유흥문화에 접할 기회가 없었던 토착원주민, 생활근거는 양키시장에 두고 있으면서도 뚜렷하게 하는 일 없이 빈둥거리는 룸펜, 거기에다 이것도 저것도 아닌 정체불명의 건달꾼도 있었다.

아무튼 그런 각양각색 인간들이 들락거리거나 더러는 아침 댓바람부터 죽치고 앉아 숙덕거리기도 하고 때로는 어성을 높여 다투기도 했다. 그럼으로써 담배냄새가 주종을 이루는 탑탑하고 약간 찌든 실내공기와 저급한 레코드음악과 마담의 간드러진 애교가 어우러진 퇴폐적 분위기에 묘한 활기를 불어넣고 있었다.

그쪽 사회에서 새로운 사업을 펼치고자 구상하는 임덕현에게 다방 빅토리는 더할 수 없이 유용한 장소였다. 그곳은 양키시장과 포로수용소를 중심으로 한 기지촌의 모든 소식과 정보가 들어오고 나가는 센터인 셈이어서, 그에게는 요긴한 정보의 입수처인 동시에 임시사무실이고 또한 응접실이며, 한편으로는 아늑한 휴식처이기도 했다.

그는 사표만 던졌을 뿐 피란민연락처장이라는 명목상 직함은 아직 그대로 가지고 있었지만, 그쪽에는 아예 발걸음질도 하지 않고 시장 안에 새로 생긴 여관의 2층 방 한 칸을 거처로 확보해 슬슬 양키시장에 뿌리를 내리고 있었다. 아침이면 식전에 빅토리에 들러 계란 노른자위를 푼 모닝커피 한 잔을 마시는 것으로 하루 일과를 시작하고, 거기서 온갖 이야기에 귀를 기울이고 사람을 만나고 사업구상을 하며, 마담이나 레지를 상대로 노닥거린다든지 때로는 소파에 파묻혀 잠시 눈을 붙이고는 심신의 피로를 풀었다. 그러다 보니 빅토리에 들르지 않는 날이 단 하루도 없었다.

덕현이 이복만이란 인물을 발견한 것도 그 다방에서였다.

다방 단골손님이 된 지 사나흘 지난 날 아침, 모닝커피를 마시려고 빅토리에 들어갔더니 마침 선객 한 사람이 막 계산을 끝내고 마담의 배웅을 받으며 나가려는 참이었다.

괜히 심통이 틀어진 덕현은 항상 애용하는 창가자리에 가서 소파에 엉덩이를 털썩 던지자마자 마담을 향해 시비를 걸었다. 그 손님이 문을 열고 나간 직후였다.

"누군지 모르디만, 마담한테 공으 꽤 들이는 모양임메. 이터럼 이른 시간 왔다가는 걸 보니까니."

"그러시는 임 처장님은요?"

이 마담은 약간 느물거리는 말투와 단내 풍기는 걸음으로 다가와 앞자리에 앉으며 슬쩍 애교를 부렸다. 서글서글 웃는 얼굴에 장난기가 다분했다.

"나도 물론이지만서리, 경쟁자가 있으니 흥미가 반은 떨어지누만. 난 일찌감치 빠져야겠꼬망."

“괜히 넘겨짚지 마세요. 방금 그 손님, 내가 잡아끌어도 꿈쩍 안할 양반이랍니다. 그 사람 관심은 오로지 돈, 돈뿐인걸요. 얼굴에 그렇게 쓰여 있지 않아요?”

“글쎄, 초면에다 자세히 못 봐서……. 뭣하는 사람입메?”

“시장 안에 큰 가게를 가지고 있는데 어떤 연줄을 갖고 있는지, PX물품을 차때기로 빼내는 재주가 있나 봐요. 돈 꽤 많이 벌었을 거야.”

그 말을 듣는 순간, 하나의 섬광이 덕현의 머리를 스치고 지나갔다. 붙들어야 할 대상이라고 직감으로 느꼈다. 그래서 그 인물에 관한 정보를 마담에게 넌지시 캐물었지만, 그녀도 구체적인 인적사항은 모르고 있었다.

“그 사람 가게 어디멘지 아오?”

“저어기 안쪽 어딘가 보던데, 분명히는 몰라요. 차 마시러 자주 오시고 이따금 손님과 같이 오시기도 하는데, 여기선 그냥 이 사장님으로 통해요. 근데, 그분 가게는 왜 물으세요?”

“찾아가서 결투르 하려고. 이 마담 내 여자니까니 다신 빅토리에 얼씬거리디 말라고, 마, 야코를 팍 죽일 거구만.”

이 마담 본인은 어처구니없다는 표정을 짓는 데 비해, 정작 까르르 웃음을 터뜨린 것은 마침 차 주문을 받기 위해 보리찻잔을 들고 다가왔던 레지였다.

느닷없이 터진 구김살없고 발랄한 웃음소리에 덕현이 눈이 뚱그래서 똑바로 쳐다보자, 레지는 금방 무안한 표정이 되어 웃음을 뚝 그쳤다.

“와 웃네?”

“아입니더. 그냥……. 차는 뭐를예? 모닝커피지예?”

“그래. 난 방금 마셨으니까, 처장님 것만.”

이 마담이 덕현을 대신해서 얼른 대답함에 따라, 곤경을 모면한 레지는 카운터 쪽으로 달아나버렸다.

"촌뜨기에다 순진해서 애가 저래요."

이 마담은 덕현의 기분을 고려해서 그런 말로 변명했지만, 덕현은 불쾌하기커녕 레지에게 새로운 관심이 쏠리는 것을 어쩔 수 없었다. 화장기 없는 새파란 여자의, 더군다나 아침이어서 유난히 해맑고 싱싱한 얼굴이 이상하게 강한 인상으로 가슴에 와 박혔기 때문이었다.

그는 레지의 신상에 관해 마담에게 물을까 하다가 입을 다물었다. 실없는 질문으로 마담에게 점수를 깎여서 좋을 일이 없다는 판단에서였다.

그보다는 조금 전에 나간 사내를 찾아서 어떤 감언이설로든지 관계를 엮는 것이 중요한 급선무였다. 그는 모닝커피 한 잔을 마시자마자 다방을 나와 냄새를 맡은 사냥개처럼 꼼꼼하게 시장골목을 훑고 돌아가며 가게마다 기웃거리기 시작했다. 만나면 무슨 말을 할지 구체적인 방안도 아직 서 있지 않은 채였다. 그러나, 시간이 일러서 가게들이 대부분 아직 문을 열지 않아서 그만 포기하고 말았다.

조급하게 굴 일도 아니지. 굳이 찾아다니지 않아도 빅토리에서 조만간 마주치게 될 테니까.

덕현은 이처럼 마음의 여유를 가지며, 조반을 먹기 위해 단골식당으로 향했다.

그런데, 문제의 사내와 만날 수 있는 기회는 의외로 빨리, 그것도 극적으로 찾아왔다.

다음날 이른 오후였다.

덕현은 황태봉과 사업상의 의논을 겸해 점심을 같이 먹고는 그를 철공소에 돌려보내고 혼자 다방 빅토리에 들렀다.

점심시간 직후라서 그런지 다방 안에는 대여섯 명이나 손님이 있었고, 창문을 활짝 열어 놓아 바깥바람이 솔솔 들어오는 실내에는 남자가수가 부르는 유행가가 넘실거리고 있었다.

눈보라가 휘날리는 바람 찬 흥남부두에
목을 놓아 불러 봤다 찾아도 봤다
금순아, 어디로 가고 길을 잃어 헤매었더냐
피눈물을 흘리면서 1.4 이후 나 홀로 왔다

"마담, 내 올 땐 저놈으 판 안 틀었음 좋겠소꼬망."

덕현은 보리찻잔을 손수 들고 와서 앞자리에 엉덩이를 붙이는 마담에게 짐짓 투정을 부렸다. 그러나, 정작 그의 표정은 그 투정에 진정이 담겨 있지 않음을 증명해 주고 있었다.

마담도 단박 알아차리고 생글생글 웃으며 대거리를 했다.

"왜요? 난 참 듣기 좋은데."

"아무리 노래가 좋아도, 저거 남 아픈 가슴 살살 꼬집는 수작 아임둥. 얌통머리 없는 자식!"

"처장님도 흥남부두에서 어여쁜 애인 잃어버렸어요?"

"애인은 고사하고, 가족 모두와 생이별하고 내려온 사람입메, 내가."

"어머나, 저를 어째!"

덕현은 고향에 처져 있는 가족을 말한 것이건만, 마담은 피란길의 비극적인 생이별로 넘겨짚어 짐짓 울상이 되었다.

"참 안됐군요. 가족이 어떻게 되는데요?"

“마누라와 아들이 둘.”

“얼마나 고생할까……. 처장님 신분으로 어떻게 찾을 방도가 없나요?”

덕현은 구차한 설명 대신 고개를 저었다.

“하지만 언젠가는 만나게 되지 않겠어요?”

“기럼. 언젠간 만나게 되겠지비. 만나게 되고말고.”

이런 시답잖은 수작을 주고받고 할 때였다. 별안간 바깥에서 갑자기 여러 사람들이 웅성거리는 소리와 다급하게 뛰어가는 발소리가 들려왔다. 그러자, 다방에 앉아 있던 사람들도 후닥닥 일어나 돈을 집어던지듯 바삐 찻값 계산을 하고는 밖으로 뛰쳐나갔다.

“왜들 저러는 게엔가?”

덕현이 의아해서 묻자, 마담이 눈살을 슬쩍 찌푸리며 대답했다.

“단속 나온 거예요.”

“단속?”

“고현에서 가끔 예고 없이 단속반이 나오곤 한답니다. 한미 양군 헌병들이.”

“망할 놈들! 불쌍한 피란민 먹고살게시리 좀 봐 주잖구, 단속은 무슨 우라질 놈으 단속이야.”

“그러게 말이에요. 넘쳐나는 물자 조금 옆으로 샌다고 전쟁 못 치르는 것도 아닐 텐데. 그렇잖아요?”

호기심이 발동한 덕현은 마담을 상대로 말수작이나 하며 그냥 죽치고 앉아 있을 기분이 아니었다. 마침내 자리에서 벌떡 일어나 서둘러 밖으로 나가보았다.

하얀 헌병 철모를 쓴 미국군과 한국군 병사들이 시장 골목길을 통과하며 양쪽 가게들에 진열되어 있는 군화·야전삽·대검·군복 따위 전투장비 위주의 부정유출 군수품을 보이는족족 마구 압수해 바깥 한길에 대기한 스리쿼터로 들어다 나르고 있었다.

엉겁결에 당한 시장상인들은 체념의 표정을 짓고 우두커니 서 있거나 가슴을 치며 애통해 하고, 아직 병사들의 발길이 미치지 않은 가게 주인들은 단속에 걸릴 만한 물건을 숨기기 위해 이리 뛰고 저리 뛰느라 제정신이 아닌 것 같았다.

군당국도 처음에는 피란민들의 생계문제를 고려하는 인도주의 차원에서 단속의 손길을 거의 뻗치지 않았으나, 부정유출의 수법이나 물량이 점점 심각해지는 양상이 보임에 따라 이따금 불시단속에 나서게 되었다. 그렇지만 그것은 실질성과보다도 경고와 위협의 시위효과를 더 노린 것이기에, 몇 개의 시장골목을 누비다가는 시부저기 끝나기 일쑤였다. 실제로 온 시장골목을 끝까지 다 훑는다 해도 이미 그때는 거의 다 빼돌리거나 숨긴 다음이고, 단속군인들 역시 그래봤자 피곤한 헛수고로 끝날 것이란 사실을 모를 리가 없었다.

구경하다 말고 기분이 시들해져 다방으로 돌아온 덕현이 보리차로 목을 축일 때였다.

한 남자가 문을 조금 우악살스럽게 밀고 들어왔다. 누군가와 싸우다 온 사람처럼 표정이 굳어 있었다. 사내는 카운터 옆자리로 가더니 소파에다 털썩 몸뚱이를 내던지면서 자기 기분을 주위에다 시위하고 있었다.

덕현은 어디선가 안면이 있었던 얼굴인 듯하다는 느낌이 들었는데, 잠시 후 다른 자리의 손님 시중을 들기 위해 옆을 지나가던 이 마담이 허리를 구부리고 귀에다 얼른 속삭이는 말이 뜻밖이었다.

"모르시겠어요? 방금 들어온 손님. 어제아침의 그 이 사장님이신데."

"아!"

덕현의 입에서 자기도 모르게 작은 탄성이 새나왔다.

마담은 야릇한 미소를 던지고는 다른 자리로 가버리고, 덕현은 카운터 옆자리의 사내에게 어떻게 접근할지 빠르게 머리를 굴렸다.

무슨 특별하거나 기발한 수단이 있을 수가 없었다. 일단 부딪치고 볼 일이었다. 덕현은 사내의 동태를 예의주시하고 있다가, 그가 주문한 차를 두어 모금 마셨을 때 일어나 그쪽으로 다가갔다.

"초면에 실례함다. 이 사장님입메?"

"예. 누구신지……?"

사내는 의아한 표정으로 쳐다보았다.

"임덕현이라 함다. 잠시 앉아도 되갔슴두?"

"……그러시지요."

사내가 마지못한 듯 승낙할 때 이미 덕현은 맞은편 자리에 엉덩이를 내려놓고 있었다.

"나 이런 사람임다."

덕현이 명함을 내밀었고, 그 명함은 이번에도 단박 위력을 발휘했다.

사내는 앉은 자세를 곧추세우며 한결 부드러운 분위기로 변했다. 목례를 하고 공손히 자기소개를 했다.

"저는 명함이 없습니다. 이복만이라고 합니다."

"듣자니까니 사업으 크게 하신다고?"

사내의 얼굴에 곤혹스러운 빛이 스쳐갔다.

"에이, 사업이라고 하기엔……이까짓 피란민장사가, 뭐……. 헌데, 저한테 무슨 볼일이 있으신가요?"

"그렇슴."

"어떤……?"

"먼저 궁금해서 기런데, 방금 무슨 일 있었슴등? 들어올 때 보니 표정이 굳어 있길래 묻는 겁메. 단속에서 혹시 피해 본 거라도 있음둥?"

"혹시가 뭡니까. 하필이면 표적단속에 걸려 제법 크게 손해를 봤습니다. 어디서 정보가 흘러들어갔는지 원…….”

이복만은 기분이 몹시 상한 투로 말했다.

비로소 덕현은 시위성 무작위 단속과 달리 대상을 미리 정하고 갑자기 쳐들어가 덮치는 표적단속이 자행되는 경우도 있으며, 그날의 단속반 출동은 그 두 가지 목표를 다 겨냥한 것이었을 뿐 아니라, 표적단속의 대상이 하필이면 이복만의 가게였다는 사정을 그의 설명을 통해서 알게 되었다. 그 사실 하나만으로도 지금 자기 앞에 앉아 있는 사내가 이 세계에서 차지하는 비중이나 실력을 가늠하기 어렵지 않았고, 그런 측면에서 보더라도 자기가 제대로 찍었다는 판단이 그를 기쁘게 했다.

"듣자니 손해가 상당해 상심이 큰 모앵인데, 이런 형편에 말하기 썩 뭣하지만서두, 뭘 좀 물어봐도 되갔슴?"

"괜찮습니다. 말씀하시지요.”

"내 들어서 알기로는 사장님 군관계에 상당한 연줄이 있는 거 같은데, 그 소문 사실임둥?"

"누가 귀띔을 했는지 모르겠지만, 그건 제대로 들으신 것 같군요.”

그렇게 대답하는 상대방이 경계심을 풀고 미약하게나마 흔들리는 기색을 덕현은 재빨리 포착했다. 속된 자긍심과 얄팍한 자아도취에서 나온 흔들림이리라. 그는 몸을 앞으로 기울이며 목소리를 조금 낮추어 물었다.

"그렇다므 단도직입으루 묻갔는데, 지에무씨 두 대나 석 대쯤 싸게 빼낼 수 있갔슴둥?"

"지에무씨 도라꾸를요?”

이복만은 느닷없이 따귀라도 얻어맞은 듯한 표정으로 덕현을 바라보았다. 그로서는 너무나 뜻밖의 질문이라는 뜻이었다.

"예. 신차 말고 중고차 말입메. 사장님 수완임으 폐차불하 방식으루 어드레 가능할 것 같은데……."

"글쎄요."

이복만은 애매하게 대답하고 나서 조심스럽게 물었다.

"실례지만, 중고 도라꾸로 뭘 하시려 그럽니까? 운송사업 하시게요?"

"비슷한 겁메. 하여간 우리 피란민들으 위한 공익사업에 관계되는 일이란 덩도루만 알기요. 마, 자세한 건 나중에, 구테화 단계에 가서 밝히갔습메. 어때요. 가능하겠습두?"

"어쩌면 가능할 것도 같긴 하나, 비용이 상당할 텐데요."

망할 놈 같으니. 누가 닳고 닳은 장사꾼 아니랄까 봐서.

속으로 욕을 하면서도 겉으로는 빙글빙글 웃으며 말했다.

"물론 공짜로 얻자는 건 아님다. 하지마는, 가급적 저렴한 실비로 깎아주므 고맙겠소꼬망. 어디까지나 같은 처지 사람들으 위한다는 성의로……. 부득이할 경우 관련기관으 통해 공식적 공개적으루 구입을 추진할 수도 있갔지만, 사공 많음으 배가 산으로 올라간다지 않습메. 마, 그게 싫어서 그럼다. 가급적 논란으 줄이고 시간으 절약하고자 사장님한테 부탁하는 겁매."

그제야 이복만은 의혹과 경계심을 완전히 걷어버리고 쏠려왔다.

"정 그러시다면 제가 한번 알아보겠습니다. 그런데, 어디로 연락 드리면 되겠습니까?"

"내 이 사업계획 추진 땜에 당분간 예 와 있으니까니, 이 다방에서 언제든지 만날 수 있을 겁메. 뭣하므 카운터에다 전언으 부탁해 놓던지, 몇 자 적어 메모판에다 꽂아 놓기오."

“잘 알겠습니다.”
“그리고 또 한 가지, 결정적 단계까지 우리 두 사람으 비밀로 해
야 할 필요가 있습메. 이 점 유념하기 바람다.”
“알았습니다. 그렇게 하지요.”
2단계 성공이다!
덕현은 속으로 쾌재를 불렀다.

만남

1

1951년 7월 10일.

북한지역 전략기지에 유엔군 공군기가 일방적으로 제한폭격을 가하고 한반도 중간선 언저리에서는 산발적으로 소규모 육상전투가 계속되는 가운데, 그날 유서깊은 고적도시 개성에서는 한국전쟁의 대단원에 해당하는 휴전회담이 온 지구촌의 비상한 관심 속에 바야흐로 막을 올렸다.

미국극동해군사령관 C. T. 조이 중장을 수석으로 한 유엔군측 협상대표단 5명이 이른 아침에 헬리콥터를 타고 문산의 유엔군 베이스캠프를 출발하여 개성으로 날아갔다. 그들은 북한측이 휴게소로 제공한 서양식 2층 석조건물 일단 인삼탕호텔에 여장을 풀었다. 그런 다음, 회담장소인 요정 내봉장(萊鳳莊)으로 이동한 것이 그날 오전 11시 조금 전이었다.

전통 한옥들과 우아한 정원 풍경이 정취를 돋구는 내봉장에는 북한부수상 겸 인민군최고사령부 참모장 남일 대장을 수석으로 한 공산군측 협상대표단 5명이 미리 대기해 있었고, 미남형의 멀쑥한 얼굴에 군살 없이 몸매가 쭉 빠진 남일은 파이프를 꼬나물고 의자에 앉아 있었다.

김일성이나 박사현처럼 '깔로'의 멤버인 남일은 북한 인수 역할을 수행하기 위해 소련의 일류학교에서 교육받았으며, 간계에 능하고 무표정하며 계산이 빠르고 성격이 단호한 공산주의 장교라는 것이 유엔군측 정보라인에 밝혀진 신상명세였다. 그는 수석대표로서 휴전회담을 지휘하면서도 북한군내의 가장 강력한 권력기관인 이른바 정치보위부를 장악하고 있었다.

이윽고 정각 11시에 유엔군측 대표단이 도착하고 백발이 성성한 조이 제독이 모습을 보이자, 남일은 파이프를 놓고 거만한 태도로 벌떡 일어나 맞이했다.

휴전회담 제1차 본회의의 역사적 출발은 대략 그런 풍경과 장면이었으나, 초장부터 연출된 어색하고 껄끄러운 분위기는 그 회담의 앞날이 결코 순탄하지 않을 것임을 예고해 주었다.

공산군측은 회담장을 준비하면서 자기네 남일 수석의 의자에 비해 조이 수석의 의자는 낮고 초라한 것을 갖다 놓는 꼼수로 자존심을 건드렸고, 이에 대해 유엔군측은 미리 준비한 탁상기(卓上旗)를 앞에 내놓음으로써 미처 거기까지 생각이 미치지 못한 상대방을 당혹하게 만들었다.

복장에서도 양측은 물론 국가대표 간의 미묘한 신경전이 느껴졌다. 공산군측의 북한군 대표 3명이 손바닥만한 견장(肩章)이 붙은 초록색 정복과 윤기가 번쩍이는 가죽장화로 멋을 잔뜩 부려 위세를 과장하고 있는데 비해, 중공군 대표들은 사회주의 무산계급의 징표처럼 된 소위 '레닌모자'에다 민간복인지 군복인지도 불분명할 뿐 아니라 계급장도 없는 칙칙하고 후줄근한 차림새인 것이, 마치 자기네를 국제침략자로 낙인찍은 유엔에 대해 무언의 냉소를 던지는 것 같았다.

한편, 유엔군측은 미국군 대표들이 모두 간편한 여름용 카키복 차림으로 그들 나름의 실용주의를 꾸밈없이 드러내 보이고 있었으나, 한국군 대표로 참석한 단 한 명의 육군장성 백선엽 소장은 투박한 철모와 전투복 차림으로 한국군민 모두의 통한과 비장한 결의를 은연중에 웅변하고 있었다.

그런 미묘한 분위기 속에 조이와 남일 두 수석대표의 기조발언으로 시작된 제1차 휴전회담은 협상의 전제이자 절대핵심 안건인 '군사경계선'이란 돌부리에 걸려 첫걸음부터 교착상태에 빠지고 말았다.

"북한지역을 강타하고 있는 공습과 함포사격이 멈추고 휴전이 발효됨으로써 실질적 이득을 보는 것은 그쪽이다. 따라서, 휴전라인은 현재의 이 군사접촉선에서 40킬로 북쪽에다 그어야 한다."

"무슨 소리! 전투는 삼팔선에서 시작되었지 않은가. 무승부로 끝나는 이상, 마땅히 처음의 선으로 되돌아가야 한다."

추호의 양보도 없는 보름간의 피곤한 입씨름 끝에 가까스로 의견이 근접한 것은 7월 26일이었다. 그것도 휴전선 문제 자체가 아니라 적대행위를 중지시키기 위한 기초조건으로서, 비무장지대 설정에 대한 쌍방의 군사경계선 협정, 정전 내지 휴전을 실시하기 위한 세부사항 협정, 포로교환에 관한 제반 조치, 국내문제를 정치적으로 타결할 경우 남북 양쪽 정부에 대한 권고 등, 전반적 대원칙을 의제로 삼아 차례로 협상을 진행한다는 의사일정상의 절차문제였다.

그러나, 그 항목 하나하나만 해도 여러 가지 복잡한 세부사항이 딸려야 하기 때문에 완전합의에 이르려면 시간이 얼마나 걸릴지 몰랐다. 주도면밀한 공산군 쪽은 그 점을 잘 알고 있었고, 시간은 그들의 편이었다.

의사일정 제1항인 '비무장지대와 군사경계선'에 대한 논의가 시작되면서 양쪽 주장이 다시 첨예하게 맞섰다. 유엔군 쪽은 휴전협정이 발효되는 그 순간의 양군접촉선을 휴전경계선으로 하자고 처음에서 한 발 물러선 안을 내놓았고, 상대방은 종전의 삼팔선안을 계속 고집했다.

공산군쪽은 그렇게 해서 시간을 벌며, 한편으로는 손실된 병력과 화력의 보충에 박차를 가했다. 객관적으로 합리한 방안인 '양군접촉선의 경계선 설정'을 나중에 못 이긴 척 받아들이게 된다 하더라도 기왕에 지리적 우세를 확보해 놓으면 그만이 아니냐는 생각이었고, 충분한 전력증강이 끝나면 정전협상으로 인한 소강상태를 깨고 대공세를 펼친다는 계획이어서 암암리 준비작업에 여념이 없었다.

그런데, 협상테이블에서 벌어지는 그와 같은 지루하면서도 첨예한 줄다리기의 한쪽 끝은 한반도 남쪽 거제도 포로수용소에까지 이어져 있었고, 그리하여 세계전사에도 유래가 없는 포로전쟁이 본격적으로 달아오르기 시작했다.

미국군 제64야전병원은 거제도 포로수용소 제7구역에서 조금 뒤쪽으로 떨어진 수월리 주지골에 자리잡고 있었다.

거제 명산의 하나인 국사봉 서쪽 한 자드락 앞에 여러 채의 퀀셋으로 이루어진 이 포로병원은 2500개의 병상을 보유한 요양소를 부속시설로 거느리고 있었다.

병원 옆에 조금 간격을 두고 소규모 단위수용소가 설치되어 있었는데, 그것은 유일한 여자포로수용소였다. 개설 초기에 관리당국은 여자포로의 안전관리와 병원운영에 필요한 여성인력 충당이라는 두 가지 목적으로 병원시설과 여자포로수용소를 한곳에 따로 모아놓고 있었다.

비바람 몰아치던 날 밤, 생사의 기로에서 기적적으로 77수용소 철조망을 벗어나는 데 성공한 윤석규는 마침 야간순찰을 돌던 한국군 제33경비대대 순찰조에게 발견됨으로써 곧바로 야전병원에 후송

되었다. 전신이 망가지기는 했어도 치명상은 요행히 모면했기에 응급수술 끝에 목숨은 건질 수 있었다.

무려 10시간의 혼수상태에서 간신히 깨어났을 때, 아직도 불완전한 석규의 의식을 강렬하게 사로잡은 것은 퀀셋 창문을 통해 쏟아져 들어오는 환한 햇빛이었다.

아, 내가 죽진 않았구나!

그는 속으로 부르짖었다. 진한 안도감이 무수한 상처의 통증으로 고통스럽게 곤두선 신경줄을 타고 온몸에 찌르르 퍼져나갔다.

의식이 어느 정도 돌아오고 몸을 움직거려 보고서야 왼쪽 다리가 깁스를 해서 쳐들려 있고, 팔다리와 몸통은 물론 머리까지 온통 붕대와 반창고투성이임을 깨달았다. 그래도 살았다는 실감이 다시금 짙게 밀려오며, 뜨거운 눈물이 저절로 솟아나 양쪽 관자놀이로 흘러내렸다. 기쁨의 눈물인지 슬픔의 눈물인지는 자신도 잘 알 수 없었다. 감찰부 사무실에서 일어난 일이 머리에 떠올랐다. 불과 반하루밖에 지나지 않았건만, 꽤 며칠 전인 것처럼 느껴졌다.

그처럼 극적으로 지옥을 탈출하는 데 성공한 석규는 의료진의 성의어린 가료에다 본인 자신의 삶에 대한 의욕이 촉진작용을 해 놀라울 만큼 빠른 회복세를 보였고, 나흘만에 병원에서 요양소로 병상이 옮겨졌다.

그런 중에도 너무 가슴아픈 것은 함께 변을 당한 홍인조의 일이었다. 의사나 간호사를 붙들고 몇 번을 물어봐도 그날 밤이나 이튿날 아침에 자기 정도의 중상자가 입원한 사실이 없다는 대답이었다. 인조는 타살되어 77수용소 안의 어딘가에 암매장된 것이 틀림없었다.

그렇다고 그의 처지에 인조의 생사문제를 적극적으로 파고들 수도 없었다. 제64야전병원은 공산당 공작조직의 대표적 접선 루트이

자 거점일 뿐 아니라, 병원 내의 공산조직 또한 막강한 세력을 구축하고 있다고 알려져 있었다. 그러니 스스로 반공의 색채를 너무 튀게 드러내는 경우 어떤 꼴을 당할지 모르는 노릇이었다.

가능한 한 오래 편안한 병상생활을 하며 몸을 회복한 다음, 무슨 수를 써서라도 82수용소 같은 안전한 반공수용소에 들어가는 거야. 어차피 당장 석방되지 못할 바에야 차선책이라도 붙들어야지.

석규는 그런 생각을 하며 스르르 눈을 감았다.

건강이 어느 정도 회복되어 요양소로 옮겨온 다음날이었다.

뜻밖에도 중위 계급장을 단 한국군 장교 한 명이 병실에 나타나 곧장 석규의 병상으로 다가왔다. 낯익은 간호사와 함께였다.

"이 환자요?"

중위가 시선은 석규에게 향한 채 간호사에게 물었다. 석규 또래나 되었을까, 유복한 집 도련님을 연상하게 하는 인상 좋은 청년이었다.

그렇다고 간호사가 대답하자, 중위가 이번에는 직접 석규에게 물었다.

"당신 윤석규 맞아?"

"예."

"명이 억세게 질긴 친구로군."

중위는 한쪽 입가를 당겨 미소를 지으며, 석규의 병상 모서리에 불편한 자세로 걸터앉았다. 그러면서 어떻게 된 사연인지 설명하라고 사무적으로 요구했다.

그러나 석규의 입에서 중위로서는 뜻밖인 대답이 나왔다.

"말하기 곤란합네다."

"뭐라고?"

“나를 조사할 테면, 이런 공개장소 말고 조용한 데로 데려가 주십시오. 부탁입네다.”

언짢은 빛이 스쳐가는 듯하던 중위의 표정이 금방 펴졌다. 석규의 진정을 이해한 때문이었다.

주위에 있는 사람들 각자의 머릿속에 든 사상이 어떤 색깔인지 모르면서 섣불리 자기 속내를 드러내는 것은 포로수용소에서 금기에 속하는 위험천만한 짓이고, 병원이라고 해서 다를 바가 없었다. 더구나 제64야전병원이 공산당의 정보공작 센터라는 것은 누구나 아는 사실이므로, 중위는 석규가 난색을 보이는 순간 그 점을 감안하지 않을 수 없다고 판단했던 것이다.

석규는 간호사가 미는 휠체어에 앉아 병실 구석의 응급처치용 부속실로 옮겨갔다. 진찰대와 칸막이 하나씩과 야전의자 두 개가 구석쪽에 밀어붙여져 있을 뿐, 다른 집기는 전혀 없는 좁고 썰렁한 방이었다.

따라 들어온 중위는 야전의자를 끌어다 펴서 엉덩이를 붙이고 자기소개를 했다.

“난 한미연합정보대의 박상열 중위야.”

“연합정보대요? 그거이 뭐 하는 곳입네까?”

“간단히 말해서 악질 빨갱이를 찾아내는 곳이지.”

석규는 순간적으로 반발심이 일었다.

무슨 소리야. 찾아내고 자시고 할 게 뭐 있어. 77수용소만 해도 수두룩이 다 드러나 있는데.

석규의 그런 기분을 알 길 없는 박 중위는 다시 한 번 그의 사연에 대해서 물었다.

석규는 대답하기에 앞서 박 중위 등뒤에 서 있는 간호사를 쳐다보았다. 그로서는 무의식적인 눈맞춤이었으나, 그 순간 무엇인가 가슴에 와서 탁 부딪치는 느낌이었다. 자기를 응시하는 간호사의 눈빛이 예사롭지 않았기 때문이었다. 말하자면 제삼자의 가벼운 호기심하고는 어딘가 다른, 석규의 입에서 나올 이야기에 쏠리는 관심을 억지로 감추는 듯한, 그런 표정이라고나 할까. 적어도 석규 자신은 그렇게 느끼고 있었다.

박 중위가 다시 대답을 요구했으므로, 석규는 77수용소에서 있었던 일을, 자신의 경험뿐 아니라 그 속에서 벌어지는 가혹행위와 만연한 공포분위기까지 낱낱이 털어놓았다. 그와 함께 홍인조의 생사에 대한 조사와 처벌 요청도 빠뜨리지 않았다.

"거기는 한마디로 말해서 지옥입네다. 내래 다시 그곳에 갈 수 없습네다. 가자마자 둑을 테니까요. 제발 다른 우익수용소로, 가급적이면 82로 보내 주시라요. 부탁합네다, 중위님."

심각한 표정으로 석규의 설명과 간절한 호소를 모두 듣고 난 박 중위는 고개를 끄덕끄덕했다.

"잘 알겠어. 가능한 한 힘써 보도록 하지."

"그 정도로는 안 됩네다. 꼭 해주기오. 만일 기렇지 못하고 다시 77로 되돌아가게 된다면, 내래 자살하고 말 거이야요. 정말입네다, 중위님."

박 중위는 탐색하는 듯한 시선으로 석규를 바라보았다.

"그럼 자네는 겁이 나서 오로지 살고 싶다는 거야, 아니면 살아서 빨갱이들한테 복수를 하겠다는 거야 뭐야?"

"내래 사나입네다. 기렇지만 77수용소는 전부 좌익세력이어서 어느 정도 조직력을 갖디 않고서리 뒤집기가 불가능하기에 하는 말입네다. 나 혼자 맞서봐야 계란으루 바위치기밖에 디 되갔습네까? 게다가 난 이미 완전히 까발려졌으니, 돌아가자마자 맞아둑을 거이 뻔합네다."

“…….”

“내래 공산당한테 부모 잃고 집안도 쫄딱 망한 사람입네다. 그러니 어드케 한이 없갔습네까. 몸만 나으믄 이 빨갱이놈으 새끼들 가만 두디 않을 겁네다래. 반공투쟁에 누구보다 앞장서갔습네다. 믿어 주시라요, 중위님.”

석규가 그 정도까지 굳은 결의를 보이자, 박 중위는 비로소 표정을 완전히 풀고 미소를 지으며 말했다.

“자네가 그렇게까지 말한다면 좋아. 내가 적극 뒤를 봐 주겠다고 약속하지. 뒷일은 나한테 맡기고, 어서 몸이나 회복하라고. 그래야만 빨갱이들 상대로 싸울 것 아냐?”

“감사합네다! 정말 감사합네다!”

박 중위는 석규의 어깨를 가볍게 두드려 주고 자리에서 벌떡 일어났다.

석규는 배웅인사를 할 참으로 고개를 쳐들다가 멈칫해서 입을 다물고 말았다. 무심코 간호사를 힐끗 쳐다본 순간, 그녀의 기색이 어쩐지 아까보다 더 굳어져 있는 것처럼 느껴졌기 때문이었다.

“몸은 좀 어떠세요?”

박 중위가 다녀간 다음날이었다.

아침나절에 환자들에게 약을 나눠주려고 병실에 나타난 간호사가 석규의 병상에 다가와서는 유난한 친절과 미소를 보이며 물었다.

“많이 좋아졌습네다.”

석규는 백합꽃이듯 화사한 얼굴의 그녀에게 이끌리는 자신을 의식하며 대답했다.

“기분은요?”

“기분도 좋습네다.”

“그래요? 다행이군요.”

간호사는 활짝 웃으며, 손바닥으로 석규의 이마를 짚었다. 그냥 형식적인 촉진(觸診) 정도가 아니었다. 지그시 힘주어 누르는 보드랍고 따스한 손바닥을 통해 그녀의 진정한 마음 어느 한 자락이 그대로 전해져 왔다. 석규는 분명히 그렇게 느꼈다.

석규의 가슴이 두근거리기 시작했다. 간호사가 다른 환자의 침상으로 옮겨간 뒤에도 그 손길의 촉감은 이마에 그대로 생생히 남아 있었다. 아니, 그 자신이 그 촉감을 잃지 않으려고 붙들고 있었다.

간호사는 투약을 마치고 병실을 떠날 때도 입구쪽 두 번째 병상을 차지하고 있는 석규에게 그 혼자만 포착할 수 있는 미소를 살짝 던지고 나가버렸다.

석규는 갑자기 무언가에 홀린 듯한 기분이었다. 하얀 가운을 입고 캡을 쓴 간호사의 시원하게 웃음짓는 모습이 아름답게 눈앞에서 어른거리며 떠나지 않았다. 그 친절과 미소에 숨겨진 의미를 굳이 따지고 싶지가 않았다. 그저 그녀가 자기한테 유난한 관심을 보였다는 사실 자체가 놀랍고 소중할 따름이었다.

그 시간 이후로 석규는 이름도 모르는 간호사가 펼친 보이지 않는 그물에 걸려서 헤어나지 못하는 신세가 되고 말았다. 온종일 의식 속에는 그녀의 모습이 한 송이 백합처럼 피어 있었고, 그녀가 점심때 특정환자에 관한 일로 다시 불쑥 나타났을 때나 저녁무렵 군의와 동행한 통상적 회진 때는 또 자기를 어떻게 대하는지, 태연한 척하면서도 그녀의 일거수일투족을 암암리에 지켜보게 되었다.

이상한 것은 간호사의 태도였다. 마치 석규의 마음속을 훤히 꿰뚫어보아 기대에 부응하려고 작정이나 한 듯 여전히 환한 미소와 친절을 한 아름 안겨 주었을 뿐 아니라, 회진을 마치고 돌아갈 때는 몰래 그의 귓불을 살짝 꼬집기까지 했다.

　석규는 흥분과 희열로 갑자기 열이 오르며 심장이 터질 것 같았다. 간호사가 자기에게 각별한 관심을 가지고 어떤 메시지를 던지고 있다는 사실에는 이제 의심의 여지가 없었다. 그는 자기도 모르는 새 포로생활의 새로운 전기(轉機)에 갑자기 빠져들고 있었고, 이 와중에 얼토당토않게 한 여자의 사랑의 포로가 되어 가고 있었다.

　뭐야, 이게. 내 처지에 지금 그 아가씰 사랑하는 건가? 미쳤어.

　이처럼 자신을 비웃기도 했다. 자기의 핑크빛 감정이 십중팔구 일방적이지 않을까 싶었고, 상대방의 감정이 분명하게 어떤 색깔인지는 아직 알 길이 없었다. 그녀의 태도가 단순한 동정심에서 나온 것이 아니고 진정한 이성적 호감의 은밀한 표현이라면, 그것은 뭔지 모르게 어떤 과정이 생략된 부자연스러움이라는 느낌을 떨쳐버릴 수가 없었다.

　그런데, 그가 그녀의 색깔을 보다 선명히 읽을 수 있는 기회가 의외로 빨리 찾아왔다.

　저녁 9시 반쯤이었다. 예고도 없이 병실에 불쑥 나타난 그 간호사가 석규더러 휠체어에 타라고 했다.

　석규는 뜻밖이기도 하고, 한편으로는 반갑기도 해서 물었다.

　“무슨 일입네까?”

　“모르겠어요. 군의관님 지시예요. 깁스한 걸 검사하려나 봐요.”

　간호사의 태연한 대답에 따라, 석규는 조금 이상하다 싶으면서도 두말없이 휠체어에 올라앉았다.

　석규의 의혹이 커진 것은 병실 밖으로 나온 직후였다. 간호사가 휠체어를 밀고 가는 방향이 병원쪽이 아니라 요양병동 한쪽 가까이에 있는 휴게소 같았기 때문이었다.

“아니, 어데로 가는 겁네까?”

석규가 어리둥절해서 묻자, 간호사는 까르르 웃었다.

“제가 거짓말한 거예요. 군의관 말을 한 건 거짓말이에요.”

“예?”

“바람 쐬는 거 좋지 않아요? 괜찮죠?”

“괜찮습네다.”

대답하는 석규의 가슴속에서 뜨거운 바람이 몰아치고 있었다. 이 여자에 대한 자기 열정이 결코 헛짚어 일방적인 것이 아니었다는 확신이 그에게 희열을 안겨주었다. 그녀가 자기한테 접근하는 이유 같은 것은 상관없었다. 이처럼 오붓한 만남을 위해 거짓말로나마 자기를 불러냈다는 사실 자체가 중요할 따름이었다.

취침나팔이 울린 지도 한참이나 지났지만, 병원은 일반수용소와 달리 규제가 그다지 엄격하지 않아서 바람을 쐬러 나온 환자가 너댓 명 눈에 띄었고, 석규처럼 휠체어를 탄 환자도 있었다.

가까운 데 설치되어 있는 감시망루의 경비병은 좁은 공간에서 오락가락하며 내려다보고 있었지만, 사람 수가 많지 않아서인지 단속의 필요성을 느끼지 않는 것 같았다.

휴게소를 약간 벗어난 호젓한 장소로 석규를 데려간 간호사는 휠체어 손잡이를 놓고 몇 걸음 떨어지더니, 기지개하듯 양팔을 하늘로 천천히 뻗치며 스트레칭을 했다.

팔의 피로를 풀려는 것 같기도 하고 자기 자태를 은근히 과시하는 듯도 한 그 동작은 석규의 눈에 여간 매혹적인 그림이 아니었다. 그는 그녀에게 빨려 들어가는 듯한 기분으로 물었다.

“내래 무거워서 힘들었지요?”

“아뇨.”

간호사는 얼른 부인하며 팔을 내렸다. 그러고는 석규 앞으로 돌아와 마주서며 자기소개를 했다.

"제 이름은 조양숙이라 해요. 서울에서 여학교에 다니다가 인민군이 내려왔을 때 의용군에 지원하게 되어 간호군관 중위에 임관되었죠. 남진하는 부대를 따라 내려와 낙동강전투까지 치렀는데, 갑자기 후퇴하는 바람에 허겁지겁 따라가다가 밤중에 그만 낙오하게 되었어요. 그리고 방향을 잃고 헤매다 아침에 국방군한테 붙잡혔고요. 그렇게 된 거예요. 앞으로 조 간호원, 조양숙, 양숙씨, 아무거나 편한 대로 골라 부르세요. 아셨죠?"

그러고는 생글생글 웃는 그녀를, 석규는 눈이 부셔서 똑바로 쳐다볼 수가 없었다.

"기럼 남들이 있는 장소에선 조 간호원, 이렇게 단둘이 있을 때는 양숙씨라고 불러도 되갔습네까?"

"그럼요. 상관없죠."

"한 가지 물어봐도 괜찮갔습네까?"

"물어보세요."

"조 간호원은……조양숙씨는 어드래서 나한테 이렇게 친절하디요?"

"제가 다른 환자한텐 불친절하던가요?"

"아니, 덜대루 그런 거이 아니고……."

석규는 얼른 부인했다. 혹시 그녀의 심기를 건드리지 않았나 해서였다.

그러나, 조양숙 그녀는 별로 개의치 않는 듯, 여전히 쾌활한 태도와 미소를 보이며 말했다.

"솔직히 말씀드리죠. 제가 다른 환자한테보다 석규씨한테 각별히 잘한다고 여긴다면, 그래요, 그건 옳게 본 거예요. 왜 이러는지 알고 싶으세요?"

“예. 하지만, 니유를 밝히고 싶디 않으면 굳이 말 안 해도 됩네다.”

“아니에요. 숨길 것도 없고, 오히려 밝히는 게 낫겠네. 석규씬……제가 예전에 좋아했던 남자와 너무 닮았어요. 말하자면 제 이상형이라고 할까, 그런 거죠. 이제 이해가 되시나요?”

“기랬구만요. 조금 알 것 같습네다.”

석규는 비로소 궁금증이 풀렸으나, 한편으로 기분이 조금 떨떠름했다.

석규의 그런 기분을 헤아린 듯, 양숙이 덧붙여 말했다.

“그 남자하곤 진작에 그만두었는데, 그도 의용군에 지원했다가 강원도 홍천에서 전사했대요. 이미 저하곤 상관없는 일이지만……. 어쨌든 처음 봤을 때부터 석규씬 저한테는 다른 환자들과 같을 수가 없었어요. 이런 마음……이해하실 수 있을까 몰라. 제가 너무 당돌했나요?”

“아니오.”

“불쾌하신 건 아니죠?”

“절대 그렇지 않습네다.”

“그렇다면 안심이네.”

양숙은 자연스럽게 휠체어 뒤로 돌아와 석규의 양어깨에 손을 얹고는 안마하듯 지그시 힘주어 주무르기 시작했다. 그러면서 말했다.

“전 어떤 편이냐 하면, 매사를 너무 꼬치꼬치 따지지 않는 성격이에요. 그래서 손해 보는 적도 없지 않지만, 하여튼 사람이 살아가는 데서 자기 의지와 희망대로……난 이렇게 서렇게 돼야겠고 그걸 꼭 원한다, 굳이 그럴 필요는 없다고 생각하거든요. 사람의 운명이 어떻게 그가 원하는 대로만 길을 열어 주나요? 운명론자라고나 할까……하여튼 석규씨나 나나 이 전쟁에 소모품으로 던져져서 포로가 되고, 그러다 보니 여기서 이렇게 만난 것도 운명 아니겠는가 싶군요. 인연 어쩌고 하면 왠지 속보이는 것 같고……조금 부끄럽기도 하고……. 나 이래도 괜찮은 거죠?"

"기럼요."

석규는 대답하며, 자기 어깨에 얹혀 있는 그녀의 손등에 자연스럽게 자기 손을 포갰다. 갑작스럽게 찾아온 행운과 행복에 온몸과 마음이 뜨겁게 반응하면서, 그런 한편으로 뭔지 모를 슬픔이 가슴속을 꼬집었다. 왜 그런지, 그 슬픔의 정체가 정확히 뭔지는 자신도 알 수 없었다.

"자, 이젠 들어가야죠?"

불현듯 양숙이 말투뿐 아니라 태도까지 사무적인 간호사로 돌아가서 말했다. 그녀는 석규의 대답도 기다리지 않고 요양병동 방향으로 휠체어를 밀기 시작했다.

그런 두 사람의 모습을, 감시망루 위의 초병이 물끄러미 내려다보고 있었다.

2

개성의 휴전회담이 양쪽 입장 차이로 지루한 설전을 거듭할 때, 동해와 서해를 가로지르는 중부전선에서는 소강국면 속에 연합군과 공산군의 전투가 산발적으로 계속되고 있었다.

한편, 거제도 포로수용소에서는 휴전회담의 영향으로 좌익공산포로와 우익반공포로 간의 주도권 쟁탈전이 오히려 더욱 치열해졌다. 공산포로는 북한군최고사령부의 고무와 공작지령에 따라 적진의 후방을 교란시킬 목적으로 조직을 구축하고 세력을 확대하는데 혈안이 되었고, 반공포로 또한 자구책 차원에서 세력 규합과 상대편 격파에 사활을 걸었다.

수용소 개설 초기에는 기선을 제압한 공산포로의 세력이 월등히 강했으나, 반공포로가 본격적으로 조직력을 키우며 반격에 나선 데다 관리당국, 특히 한국군 경비대가 편파적으로 이를 지원하는 바람에 마침내 거의 대등한 정도까지 이르렀다. 그처럼 한쪽으로 기울지 않고 균형을 이루게 됨으로써 마찰의 열기는 오히려 뜨거워지지 않을 수 없었다.

거제도 포로수용소 내의 반공우익단체인 '대한반공청년단'이 정식으로 발족한 것은 휴전회담 개시 직전인 1951년 7월 8일이었고, 그것을 계기로 공산포로와 반공포로의 싸움은 새로운 국면에 접어들었다.

그때까지만 해도 각 단위수용소는 대부분 두 이질세력이 티격태격하면서도 불편한 동거를 하며, 그것을 어쩔 수 없는 현실로 받아들이는 분위기였다. 그러나, 반공청년단 발족과 활동을 계기로 양쪽은 이제 상대편을 제거하거나 몰아내고 자기네 수용소를 장악하지 않으면 안 된다는 절박한 조바심에 저마다 쫓기게 되었다. 따라서, 거제도 포로수용소 전체가 몹시 불온하고 음울한 기류에 휩싸이고 말았다.

그날 저녁 64수용소 여단본부에서 열린 간부회의 역시 그와 같은 기류를 반영하고 있었다.

64수용소는 제6구역의 대표적 공산포로수용소로서, 우익세력은 거의 없거나 있더라도 잠복해서 숨을 죽인 정도임에도 불구하고 회의 분위기는 무섭게 가라앉아 긴장감마저 감돌았다.

여단장 조태복이 개회선언에 이어 취지를 설명하기 시작했다.

"들어온 정보에 의하면, 83의 여단장 이관순인가 하는 작자를 중

심으로 악질 반동새끼들이 무슨 청년단인가 지랄인가 하는 걸 조직
한 모양이오. 아니, 그 83만 해도 원래의 여단장은 우리 쪽 사람이
고 전체적인 세력판도 역시 우리가 유리했는데, 어떻게 병신들처럼
실책하는 바람에 놈들한테 몽땅 내주고 쫓겨났나 보더군. 나 원!
어쨌든 이렇게 되면 앞으로 이 거제도 바닥이 들썩하도록 피터지는
싸움이 불가피해지는데, 우리 64의 경우는 반동분자를 모두 척결했
다고 자부하지만, 그래도 가면을 쓰고 엎드린 쥐새끼가 아주 없다
고는 장담할 수 없어요. 따라서, 여러 간부동무들은 그 쥐새끼 색
출에 더욱 분발해 주시도록 당부함과 아울러, 상부에서 내려온 공
작지령에 따라 이제부터 우리가 전개할 투쟁방법을 강구하자는 게
오늘 회의의 취지인 겁니다."
  발언의 내용은 강경하고 거칠지만, 조태복의 몰골은 무슨 병이라
도 앓고 있는 것처럼 허약하고 초췌해 보였다. 지난번 실패로 끝난
65수용소 습격사건의 주범으로서 제6구역을 관할하는 한국군 제32
경비대대에 불려가 죽도록 두들겨맞은 후유증에서 아직 회복되지
못한 탓이었다.
  회의소집 취지를 설명한 조는 여단서기장 강영하를 돌아보고 상
부에서 내려온 지령을 발표하라고 지시했다.
  강은 자리에 앉은 채 서류철 사이에서 종이 한 장을 꺼내들어 보
였다.
  "이것은 최고사령부가 내려보낸 극비 공작지령으로서 유격부 연
락망을 통해 이곳 지도부에 접수되었고, 지도총책이 그것을 다시
복사해서 각 단위수용소에 하달한 겁니다. 그럼 그 내용을 읽겠습
니다."
  이렇게 간단히 전제한 강은 상체를 약간 내밀고 지령문을 읽기
시작했다.

"첫째, 거제도는 조국통일전쟁의 제2전선이므로, 지도부는 거제도를 해방구로 적화하기 위한 투쟁역량을 극대화할 것. 둘째, 철물공작소를 최대한 이용하여 유사시에 사용할 각종 무기를 비밀리에 제조 비축할 것. 셋째, 보안이 생명인 각종 연락문서는 호상(互相) 암호문에 입각하여 신중히 작성할 것. 넷째, 세포조직을 확대하여 무력봉기시에 선도공격대원으로 투입할 수 있도록 정예화할 것. 다섯째, 현재 진행되고 있는 정전협상에 유리한 영향을 미칠 수 있도록 각종 투쟁방안과 교란작전을 자체적으로 마련해 구사함으로써 적을 최대한 피곤하게 만들 것. 이상입니다."

지령문을 읽은 강이 종이를 접어 서류철에 끼우고 상체를 곧추세우자, 여단장 조태복이 말을 받아 이었다.

"동지들도 아시는 바와 같이 지금 개성에서 막 시작된 휴전회담이 어떻게 타결되느냐에 따라서 우리의 운명도 달라질 수 있는 것이오. 물론 제네바협정에 따르면 전쟁포로는 송환되는 것이 원칙으로 되어 있고, 협상에 임하는 대표단 역시 그 점을 간과할 리가 없겠지요. 따라서, 회담이 타결되어 휴전이 성립되면 다들 조국의 품안으로 돌아간다고 봐야겠으나, 문제는 우리 6구역이오. 다른 구역의 정규군 전사들이야 송환되는 것이 기정사실이지만, 우리 의용군은 이남출신이라는 미묘한 성분 때문에 어떻게 될지 모른다는 겁니다. 아니, 회담결과에 따라서는 이남에 떨어져 남게 되지 않는다고 장담할 수가 없다는 거지요. 전쟁에서 승리해 적화통일을 이룩한다면 몰라도, 이런 식으로 정전이 된다면 우리는 당연히 조국인 공화국으로 가야 하지 않겠소? 그렇기 때문에 우리는 방금 들은 최고사령부 공작지령 내용에 따라 나름의 투쟁활동을 벌여야겠고, 한편으로는 유사시 결정적인 시점에 이곳 지도총책의 작전명령에 따라 일사불란하게 움직일 수 있도록 만반의 준비를 하지 않으면 안 되겠습니다. 따라서…….”

“잠깐!”

감찰대장 진상용이 대뜸 손을 들어 조의 말을 막았다. 발언권을 구하지도 않고 자못 으스대는 투로 말했다.

“여단장 동무도 서기장 동무도 시방 거 뭣이냐, 지도부니 지도총책이니 자꾸 해쌌는데, 도대체 그 지도부란 것이 어느 수용소에 있고 지도총책이란 인물은 또 누구랍디여? 그것부터 좀 압시다. 궁금한께.”

조는 조금 못마땅한 표정으로 진을 건너다보았다.

“그게 뭐가 궁금해서 그러오? 우리는 그저 공작지령에 따라 움직이면 되는 거요.”

“어허, 적어도 내가 누구 장단에 춤추고 있는지는 알고접어 하는 소리요. 이학구 총좌인가 하는 인물이 지도총책이오? 그렇다면 이건 문제가 있어도 보통 있는 게 아니란마시. 그 사람은 직속상관한테 총상까지 입히고 자기 발로 적군에 투항한, 솔직히 말해서 쏴죽여 마땅한 인민조국의 배반자 아니랍디여?”

아무리 특수환경인 포로수용소 안이고 장본인이 그 자리에 없다고는 하지만, 군대계급이 엄연히 살아 있는데 최고위급 상관에 대한 그런 극단적 비판발언을 서슴없이 하는 것은 상당한 기개와 자부심이 받쳐 주어야만 가능한 일이었다. 그럴 수 있는 인물이 진상용이었고, 그의 그런 배짱과 카리스마가 일순 실내공기를 조금은 흔들어 놓은 것도 사실이었다.

조가 내심 밀리지 않겠다는 듯이 힘주어 말했다.

“진 동무는 사정도 잘 모르면서 그런 발언은 하지 않는 것이 좋겠소.”

“왜요? 내가 시방 틀린 말이라도 했소?”

"이 총좌는 내가 말한 지도총책이 아닙니다. 나도 아직 만나보진 못했으나, 중앙당 최고위급 간부 한 사람이 말단 하전사로 신분을 위장해 지금 76인가 77에 잠입해 있다고 해요."

"허, 그것이 사실이당가요?"

"그렇소. 그러니 누구든지 그 문제에 관한 한 이러쿵저러쿵 거론하지 맙시다. 아무런 의미가 없으니까."

"그 지도총책 성함이 뭐라고 합디까?"

여단장한테 조용히 물은 것은 3대대장 강주열이었다.

"글쎄, 그게 분명하지 않아요. 물론 가명을 쓰고 있겠지. 들리는 일설에 의하면 '로 선생'이란 애칭으로 통한다고 하던데, 어쨌든 이학구 총좌나 이임철 대좌 같은 동무를 손가락 하나로 부린다고 하니 미상불 상당한 거물인 것만은 틀림없지 않겠소?"

다시금 실내 분위기가 술렁거리는 것을 보고, 조태복은 얼른 현안문제 쪽으로 주의를 끌어모았다.

"자, 지도부에 관한 이야기는 이 정도로 접기로 합시다. 어쨌든 최고사령부 공작지령에 따라 앞으로 놈들 관리당국은 물론이려니와 우리 앞에 당장 걸림돌이 되는 우익반동을 척결하는 데 총력을 기울이지 않으면 안 되게 생겼어요. 그러려면 배전의 노력으로 투쟁역량을 극대화해야 하는데, 그에 대한 구체적인 방법을 같이 찾아봅시다. 좋은 의견들 어디 좀 내놔 보시오."

감찰인사과장 신분으로 회의에 참석하고 있던 최윤학은 어느덧 그 말을 귓등으로 흘리고 있었다. 여단장이 지적한 송환문제가 갑자기 커다란 현안숙제로 압박해 왔기 때문이었다.

그렇다면 나는 앞으로 어떻게 되는 것인가.

윤학은 상체를 최대한 낮춘 자세로 의자에 앉아 코앞의 책상모서리에 시선을 꽂은 채 착잡한 심정으로 자신에게 묻고 있었다.

지금까지 그는 매료되고 신봉하는 이념에 이끌려 공산화된 통일 한국을 막연히 그려왔을 뿐, 미국에 예속된 통일국가나 남북한 분단이 지속되는 경우에 대해서는 전혀 원하지도 않았거니와 심각하게 생각해 본 바도 없었다. 그런데도 현실은 분단 이전의 정치적 상황으로 돌아가고 있는 듯이 보이니 보통 심각한 문제가 아니었고, 그것이 그의 딜레마였다.

정전이 성립되고 포로교환이 시작되면 이북출신인 인민군들이야 고향에 있는 가족의 곁으로 돌아가면 그만이지만, 남한출신 의용군의 경우는 간단하지 않았다. 도매금으로 북송되면 가족들과 영이별하게 되고, 정작 출신지 조건이 걸림돌이 되어 남쪽에 떨어지는 경우 정치적 보복과 탄압의 대상이 되리라는 것은 불을 보듯 뻔한 이치였다. 그러니 어느 쪽도 선뜻 택할 수가 없었다.

만약 굳이 북한인민군에 껴묻어 북송되기를 희망한다면 방법이 전혀 없는 것은 아니었다. 그러나, 가족을 버리면서까지 그쪽 체제에 몸을 던질 정도의 사회주의 맹신자로 자신을 아주 낙인찍고 싶지는 않았다. 어쩐지 옆구리를 잡아당기는 그런 손길이 자기 내부 어딘가에 도사리고 있는 듯이 느껴졌다. 이도저도 결정하지 못하는 우유부단한 자신의 모습에 허탈감이 밀려왔다.

그렇다면 내 이데올로기의 색깔은 젊은 혈기에서 비롯된 한낱 센티멘털리즘에 지나지 않았단 말인가. 정말 그런가. 그렇다면…….

"인사과장동무는 뭘 그리 골똘히 생각해쌌소?"

옆자리의 진상용이 어깨를 툭 치며 주의를 주었을 때에야 윤학은 허우적거리던 상념의 늪에서 겨우 빠져나왔다.

정신을 차리고 얼떨결에 상체를 곧추세우면서 보니, 어느 새 회의가 끝나서 분위기가 산만해지고 있었다. 그렇지만 그는 결론이 어떻게 매듭지어졌는지 아리송할 뿐 아니라 알고 싶지도 않았다.

뒤풀이로 조촐한 술자리가 이어질 분위기였지만, 윤학은 몸살기운이 있다고 거짓핑계를 대고는 양해를 구해 먼저 일어나 밖으로 나왔다.

문앞에서 경계 겸 보초를 서고 있던 경비대원들의 칼날 같은 경례에 건성으로 답례하고 숙소 쪽으로 터벅터벅 걸어가는데, 등뒤에서 인기척과 함께 말소리가 들려왔다.

"몸살이 심한 모양이지요?"

돌아보니, 뜻밖에도 강주열이었다.

"아니, 3대대장께선 왜?"

"난 술 못해요. 같이 앉아 있어 봐야 괜히 분위기만 깰 뿐이지."

웃으면서 변명한 강은 윤학과 보조를 나란히 맞추며 넌지시 말했다.

"아무래도 앞으로 꽤 시끄러워지겠지요?"

"뭐가요?"

"아까 결론이 대충 그렇게 났지 않습니까. 65를 1차 표적으로 삼아 다시 한 번 판을 벌이기로……."

"아, 예……."

"포로생활은 뭐니뭐니해도 조용히 몸 잘 보전하고 있다가 빨리 끝내고 가족한테 돌아가는 게 최선인데, 보아하니 앞으로의 상황이 그럴 것 같지 않아 걱정되네요."

"그러게 말입니다."

계속 소극적이고 애매한 윤학의 대답에 김이 빠지는지, 아니면 경계심이 발동한 것인지, 강은 더 이상 별다른 말 없이 잠시 따라오다가 삭별인사를 하고는 3대대 막사 쪽으로 떨어져 가버렸다.

윤학은 감찰부 막사에 돌아와 자리에 누웠으나, 정신만 말똥말똥

할 뿐 영 잠이 오지 않았다. 송환문제가 바윗덩이 같은 부담이 되어 그를 계속 짓누르면서, 지금까지 자기의 철학을 형성해 온 이념적 절대가치에 대한 객관적 분석과 새로운 판단이 필요한 단계가 아닌가 하는 생각마저 들었다.

따지고 보면, 그런 회의감은 오늘 갑자기 불거진 것이 아니라 그동안 의식 속에 먼지처럼 조금씩 쌓여 왔으며, 갑자기 포로송환이 불러일으킨 바람 때문에 그 먼지가 일시에 풀썩 피어오른 셈이라고 할 수 있었다.

그가 소위 '유물변증법'이라는 논리학에 눈을 뜬 것은 고려대학 문과에 입학한 직후, 선배의 권유로 우연히 독서서클에 발을 들여놓은 것이 계기였다.

만물의 근원뿐 아니라 모든 정신현상까지 '물질'이거나 그 산물이라고 보는 유물론과 헤겔의 관념론적 변증법을 혼합함으로써, 자연과 사회 전체의 변화를 물질적 존재의 변증법적 발전으로 설명한 이 이론은 그전까지 문학서적 중심으로 형성되어 온 그의 독서패턴과 낭만주의적 의식구조를 일시에 혼란에 빠뜨리고 말았다. 그러다 보니 『경제학대강』·『마르크스 자본론』·『레닌 전서』·『스탈린 선집』 같은 좌파이론서에 맹목적으로 빠져 들어갔고, 양적인 변화가 질적인 변화를 가져온다든가, 하나의 사회제도가 성숙해 일정한 어느 단계에 이르면 그때부터는 사회발전의 저해요소로 변질됨으로써 낡은 제도를 지양하고 보다 높은 차원의 제도로 혁명적인 수단에 의해 비약적으로 발전하게 된다는 매력적인 이론에 급격히 기울어졌으며, 국가지배조직의 체제를 말하면서 대통령이니 무슨 장관이니 하는 권위주의적 호칭 대신에 인민위원이니 서기니 하는 민중친화적 이름으로 끌어내린 데에는 근원적 거부감에도 불구하고 상당한 신선미를 느낀 것이 사실이었다.

얼마 안 가서 그에게 조선공산당 쪽에서 포섭공작의 은밀한 손길이 뻗어왔고, 그래서 별다른 고민이나 주저함 없이 이른바 ‘공청(共靑)’으로 약칭되는 공산주의청년동맹에 몰래 가입했다. 공산당의 정식 당원이 되기 위해서는 출신성분이 양호하고 투쟁경력이 화려해야 하는데, 공청 가입은 그 코스 진입의 가장 빠르고 정상적인 관문이라고 할 수 있었기 때문이었다. 공청 조직원으로서 열심히 활동하다 보면 후보당원이 될 수 있고, 그런 다음 정당원으로 승격할 수 있었다.

보안유지가 필요하기도 했지만, 그처럼 까다로운 자격조건으로 정예화를 지향하다 보니 조선공산당은 조직원이 얼마 되지 않은 일종의 귀족정당이었다. 그리고 그것은 국내뿐 아니라 세계의 전 공산당에 공통된 현상이기도 했다.

그러나, 윤학은 후보당원에 승격하기 직전 뜻하지 않은 장애에 부딪치고 말았다. 그 장애는 외부요인에서 비롯된 것이긴 하지만, 실질적으로는 자기 내부의 갈등이라고 해도 틀린 것은 아니었다.

근년 들어 동유럽을 중심으로 해서 세계공산당 역사상 획기적인 변화의 바람이 거세게 불어닥쳤다. 열렬한 공산주의자로서 제2차 세계대전 중에 반파시즘을 외치며 레지스탕스 활동으로 독일과 싸운 유고슬라비아의 대통령 티토가 수정주의 독자노선을 표방하고 종주국 소련에 반기를 든 것이다.

‘공산당은 소수정예의 귀족정당에서 벗어나 대중화로 가지 않으면 안 된다. 노동자와 농민을 중심으로 하고, 진보적 지식인과 도시의 소시민까지 포용하는 대중정당으로 거듭나야 하며, 아울러 세계대전이 끝남과 동시에 강대국들의 지배에서 벗어난 구식민지 국민들 사이에 대대적으로 일기 시작한 민족주의 이념까지 폭넓게 수용해야 한다.’

소위 ‘디미토로프 테제’라고 하는 그 인민전선(人民戰線) 이론의 확산효과는 가히 폭발적이라고 해도 과언이 아니었다. 그 역사적 조류는 당연히 국내에도 파급되어, 조선공산당은 1947년에 당의 간판을 조선노동당으로 바꾸고 당원배가운동을 벌이는 등, 대중정당으로 탈바꿈하기 위해 바빴다.

바로 그 시점에서 윤학은 회의와 갈등에 사로잡히고 말았다. 모름지기 정당은 국가경영의 중심축이 되어야하는 동시에 그 추진 에너지여야 하고, 사회변혁의 리더가 되어야 한다. 그런데 당의 문호를 활짝 열어 무지몽매한 하층대중까지 마구잡이로 끌어들이는 것은 빨강물감에 물을 부어 흐릿한 분홍물감으로 희석하는 것과 마찬가지의 의미밖에 더 무슨 당위성이 있단 말인가. 공산주의도 의미 그대로 생산수단과 그 결과물의 사회적 공유를 달성하면 그만이지, 그 구성인적요소의 하향평준화를 의미하는 이론은 아니지 않은가.

자신이 추구하는 가치의 저질적 변혁이 그를 끝이 없는 고뇌속으로 빠져들게 했다.

그는 그런 착잡하고 우울한 회의가, 도시 부르주아 계급에 속한다고 할 수 있는 자신의 유복한 성장배경과 최고학부 출신의 엘리트의식 때문만은 아니라고 자신을 두둔했다. 단순히 하나의 원칙문제가 아니냐는 생각이었다. 그런 생각으로 혼자 고민했고, 주변사람들과 토론을 벌이다가 비난과 질책을 받기도 했다.

그러던 중에 갑자기 터진 전쟁은 그에게 일종의 정신적 도피처를 제공한 셈이 되었다. 미처 상황을 제대로 분석 파악할 겨를도 없이 서울이 ‘해방’되자, 그는 자의 반 타의 반 의용군으로 나섰다. 전쟁이 북쪽의 승리로 끝나 공산주의 조국 건설이 성공적으로 이루어지면, 그것이 자기 회의의 종결점이 될 수 있으리라는 것이 그의 생각인 동시에 희망이었다. 진심으로 승복하고 않고는 다른 차원 다른 성질의 문제였다.

그러나, 전쟁은 승리도 패배도 아닌 어중간한 상태에서 끝날 모양이고, 별로 생각하지도 않았던 북송문제가 뜨거운 불똥으로 자기 앞에 툭 떨어진 것이다.

정말 이제 포로송환이 시작되면 어떻게 해야 할지 곰곰 생각해 보았다.

사나이의 의지로 기왕 세운 신념을 좇아 북송대열에 참가해야 하나, 아니면 사랑하는 가족은 물론 내가 앞으로 살아가며 그려야 할 내 인생의 그림을 감안해서 뒤로 빠져야 하나. 설령 남쪽에 처지더라도 이상(理想)을 추구하기 위한 투쟁의 방법이 전혀 없는 것은 아니다. 그 이상이 여전히 고상한 절대가치를 지니고 있다고 할진대. 그렇다면 잔류투쟁은 성공과 실패의 결과를 떠나 액션 그 자체만으로도 숭고하고 떳떳한 의의가 있는 것 아닌가. 아니다, 이건 변명이야. 궤변일 뿐이야. 신념이 흔들린 증거라고. 그렇고 보면 역시 나란 인간은 겨우 이 정도 함량밖에 안 되는 놈이었던가.

윤학은 뒤죽박죽으로 떠오르는 생각을 곱씹고 또 곱씹었다. 아무리 머리를 굴려도 신통한 해답이 나오지 않았다. 나중에는 골치가 다 지끈거릴 지경이었다.

밤의 정적을 째고 이따금 들려오는 경비순찰차의 엔진소리를 들으며, 윤학은 자정이 훨씬 넘도록 상념으로 잠을 이루지 못하고 몸을 뒤척였다.

다음날 밤, 자정이 가까울 무렵이었다.

64수용소 포로들은 지휘부의 명령으로 전원이 어둠 속에 막사를 빠져나와 65수용소를 마주보는 외곽철조망 쪽에 집결하기 시작했다. 사전지침에 따라 그 움직임은 일사불란하면서도 신속하기 그지

없었다.

놀란 것은 감시망루와 정문초소에 있던 한국군 초병들과 65수용소의 야간근무 CP들이었다. 감시망루 초병은 즉각 비상전화로 경비대 상황실에 보고하고, CP들은 자기네 경비본부에 달려가 비상을 걸었다.

그런 가운데 64수용소 포로들의 철조망 집결이 완료되었고, 곧 지휘부의 구령이 떨어졌다.

"점화!"

메가폰에서 터져나온 그 한마디에 포로들은 미리 준비해 온 홰에다 일제히 불을 당겨 높이 쳐들었고, 그 바람에 철조망 주위가 갑자기 훤하게 밝아졌다.

"다음은 군가투쟁. 군가는 '적기가'. 군가 시작 하나, 둘, 셋, 넷!"

지휘부의 구령에 따라 포로들은 각자 큰 소리로 군가를 부르기 시작했다.

민중의 기 붉은 기는
전사의 시체를 싼다
시체가 식어 굳기 전에
혈조는 깃발을 물들인다
높이 들어라 붉은 깃발을
그 밑에서 굳게 맹세해
비겁한 자야, 갈려면 가라
우리들은 붉은 기를 지키리라

곤히 잠들었던 65수용소 포로들은 갑자기 들려오는 커다란 소음에 모두 깜짝 놀라 깨어났다.

"아니, 난데없이 이게 무슨 소리지?"

"적기가(赤旗歌)잖아. 64 애들 같은데."

"쳐죽일 놈의 빨갱이새끼들!"

지난번 한밤중에 당한 기습공격의 기억이 너무나 생생했기에 겁이 덜컥 난 포로들은 허둥지둥 잠자리를 털고 일어나 막사를 뛰쳐나갔다.

밖에 나와서야 64수용소 포로들이 그쪽 철조망 안에서 소동을 피우고 있을 뿐임을 알아차리고는 다들 안도의 한숨을 내쉬었다. 그러면서도 호기심 반 적개심 반으로 그들 역시 철조망 쪽으로 몰려가 삿대질하며 욕설을 퍼붓기 시작했다.

"시끄러! 이 빨갱이새끼들."

"한밤중에 무슨 미친 지랄이야. 너흰 잠도 없어?"

"어이! 기관총 가져와. 저 새끼들 죄다 쏴죽여버릴래."

65수용소 포로들은 분개해서 저마다 한마디씩하며 핏대를 올리다가 곧 이상한 생각이 들어 제풀로 시들해지고 말았다. 평소 같으면 상대쪽에서도 똑같이 받아쳐야 정상인데, 그들은 전혀 무대응으로 일관하며 그냥 주먹을 불끈불끈 치켜들어 허공을 찌르고 고래고래 노래만 부를 뿐이기 때문이었다.

곧 적기가는 '김일성 장군의 노래'로 이어지며, 마치 수용소 전체가 불을 뿜어내듯 타오르고 있었다.

장백산 줄기줄기 피어린 자욱
압록강 굽이굽이 피어린 자욱
오늘도 자유조선 꽃다발 우에
력력히 비쳐주는 거룩한 자욱

　　아, 그 이름도 그리운 우리의 장군
　　아, 그 이름도 빛나는 김일성 장군

　수천 명이 맞추어 부르는 노랫소리는 천지를 진동시키고, 더군다나 사위가 고요한 한밤중이라 증폭되는 음향효과는 실제보다 훨씬 더해서 무시무시하게 느껴질 정도였다.
　"야! 우리도 군가 부르자."
　"군가라니, 무슨 군가. 인민군가?"
　"애국가도 있잖아."
　65수용소 포로 일부는 약이 올라 발을 동동 구르며 대항을 촉구했지만, 대부분 상대방의 기세에 압도되어 주눅이 든 나머지 호응하지 않고 제풀로 입을 다물고 말았다.
　그럴 즈음 미국군과 한국군 경비병력이 트럭을 타고 달려왔다. 그러나, 그들 역시 어안이 벙벙해서 진압할 생각도 잊어버린 채 구경만 하고 있었다. 오히려 경비대 출동은 64수용소 포로들을 자극하고 고무하는 역효과밖에 불러일으키지 않아, 그들은 더욱 기가 살아서 횃불을 흔들며 목이 쉬도록 소리를 높일 뿐이었다.
　그렇게 한참동안 65수용소 포로들과 경비대 병사들의 정신을 쏙 빼버린 64수용소 포로들은 지휘부의 구령 한마디에 노래를 뚝 그치더니 횃불도 땅바닥에 문질러 꺼버렸다. 그런 다음 질서정연하게 각자의 막사로 돌아가기 시작했다.
　뒤에 남은 65수용소 포로들과 경비대 병사들은 마치 귀신에 홀린 기분이었다. 64수용소 포로들이 보여준 일련의 집단행동이 너무나 상식 밖이어서 그저 멍하니 바라보기만 할 뿐이었다. 이윽고 경비대도 철수하고 65수용소 포로들도 맥이 빠져 뿔뿔이 흩어지기 시작했다.

그날밤 64수용소 포로들이 펼친 기상천외의 해프닝은 다음날로 거제도 포로수용소 전체에 좍 퍼졌고, 그로써 군가투쟁(軍歌鬪爭)이라는 신조어와 함께 기발한 대결방식이 생겨났다.

3

윤석규는 깁스를 풀고 목발을 짚으며 조금씩 걸어다닐 수 있게 되었지만, 그런 신체적 해방과 달리 정신은 조양숙이라는 또 하나의 깁스에 갇혀 꼼짝 못하는 꼴이 되고 말았다. 부드러운 가운데서도 적극적이고 개방적이면서도 부끄럼을 타는 듯 교묘하게 완급조절을 하는 그녀의 공세에는 도무지 속수무책이었다.

어느 날 저녁 산책을 마치고 병실로 들어가다가 퀀셋 모퉁이의 컴컴한 어둠 속에서 처음으로 양숙의 키스를 받았을 때, 석규는 코를 자극하는 상큼한 체취와 부드러운 입술의 촉감에 난생처음 아찔할 정도의 황홀한 희열을 맛보았다.

자신도 모르게 어느 결엔가 뻗어나간 자기 손이 그녀의 가슴을 더듬고 있다는 사실을 문득 깨닫고는 흠칫해서 입술을 뗌과 동시에 얼른 손을 끌어들였다.

"그럴 거 없어요."

양숙은 가만히 속삭이며, 오히려 석규의 손을 끌어다 자기 가슴에 다시 얹어 주었다.

"이래도 괜찮겠소?"

"그럼요. 난……."

양숙은 말하다 말고 발돋움해 다시 살짝 입을 맞추었다. 그러고 나서 뒷말을 이었다.

"이미 석규씨 여잔걸요."

그 말은 오히려 역효과를 불러일으켰다. 지금까지 그녀의 적극공세에 무방비로 격파되어 온 석규였으나, 그 말을 듣자 구름 같은 행복을 잡은 기쁨보다는 미묘한 거부감이 슬며시 고개를 쳐들었기 때문이었다.

이게 사랑이라면, 한쪽이 원하고 다른 쪽은 응하든 간에, 아니면 쌍방 똑같이 공평한 감정의 흐름이든 간에, 이 사랑은 어딘가 비정상으로 빠른 게 아닌가.

이런 충고의 목소리가 석규 내부의 어디선가 들려왔다. 성장하면서 자신도 모르는 가운데 어느덧 그의 내부에 뿌리내려져 있는 동양적 도덕관념과 이성적 균형감각의 상호작용에서 나온 심리현상이었다. 그는 자기 손에 포개졌던 그녀의 손이 떨어져나감과 동시에 자기도 그 자극적인 감촉의 유방에서 손을 뗐다.

석규의 심리변화를 감지한 듯, 양숙은 의식적으로 조금 거리를 두는 듯한 투의 음성으로 물었다.

"석규씬 절 사랑하시나요?"

"물론이오."

"그런데 왜 그러시는 거죠?"

"뭘 말이오?"

"절 원하면서도 주저하잖아요. 그래서 절 부끄럽게 만들고 있잖아요, 소심한 십대소년처럼."

"무슨 말을 하는 게요. 내래 진정으로 양숙씨를 사랑하고, 고백하거니와 한 남자로서 한 여자인 당신을 원하는 것도 사실이오."

그 말을 기다렸다는 듯, 그녀가 몸을 바짝 붙여 왔다.

"그럼 된 거 아닌가요? 뭐가 더 필요하죠? 뭐가 문제인 거죠?"

지금 이 여자는 나에게 모든 걸 허락하겠다는 거다. 자기의 몸까지도.

그런 깨달음은 석규의 몸속에 충만해 있던 원초적 남성 에너지를 강하게 자극함으로써 갑자기 꿈틀거리게 만들었다. 그러나, 이번에도 석규 속의 또 하나 이성적 자기 얼굴이 그를 잡아당겼다.

"글쎄, 그거이 그렇게 간단한 문제가 아니잖소. 환자와 간호원 사이에……잠시 만났다가 헤어지는……난 그런 하찮은 관계루다 당신과 나의 만남을 스스로 깎아내리고 싶진 않단 말이오."

"말 돌리지 마세요."

"뭐라고?"

"우린 똑같은 포로 신분이고, 언제 어떻게 헤어질지 모르니까 책임질 짓은 못하겠다는……그거 아닌가요? 한마디로 용기가 없는 거죠. 실망이네."

그 말은 석규의 아킬레스건 자존심을 사정없이 쥐어뜯었다. 교묘한 덫에 걸려든 그는 힘찬 포옹과 키스로 그녀의 입을 막아버렸다. 어스름한 어둠 속에서 반짝이는 눈을 그윽이 들여다보며 물었다.

"어드렇게 하면 되지? 당신이 부끄럽지 않게시리 해 주려면. 지금 당장."

"당장은……."

양숙은 안타까운 눈빛으로 지그시 응시하며 고개를 저었다.

"두 시간 뒤 병원 카운터로 오세요. 저 오늘 당직이거든요. 아셨죠?"

"알았소."

"그럼 나중에……."

양숙은 가볍게 키스하고 총총히 사라져버렸다.

석규는 성신을 차릴 수가 없었다. 어떻게 되어 자기에게 갑사기 이런 일이 일어나게 되었는지 알 수 없었다.

달콤한 흥분을 감춘 채 조용히 병실에 들어간 석규는 모기장을 들치고 자기 병상에 올라가 누웠다. 여기저기서 코고는 소리가 높았지만, 그는 모기장 그물코 사이로 부옇게 비치는 반원형 퀀셋 하얀 천장을 말똥말똥 올려다보며 마음을 진정시키려고 노력했다. 생각이 꼬리에 꼬리를 물고 떠올랐다.

이건 나로서도 불가항력인 상황인 거야. 그 여자의 말대로, 서로 사랑하고 원하기 때문에, 그것으로 된 거라고. 더 무엇이 필요하단 말인가. 뭐가 어쨌기에. 포로와 포로의 사랑은, 포로의 신분이기 때문에 서로에 대한 기대치가 제약을 받지 않을 수 없잖아. 당연한 거지. 그녀도 그 점 알고 있고, 오히려 내 소심증을 탓하지 않았나. 나보다 더 어른스럽던걸 뭐. 그러니까 우리 관계의 다음이 어떻게 이어지는가 하는 건 지금 구태여 고민할 필요가 없어. 그건 그때 가서의 일이지. 쉽게, 간단하게 생각하자고. 그 애와 결혼까지 갈 수 있다면 그것도 좋겠지만, 오늘밤만은…….

석규는 두 시간은 충분히 지났다고 생각하고도 조바심으로 실제보다 늘여 잡았을 가능성을 감안해 다시 어림잡아 한 시간 가량을 끈덕지게 더 보낸 다음에야 비로소 병상에서 살며시 일어났다.

다른 환자들은 모두 깊은 잠에 곯아떨어져 있었다.

목발을 짚고 병실을 살며시 빠져나온 석규는 요양동을 벗어나 광장을 가로질러 병원으로 곧장 걸어갔다. 병원 광장에는 엷은 달빛이 내리비치고 있었고, 하루살이인지 모기인지 알 수 없는 작은 날벌레가 떼지어 날고 있다가 그를 에워쌌다.

외과병동에 도착한 석규는 잠시 호흡을 가다듬고 나서 용기를 내어 문을 밀었다. 안쪽 문고리가 걸려 있는 듯했다. 이번에는 노크를 했다.

조심스러운 발걸음소리가 문쪽으로 다가와 멈추었다.

"석규씨?"

문틈으로 새나오는 속삭임은 분명히 양숙의 음성이었다.

"나요."

곧 문이 열렸고, 양숙의 손이 뻗어나와 석규를 끌어들였다.

"왜 이렇게 늦었죠?"

"그래요? 시계가 없으니까니……."

퀀셋 구조 외과병동의 출입문 쪽 일정공간은 카운터 겸 사무실이고, 벽으로 차단되어 격리된 그 뒤쪽 공간은 수술실과 입원실로 구분되어 있었다. 불이 환히 켜진 사무실에는 그들밖에 아무도 없었다.

"이리 오세요."

양숙은 문을 닫아걸고 석규의 손을 잡아끌었다. 다분히 서두르는 품새였다.

그녀가 석규를 데려간 곳은 수술실이었다. 천장에 매달린 백열전구 불빛 아래 수술대 하나와 약장 하나, 그리고 철제 접의자 두어 개가 놓여 있을 뿐인 썰렁한 풍경이었다.

방에 들어가자마자 문을 걸어 잠근 양숙이 그 직후에 보인 태도 변화는 석규를 조금 어리둥절하게 만들었다. 지금까지 일관되게 보여 온 대담함이나 적극성은 간 데 없이, 그녀는 갑자기 몸이 굳어 방 가운데 우뚝 서서 무엇을 어찌해야 할지 모르는 듯 두려운 눈빛으로 석규를 빤히 쳐다보고 있었다.

수치심에서 이러는 거야, 여자다운.

그 변화의 의미를 나름대로 그렇게 읽자, 석규의 가슴에 갑자기 뜨거운 감정이 울컥 끓어올랐다.

솔직히 말해 그는 그동안 그녀의 일방적 애정공세에 줄곧 무력하게 항복해 오면서도 한편으로는 거부감 비슷한 일말의 의아심을 떨쳐버리지 못한 것이 사실이었다. 그런데, 그녀가 자신도 모르게 순간적으로 보여 준, 그녀의 본질에서 우러나온 그 단 한 번의 순진한 제스처로 말미암아 그런 감정의 거스러미가 깨끗이 가셨다. 뿐만 아니라, 그러는 그녀가 너무나 사랑스럽고 또한 가련해서 견딜수 없었다.

석규는 목발 손잡이를 잡지 않아 자유로운 오른손으로 천천히 그녀를 끌어당겨 팔로 허리를 안았다. 그러면서 그는 아무 저항 없이 몸이 쏠려오는 그녀의 눈빛에 떠오른, 자기 진의를 확인한 데서 말미암은 안도와 감사의 기쁨을 순간적이나마 똑똑히 감지할 수 있었다.

이어진 포옹과 키스는 석규의 몸이 불편함에 기인한 자세의 불안정에도 불구하고 정열적이면서 길었다. 남의 시선을 두려워해야 하는 트인 공간이 아니라 자기네만의 닫힌 공간이라는 사실인식이 두 사람의 열정에 기름을 끼얹어 주었다. 누가 먼저인지도 모르게 상대방의 옷을 벗겨 나갔다. 서두르는 손길은 떨리고, 밀폐된 공기가 그들의 거칠고 더운 호흡에 의해 출렁거렸다.

그들은 마침내 태어날 때의 모습으로 다시 태어났다. 남자의 한쪽 다리가 아직은 정상이 아니었으나, 그것은 별로 문제가 되지 않았다. 그들은 서로 부둥켜안아 한몸이 되었다. 밀착된 살을 통해 전달되는 상대방의 실체에 숨막히는 경이와 황홀한 기쁨을 동시에 느끼고 또한 끊임없이 탐구하면서, 그들은 엉클어진 자세 그대로 천천히 수술대 위에 올라갔다. 두 몸을 허공에 떠받쳐 주는 평면공간이 너무 좁은 듯했으나, 오히려 그렇기 때문에 사랑의 행위는 한결 은근하고 밀착스러워지며 서투름을 극복함으로써 더욱 충만한 희열을 그들에게 똑같이 제공해 주었다. 남자가 노예의 진지한 열정으로 줄기차게 압박하며 다가가는 반면에, 여자는 남자의 시선과 그 머리꼭지 위의 전구가 내리쏟는 하얀 광선이 부담스러운 나머지 눈을 거의 감고 고개를 돌린 채 한없이 한없이 달아나고 있었다. 어느 사이엔가 시간의 흐름이 정지된 반면, 그 정지의 순간과 순간이 곧 영원이었다.

흐린 달빛 속에 포로수용소의 밤은 조용히 깊어갔다.

연합정보대 박상열 중위가 요양소로 석규를 다시 찾아온 것은 어느 날 아침이었다.

석규가 기별을 듣고 병상에서 일어나 밖에 나가보니, 박 중위는 엔진이 걸린 채로 병동 앞 저만치에 멈추어 있는 지프의 운전병 옆자리에 앉아 있었다. 뜻밖에도 운전병이 미국군이었고, 차도 미국 군용 지프였다.

"깁스도 뗐고, 이젠 원대복귀해도 되겠군 그래."

다가간 석규에게 박 중위가 미소를 지으며 건넨 말이었다.

박 중위로서는 무심코 가볍게 뱉은 소리일 테지만, 듣는 석규는 가슴이 철렁했다. 지긋지긋한 77수용소로 다시 돌아가라는 뜻으로 이해되었기 때문이었다. 그러나, 당장 과민하게 반응하기도 뭣해 시치미를 떼고, 박 중위가 시키는 대로 뒷자리에 올라탔다.

"내래 이 제 어느 수용소로 배치됩네까?"

석규가 넌지시 질문을 던진 것은 미국군 초병의 경례를 받으며 지프가 병원 정문을 벗어났을 때였다.

"글쎄……자넨 어디가 좋겠어?"

박 중위가 돌아보지도 않고 되물었다.

석규는 그 말을 듣고서야 자기 근심이 기우였음을 알고 마음을 놓으며 얼른 대답했다.

"가급덕이믄 82나 83에 보내주기 바랍네다."

"그건 얘기가 다르잖아."

“예?”

“자넨 몸이 나으면 빨갱이놈들을 때려잡겠다고 약속했잖아. 그러니 이미 우익이 장악해버린 82나 83보다는 양쪽 세력이 부딪치고 있는 수용소에 가는 게 좋겠어. 그렇지?”

석규가 얼른 대답하지 않자, 박 중위가 이번에는 몸을 틀어 돌아보면서 물었다.

“왜, 싫어?”

“아닙네다. 중위님 처분에 따르갔습네다.”

박 중위는 씨익 웃고 자세를 바로잡더니, 운전병을 상대로 뭐라고 몇 마디 영어대화를 했다.

썰렁하고 진한 비감이 불현듯이 석규의 가슴을 쥐어뜯었다. 비슷한 또래임에도 불구하고 박 중위와 자기의 신분격차가 하늘과 땅이라는 사실 때문이었다. 그 비감은 서서히 분노로 변하고, 그 분노는 자연스럽게 공산당을 표적으로 떠올렸다.

지프가 도착한 곳은 81수용소와 78수용소 중간지점에 있는 두 동의 커다란 퀀셋 앞이었다. 그곳이 한미연합정보대 사무실이고, 미국군과 한국군 수사요원들이 함께 근무하고 있었다.

박 중위는 석규를 왼쪽 퀀셋 안의 사무실로 데리고 들어갔다.

10여 명 주로 장교 계급장을 단 근무자들의 호기심에 찬 시선을 뿌리치며 널따란 사무실을 통과해 박 중위와 석규가 들어간 작은 방은 첫눈에도 취조실이 분명했다. 석규는 긴장했다.

“앉지.”

박 중위는 책상을 사이에 두고 놓여 있는 야전의자 하나를 손가락으로 찍으며 석규에게 지시하고, 자기도 반대편 의자에 가서 앉았다.

석규는 박 중위의 단아한 얼굴이 굳어 있음을 알고 슬슬 불안해지기 시작했다.

"자네 담배 피우지?"

박 중위가 군복 상의 호주머니에서 투명 셀로판지에 싸인 빨간 고급 담뱃갑을 꺼내며 물었다. 굳은 표정하고는 어울리지 않은 일상적이고 부드러운 억양이었다.

"예. 하지만, 지금은 별로 생각 없습네다."

그래도 박 중위는 필터가 달린 담배 한 개비를 빼어 내밀고, 석규가 마지못해 받자 라이터로 불까지 댕겨 주었다. 자기도 담배를 물고 불을 붙여 한 모금 길게 연기를 들이마셨다가 토해냈다.

석규가 필터담배를 피워 보기는 난생처음이었다. 근사한 향취는 포로전용담배인 '자유'로써는 도저히 비교할 수 없을 정도고, 더구나 마른 솜 같은 필터를 자근자근 씹는 재미 또한 여간 색다른 것이 아니었다.

그렇지만 그는 그 고급 끽연의 맛을 제대로 즐길 수가 없었다. 박 중위가 어쩐지 한 개비를 얼른 태워 없애려는 것처럼 연거푸 심호흡으로 담배를 피울 뿐 아니라, 뭔가 생각을 가다듬는지 묵묵히 심각한 분위기를 자아내는 바람에 덩달아 긴장되었기 때문이었다.

박 중위는 담배를 반쯤 피운 뒤 꽁초를 유리 재떨이에 문질러 불을 끄더니, 비로소 작정한 듯한 어투로 입을 열었다.

"지금부터 내가 하는 말 명심해서 잘 들어. 그 전에 미리 경고해 두겠는데, 여기서 나하고 나눈 이야기는 절대 누구한테도 발설해선 안 돼. 만약 이를 어길 시에는 자넨 그 즉시 77로 돌아가는 거야. 삼중영창도 아니고 77수용소라고. 알겠어?"

"예."

바짝 긴장이 된 석규는 얼떨결에 대답하며, 담배 쥔 손을 밑으로

내려 몰래 책상다리에 눌러 불을 끈 다음 꽁초를 바지 호주머니에
집어넣었다.

다시 잠깐 뜸을 들이고 나서 박 중위가 불쑥 던진 질문은 석규의
가슴에 얼음덩어리를 집어넣은 것보다 결코 덜하지 않았다.

"윤석규, 자네 연애하지?"

"옛?"

"왜 그리 놀라나. 조양숙인가 하는 외과 간호원과 그렇고 그런
사이잖아. 다 아는 사실인데, 뭘 그래."

한쪽 입가에 미소를 슬쩍 바르다 말고 지워버린 박 중위는 다시
엄격한 얼굴로 돌아가고 있었다.

석규는 갑자기 모기떼가 우는 듯한 귀울음이 들리며, 몸속의 피
가 아래로 싹 빠지는 느낌이었다. 미처 시인도 부인도 못하고 잠시
상대방을 멍하니 바라보다가, 이내 눈 둘 바를 몰라 쩔쩔맸다.

"사회 같으면 얼마든지 있을 수 있는 일이지만, 여긴 군대야. 군
대 중에서도 포로수용소고, 두 사람은 포로의 신분이라고. 따라서,
굳이 문제삼으려고 들면 군사재판감으로 충분해. 무슨 말인지 알겠
어?"

"죄, 죄송합네다. 용서해 주시라요."

안절부절못하다가 겨우 입에서 튀어나온 대꾸였다.

"내가 자네한테 이 이야기를 하는 건 벌을 주거나 책망하려는 게
아니야. 자네가 저지른 실수를 덮고, 그걸 오히려 효과적으로 이용
하자는 거라고. 다시 말해서 역공작의 발판으로 삼아 빨갱이들을
때려잡자는 거지."

"무슨 말씀인지, 저는 도저히……."

"자넨 조 간호원이 좌익공작원이란 사실 알아 몰라?"

"아니, 방금 뭐라고 했습네까?"

석규는 깜짝 놀라 외쳤다. 천만뜻밖의 청천벽력 같은 소리였기 때문이었다.

그런 석규를, 박 중위는 딱하다는 듯 동정어린 시선으로 바라보았다.

"결론적으로 말하면, 자넨 빨갱이들의 공작에 걸려든 거야. 지난번 나하고 이야기하던 날 조 간호원이 옆에 있었던 거 기억해? 그때 자네 진술을 귀담아 듣고선 당에 죄다 보고했겠지. 그러자, 당에선 그 여자더러 자네한테 미인계를 쓰라고 지령했을 거고. '몸도 뭣도 다 줘 반동분자 윤 아무개를 구워삶아' 하고 말이야. 그네들 공산당 정서(情緖)로 봐서 그건 절대 거부할 수 없는 지상명령이지. 물론 자네가 여자들한테 호감을 살 수 있는 타입인 건 틀림없지만, 유독 조 간호원이 자네한테 어떻게 대했는지 처음부터 기억을 잘 되살려 생각해 봐. 내 말이 틀리지 않을 테니. 그래서 그 여자가 이제 당에다 어떻게 보고했을 거 같애? '그 반동분자가 우리 조국의 품으로 다시 넘어오는 건 시간문젭니다.' 그런데, 자넨 그 아가씰 진짜 좋아해?"

석규는 대답 대신 입술을 깨물었다. 가슴속에서 폭풍이 몰아치고 있었다. 조양숙이 공산당 빨갱이라니, 믿을 수가 없었다. 아니, 믿고 싶지 않았다. 그렇지만 박 중위가 거짓말을 하고 있다고 단정할 수도 없었다. 그제야 돌이켜 보니, 그동안 양숙의 입에서 공산주의나 북한정권을 폄훼하는 말을 들은 기억이 한 번도 없었던 것 같았다.

석규는 고개를 번쩍 쳐들었다.

"먼저 여쭤보고 싶은 거이 있습네다."

"말해 봐."

"박 중위님은……이 기관에서는 조양숙이의 정체를 터음부터 알고 있었습네까?"

"그렇진 않아. 자네와 조 간호원의 접촉이 우리 쪽 첩보라인에 우연히 포착됨으로써 주목하게 되고, 그래서 그 여자에 대한 성분 조사를 진행한 끝에 정체를 확인한 거지. 어쨌거나 자네는 지금 매우 위험한 처지에 빠져 있다는 걸 명심해야 돼. 그 점 이해가 되나?"

"……예."

"그러니, 내가 자넬 적극 도와주는 대신 자네도 나를 위해…… 날 위한다기보다 대한민국을 위해서 사명감을 가지고 해주어야 할 일이 있어."

"그게 뭡네까?"

"조 간호원을 포섭하는 거야. 사랑의 묘약으로."

"아니, 뭐라고요?"

석규는 기가 차서 박 중위를 멀거니 바라보았다.

"공작에 역공작을 들이대는 거지. 그래서 그 여잘 우리 정보원으로 삼았으면 해. 자넨 그럴 만한 남성적 매력을 충분히 가지고 있어."

"차라리 중위님이 그 녀자한테 직접 겁을 줘서 전향시키는 거이 빠르지 않갔습네까?"

"그것도 생각해 봤지만, 실패할 가능성이 더 높아. 내가 그런 식으로 압박하면, 그 여자는 간호원 일 그만두고 여자포로수용소 안에 잠복해버릴지 몰라. 아니면 정체가 드러나 효용가치가 상실됐다는 이유로 놈들의 조직이 폐기처분해버리거나. 폐기처분이라는 건, 자네가 77에서 탈출하기 전에 당한 것과 같은 일도 가능성에 포함해서야. 무슨 말인지 알겠어?"

결국 석규는 박 중위의 제의를 반승낙한 꼴이 되고 말았다.

양숙을 전향시킬 자신이 없고 그런 역할 자체가 싫었지만, 만에 하나라도 그녀가 지난번 자기가 당한 것과 같은 방식으로 ‘폐기처분’되는 것은 상상만 해도 소름이 돋을 지경이었다. 그것은 무슨 수를 동원해서라도 막아 주고 싶었다. 사랑하고 않고, 그 사랑이 진실이고 아니고의 문제가 아니었다. 정말 그녀가 포섭되어 박 중위의 기대치를 충족시켜 주고 못하고의 문제도 결코 아니었다. 오로지 그녀가 그런 꼴을 당해서는 안 된다는, 무슨 수를 써서라도 그런 위험에서 만큼은 구해 주어야 한다는 단순하면서도 맹목적인 일념일 뿐이었다.

그러나저러나, 이제 어떻게 해야 하나. 그 여자를 어떻게 대해야 하나. 여전히 사랑이란 가면을 쓰고? 아니, 가면이란 건 좀 뭣하다. 적어도 난 지금까지 진정이고 진실이었으니까. 그렇다면 그 여자는? 나에 대한 모든 게 박 중위의 말대로 가면이었을까? 그럴 리 없어. 그 정도로 간악한 여잔 아냐. 그건 확실해. 아무리 사상이 인간성을 바꾼다 할지라도 설마 그렇게까지야…….

석규는 박 중위와 헤어져 병원에 돌아온 이후로 극도의 번뇌와 갈등 때문에 미칠 것 같았다. 입맛이 갑자기 떨어져 점심과 저녁 식사도 하는 둥 마는 둥했다. 누가 말을 붙여 오는 것도 귀찮아 온종일 병상에 드러누워 자는 척 눈만 감고 있었다. 그런다고 잠이 오는 것도 아니었다. 머리가 지끈거리다 잠깐 쪽잠이 들었다가 깨는 정도였다.

“머리 많이 아파요?”

저녁시간 회진 때 군의관을 수행해 왔다가 석규의 심상찮은 기미를 보고 돌아간 양숙이 얼마 후에 다시 나타나서 짐짓 묻는 소리였다.

“이 약 이따 드세요.”

그녀는 석규가 요청하지도 않은 약을 주는 척하면서 재빨리 쪽지를 건넸다. 그들이 데이트 약속방법으로 자주 쓰는 수법이었다.

그녀가 돌아가고 나서 슬쩍 펴보니 ‘당직이에요’라고만 적혀 있었다.

다른 때 같으면 그 짧은 글을 읽는 순간부터 가슴이 두근거렸지만, 그날은 달랐다. 여전히 공작인가 싶어 가소롭다는 생각부터 앞섰다. 그 가소로움의 끝에 딸려 올라오는 것은 찌르르한 슬픔이었다.

어쨌든 한 번은 통과하지 않으면 안 되는 외나무다리 앞에 선 셈이었다. 피할 수 없는 이상 망설이거나 미룰 필요가 없었다. 그러면서도 과연 양숙의 입에서 직접 어떤 대답이 나올지 궁금해지는 것 또한 사실이었다. 자신의 그런 인간적 속성을 스스로 경멸하면서도 어쩔 수 없었다.

석규의 번뇌와 갈등을 꿈에도 알 턱이 없는 양숙은 늦은 밤 그가 병원에 나타나자 종전과 다름없이 키스로 반겼다.

“오늘 뭐 안 좋은 일 있었어요?”

“아니.”

“그럼 됐어요.”

그러고는 스스럼없이 그를 수술실로 이끌었다.

석규는 그런 그녀가 측은해서 가슴이 미어질 것 같았다. 가증스럽고 증오스러워야 하는데, 그래야 정상일 것 같은데, 왠지 그런 감정이 일지 않았다. 오히려 아무것도 모르는 그녀에게 확대경과 메스를 들이대며 진실을 캐려고 수작하는 자신을 용서할 수 없었다.

차라리 모든 것 덮은 채 깨끗이 차버리고 돌아서면 그만이잖아.

이 여자한테 창피를 주고 상처를 주고 다그칠 권리가 너한테 어디
있어.

이런 이성의 질타가 뒤통수를 때리기도 했다. 그렇지만 이제 어
쩔 수 없었다. 이미 외나무다리의 반을 지난 단계였다.

여느 때처럼 수술실 방문을 걸어 잠근 양숙이 석규의 얼굴에다
더운 입김을 바르며 목에 팔을 감았을 때, 그는 그 팔을 슬그머니
힘주어 떼어냈다.

"왜?"

양숙이 의아한 듯 고개를 뒤로 빼며 물었다.

"이것도 공작이가?"

벼르고 별렀으면서도 갑자기 튀어나온 첫마디가 겨우 그랬다.

"뭐라구요?"

양숙은 한 발짝 물러나 탐색하는 눈빛으로 석규를 빤히 쳐다보며
재우쳐 물었다.

"방금 그게 무슨 소리죠?"

"내래 잘못 표현했나. 이제껏 당신은 날 한 남자로 사랑한 거이
아니라 공작의 대상으로 대해 온 거 아이가? 날 만나서 어드런 짓
하고 어드런 니야기를 나눴는지, 또 래일 아침엔 당에다 보고해야
갔지? 정보처 박 중위가 다 말해 두더군. 기왕 말을 꺼냈으니 다
해야갔네. 박 중위는 당신이 전향해서 역으로 정보원 노릇을 해 주
길 바래. 나더러 설득하라고 했어."

석규는 말을 끊고 반응을 기다렸으나, 양숙은 갑자기 몸이 굳어
진 듯 꼼짝도 않고 그를 바라보기만 했다. 얼굴이 백랍같이 하얘지
고, 크게 떠진 눈은 형언할 수 없는 감정의 변화를 그대로 쏟아내
고 있었다.

석규는 자칫하면 그녀가 졸도할지도 모른다고 내심 걱정하며 다

음 말을 이었다.

"응하고 않고는 당신 자유야. 난 상관없어. 그보다도 내래 중요한 거는 우리 관계야. 이걸루다 깨끗이 끝나는 거라면……그래야 한다면 그것도 어쩔 수 없잤디. 다만, 내래 궁금하고 또 대답을 듣고 싶은 건, 나에 대한 거이 어느 정도나 진실이었는지, 아니면 터음부터 끝까지 가면이었나 하는 게야. 당신네 공산당 방식으로 말하면 당에 충성하기 위한……. 어느 쪽이디?"

방 안 공기의 미세한 입자 하나하나가 갑자기 얼어서 응결되어버린 것 같았다.

그런 질식할 듯한 분위기를 흩트린 것은 양숙의 한숨이었다. 어깨까지 들썩이며 깊은 한숨을 토한 그녀는 작심한 듯 몸의 긴장을 풀며 차분한 목소리로 입을 열었다.

"결국 이렇게 되고 마는군요. 조마조마하기도 했지만……어쨌든 기왕 이렇게 되었으니 솔직히 말할게요. 사실 난 조선민주주의인민공화국을 신봉하는 여자예요. 그렇지만 석규씨가 생각하는 그런 악질 빨갱인 아니라고요. 난 그저 하나된 조국, 누구나 다 잘 사는 코뮤니즘 파라다이스를 원할 따름이에요. 대한민국은 선하고 인민공화국은 악하다는, 또 그 반대의 주장에도 난 찬성 못해요. 가만히 보면 석규씬 공산주의에 대해 극도의 악감정을 품고 있는 것 같은데, 편협한 아집이랄까, 고정관념이랄까……그런 건 아닐까요? 자기를 반죽음 만들고 다리를 분질렀기 때문에? 그렇지만 조금은 이렇게 생각할 순 없을까요? 모든 건 상대적이라고. 이 수용소 안에서 일어나고 있는 좌우익간의 싸움뿐 아니라, 더 확대해서 대한민국과 조선인민공화국 간에 벌어지고 있는 이 전쟁까지도 양쪽에 똑같이 잘못과 책임이 있는 거 아닐까요? 전 그렇게 생각되네요. 내 말이 틀렸나요?"

이번에는 석규가 말을 잃어버렸다. 이미 개연성에 대한 의심의 여지가 없는 단계에 이르렀으면서도 정작 본인의 실토를 듣자 충격이 작지 않았다. 가슴속에 온갖 감정 온갖 언어가 충만해 소용돌이치기만 할 뿐, 갑자기 목구멍이 막혀버린 것 같았다.

양숙은 석규의 대답을 기다리지 않고 말을 이었다.

"방금 우리 관계에 대해 물었나요? 말하자면 진실게임이군요. 참사랑이었나, 아니면 거짓이었나……. 그게 궁금하다면 대답하죠. 처음엔 당의 지시에 따라 의식적으로 석규씨한테 접근했던 게 사실이에요. 하지만 만날수록 나도 모르게, 스스로 생각해도 이상할 정도로 석규씨한테 끌렸어요. 사랑하는 척하자고 한 게 거듭되다 보니 자기암시 효과를 불러일으켰다고나 할까……. 아무튼 '내가 정말 석규씰 사랑하는 걸까' 하고 스스로 자문해 봐도 대답은 '그렇다'는 거였어요. 내가 돈 건지 모르지만. 나도 날 모르겠더군요. 사람의 감정이란 묶는다고 묶여지는 게 아니잖아요? 바람처럼……햇살처럼……. 하지만 이것도 석규씨한텐 좌익공작원의 횡설수설로 들리겠죠? 빤한 거짓말이라고."

그 마지막 말은 비수가 되어 석규의 심장을 찔렀다. 그는 자신도 이해할 수 없는 의지의 지시로 양숙의 두 손을 꼭 쥐었다. 그녀의 눈을 들여다보고, 그 눈에 글썽한 눈물을 보며 가슴이 천만갈래 찢어졌다.

"지금 한 말 진심이네?"

"그래요. 진심이에요. 진실이에요. 동기야 어떨망정 내가 석규씰 사랑해선 안 된다는 법이 있나요? 인간 대 인간으로서, 젊은 여자가 젊은 남자한테 끌린 게 뭐가 잘못이죠? 이네올로기? 혁명? 그까짓 게 뭔데. 우리가 사랑해서 안 될 까닭이 뭐죠? 누가, 왜 우릴 지탄하고 훼방놔야 하는 거냐고. 누구도 그럴 권리가 없다구요. 난 이북에서 살아보지 않아 솔직히 그쪽 사정은 몰라요. 석규씨가 진정으로 날 사랑하신다면, 논리적으로 설명하고 설득해서 반공주의로 바꾸면 되잖아요. 그렇게 해서 당신 여자로 만들면 되잖아. 그럴 용기와 자신 없어? 나란 여자 그럴 가치가 없다고 생각해요?”

마침내 양숙은 석규의 가슴에 얼굴을 묻으며 울었다. 석규는 그녀를 힘껏 포옹했다. 어떤 이유로도 이 여자를 슬프게 하고 저버리는 짓은 죄악이라는 생각이 뒤통수를 마구 때렸다. 태어난 이후 자신이 그토록 비참하게 느껴지기는 처음이었다. 그러면서도 가슴속에서는 한 여자의 아름다운 영혼을 얻었다는 뿌듯한 긍지와 기쁨이 차올랐다. 그 희열의 시간이 아쉽도록 짧을 뿐 아니라 결국은 비극으로 연결되리라는 두려움 따위는 차후의, 별개의 문제였다. 조용히 물었다.

“이제 앞으루 어드렇게 할 생각이네?”

“모르겠어요. 어떻게 해야 할지……”

양숙은 고개를 살래살래 저으며 한숨을 토하듯 말했다. 그러고는 곧 다시 이었다.

“석규씨 말대로 내일아침……아니, 오늘이네……아침에 당에다 뭐라고 꾸며서라도 보고를 해야겠죠. 하지 않을 수 없어요.”

“잘못하면 당신이 위험하게 될지도 모른다고, 박 중위가 그러던데.”

“그럴지도 모르죠. 하지만 달리 방법이 없잖아요. 어디로 도망칠 수도 없고……. 남자포로라면 어떻게 해서 다른 수용소로 소속을 바꾸면 되지만, 나 같은 여자포로에겐 그런 선택의 여지가 없는걸. 운명인 거죠.”

석규는 마치 자신을 녹여 그녀에게 흡수되기를 바라듯이 그녀를 꼭 껴안았다.

“내래 박 중위 만나 매달려 보겠디만서두, 당신 말대로 이거이 운명이라면, 우린 그대로 받아들입시다레. 그러면 되는 거요. 달리 방법이 없다면……. 다만, 지금 한 가지 분명히 해 둘 게 있어.”

“뭔데?”

양숙이 고개를 젖혀 젖은 눈으로 쳐다보았다.

“우리 사이가 달라진 거이 없는 이상, 누구도 우리 사이를 훼방 놓을 수 없다는 거. 설령 죽음이 우리를 갈라놓는다 하더라도.”

“정말? 아직도 날 사랑해요, 변함없이?”

석규는 대답 않고 입으로 그녀의 입을 강하게 덮었다. 그녀의 혀가 깊숙이 감겨왔다. 서로의 뜨거운 손은 서로의 뜨거운 몸을 더듬으며 옷을 풀어헤쳐갔다.

그로부터는 그들만의 시간, 그들만의 세상이 존재할 뿐이었다. 그들은 외부세계와 단절된 그 절정으로 한없이 한없이 달아나고 있었다.

그런데 바로 그때, 문밖에서 고양이처럼 발소리도 없이 멀어지는 인간이 있다는 사실을 두 사람이 꿈엔들 알 리가 없었다.

GMC 버스 만들기

1

　연초삼거리 부근 사람들은 하청 쪽으로 빠지는 길목의, 평소에는 있는지 없는지도 잘 모를 정도이던 고물상 같은 철공소를 어느 날인가부터 관심을 가지고 바라보기 시작했다. 난데없는 군용트럭 한 대가 좁은 마당을 거의 차지한 데 이어, 강판과 철판 같은 철강재가 무더기로 들어와 부려지는가 하더니, 그때부터는 갑자기 철판을 두드리는 소리가 소음공해라고 해도 과언이 아닐 정도로 심하게 울려나왔기 때문이었다.

　"아니, 기껏해야 땜질이나 하고, 석쇠 아니면 후라이판 같은 거나 만들어 파는가 싶더니, 왜 저 난리야."

　"못 봤어? 커다란 지에무씨를 들여다 놓고 죄다 뜯어내는 모양이더군. 그렇게 뜯어낸 걸로 또 뭘 만들어서 팔 모양이지 뭐. 설마 멀쩡한 차 뜯어 고철로 처분하려는 건 아닐 테고."

　"난 당최 그런 거 만들어 팔아 그 사람 밥이나 먹는지 모르겠더라."

　"또 누가 아는가. 뭔가 기발한 걸 뚝딱거려 내놓아 떼돈을 벌는지."

　"흥! 떼돈이 눈이 멀었나보다."

　그런 수군거림이 있는지도 없는지도 모른 채, 황태봉은 2.5톤 군용트럭 한 대의 해체작업에 비지땀을 흘리고 있었다.

해체작업이라 해도 차체를 완전히 뜯어 헤치는 것은 아니었다. 앞쪽의 엔진부분과 운전석은 그대로 살리고 적재함 부분 아래쪽 보디 이외의 구조물을 다 들어내는 것이었다. 그 자리에 손님을 태울 수 있게 버스 모양의 객차 한 량을 장착하기 위해서였다.

임덕현은 차를 철공소 마당에 끌어다 놓을 때까지도 황의 능력에 대해 반신반의한 것이 사실이었다. 선택의 여지가 없어 그에게 손을 내밀긴 했어도, 과연 이 작자가 제대로 해 낼 수 있을까 걱정하지 않을 수 없었다.

그런데, 자기 앞에 일감으로 던져진 커다란 철물을 요모조모 살펴본 황의 말은 의외로 시원시원했다.

"필요한 자재만 준비됨으 보름, 늦어도 3주 안에 해치울 수 있갔구마."

"아니, 기렇게나 날래!"

"속은 놔두고 껍데기만 바꾸는 건데, 뭐 어려울 거 있갔슴."

"필요한 자재라 하므 무스게오?"

"위에 뼈대로 얹을 강판(鋼版)과 겉에 덮어씌울 철판, 또 바닥으 넓혀야 하니까니 그것도 감안해야겠꼬망. 또 좌석도 만들어야 하고 ……. 하여튼 그 두 가지가 가장 요긴하고, 그 밖에 유리창이랑 의자 시트랑 하는 것들으 시장 안에서 재료르 구해다 만들므 되갔지요."

"좌석은 어떤 식으루 배치하는 거이 좋으까? 두 사람씩 앉는 걸로다?"

"그렇게 하므 공간이 좁아 많이 못 태우쟪겠소. 양쪽하고 뒤쪽에 일자로 길게 놓고 가운데 입석으 넓혀야 수지 안 맞겠슴둥?"

"딴은 기렇군. 촌놈들 안 걷구서리 차타는 것만 해도 어딘데. 좋소. 강판하고 철판, 그거야 고현 미군부대서 얼마든지 빼내올 수 있을 게이요. 그거 말고 필요한 거는, 여기서 정 못 구함으 부산 가서 구해다 선편으루 가져오면 되고. 자! 그럼 공장장, 시작합세 다래.”

덕현의 활기찬 선언으로 그렇게 개시된 해체작업이었다.

덕현은 드나들면서 지켜볼수록 황의 일솜씨와 부지런함에 대한 신뢰감이 우러나, 이 사람을 만난 것이 행운이란 생각이 들었다.

보조하는 일손이 필요하다고 해서 그러라고 했더니, 황은 이십대 중반으로 보이는 용접기술자 한 명을 어디선가 임시로 데려다 썼다. 급료라고 해 봐야 덕현의 기준으로 푼돈 정도였는데, 솜씨나 성실성이 문제일 뿐이지 값싼 노동력은 지천으로 널려 있었다.

공장에 붙어 작업을 지켜봐야 피차 신경만 쓰일 뿐이지 아무런 도움도 되지 않으므로, 덕현은 다방 빅토리에 가서 거의 온종일을 보내다시피 했다. 그러다 보니까 이 마담하고는 어느덧 친구처럼 허물없는 대거리를 하게 되었고, 레지하고의 사이 역시 엉덩이를 툭툭 쳐도 흉잡히지 않을 정도가 되었다.

덕현은 이름이 상은이라고 하는 레지 아가씨를 보면 볼수록 욕심이 생겼다. 썩 예쁜 얼굴은 아니지만 서글서글하게 생긴 데다 야생 노루 같은 건강미가 넘치고, 쪽 곧은 몸매에 여간 입맛이 당기지 않았다.

조걸 어떻게 꼬셔서 요리해 볼까나.

멀쩡한 아내를 이북에 떨어뜨려 놓고 허겁지겁 월남한 그로서는 생리욕구를 처리하는 문제 역시 중요하고 절실했다.

필요한 경우 술집여자를 꾀든지 정 급하면 푼돈 몇 닢에 드러누워 주는 여자를 사서 성욕을 해결하기도 하지만, 그것도 한두 번이었다. 이제는 ‘내 여자’를 가지고 싶었다. 어차피 언젠가는 가족의 곁으로 돌아가야 하고 또 그렇게 되겠지만, 그 동안만이라도 사람 사는 것처럼 살아야 하지 않겠는가 하는 생각이 들었다. 주머니사정이 넉넉한 데다 힘든 세상이 되다 보니 돈으로 살 수 있는 치마동포들이 지천으로 널려 있어서 아직은 입맛 당기는 음식 골라 먹는 것과 같은 재미가 없지는 않지만, 날이 지나고 달이 지나면서 언제부터인지 모르게 그러고 난 후의 쓸쓸하고 허전한 뒷맛을 감당하기가 점점 어렵게 되었다.

조걸 데려다 음식시중 빨래시중 들게 하고, 밤이면 밤대로…….

혼자 이런 궁리를 하다가 제풀에 픽 웃고 마는 덕현이었다.

어느 날 낮에는 마담이 출타하고 다른 손님도 없는 한가한 시간에 그녀를 앞에 앉혀 놓고 제법 진지한 투로 수작을 붙여 보았다. 집이 어디며 가족사항은 어떤지 물은 다음, 슬쩍 떠 보았다.

"미스 옥도 이런 데 일하는 게 좋아서 하는 건 아닐 거 같은데, 그렇디 않네?"

상은은 고개를 조금 숙이며 무안한 표정을 지었다.

"뭐, 괜티않아. 직업에 귀천 있는 거 아니니깐. 그래도 기왕이문 남들 보기에도 좋고 월급도 많이 받는 그런 직장에서 근무하는 게 낫디 않간?"

"저한테 그런 기 차례가 오겠습니꺼."

"아, 그거야 찾아봐야 알고, 또 노력이 따라야 하는 일이지비. 학교느 어디까지 나왔네?"

"중학교 다니다 그만뒀어예."

"주판 놓을 줄 아네?"

"주산예?"

"응."

"아주 잘 놓지는 못해도 계산 같은 거는 얼마든지 할 수 있어예.”

“오, 기래?”

그런 다음, 슬그머니 미끼를 던지기 시작했다.

“나 여기다, 조금 있음 회사르 하나 차릴 꺼고망.”

“어떤 회삽니꺼?”

쳐다보며 묻는 상은의 눈이 반짝 빛을 발했다. 미끼에 반응했다는 증거였다.

“버스회사.”

“뻐스가 뭔데예?”

“이런 촌뜨기. 하긴 본 적 없으니 알 턱두 없갔디. 버스는 사람이 어디 먼데 갈 때 타고 다니는 차르 말하는 검메. 그 차가 자기 게므 자가용차구, 영업으루 일반인 누구나 차비 몇푼 내고 이용할 수 있게서리, 여러 사람 타는 거이 버스야.”

“예에.”

상은은 고개를 끄덕이고 물었다.

“언제부터 하는데예?”

“마, 곧 하게 될 거구만. 지금 버스르 만들고 있으니까니. 저 삼거리 철공소 알지비? 거기서 만들고 있는 중입메.”

“아, 본 거 같습니더. 뭔가 했더니, 그기이 뻐스였고나.”

상은은 다시 고개를 끄덕였다.

“곧 미스 옥도……가령, 장승포에 볼일 있어 갈 경우, 지금은 걸어가거나 지나가는 군인차 같은 거 얻어 타는 수밖에 없지 않안? 기렇디만 곧 버스 타고 편안히 날래 장승포 왔다갔다할 수 있게 됩꼬망. 어드메 장승포뿐인가. 버스 두 대로, 하나는 장승포에서 옥포·연초·고현으 거쳐 성포까지, 또 한 대는 장승포에서 지세포·구조라·학동으 거쳐 저구까지 운행할 계획이니까니, 마, 거제도 사람들 앞으루 내 덕 톡톡히 보게 될 겁메. 어찌 생각핸?”

“좋겠네예.”

그러면서 활짝 웃는 상은의 모습이 덕현의 눈에는 더없이 청신해
보였다.

그날은 그 정도에서 낚싯줄을 거두며, 덕현은 자물쇠를 채우는
것을 잊지 않았다.

“괜한 오해르 사기 싫어서리 하는 소린데, 방금 내 한 말 마담한
텐 당분간 비밀로 하기야. 그래 줄 거디?”

덕현은 황의 작업진전을 지켜보면서 성공하리라는 믿음이 생기고
스스로도 자신감이 서자, 여객운수업 영업허가를 얻기 위해 군청이
있는 통영으로, 경남도청이 있는 부산으로 부지런히 뛰어다녔다.

전쟁 중의 혼란한 세상인 데다 공무원사회의 기강이 땅에 떨어
져, 영업허가를 얻는 일쯤은 돈만 있으면 식은 죽 먹기나 다름없었
다. 그리하여 버스 한 대의 외양이 어느 정도 갖추어지는 것과 더
불어 ‘거제여객운수회사’ 간판을 철공소 바깥 문기둥에다 달았다.

처음에는 사업자금을 주로 외부에서 끌어다 댈 작정이었으나, 생
각만큼 그것이 여의치 않았다. 다행히 차량구입비가 예상 외로 적
게 들어 자기 자금만으로도 충당하고 남았다. 옆에서 따따부따하는
소리를 듣느니 차라리 속편하게 단독사업을 하기로 결정한 것이다.

그럴 즈음에는 철공소 주변 빈터를 매입해 부지를 100여 평으로
넓히고, 기왕에 널려 있던 황의 허접쓰레기를 몽땅 치워버렸다. 부
지 한쪽에는 너더댓 평짜리 목조 사무실을 만들고 전화도 들여놓았
다. 그러고 나니 어설픈 대로 제법 회사 같은 모양새가 갖추어진
셈이었다.

덕현이 보기에 황은 손재간이 여간 비상하지 않았다. 적당한 길

이의 강판을 해머로 두들겨 휘어서 산소용접기를 사용해 접합하는 방식으로 트럭 적재함 위에 버스 뼈대를 붙이더니, 그 안팎에 철판을 대어 기본구조를 형성하고, 출입문과 창문을 내어 유리를 끼웠다. 자기 의견대로 양옆과 뒤쪽에 일렬로 길게 배치한 좌석에는 철판 위에 헌 솜을 두텁게 깔고 천막을 잘라 팽팽하게 씌운 다음, 그 위에 검정 페인트를 발라 시트를 완성했다.

"공장장, 당신 같은 재주꾼으 이 섬구석에서 썩기 참 아깝꼬망."

완성된 차체에 칠을 하느라 페인트범벅이 된 황을 보고, 덕현은 진심에서 우러나는 칭찬을 했다.

"다 사장님이 준비르 제때 제대로 해주신 덕 아니겠슴."

황은 칭찬을 별로 달가워하지 않는 것 같은 얼굴로 덤덤히 대꾸했다.

"철판 만지는 일이야 전력이 있으이 그렇다 치고, 페인트 일은 거 언제 배웠음둥?"

"배우긴 뭘요. 칠으 해야 되니까니 하는 거오다."

"기럼 처음이란 말입메?"

"예."

"사람 참!"

덕현은 허허 웃고 말았다. 어쨌거나 모든 일이 순조롭게 풀려 나가 신바람이 났다.

이게 운이라는 거야. 이 임덕현이 거제도까지 와서 운수사업을 하게 될 줄 누가 알았나. 그러고 보니 운명이라고 해야겠군 그래. 그만큼 내 사업수완이 탁월해서가 아니겠나. 이제부턴 이 섬바닥 돈 다 긁어모아야지.

덕현은 연초면장과 연초지서장 같은 행정기관장과 관계를 두텁게 하는 데 신경을 쓰고, 양키시장 상인들 중의 실력자들, 가령 이복만 같은 사람과도 친분을 쌓았다. 심지어 사업하고는 아무 관계도 없을 성싶은 학교장한테도 자리를 만들어 술대접을 했다. 좁은 지역사회의 여론 파급을 의식해서였다.

그러면서도 자기가 몸담았던 피란민연락처, 특히 연초면지소에 대해서는 안면을 싹 바꾸고 쳐다보지도 않았다. 연초면지소장이란 사람이 지난날 별로 친하지 않았을 뿐 아니라, 현실적으로 생존에 급급해 있는 그들이 자기 사업에 득을 끼칠 가능성은 거의 없다고 판단했기 때문이었다.

개업을 앞두고 마음이 바빠진 가운데 덕현의 마음을 사로잡고 있는 또 하나의 문제는 다방 빅토리의 레지를 빼내는 일이었다.

그는 우선 본인인 상은의 마음을 몇 차례 흔들어 자기 쪽으로 기울게 만든 다음, 이 마담한테 직접 부딪치기로 했다. 일을 말끔히 처리하고 혹시 뒤따를 수 있는 말썽을 차단하기 위해서는 정공법이 가장 효과적이라는 판단에서였다.

"아니, 미스 옥을 처장님 사무실에 데려다 쓰겠다구요?"

다방이 한가한 시간에 덕현이 찾아가 그 문제를 꺼내자, 이 마담은 느닷없이 따귀라도 얻어맞은 듯한 얼굴로 앞자리의 덕현과 주방 쪽에 있는 상은을 번갈아 보며 부르짖었다.

"그렇소. 이 마담이 양해르 해줬으므 좋갔꼬망."

"본인한테도 물어보셨어요?"

"의향으 대강 떠보긴 했소."

"그랬더니요?"

그러다 말고 이 마담은 조금 새된 소리로 상은을 불렀다.

상은이 무슨 죄라도 지은 얼굴로 쭈뼛쭈뼛 다가왔다.

"너 임 처장님 회사에서 일하겠다고 했니?"

"아니, 꼭 그기이 아이라예……."

상은은 얼굴이 발개져서 우물쭈물했다.

"그게 아니면?"

"……."

"촌닭 같은 걸 거두어 이만큼 세련되게 가꿔 놓았더니, 너 이래도 되는 거니?"

"이 마담."

덕현이 얼른 손을 쳐들어 이 마담을 제지했다.

"아아르 탓할 일 앙인 거 같소. 실은 내 미스 옥한테 먼저 제의했거든. 그러니까 우리 둘 이야기로 해결으 지읍세."

그러고는 상은을 향해, 미안하지만 밖에 잠시 나가 있으라고 말했다.

상은은 마담의 눈치를 살폈으나, 마담이 가타부타 말이 없자 동의하는 것으로 간주하고는 비실비실 밖으로 나갔다.

"내 이 마담한테 실수하고 있는 거 알갔는데, 가능한 한 기분 풀고 긍정적으루다 내 말으 들어주므 고맙갔소. 우리 회사 낼모래 개업으 하게 되니 어차피 사람이 필요함메. 마, 가장 급한 거이 경리르 구하는 건데, 그래서 당장 금전출납업무르 맡겨야 하는데, 당신도 알다시피 가족 아닌 이상 위험부담 따르는 건 당연지사 아니갔소? 와 하필 저 에미나이냐고 하갔지만, 여태 이 다방 들락거리므 보아하니 아아가 순박하고 성실해 호감이 가고, 물어보니까니 주산도 제법 놓을 주르 안다 해서 데려다 쓸까 했던 겁메. 말이야 바른 말로, 이런 업종에야 외례 저런 에미나이보단 약빠르고 싹싹한 애가 맞디 않음두? 그런 에미나이야 얼마든지 골라 쓸 수 있을 게고. 마, 하여튼 내 미안하게 됐는데, 앞으루 서로 등질 것도 앙이고 날마다 얼굴 대함으 가능한 한 도와야 한다는 걸 생각함으 양해해 줄 수 있을 게요. 나 앞으로 금전적으로든 뭐로든 이 빚 꼭 갚을 걸루 약속합세. 어떻소, 이 마담?"

덕현이 성심으로 진지하게 설득하자, 마침내 이 마담의 표정도 펴졌다.

보아하니 당사자 마음도 절반 이상은 떠나 있는 것 같은데 굳이 붙잡은들 뒤끝이 흔쾌할 것 같지도 않고, 언제 빈손 털고 일어서야 할지 모르는 것이 물장사인데, 실한 단골고객 한 사람 밀쳐내는 것보다는 화끈하게 털어버려 부담을 지워 놓는 것이 주판알 잘 굴리는 짓이라고 판단한 것이다.

이 마담은 한숨을 폭 내쉬고는 말했다.

"계집애가 이미 마음도 들뜬 것 같으니, 하는 수 없죠 뭐."

"미안하오, 이 마담."

"애가 순박하고 성실한 건 틀림없어요. 금고 맡겨 놔도 엉뚱한 짓 같은 건 하지 않을 애예요."

"내가 찍은 거이 바로 그 점입메. 하여튼 고맙소. 이 빚으 꼭 갚을 테니까니."

마침내 이 마담은 평소의 쾌활한 모습으로 돌아가서 생글생글 웃으며 농지거리를 했다.

"임 처장님, 지금까지 말씀하신 게 다는 아니죠?"

"아니, 이 마담. 거 자꾸 처장님 처장님 하지 맙세. 나 그 디긋디긋한 피란민연락처하곤 깨끗이 결말으 본 사람이니까니."

"호호호! 죄송해요. 버릇이 돼놔서……. 그럼 앞으론 어김없이 임 사장님이라고 불러드릴게요."

"허, 나 원!"

"어쨌든 방금 말씀하신 건 구실이고, 사실은 개한테 다른 맘 품고 계신 거 아닐까 싶은데. 그죠?"

"그거이 무슨 소립메? 다른 목적이라니."

"이를테면 청춘사업."

"아니, 메야? 거 생사람 잡디 마오."

"왜 그렇게 펄쩍 뛰세요? 도둑이 제 발 저린 건가요? 호호호!"

"쯧쯧! 사람으 어찌 취급하는 게엔가. 누이동생도 한참 막내동생 같은 애르. 그리구 나 솔딕히 말해 저런 풋과일은 좋아하지도 않소. 이 마담처럼 푹신하고 넉넉한, 과일로 말할 것 같음으 아주 농익은 과일이 좋거든. 아네?"

"피! 순 거짓말."

이 마담은 눈을 흘기며 쥐어박는 시늉을 했다.

덕현은 껄껄 웃고 과장스럽게 피하는 시늉을 해 주면서 속으로는 이렇게 비웃고 있었다.

예끼, 이 헛약아빠진 여편네야!

드디어 거제여객운수회사 개업일이 밝았다.

평소 온갖 잡동사니가 널려 있던 작업장은 밤사이 거짓말처럼 깨끗이 치워지고, 거기에는 완성된 버스 한 대가 말끔한 모습으로 덩그렇게 서 있었다.

페인트 냄새가 아직 가시지 않은 차체에는 오색 테이프가 이리저리 둘러져 있고, 앞 범퍼에는 울긋불긋한 화환이 걸쳐져 고정되어 있었다. 그리고 차체 양옆에는 '경축, 거제도 버스운행 개통' '주민 여러분 감사합니다'라는 현수막이 둘러져 있었다.

차 옆에 마련된 행사자리에는 책상 두 개를 붙여 놓고 창호지를 덮은 위에 돼지머리·시루떡·막걸리 항아리·과일 따위가 차려지고, 학교에서 빌려다 설치한 스피커에서는 사무실에서 작동되는 유성기 판의 유행가소리가 크게 울려 퍼져 사람들의 관심을 끌어모았다.

그 난데없는 잔치인지 소동인지 분간하기 어려운 구경거리에 이끌려 하나 둘 모여들어 멀찌감치 둘러선 사람들은 다 내색은 하지 않을망정 행사가 끝나고 나서 어쩌면 자기한테도 차례가 돌아올지 모르는 술 한 잔 머릿고기 한 점에 대한 기대를 은근히 품고 있었고, 조무래기들은 난생 처음 보는 다채로운 색상의 버스에 매료되어 손으로 만져보려고 다가가다가 누군가의 꾸짖음에 찔끔해서 물러나곤 했다.

말쑥한 양복차림에다 상의 왼쪽 가슴 포켓에 꽃까지 꽂은 덕현은 행사준비에 미진한 부분이 없는지 여기저기 점검하면서 손목시계를 들여다보고 시간을 재곤 했다.

거의 한 달 내내 땀범벅 기름범벅에다 페인트범벅으로 살아온 황태봉조차도 낡긴 해도 깨끗한 양복을 걸치고는 그런 자기 주제꼴이 어색한 듯 서성거리고 있었다.

누구보다도 난감한 사람은 경리사원 옥상은이었다. 다방을 그만두고 입사하자마자 어린 나이에도 그런 공개행사의 안주인 역할을 맡게 되었으므로 당혹하고 긴장한 표정을 감추지 못한 채 종종거리고 있었다. 난생 처음 겪는 일인 데다 구경꾼들의 시선이 자기한테 집중되는 것 같아 견딜 수 없었다.

행사개시 시간인 오전 10시가 가까워지자, 손님들이 나타나기 시작했다. 면장과 면사무소 간부들, 경찰지서장과 차석(次席), 양키시장 상인상조회 간부들이 속속 도착해 발전을 기원하는 지폐 한 장을 돼지 입에다 물려주었다.

덕현은 그 한 사람 한 사람과 악수를 하고 축하인사를 받았다. 스스로도 만족해 마지않는 닙네네하고 번들거리는 그의 일굴에서는 잘 맞물려진 희고 고른 이가 길게 드러난 채 웃음이 떠나지 않았고, 음성은 기쁨과 흥분으로 들떠 있었다.

올 손님은 다 온 것 같고 시간도 정각 10시가 되자, 스피커의 노랫소리가 뚝 그치면서 덕현이 마이크를 들었다.

"에에, 모두 안녕들 하십네까? 소생은 전 니북피란민연락처 처장이며, 현재는 거제여객운수회사 사장인 임덕현 올시다. 그럼 이제부터 거제여객으 력사적인 창업식으 겸한 축하운행식으 시작할까 함다. 먼저 소생 인사말씀 올리갔습네다. 에에, 오늘 존경하는 연초면장님과 면사무소 간부님들, 연초지서장님과 차석님, 시장상인 상조회 간부님들, 그리고 주민 여러분으 모신 자리에서 저희 거제여객운수회사가 첫 출발으 자축하게 됨은 무한한 영광인 동시에, 제 개인으로 말씀드릴 것 같으므 참으루 감개무량하고 아니 기쁠 수 없습다."

밭은기침을 두어 번 뱉고 목을 가다듬어 이렇게 허두를 뗀 덕현은 거제도에 처음 도착해 피란민연락처를 구성한 이후 최근까지의 어려움을 어찌어찌하다보니 필요 이상으로 장황하게 늘어놓게 되었다. 지난 일에 대한 나름의 씁쓸한 감회 탓이겠지만, 하객이나 구경꾼들로서는 운수회사 개업을 기념하자는 것인지 지난 푸념을 늘어놓자는 것인지 헷갈릴 판이었다.

사람들이 따분한 표정을 짓고 술렁이는 듯한 기미가 보이면서야 정신이 든 덕현은 비로소 거제운수를 설립한 동기와 과정을 설명하기 시작했다.

"소생이 이 거제도 와서, 이렇게 아름답고 인정 넉넉한 고장이 있는가 감탄하면서리, 한편으루 몹시 안타깝게 생각한 것은 교통이 너무 불편하다는 것이었습다. 대중교통수단이 없으니까니 10리 20리, 심지어 100리르 무슨 볼일 있어 간다 해도 순전히 다리품 팔아야 할 형편 아닙네까. 현대세상에서는 교통이 불편해서느 그 사회 절대 발전 못 함다. 교통수단 중에 가장 긴요한 것이 대중교통입네다. 그래서 소생은 이제 거제1호 차로 먼저 장승포에서 옥포·연초·고현으 거쳐, 남해안 장거리 연안여객선들이 기착하는 우리 거제으 관문 성포까지 일차적으루 운행하고, 곧 제작에 들어갈 거제2호 차로는 장승포에서 지세포·구조라·학동으 거쳐 저구까지 잇는 남쪽 해안도로로르 운행하게 할 것이우다. 사업성 보아가며 또 거제3호, 거제4호르 계속 제작해 이 아름다운 섬으 대중교통난으 완전 해소할 계획과 각오가 서 있슴다. 아무쪼록 존경하는 내빈님들으 비롯해 주민 여러분으 적극적인 관심과 성원이 받쳐 주셔야만 이 사업이 제대로 돌아갈 수 있고, 또 그래야만 거제으 발전 가능하리라 생각함다. 바쁘실 터인데 불구하고 이렇게 자리르 빛내주신 데 대해 심심한 감사르 올리며, 이만 인사말으 마치갔습네다."

중간사설이 길어서 문제지, 상당한 연설솜씨였다. 내빈들과 구경꾼들은 박수를 쳤고, 덕현은 허리 굽혀 감사를 표했다.

다음은 내빈축사의 차례였다.

맨 먼저 마이크를 쥔 면장은 타향살이하는 처지에 거제의 발전을 위해 운수사업을 개척한 덕현의 공익정신을 간략히 치하했고, 마이크를 넘겨받은 지서장은 덕현이 피란민연락처장으로서 피란민사회의 안정화는 물론이고 토착주민들과의 유대강화에도 적극적으로 노력해 기여한 바가 크다는 다소 추상적이고 형식적인 축하인사를 했다. 상인상조회장은 먹고살기 위해 장사를 하면서 무엇보다 교통이 불편해 큰 어려움을 겪었는데 이제 문제가 해소되었다는 요지의 축사를 했다. 한 사람의 축사가 끝날 때마다 박수가 터졌고, 그 박수가 축사한 사람에 향한 것인데도 덕현이 달마같이 웃는 얼굴로 청중들에게 꾸뻑꾸뻑 절을 했다.

주최인사와 축사가 끝나고 덕현과 내빈들이 테이프커팅을 하자, 버스가 별안간 부르릉거리며 엔진이 걸리더니 움찔움찔 움직이기 시작했다. 가까운 데를 돌아오는 시운전에 들어가기 위해서였다.

내빈들과 함께 손바닥이 아프도록 박수를 치면서 버스를 바라보는 덕현은 콧날이 시큰하며 가슴이 뭉클해졌다. 그것은 슬픈 빛깔의 감정이 아니라 벅찬 기쁨과 자부심에서 우러난 것이었다.

그것으로 행사가 끝나고 각자 막걸리 한 사발씩으로 축배를 들 때, 덕현이 다시 마이크를 잡았다.

"에에, 저쪽에 서 계신 여러분들도 기냥 돌아가지 마시고 잠시 기다려 줍쇼. 행사가 완전히 끝나므 남은 음식과 술으 조금씩이나마 나누어 맛보시며, 우리 거제여객의 발전으 축하해 주시면 감사하겠슴다. 이상입네다."

슬금슬금 떠날 듯하던 구경꾼들이 그 말에 걸음을 멈출 때, 뜻밖의 하객이 뒤늦게 바쁜 걸음으로 찾아왔다. 꽃다발을 들고 육감적인 몸을 흔들며 나타난 빅토리다방 이 마담이었다.

"아이고, 이 마담. 어쩐 일임둥?"

덕현이 한편 놀랍고 한편 고마워서 반기자, 이 마담은 짐짓 눈을 흘기며 톡 내쏘았다.

"아니, 이런 거룩한 잔치에 저 같은 사람은 부르면 안 되는 모양이죠?"

"원, 그럴 리 있겠슴. 하여튼 고맙소꼬망. 와줘서."

"사장님, 축하드려요. 이거 받으세요."

금방 표정을 화사하게 바꾸고 덕현에게 꽃다발을 안겨준 이 마담은 먼저 와 있던 다른 하객들에게도 일일이 인사를 했다. 그런 다음, 한쪽에 어색한 자세로 서 있는 상은에게 다가갔다.

"어때, 해낼 만하니?"

"언니!"

자기를 대하는 이 마담의 태도가 어떨지 몰라 은근히 조바심하던 상은은 금방 감격해서 팔짝 뛰듯하며 손을 잡았다.

이 마담이 두어 옥타브 낮추어 말했다.

"임 처장, 아니, 임 사장 저 사람 인간성은 별로 같다만 사업 안목은 상당한 것 같다 야. 대개 저런 사람이 한 번 토라지면 언제 봤더냐는 듯 냉혹하니까, 아무쪼록 눈 밖에 나지 않도록 처신을 조심해. 알았니?"

"예."

"처신 조심하라는 건 돈계산 같은 것만 갖고 말하는 게 아냐. 내 말뜻 알겠니?"

"무슨……?"

"이런 맹추. 사내꼭지란 다 늑대란 말 못 들어봤어? 열아홉 살이나 먹었다는 애가."

"아이, 언니도 참!"

그제야 말귀를 알아들은 상은은 얼굴이 발개지며 웃었다.

"웃긴 왜 웃어. 잔말 말고 내 말 명심해. 무슨 일 생기면, 어려운 일 있으면 주저 말고 나한테 뛰어와. 알았니?"

"예, 언니. 고마워예."

다시 주인과 하객들한테 돌아간 이 마담은 화려하고 능란한 매너로 잠깐 분위기를 잡다가 요령있게 자리를 떠났고, 그때쯤은 하객들도 한 사람 두 사람 돌아갈 즈음이었다.

이윽고 잔치가 파장분위기가 되어 이제는 구경하던 보통사람들의 몫이 될 차례였으나, 그때까지 자리를 지키고 있는 구경꾼은 의외로 얼마 안 되었다. 주빈들에 대한 대접이 뻑적지근할 뿐 아니라 의외로 시간을 끌자 시틋해시 중간에 돌아간 사람이 많았기 때문이었다.

2

아버지에 대한 선물로 막소주 한 병을 들고 모처럼 집에 다니러 온 딸이 다방레지를 그만두고 새로 생긴 버스회사 경리직원으로 취직했다고 하자, 옥치조 부부의 기쁨은 컸다. 직장 자체도 괜찮거니와, 그동안은 딸이 몸담고 있는 업종의 내용을 혹시라도 남들이 알고 수군거리지나 않을까 해서 전전긍긍했는데 그럴 필요가 없어졌기 때문이었다.

다만, 다방에서는 숙식을 그곳에서 해결했기에 회사 다니면서는 어떻게 할 것인지 몰라 걱정하자, 본인의 대답은 의외로 수월했다.

"집에서 출퇴근하자니 너무 멀어서, 회사 근처에 쪼끄만 방을 하나 구했어예. 사장님이 구해 줍디더."

"아이고, 느그 사장님 참말로 좋은 사람인갑다. 네한테 그토록 신경써 주는 거를 보니. 그래, 우짜든지 착실히 해서 눈 밖에 안 나거로 단디이 해라. 이라고 보니, 그때 닐로 우짜든지 중학교는 마치도록 해 주었어야 하는 긴데. 부모 죄다. 참말로!"

이옥례가 눈물까지 글썽이며 필요 이상 수선스럽게 호들갑을 떨자, 치조는 혀를 끌끌 차고는 눈길을 피할 뿐이었다. 신경 건드리는 소리를 했다가 자칫 빗나가는 효과를 가져와 또 곤혹스러운 일이 생기면 어쩌나 하는 조심성에서였다.

옥례는 이따금 정신이 오락가락하게 된 이후, 날이 갈수록 그 이상증세가 조금씩 더해 가는 것 같아 가족들의 애간장을 태우고 있었다.

그녀 역시 자기가 그렇다는 사실은 인지하고 있었지만, 가족들의 조심스런 배려 덕분에 별로 의식하지도, 부끄러워하지도 않고 무난히 지내오고 있었다. 그녀는 딸이 기특하고 대견한 나머지 자꾸만 말을 시키고 싶어했다.

“사장님이 월급은 얼매나 줄락하더나?”

“몰라 아직. 첫 달 받아봐야 알지 뭐.”

“우짜든지 우짜든지 단디이 해라. 집에 쪼끔만 떼주고 모아서 시집갈 밑천 모으도록 해라. 인자아 농사도 없으니 닐로 뭐 가이꼬 시집을 보내겠노.”

“아이 참, 옴마는……. 내 나이가 몇인데 볼써로 그런 소리를 하노.”

상은은 이맛살을 찌푸리며 눈을 흘깃했으나, 꼭 기분이 나쁘기만 한 기색은 아닌 것 같았다.

“참, 그라고 아부지, 상기 말입니더. 쟈 저렇게 빈둥빈둥 놀리고 있을 기 아이라 제 밥벌이라도 하도록 해야 안 되겠습니꺼.”

“그기이 어디 쉽나.”

“상기 우리 회사 뻐스 조수 해보락하는 기 우떨까예?”

“뻐스 조수?"

“예.”

“그기이 니 마음대로 되는 일가. 본인 생각이 우떤지도 모리겠고.”

그러자, 옥례가 발끈하듯 참견하며 끼어들었다.

“그누마 생각이 우떻거나 말거나 대수요. 상은아, 그렇게 할 수 있으몬 우짜든지 네 동상 거기 옇어주라. 그런데 뻐스 조수가 우떤 일을 하는데?”

“차에 따라댕김서 운전수가 이것저것 시키는 일 거들고 차비도 받고, 그런 거겠지 뭐. 시운전만 하고 차가 조금 문제가 있는지 며칠째 손을 보고 있는갑던네, 사장님한테 이야기를 할락하몬 지금 해야 하거든.”

“아, 그라몬 당장이라도 가서 말씀드리라. 다른 사람 정하기 전에."

"상기가 할락고 하겄나. 이따가 물어보고."

"물어볼 기 뭐 있노."

"그래도 옴마는 그 고집탱이 성질 모리나. 우쨌든 그래가이꼬 슬슬 따라댕김서 차기술을 배워놓으몬 자기한테도 좋을긴데."

"야아야, 더 말하몬 뭐하노."

치조는 모녀간의 그런 대화를 듣다 말고 슬그머니 일어나 방에서 나왔다.

그는 가타부타 말하지 않았지만, 작은아들이 그렇게라도 해서 자기 한 사람 몫을 해결해 주었으면 싶었다. 농사붙이라고 할 만한 땅도 없어진 그네 가정에 가장 시급하고 절실한 것은 뭐니뭐니해도 생계문제 해결이었다. 그러니 몇 푼이라도 벌어 자기 입 하나 덜어준다면 그게 어딘가.

그런데, 어디선가 놀다가 저녁무렵 터덜터덜 집에 들어온 상기는 누나로부터 이야기를 듣더니 시큰둥한 얼굴이었다.

"하기 싫나?"

그렇게 물은 것은 치조였고, 본인의 대답은 역시 시큰둥했다.

"별롭니더."

"와, 달리 생각하는 기 있나?"

"예."

"뭔데?"

"……."

"이야기를 해야 네 뜻을 존중하든지 말든지 할 거 아이가. 아부지 생각에는 자동차기술 익히는 것도 괜찮을 거 같은데."

그제야 상기는 미군부대 하우스보이로 들어갔으면 한다는 의사를 비쳤다.

포로수용소 일대에 사는 그 또래 청소년들한테는, 군복을 개조한 유니폼 비슷한 옷을 입고 커다랗게 접은 종이배 같은 모양의 캡을 쓴 모습으로 부대 안에 자유롭게 들락거리는 하우스보이가 선망의 대상이었다.

상기로서는 아이다운 희망을 피력한 것이었으나, 그 대답이 떨어지기 무섭게 어머니의 지청구가 시작되었다.

"아니, 뭐라꼬? 하우스뽀이? 네 그기이 뭔지나 알고 그딴 소리 지껄이나?"

"……."

"군인들 구두나 딲고 잔심부름이나 하고 그러는갑던데, 평생 묵고 살 기 생기는 일도 아이고, 그기이 그렇게도 부럽더나?"

"……."

"저 우에 용산마을 누구네 집 애새낀가 하우스뽀이 되가이꼬 좋다고 댕기더니, 우찌 된 노릇인지 이상한 창병에 걸리가이꼬 꼴값을 떨어쌌는다는 소문이 들리더라. 네도 그런 꼴 당해야 정신을 차릴래?"

"참 옴마는 야아한테 무신 그런 흉측한 말을 하노."

상은의 타박에 아내를 나무랄 기회를 잃어버린 치조는 아내가 오늘따라 상당히 정신이 말똥말똥한 것이 제법이다 싶어 미소를 지었다.

"상기야."

그는 작정하고 아들을 불렀다.

"예?"

"아부지가 생각하기에는 느그 누야 말을 따르는 기, 지금 우리 집 형편으로 보나 네 장래성으로 보나 좋을 성싶다. 운전을 하거나 차 고치는 기술을 배워 놓으몬 이다음에 부산이나 마산 같은 도시로 나가서 살 수도 있고 말이다. 사람은 태어나몬 서울로 보내고 말은 태어나몬 제주도로 보내라는 말도 있는데, 그런 기술 갖고 있으몬 부산 마산뿐만이 아이라 서울엔들 몬 가서 살겠나. 사람 한평생에 기회가 자주 있는 기 아이니라. 아부지 생각에, 지금이 네한테는 기회이지 싶다. 그러니 누야가 말하는 대로 하기로 하자. 알았제?"

"……알았습니더."

상기가 마지못해 시무룩이 대답하자, 상은이 반색하며 결정적인 제안으로 아우의 마음에 쐐기를 박았다.

"그래. 잘 생각했다. 네가 집에서 얼마든지 출퇴근할 수 있도록 누야가 자전거 하나 장만해 주꺼마. 응?"

치조는 그런 딸의 모습을 보며, 이 아이가 잠깐 사이 부쩍 어른이 되었구나 싶어 흐뭇하면서도 애틋한 감회에 젖어들었다.

치조의 큰아들 상국이 집에 불쑥 들이닥친 것은 7월에 막 접어든 어느 날 저녁이었다.

그날따라 저녁식사를 조금 늦게 마친 치조네 부부는 밥상을 옆에 그대로 둔 채 평상에 앉아서 부채질로 모기도 쫓을 겸 땀도 식힐겸 상은과 상기 두 오뉘에 대한 이야기로 모처럼 흐뭇한 한때를 보내고 있었다.

상기가 처음의 시큰둥하던 태도와 달리 누나가 사준 중고 자전거로 신바람나게 달려 연초삼거리 거제여객으로 출근하기 시작한 것은 바로 사나흘 전이었다.

자식 둘이 한꺼번에 그렇게 직장생활을 하게 되자, 치조 부부는 갑자기 무거운 짐을 벗어버린 것처럼 마음이 가뿐하면서 그렇게 즐거울 수가 없었다.

"여보, 상국아부지, 저것들 둘이 우짜든지 자기 밥벌이는 할 모양이니 얼매나 다행이요."

"그러게 말이네. 우리 상은이가 그런 줄 몰랐더니 보통 똑똑한 아아가 아이거마는."

"우리가 늘그막에 고생은 안 해도 될 모양이요."

"다 임자가 잘 거두어 키운 덕이지 뭐. 고맙네."

"히히히, 내가 한 기 뭐 있소."

그때, 밖에서 인기척이 들리더니 웬 군인이 문간에 불쑥 들어섰다.

처음에는 전혀 몰라보았다. 날이 어둑어둑한 데다, 난데없이 양쪽 겨드랑이에 목발을 짚고 나타났기 때문이었다.

"누구요?"

옥례가 눈이 뚱그래져 물었다.

"나요."

"나?"

되묻는 옥례는 물론이고 치조까지 가슴이 철렁했다. 너무나 귀에 익은 목소리가 아닌가.

"상국이가!"

치조가 자기도 모르게 벌떡 일어나며 외치고, 옥례는 울부짖으며 구르듯이 쪼르르 달려나가 얼싸안았다.

"아이고, 내 아들! 꿈이가 생시가. 아이고, 우리 상국아!"

"조용하이라. 이웃집 듣겠다."

"들으몬 대수가. 아이고, 세상에! 야아가 돌아왔네에. 동네사람들아, 내 아들이 돌아왔네에."

옥례는 손으로 얼굴을 쓰다듬고 자기 볼을 아들의 볼에 비비며

법석을 떨었다.

상국은 그런 어머니한테는 대책이 없다는 듯, 하는 대로 내버려 둔 채 아버지를 향했다.

"그동안 별일 없었습니꺼."

"별일이야 뭐 있었노."

그렇게 대답하다 말고 치조는 아들의 왼손에 들려진 작은 보퉁이를 문득 발견했다. 보퉁이를 얼른 받아들며 아내를 나무랐다.

"거 좀 적당히 해라. 안 그래도 먼 길에 지친 아아를 붙들고."

그제야 옥례는 아들에게서 시부저기 떨어졌으나, 징징거리며 안절부절못하기는 마찬가지였다.

"상은이하고 상기는요?"

"연초에 새로 생긴 뻐스회사에 취직해서 댕기고 있다."

"뻐스요?"

"그래. 상은이는 경리로, 상기는 뻐스 조수로."

"잘 됐네요."

"상은이는 그쪽에 방을 얻어 나가 있고, 상기는 곧 올 때가 돼간다."

상국은 목발에 의지하고도 왼다리를 부자연스럽게 내딛는 걸음으로 마당을 지나 평상에 가서 엉덩이를 털썩 내려놓았다.

그 걸음걸이를 눈여겨보는 치조의 가슴이 무너져 내렸다.

"시장하제?"

그러고는 아내를 향해, 빨리 밥상을 새로 보라고 재촉했다.

그럴 즈음 이웃사람들이 하나 둘 얼굴을 들이밀며 상국을 반겼고, 상국은 불편한 몸을 일으켜 일일이 답례인사를 했다.

"다리는 그래, 우떴노?"

치조가 조심스럽게 물은 것은 이웃사람들이 다 돌아간 다음이었다.

“괜않습니더.”

“많이 다쳤나?”

“조금요. 죽는 사람도 있는데요 뭐.”

“그래, 휴가 온 것가?”

“아입니더.”

“아이라니?”

“제대한 깁니더. 의병제대라고 함서 집에 돌아가락합디더.”

“뭐락고? 제대했닥고?”

치조는 놀라지 않을 수 없었다. 의병제대라면 단순한 부상이 아니라 군인노릇을 아주 못하게 된 병신이란 말이 아닌가. 시선이 자신도 모르게 아들의 왼다리로 향했다. 그러다가 얼른 시선을 거두었다.

“우쨌든 살아서 돌아왔으니 다행이다. 저어기 지세포댁 아들은, 작년에 네보다 조금 늦게 입대했는데, 나가자마자 전사통지가 왔다 아이가.”

“아니, 남식이가요?”

“그래. 가아 이름이 남식이제. 그래서 온통 난리가 났더니라. 거기 비하몬 네는 몸이야 좀 불편할지 몰라도 목숨은 건져 돌아왔으니, 조상님이 도우신 기다.”

“부대에 있을 때 이야기를 듣기는 들었는데, 와서 보니 포로수용소가 장난이 아이네요. 온 들판이……우리 논꺼정 다 들어갔데요.”

“이쪽뿐인 줄 아나. 독봉산 너머 수월하고 양정이랑, 저 위쪽 문동꺼정 포로수용소가 들어차 있다.”

“그러나저러나 논이 저렇게 됐으니 큰일 아입니꺼.”

“마, 우짜겠나. 그래도 밭뙈기는 남아 있은께 입에 풀칠이야 하졌지. 네 동생들도 자기 밥벌이는 할 모양이니.”

그렇게 말하면서 치조는 갑자기 가슴이 답답해졌다. 다리병신인 아들을, 더군다나 장남을 어떻게 하나 하는 걱정 때문이었다.

농토가 없으니 경작할 일도 없지만, 몸이 성치 못하니 무슨 다른 생산적인 일인들 하겠는가. 가방끈이 짧으니 머리를 써서 먹고살 수도 없고. 평생 동안 따라다닐 병신이란 꼬리표를 본인인들 어떻게 삭여내며, 곁에서 바라봐야 하는 가족은 또 얼마나 감당하기 어려운 고역이 될꼬. 또, 결혼은…….

그런 생각을 하다가 불현듯 자신을 나무라며 기분을 바꾸었다.

내가 이거 왜 이러나. 죽지 않고 살아서 돌아와 준 것만 해도 감지덕지해야 할 판에. 정말이지 사지(死地)에 보냈던 천금 같은 자식 하나 이나마도 건졌으면 그만이지.

그렇게 생각하니까 다소 기분이 풀렸다.

상기가 자전거를 끌고 나타난 것은 상국 앞에 밥상이 막 놓였을 때였다.

“어, 셍이 왔구나!”

상기는 문간에 들어서자마자 깜짝 놀라며 소리를 쳤고, 상국은 쓸쓸하게 웃으면서 아우를 반겼다.

두 아들이 이야기꽃을 피우는 것을 보고, 치조는 슬그머니 자리를 비켜 마당을 가로질러 담장 쪽으로 갔다. 강담 너머 아래쪽 멀리 고현 들판을 차지하고 있는 포로수용소의 불빛이 시야에 들어왔다.

저 속에 갇힌 수많은 장정들 한 사람 한 사람 모두가 기구한 사연을 간직하고 있으리라는 생각이 들자, 불현듯 가슴이 아릿해 왔다. 이런 불필요한 전쟁으로 많은 사람을 불행하게 만드는 어떤 인간들이, 세월이, 세상이 너무나도 원망스러웠다.

좀 불편해 보이긴 해도 무사한 큰아들의 모습을 보는 기쁨에만 흥분한 나머지 어떤 사유로 집에 돌아왔는가 하는 문제에 관해서는 의식조차 못하는 옥례였다. 그런 그녀가 큰아들의 다리 부상이 의외로 심각해 군대에서 아주 내쳐졌다는 사실을 안 것은 잠자리에 들었을 때, 남편의 이야기를 들어서였다.

그녀의 입에서 비명 같은 새된 소리가 터져나왔다.

"아니, 뭐락고요?"

"쉿! 들리겄다."

아랫방에 있는 아들들을 의식해 치조가 얼른 면박을 주자, 옥례는 목소리를 바꾸면서도 마치 대들듯이 물었다.

"여보, 그라몬 쟈가 아주 다리벵신이 됐단 말이요?"

"어쨌거나 앞으로 저놈 보고 다리가 어쩌니 저쩌니 하는 소리는 절대 입술에 붙이지도 마란 말이다. 알았나?"

"아이고! 세상에 이런 얼척없는 일이 어디 있소, 상국아부지."

"우짜겄노. 운명이거니 하고 받아들이야제. 죽은 거보다는 그래도 안 났나. 지세포댁 봐라."

"하기사……."

그러다가 옥례는 느닷없이 벌떡 일어나 앉음으로써 남편을 깜짝 놀라게 만들었다.

"아이고! 우리 상국이가 다리벵신이 뭐꼬. 조상님들도 무심하지, 우리한테 우찌 이런 일이 일어나노."

그러면서 자기 가슴을 탕탕 치는 아내를 보고, 치조는 화가 벌컥 치밀었다.

"이 에핀네가 참말로……."

그 경황에도 '미쳤다'는 막말을 순간적으로 자제한 치조는 단내나는 숨을 내쉬며 아내를 끌어다 옆에 도로 눕혔다.

"임자가 이럴수록 본인이 비관해서 더 자기감당을 몬하게 된다는
생각을 와 몬하노. 제발 좀 그러지 마라."

"그래도 그렇지……."

옥례의 입에서 그예 흐느끼는 소리가 나왔다.

치조는 울음을 그치지 않는 아내를 마치 어린애 다루듯 토닥거리
며 속삭였다.

"마, 괘않다. 마음 크게 묵자."

아랫방에는 그때까지도 호롱불이 켜져 있고, 도란도란 말소리에
다 낮은 웃음소리까지 섞여 들려왔다. 오랜만에 만난 형제간에 이
야기꽃을 피우고 있으리라.

그런 두 아들의 모습을 떠올리자, 치조는 불현듯 가슴 뭉클하도
록 애틋한 감정이 끓어오르면서 눈시울이 뜨거워졌다.

그날밤, 부부는 꽤 오래도록 잠들지 못했다.

짐승의 시간

1

　윤석규가 요양소에 있는 기간 동안 조양숙과 함께 불안감 속에 나눈 밀회야말로 두 사람에게는 줄타기하듯 아슬아슬한 긴장의 연속이었다.

　둘 다 한쪽 발목이 기다란 쇠사슬에 묶인 것 같기에 그 사랑은 더욱 애절하며 안타까웠다. 그야말로 인생의 소중하고 아까운 시간을 매번 짧게 축약해서 사는 기분이었다.

　그들은 포섭 대상의 정신무장이 강해서 설득이 잘 먹혀들어가지 않는다는 핑게로 각자의 배경에 대해 적당히 속임수를 쓰면서 시간을 벌었다. 그러면서도 양숙은 한두 건 사소한 정보 제공으로 박중위의 기대에 접근하는 척했다. 심통이 틀어진 박 중위가 77수용소 복귀는 아니더라도 분위기가 좋지 못한 수용소에 석규를 보내버리는 일이 없도록 하기 위한 방법이었다.

　그러던 어느 날, 아침 회진 때 군의관을 따라 석규의 병동에 나타난 간호사가 뜻밖에도 낯선 얼굴이었다.

　간이 철렁해진 석규는 새 간호사를 붙들고 조양숙 간호원이 왜 보이지 않느냐고 물었다. 그러나, 자기는 전혀 모르는 일이고, 오직 위에서 시키는 대로 따를 뿐이라는 메마른 대답밖에 들은 것이 없었다.

　마침 찾아온 박상열 중위를 붙들고 하소연했지만, 돌아온 대답은 실망스러운 것이었다.

　"놈들의 조직이 그 순진한 아가씨가 자네한테 빠져 본연의 공작 임무를 망각했다고 판단해 제거하지 않았는지 모르겠군. 아니면 우리 쪽의 역공작 시도를 감지했거나. 불행히도 내 짐작이 맞는다면, 자넨 그 아가씨를 깨끗이 잊는 게 상책이야. 기적이 일어나지 않고는 그녀가 자네 앞에 다시 나타나긴 어려울 테니까. 그저 우연히 여자 하나 만나 잠깐 즐기고 헤어진 거라고 생각해. 어떻게 될지 모르는 포로의 신분으로 자네의 로맨스는 솔직히 말해 엄청난 행운 아니었나? 다른 사람들한텐 입조심하는 게 좋아."

　유복한 집 도련님처럼 곱상하고 서글서글한 박 중위 얼굴이 그 순간의 석규에게는 무슨 악마의 탈처럼 느껴졌다. 박 중위의 짐작대로 빨갱이들이 연합정보대쪽 역공작 시도를 알고 그녀를 미리 제거한 것이 틀림없다면, 사실이 그렇다면 그녀의 안전문제에 대해 책임을 지고 적절한 조치를 취해야 도리가 아닌가. 그럴 책임이 있지 않은가.

　석규가 속이 바작바작 타는 심정으로 그런 뜻의 애소를 했으나, 박 중위의 반응은 싸늘했다.

　"이제 보니 감정 절제를 잘 못하는 게 자네 결점인 거 같군. 윤석규. 다시한번 말하지만 자넨 포로 신분이야. 그런 자신을 망각하지 않았다면, 이럴 경우 어떻게 처신하는 것이 자신에게 가장 유리한지를 알아야지. 나더러 조양숙이란 여자포로가 어떻게 되었는지를 알아보라고? 그건 어쩌면 그나마 목숨을 보존하고 있을지도 모르는 그녀를 아주 죽이는 짓인 거야. 빨갱이들이 어떤 놈들인지 누구보다 뼈저리게 겪어보고서도 그런 소릴 하나? 실망스럽군."

　석규는 마침내 입을 다물고 말았다. 박 중위의 뜻이 확고한 이상 더 간청해 봐야 헛일일 뿐 아니라, 냉정히 판단하면 그 말도 사실이기 때문이었다.

그러나, 설령 그렇다손 치더라도 어떻게 단념한단 말인가. 그녀의 위기를 알면서 어떻게 손을 놓고 아무런 구제노력도 하지 않을 수 있단 말인가. 그로서는 절대 그럴 수 없었다. 그렇게 하는 자신을 용서할 수 없었다. 그러면서도 현실적으로 전혀 속수무책이니 미치고 환장할 노릇이었다. 공산당에 대한 적개심과 분노가 가슴속에서 모닥불처럼 이글이글 타올랐다. 조양숙의 존재야말로 운명의 신이 그 불길을 극대화하기 위한 효과로 자기에게 잠깐 비췄던 환영이며 무지개가 아니었던가 싶었다.

이 죽일 놈들! 부모와 재산을 앗아가고 나를 죽음 일보직전까지 몰아넣은 것으로 부족해, 이번에는 내가 사랑하는 여자까지? 양숙아, 미안하다. 정말 미안하다. 하지만 나로선 어떻게 해 줄 수가 없구나. 제발 살아만 있어 다오. 다시 못 만나도 좋으니, 부디 죽지만 말아다오.

양숙이 사흘만에 다시 나타남으로써 결과적으로 추측이 빗나가고 말았지만, 석규는 그 불과 며칠 동안에 평생을 다 산 것 같은 기분이었다. 그리고 그녀의 무사한 모습을 보는 안도에 이어 기쁨과 함께 몰려오는 피로감은 몸을 제대로 가눌 수 없게 했다.

다음날 밤, 당직을 서는 양숙을 석규가 찾아가 만났을 때, 그녀는 결근의 이유를 가볍게 비쳤다.

"당성이 약하다는 질책도 받고……조금 몸이 안 좋았어요."

그리고 보니 머리모양이 달라지고 얼굴빛도 어딘가 모르게 정상이 아닌 것 같았다.

"나 때문에 당했구만."

"아녜요."

“아니긴 뭘. 얼굴에 씌어 있는걸.”

그러면서 손으로 턱을 치켜올리자, 양숙은 눈물이 핑 돌며 손길을 밀어내고 양팔로 그의 목을 감았다.

석규는 그녀를 위해 아무것도 해줄 수 없는 자기 현실이 답답하고 미칠 지경이었다. 이런 경우, 위로나 동정의 말 몇 마디 따위는 얼마나 하찮고 뻔한 수작인가.

두 사람은 힘주어 포옹한 체로 의자에 한참동안 앉아 있었다. 말이 굳이 필요하지 않았다. 침묵 속에 이루어지는 감정의 교감만으로도 충분했다.

먼저 입을 뗀 것은 석규였다.

“우리 탈출하는 게 어떠네?”

일순, 양숙의 몸이 굳어지며 숨소리마저 멎었다. 그러나, 그녀는 곧 피식 웃으며 석규의 가슴을 툭 쳤다.

“그게 가능한 얘기예요?”

“여긴 병원이고 숙이는 간호원이니까니 꼭 불가능하지두 않을 것 같은데. 찾아보면 뭔가 방법이 있지 않갔어?”

“그럼 석규씨는?”

“나는 또 나대로 탈출하는 방법을 찾지 뭐. 난 자신이 있어. 문제는 당신이야.”

“미안해요. 난 자신 없어. 용기도 없구.”

“그럴 테지. 그 얘긴 그만하자우.”

석규는 양숙의 몸을 힘차게 끌어안으며 키스했다.

어쨌든 그녀가 일단 무사한 것이 큰 다행이었고, 불안하고 아쉬운 사랑이나마 계속할 수 있다는 것이 축복처럼 느껴졌다.

그러나, 그런 밀회도 더 지속할 수 없게 되었다. 석규가 완전히 회복되어 퇴원해야 되었기 때문이었다.

"자네 그동안 뭔가 날 속이고 있는 것 같은 느낌이 드는데, 아무튼 더 두고 볼 테야. 그곳 지도부와 의논해 자네가 병원출입을 자주 할 수 있도록 적당한 방법을 취해 놓겠어. 그러니까 조 간호원과 접촉을 계속하라고. 무슨 뜻인가 알겠지?"

석규가 퇴원하기 전날, 반공포로 세력이 상대적으로 강한 73수용소로 가도록 조치해 놓았다고 먼저 통보한 다음, 박 중위가 던진 주문이었다. 그것은 사무적 지시인 동시에 은근한 협박이었다. 석규는 그렇게밖에 받아들일 수 없었다.

석규는 양숙이 갑자기 자취를 감추었을 때의 박 중위 태도를 상기하며, 그의 말에 내심 반발을 느꼈다. 그러나, 싫다고 할 수는 없었다. 73수용소에 일단 안착하고 볼 일이었다. 한편으로는 앞으로도 무슨 방법을 쓰든지 그녀를 계속 만나야 할 판인데, 그런 편의를 제공하겠다고 하므로 다행이라는 생각도 들었다.

그날 밤 양숙을 만나 박 중위가 한 말을 전하자, 그녀는 쓸쓸하게 웃었다.

"그리고 보면 나나 석규 씨나 둘 다 꼭두각시 인형이군요. 조종하는 줄에 따라 움직이는."

석규는 그 말을 듣자 가슴속이 활활 타는 것 같았다. 양숙의 두 손을 꽉 잡으며 선언했다.

"나 절대로 박 중위 손에 놀아나디 않을 거이야. 기따우 정보 운운하는 소린 집어치라구 해. 배치가 이미 끝났으니 그만이지 뭐. 설마 다시 77로 보내갔어? 고분고분 따를 나도 아니구. 그러니까 니 숙이도 이제부턴 그 문제에 일절 신경쓰디 말라우. 알았네?"

"그렇게 되면 석규씨가 날 만나러 올 기회도 없어지지 않겠어요?"

"아니야. 이곳 병원하고 73은 가장 가깝지 않네. 무슨 수를 쓰든지 숙이를 자주 만나러 올 거야."

"정말?"

"기럼. 덩말이지 않구. 목숨을 걸고라도 올 테니까니."

"약속하는 거죠?"

"약속하구말구."

양숙이 두 팔로 석규의 목을 감고 바짝 끌어안았다. 그러면서 속삭였다.

"됐어요. 나중 일은 그때 가서 부딪치면 되고, 지금은 우리의 재회를 축하하고 기념해야 되잖아. 알았죠?"

석규는 자기 얼굴에 더운 입김을 쏟아내는 그녀의 분위기에 황홀하게 끌려들어가며, 어쩌면 앞으로는 이 여자를 이처럼 다시 볼 수 있는 기회가 더 없을지 모른다는 불안한 생각에 미칠 것만 같았다.

82수용소나 83수용소처럼 우익세력이 완전히 장악하지는 못했지만, 73수용소는 여단장을 비롯한 지도부 요직을 반공포로가 거의 차지하고 있어서, 그만해도 77수용소와는 분위기가 하늘과 땅 차이였다.

그곳에서 포로생활의 새 국면을 맞게 된 석규는 후견인인 박 중위 덕분에 지도부의 환영을 받았고, 감찰조장에 발탁되었다.

피상적 관점에서 볼 때 석규는 박 중위나 73수용소 지도부의 기대에 부응하는 열성 반공포로였다. 감찰조장 직무에 묵묵히 충실하고, 빨갱이 색출과 처벌에 누구보다 적극적이며, 눈빛에는 공격의지를 감춘 맹수와 흡사한 차갑고도 날카로운 야성이 항상 서려 있었다. 공산포로로서 어쩌다 감찰에 끌려왔다가 그의 손에 걸리면, 그 포로는 초주검이 되어 병원으로 실려 나갔다. 마치 익숙한 도살자처럼 표정 하나 변하지 않고 무슨 프로그램의 순서에 따르듯 방법을 바꿔 가며 린치를 가하는 석규의 독기에는 동료들도 얼굴을 찡그리거나 고개를 돌렸다.

어느덧 석규는 자신도 미처 의식하지 못하는 가운데 상황이 조종하는대로 악의 연기에 충실한 꼭두각시가 되어 가고 있었다. 그럼으로써 주위로부터 인정을 받고 단기간에 자기 입지를 뚜렷이 구축하기는 했으나, 동료들과 흔연히 휩쓸리지 않고 항상 아웃사이더로서 일정한 거리를 유지하고 있었다.

저 친구 어쩐지 이상해. 뭔가 깊은 사연이 있는 거 같아.

동료들은 뒤에서 수군거렸고, 석규 역시 자기에 대한 그런 인식과 시선을 의식하지 않는 것은 아니었다. 그렇지만 개의치 않았다. 그들에게 아픈 가슴을 열어 보이고 싶은 생각은 추호도 없었고, 하소연한다고 공감이 얻어질 리도 없었다. 아니, 오히려 정신 나간 놈이라고 빈축을 사지 않으면 그나마 다행이었다.

잠들었을 때를 제외하고 의식이 깨어 있는 시간, 그 의식의 표면에 비누거품처럼 항상 떠서 부유하는 것은 조양숙의 모습이었다. 퇴원함으로써 쉽사리 만날 수 없게 되자 더욱 애타게 그리웠고, 그 그리움이 자기가 처한 상황에 대한 분노를 더욱 뜨겁게 만들었다.

병원에서 퇴원하기 전날 밤처럼 뜨거운 육체의 향연을 기대한다는 것은 생각 자체가 사치였다. 고작해야 석규가 작업인력을 인솔하거나 가짜환자가 되어 제64야전병원에 들어가 양숙을 잠깐 만나보고 손이나 잡아보는 정도였다.

그것은 말할 나위 없이 박상열 중위의 첩보활동을 돕는 차원에서 73수용소 지도부의 승인과 협조 아래 이루어진 병원행이었다. 그러나, 그마저도 두 사람을 통해 얻어지는 공산당 조직의 활동 정보 중에 가치가 있는 것이 별로 없다고 판단하게 된 박상열 중위가 제풀로 시들해짐으로써 석규의 병원행도 자연히 기회가 뜸해지고 말았다.

그럴수록 석규는 공격 기회를 노리는 맹수와 같은 분위기의 인간으로 점점 변해갔다.

2

개성에서 열린 휴전회담이 한 치의 양보도 없는 입씨름으로 초장부터 파행을 거듭하고 있을 무렵, 거제도 포로수용소에서는 관리당국의 무지와 무신경에서 비롯된 기상천외의 단막희극이 상연되고 있었다.

본격적인 더위를 앞두고 포로들에게 하복으로 반바지와 반팔상의가 지급되었는데, 그 색깔이 하필이면 빨강이며, 더군다나 겉옷은 물론 러닝셔츠와 팬티까지도 몽땅 빨강 일색인 데서 빚어진 소동이었다.

어차피 공산군 포로는 빨갱이 아니냐. 빨갱이에게 빨간 옷을 입히는 것은 타당할 뿐 아니라 일반군인들과 구분하기 쉽고, 그런 차림으로는 도망칠 염려도 없어 포로관리가 편리해진다.

관리당국은 그런 단순하고 유치한 발상으로 문제의 하복을 제작해서 수월리 제7구역 포로보급창고 마당에 산더미처럼 쌓아 놓았으나, 정작 각 수용소에 지급하는 단계에서 예상하지 못한 저항에 직면하고 말았다.

"아니, 안 그래도 빨갱이한테 질려서 붉은색이라몬 쳐다보기조차 싫은 사람더러 속옷까지 빨간 걸 입으락고? 웃기는 자식들!"

"피츠제랄드인지 피지랄인지 하는 수용소장 그 자식도 참 한심하지. 정신이 어떻게 된 거 아나?"

"이거이 멍청한 미군들 대가리서 나왔을 리 없어. 모르긴 해두 약삭빠른 통역관 한 놈이 관리당국을 꼬셔 염색비용으루 한탕 오지게 해 터먹는 거라고."

“아무리 돈도 좋지만, 사람을 이렇게 취급해도 되는 거야? 쳐죽일 놈!”

반공포로들이 이처럼 분개해서 술렁거릴 정도였으니, 공산포로들이야 말할 나위도 없었다. 그들은 그러잖아도 관리당국을 괴롭힐 꼬투리를 찾고 있던 참에, 그 일을 빌미 삼아 한바탕 소란을 피울 수 있게 되었다고 내심 은근히 기뻐하고 있었다.

그러나, 반공포로들은 우호적 관계인 관리당국에게 대놓고 불만을 터뜨리는 것은 현명한 방법이 아니라고 보아, 반공수용소들끼리 연계해 소극적이면서도 끈덕진 방법으로 그 붉은색 하복을 배척한다는 공동방침을 정했다.

순찰로를 가운데 두고 포로보급창고와 마주보는 73수용소는 반공포로가 여단장을 비롯한 주요 간부직을 차지해 주도권을 잡고 있으나, 공산포로들은 탄탄한 조직을 바탕으로 만만치 않은 물밑세력을 형성하고 호시탐탐 역전의 기회를 노리는 형국으로서, 말하자면 불안한 안정과 균형을 유지하고 있는 대표적인 수용소라고 할 수 있었다.

문제의 하복 포장뭉치가 73수용소 정문 바로 안쪽에 있는 관리사무실 앞에 부려진 것은 오전 10시쯤이었다.

분배책임자인 미국군 중사는 느릿느릿 나타난 여단장 이하 간부들이 못마땅해서 뚱한 표정으로 요구사항을 전달했다.

“빨리 하복을 수령하고, 현재 입고 있는 작업복을 수거해서 20벌씩 끈으로 묶어 작업차에 실어야 한다.”

그러나, 영어를 모르는 사람들이 중사가 말하는 구체적 내용을 알아들을 리가 없을 뿐 아니라, 어림짐작으로 이해는 할망정 이미 붉은 하복을 배척하기로 결정한 이상 그 지시에 고분고분 따를 그들이 아니었다. 귀동냥으로 배운 ‘아이 돈 노(I don’t know)’만 연발하며 시치미 뗄 뿐이었다.

중사는 속이 타서 어쩔 줄 모르며 한국어로 '통역관'을 거듭 외쳤다. 그렇지만 자기 말을 대변해 줄 통역관을 불러오기커녕 앵무새처럼 '아이 돈 노'만 되풀이하자, 마침내 지치고 울화통이 터진 그는 '선 오브어 비취'라고 투덜대며 돌아가버렸다.

"하하하! 저 불쌍한 친구, 오늘 해 안에 작업 끝마치기 글렀는걸."

"그럴 거 같지? 아이 돈 노."

"하하하!"

포로들은 익살을 떨며 재미있어했다.

반공수용소에서는 소극적 방법으로 새 하복을 배척했지만, 공산수용소 포로들은 붉은색에 알레르기 반응을 보이며 투쟁의 꼬투리로 잡아 난동을 부렸다.

그 중에서도 제6구역 64수용소가 대표적인 경우였다.

포로들은 관리당국이 유치한 발상으로 자기들을 우롱한다며 옷뭉치를 죄다 집어던지고, 갈기갈기 찢어 붉은 넝마를 보란듯이 철조망에 걸어놓기도 했다. 그것으로도 모자라 극렬한 선동구호를 외치며 금방이라도 철조망을 부수고 밖으로 뛰쳐나갈 것 같은 험악한 기세로 시위를 벌였다.

"철천지원수 양키놈들 모조리 때려죽여라!"

"민족반역자 이승만과 제국주의 앞잡이 놈들을 박살내자!"

"약소민족의 영원한 후원자 쓰따린 원수 만세!"

"우리의 영명한 지도자 김일성 장군 만세!"

경비초소의 급보를 받고 한국군 제32경비대대에서 경무장한 중대 병력이 출동해 대비태세에 들어갔으나, 포로들의 분위기는 달라지지 않았다. 그들은 오히려 상대방을 자극해 격동시킴으로써 자기네 시위의 당위성을 입증하려는 듯 갖은 욕을 퍼부었다.

경비병들은 워낙 일상적으로 겪는 일이어서 한 귀로 듣고 한 귀로 흘리는 작전으로 일관했고, 그런 무대응 수법이 어느 정도 통하는 것 같기도 했다. 손뼉도 마주쳐야 소리가 나는 법인데 상대방이 꿈쩍도 하지 않으므로, 포로들은 입만 아픈 나머지 마침내 김이 빠져 시들해지기 시작했다.

그런 분위기의 반전을 위해 기름에 불을 붙이고자 적극적으로 나선 것은 역시나 감찰대장 진상용이었다. 다른 간부들과 함께 시위대의 뒤편에서 상황 진전을 지켜보고 있던 그는 박수봉을 불러, 돌팔매질로 경비병들을 공격하라고 지시했다.

"잠깐! 그건 좀 생각해 봐야 할 문제 아닙니까?"

진에게 브레이크를 건 것은 감찰인사과장 최윤학이었다.

진이 허연 시선으로 돌아보았다.

"생각하다니, 뭐를?"

"안 입으면 되지, 그럴 필요까진 없을 것 같은데요. 투석전으로 나가면 저들이 그냥 당하고만 있지 않을 테니 말입니다. 자칫하다 인명사고라도 나면 어떡합니까."

3대대장 강주열이 조심스럽게 껴들었다.

"최 과장동무의 말씀 일리가 있습니다. 저들이 총기를 가지고 있는 이상, 섣불리 자극을 가하게 되면 충동적으로……."

"거 왜들 그래쌌소. 기집애 같은 소리 작작하시오. 아, 투쟁이고 혁명이고 피 흘리지 않고서 어찌 가능하당가. 다소간의 희생은 불가피하고, 그래서 더욱 값지고 비상해지는 거 아니간디. 사실 우리 전사들 요새 잘 먹고 편안해 기합들이 너무 빠져서 좀 긴장하도록 만들 필요가 있단마시."

진의 단호한 주장에 누구도 더 이상 딴죽을 걸지 못하고, 여단장 조태복조차도 묵묵히 딴청을 피우고 있을 뿐이었다.

감찰대장의 명령을 받은 박수봉은 시위대의 중심부로 달려갔고, 곧이어 함성이 터지면서 돌팔매질이 시작되었다.

경비병들로서는 진정 피하고 싶은 상황을 맞은 꼴이었다. 두 수용소 철조망 사이로 뻗은 순찰로와 양쪽 갓길을 합친 전체의 폭은 불과 30여 미터 남짓하고, 거기에는 아무런 엄폐물이 없었다. 그러니 날아오는 돌멩이를 그저 요령껏 피하는 것밖에 뾰족한 방법이 없었다.

출동부대 지휘장교가 엄중한 경고를 했으나, 그런 소리를 귀담아들을 포로들이 아니었다. 자신들의 행위에 스스로 고무된 그들은 더욱 함성을 지르고 욕을 퍼부으며 기승을 부릴 따름이었다.

이중철조망 너머로 날아와 우박처럼 쏟아지는 돌멩이에 부하들이 쩔쩔매는 꼴을 보다못한 장교는 권총을 뽑아 허공에 공포를 쏘았다.

그것은 단순한 일회성 경고의 의미에 지나지 않았으나, 그러잖아도 감정이 격해 있던 경비병들은 지휘관의 공포 일발을 사격개시 신호로 간단히 받아들여 총구를 수평으로 내리고 방아쇠를 당기기 시작했다.

초여름날 한낮의 대기는 콩볶듯한 총성에 갈가리 찢어지고, 극렬하게 날뛰던 포로들은 피를 흘리고 비명을 지르면서 여기저기 쓰러졌다. 나머지 포로들은 그제야 땅바닥에 납작 엎드리거나 도망치기 바빴다.

당황한 지휘장교가 재빨리 사격중지명령을 내림으로써 총성은 곧 멎었으나, 그 짧은 우발사고의 결과는 참담했다. 포로 3명이 절명하고 26명이 중경상을 입었다.

앰뷸런스가 달려오고 포로들이 우왕좌왕하며 더욱 극렬한 투쟁구호를 외치는 광경을 잠시 바라보다가, 윤학은 몸을 돌려 감찰막사로 발길을 돌렸다. 더 이상 그곳에 서 있을 수가 없었다.

이건 미친 짓이다. 다들 돌았어. 하나같이 제정신이 아니야.

윤학은 먼 산을 바라보며 속으로 외쳤다. 이성을 잃기는 피아(彼我)가 마찬가지였다. 시위하는 포로들도, 비극적 결과를 뻔히 알면서 한 차원 높은 목적으로 그들을 부추기는 수뇌부도, 그리고 그 술수에 넘어가 함부로 방아쇠를 당기는 경비병들도 똑같은 광기에 휩쓸려 있었다.

그렇다면 나는 뭔가. 한 발은 아웃사이더로서, 한 발은 그 광란의 향연에 집어넣고 적당히 즐기면서 '난 아니야'라는 착각으로 자신을 속이고 있는 것은 아닌가. 아니라고 어떻게 떳떳이 말할 수 있단 말인가.

윤학이 이처럼 자학적 회의로 괴로워하며 터벅터벅 걸어가고 있을 때였다.

"이건 좀 잘못된 거죠?"

문득 등뒤에서 인기척과 함께 조심스러운 목소리가 들려왔다.

돌아보니, 3대대장 강주열이었다.

"뭘 말입니까?"

"최 과장께서 아까 주의를 주지 않았습니까. 결과적으로 우려한 바가 적중되었으니 말입니다."

강은 걸음을 조금 빨리 해 윤학과 보조를 맞추면서 말했다. 여전히 조심스러운 어투였다. 그는 평소에도 매사에 신중하고 항상 한 발짝 물러서서 바라보는 듯한 태도를 취하는 인물로 윤학에게 인식되고 있었다.

"감찰대장한테 책임을 떠넘길 일도 아니지요. 그 사람의 고집을 적극적으로 꺾지 못한 나 자신도 잘못이 있습니다."

"그렇게 말씀하시면 나 역시 마찬가지지요."

강이 조금 무색한 빛으로 미소를 지었다. 그러더니 의식적으로 분위기를 반전시키려는 듯이 조금 쾌활한 목소리로 말했다.

"하여간에 개성회담에서 빨리 뭔가 결정이 나야 할 것 같습니다. 언제까지 이런 악순환을 반복하며 답답하게 갇혀 있을 수는 없는 거 아닙니까?"

윤학은 대답 대신 고개를 조금 끄덕였다. 긍정도 부정도 아니었고, 그 소극적 반응에는 약간의 배타심도 포함되어 있었다. 그리고 그 뉘앙스는 상대방에게 제대로 전달된 것 같았다.

"머릿속이 어수선해서 억지로나마 좀 자야 될 것 같습니다."

강은 픽 웃으며 그렇게 말한 다음, 윤학과 헤어져 3대대 막사 쪽으로 걸어가기 시작했다.

윤학은 저도 모르게 그 강주열이란 인물에게 마음을 빼앗기고 말았다. 평소에도 그가 유난히 자기한테 친근하게 군다는 사실을 새삼스럽게 깨달았다. 의식적으로 어느 정도의 차단벽을 세워 놓고 접근을 허락하지 않는 조심성으로 일관하지만, 윤학은 강이 어쩌면 자기의 포로생활에 좋은 의미든 나쁜 의미든 하나의 변화를 가져다 줄 인물인 것 같은 예감을 떨쳐버릴 수가 없었다. 왜 그런 생각이 드는지는 자신도 알 수 없었다.

3

거제도 포로수용소장 모리스 J. 피츠제럴드 대령은 포로들이 왜 새 하복을 그토록 극렬히 배척하는지 이유를 알 수 없었다.

그 의문을 풀어준 것은 군목(軍牧)이었다. 일반군인이 아니고 한국에 오래 살아온 선교사 출신인 군목은 소장을 찾아와 웃으면서 이렇게 말했다.

"새 유니폼 제작에 대해서 제가 진작에 알았더라면 이런 소동은 없었을 텐데요. 일본이 강제점령하고 있던 시절, 사형선고를 받은 한국인 죄수에게 빨간 옷을 입혔답니다. 그러니 유니폼을 받았을 때, 포로들이 어떤 상상을 했겠습니까?"

결국 문제의 하복은 어처구니없는 에피소드만 남긴 채 전량 폐기처분되고 포로들에게는 새 하복이 지급되었으며, 그럭저럭하는 사이 어느덧 여름이 지나갔다.

아침저녁으로 벌써 선선한 기운이 느껴지면서 낮이면 따사로운 햇살 아래 고추잠자리 떼가 계절의 빠른 전환이 부담스러운 듯 기승스럽게 날고, 밤이면 이슬이 대지를 축축하게 적시는 가운데 귀뚜라미들이 처량하게 울어댔다. 가을이 그렇게 성큼 다가와 있었다.

자연이 그처럼 아무 일도 없다는 듯이 순리에 따른 평화로운 변화의 흐름을 연출하며 계절을 바꿔 가고 있을 때, 거제도 포로수용소에서는 항상 긴박감이 감도는 가운데 공산포로와 반공포로 사이의 뜨거운 열기가 점점 발화점을 향해 올라가고 있었다. 그리고 그 대결분위기에 탄력을 주입한 것은 공산포로의 조직력을 한층 전투적으로 재편성하도록 촉구한 북한군 최고사령부의 공작지령이었다.

공작루트를 통해 공산포로 지도부에 하달된 지령은 적에게 심대한 타격을 가하고 휴전회담을 유리한 방향으로 끌고 간다는 목적 아래 무력으로 거제도를 장악할 수 있도록 만반의 태세를 갖추라는 것이었으며, 그 요지는 다음과 같았다.

첫째, 수용소 내부조직과 외곽지원조직은 언제든지 봉기 또는 발출이 가능하도록 준비하고 유기적인 연락망을 강화할 것.

둘째, 작전개시명령이 내리면 외곽조직은 각 수용소 감시초소를 기습해 점령함으로써 기본전투부대의 탈출을 지원함과 동시에, 산 꼭대기에서 횃불로 봉기신호를 올릴 것.

셋째, 봉화신호에 따라 기본전투부대는 은밀히 사전조사를 해 둔 반동분자 전원을 척살하고, 역내 발전시설을 파괴해 암흑화된 기회를 틈타 국련군 관리당국의 병기고를 급습해 무기와 탄약을 탈취한 다음 파괴하며, 저항하는 국련군과 국방군을 소탕하고 신속히 외곽 전투집단과 호응할 것.

넷째, 그와 같은 봉기로 거제도 자치권을 장악하고 무선으로 최고사령부와 통신연락을 한 다음, 경남과 전남 등 본토에 상륙한 이후에는 인민군대 및 지리산 유격대와 합류해 투쟁을 계속할 것.

이런 어마어마한 지령에 따라 공산포로들은 기존편제와 별도로 '군사행정위원회'를 구성하고, 기성조직인 해방동맹을 비롯해 백두산사단파·무명조직파 등 각 파벌성 지하조직을 정리하거나 규합해 일사불란한 전투태세를 갖추었다.

그런데도 포로수용소 관리당국의 연합정보대는 마치 코끼리 뒷다리 만지듯 피상적 기미만 감지했을 뿐 캄캄절벽이었다. 그 정도로 공산당의 조직력과 보안시스템이 상대적으로 막강했다.

어수선하고 불안한 분위기 속에서도 그런 대로 평온한 분위기를 유지하던 거제도 포로수용소가 갑자기 폭발적 소요에 휩싸인 것은 그 가을의 문턱, 보다 정확하게는 1951년 9월 17일이었다.

그날저녁 제7구역 76·77·78수용소 광장에는 초저녁부터 열성 공산포로들이 집결하기 시작했다. 사전의 조직지령에 따라 같은 시간대에 꾸역꾸역 막사를 빠져나온 포로들은 삽시간에 수천 명씩의 군중을 이루었고, 누군가의 선창에 따라 구호를 외치면서 점점 그 열기가 뜨거워지기 시작했다.

"위대한 김일성 장군 만세!"

"조선민주주의인민공화국 만세!"

"미제국주의놈들 물러가라!"

"악질반동 타도하자!"

횃불시위를 겸한 군중집회는 어둠이 짙어질수록 뜨겁게 달아올랐고, 그들이 내지르는 함성은 천지를 진동시켰다.

제7구역을 담당한 한국군 제33경비대대는 세 수용소 주변에 비상경계를 펼치고, 고현리 제32경비대대와 양정리 제31경비대대 역시 만일의 사태에 대비한 대기태세에 들어갔다.

지칠 줄도 모르고 몇 시간이나 계속되던 시위집회는 자정을 넘기면서 마침내 광기를 본격적으로 발산하기 시작했다.

"우리의 구국투쟁을 방해하는 반동분자들을 척결합시다!"

"옳소!"

"놈들을 인민재판에 끌어내라!"

누군가의 선동에 따라 우레 같은 함성이 일어나고, 그 함성을 신호로 수십 명의 반공포로가 결박된 채 끌려나왔다. 그들은 사전각본에 따라 이미 붙잡혀 광란의 재물이 되기 위해 대기하고 있던 불운한 포로들이었다.

가설무대 위에 즉시 법정이 개설되고, 재판장을 맡은 세포위원장이 의자에 버티고 앉아 피고를 단상에 차례로 끌어올려 인민재판을 진행하기 시작했다.

"이 반동분자는 국방군놈들이 북진했을 당시 그 앞잡이로서 치안대에 가입해 선량한 인민을 수십 명 학살한 놈이오. 이 반동을 어떻게 조치하면 좋겠소?"

그 혐의사실의 진위 여부는 아무런 의미가 없었다.

"위원장동무, 그런 악질은 특급으로 처벌해야 하오!"

앞쪽에 앉아 있던 누군가가 큰 소리로 외치자, 동조하는 목소리가 여기저기서 튀어나왔다.

"옳소!"

"처형하라!"

"돌작업을 실시하라!"

손바닥을 쳐들어 소란을 잠재운 재판장은 목소리를 가다듬어 판결을 내렸다.

"이 악질반동은 애국인민들의 공평한 판정에 따라 특급범죄자로 처리한다."

그 판결에 따라 득달같이 달려든 감찰대원들이 피고를 땅바닥으로 끌어내린 다음, 분류등급에 따른 형벌을 가하기 시작했다.

그들이 미리 정해 놓은 처벌급수는 4등급이었다.

특급은 한국군과 유엔군이 북진했을 때 협력했거나 치안대를 조직해 활동했던 자로서, 이들에게는 돌로 쳐서 죽이는 이른바 '돌작업'이 적용되었다. 1급은 민주당이나 청우당 같은 중도성향의 정당 조직원 출신으로서 공산당에게는 미운털이 박힌 자이고, 이들에 대한 처벌은 곤봉 500대였다. 2급은 전쟁발발 직후에 부산포로수용소 간부를 지내며 관리당국에 협조적이었던 자로서, 이들에게는 곤봉 400대가 해당되었다. 3급은 자체 신상조사에서 허위진술을 한 자이며, 이들의 형량은 곤봉 300대였다.

명시적으로 사형인 특급을 제외한 나머지는 형식논리상 단순한 체벌이지만, 누구도 단 30대를 넘기는 장사가 없었다. 따라서, 인민재판에 회부된다는 사실 자체가 죽음을 의미했다.

시신도 처벌등급에 따라 처리방법이 달랐다. 특급과 1급은 즉석에서 사지를 토막내 똥통에 쳐넣었다가 나중에 고현 앞바다에 내다버리고, 2급과 3급은 철조망 안의 후미진 장소나 심지어 막사 안의 땅바닥을 파고 매장해버렸다.

시위군중 속에는 분위기에 휩쓸려 어쩔 수 없이 참여한 포로도 적지 않았지만, 감히 나서서 인민재판의 부당함이나 처벌의 잔혹성에 대해 입을 여는 사람은 하나도 없었다. 이의제기 자체가 '나는 반동이니 죽여주시오' 하는 것과 마찬가지니 그럴 수밖에 없었다.

그처럼 동시에 똑같은 집단살인극이 벌어졌으나, 세 수용소의 사정에 따라서 이후의 상황전개에서는 차이가 벌어졌다. 76수용소와 77수용소는 처음부터 막강한 공산세력이 완전히 장악하고 있기 때문에 그들의 각본대로 일사천리 진행되었으나, 78수용소는 반공포로들이 주도권은 상실했을망정 어느 정도 조직력을 확보하고 있어서 호락호락 당하고만 있지는 않았다.

광장에서 벌어지는 끔찍한 광란의 살육극을 목격하고 큰 충격을 받은 78수용소 반공포로들은 재빨리 자구책의 행동에 나섰다. 그들은 공산포로들이 인민재판에 정신이 팔려 있는 틈에 신속한 상호연락을 통해 집단탈주를 결행하기로 했다. 그래서 소집단별로 천막지주나 몽둥이 따위 자위무기를 하나씩 들고 동시에 일제히 정문을 향해 달려나갔다. 그렇게 해서 정문 쪽에 집결한 인원이 거의 300명 정도 되었다.

이들은 안쪽 정문을 지키던 포로보초를 때려눕히고 바깥쪽 정문 밖의 한국군 보초병과 출동경비병들을 향해 다급하게 소리쳤다.

"빨리 문 열라우! 우린 반공포로요."

"지금 인민재판으루 수십 명 동지들이 둑어가고 있소. 저걸 막아야 합네다."

"더 있다간 우리도 당하게 되오. 제발 살려주시오!"

그러나, 병사들은 그 절실한 요구를 섣불리 들어 줄 수가 없었다. 갑작스러운 상황이라 포로들의 정체를 간단히 신뢰할 수도 없거니와, 무엇보다도 그들에게는 문을 열어 주고 말고 할 권한이 없었다.

뒤늦게 상황을 알아차린 공산포로들 태반이 인민재판은 뒷전으로 미루고 정문 쪽으로 우르르 몰려왔다. 허를 찔린 그들은 분노의 함성을 지르며 반공포로들을 습격하고, 반공포로들은 무기를 휘두르며 사나운 맹수들처럼 필사적으로 접근을 막았다.

수적으로는 비교가 되지 않으나, 공산포로들은 인민재판에 열광하다가 곧바로 달려와서 거의 맨손인 데 비해 어차피 죽느냐 사느냐의 기로에 몰린 반공포로들이 워낙 최후의 발악으로 대항하기 때문에, 그 싸움은 금방 결판이 나지 않았다.

더구나 경비대 지휘장교가 부하들로 하여금 사격준비자세를 취하게 하고는 공산포로더러 물러서라고 명령하며 더 이상 접근하면 발포하겠다고 엄포를 놓는 바람에, 그들도 섣불리 덮치지 못하고 일정한 거리를 둔 채 함성과 욕설로 위협만 가하고 있었다.

소강상태의 대치국면이 지속되는 가운데 초가을 밤은 한없이 깊어만 갔다.

남녘의 9월이라고는 하지만 밤기운은 제법 쌀쌀하고, 이슬을 맞은 옷이 축축하게 젖어서 오들오들 떨릴 정도였다. 몸은 비록 추위와 피로에 지칠 대로 지쳤지만, 반공포로들도 병사들도 바늘처럼 날카로운 신경과 핏발 선 눈으로 공산포로들에 대한 경계에 만전을 다하고 있었다.

지휘장교는 초소의 경비전화로 서너 번이나 경비사령부 당직실에다 상황을 보고하면서, 정문을 열고 반공포로들을 구출할 수 있도록 승낙을 요청했다. 그러나, 미국군 당직장교는 한밤중의 수용소 정문 개방은 자기 위임권한 밖의 사항이라며, 아침까지 현재의 소강상태를 유지하라는 말만 되풀이할 뿐이었다. 마침내 장교는 마지막 통화 끝에 수화기를 부술 듯이 난폭하게 내려놓으며 욕을 뱉었다.

어느덧 공산포로들 가운데 일부만 대기하고 대부분 슬금슬금 빠져나가 막사로 돌아갔을 뿐 아니라 먼동이 희끄무레하게 밝아왔으므로, 그제야 반공포로들은 안도의 한숨을 내쉬었다. 그렇지만 완전히 마음을 놓을 수 없어 적에 대한 경계태세는 조금도 늦추지 않았다.

마침내 날이 밝았다.

밤을 지새운 경비부대와 초소 근무병들은 아침식사를 하기 위해 교대했지만, 철조망 안에 쭈그리고 앉아 있는 반공포로들에게는 아무런 조치가 내려지지 않았다. 적의 기습에 대비해 긴장을 풀지 않고 마냥 기다리는 도리밖에 없었다.

날밤을 꼬박 새운 포로들은 지칠 대로 지친 데다 자기들에 대한 비상식적인 홀대에 감정이 날카로워져 노골적으로 투덜투덜 불평을 늘어놓기도 하고, 개중에는 비관을 이기지 못해 허공을 쳐다보거나 고개를 떨어뜨린 채 흐느끼는 사람도 있었다.

그럴 때였다.

"놈들이 온다!"

누가 외치는 소리에 반공포로들은 찬물을 뒤집어쓴 것처럼 정신이 번쩍 들어 일제히 경계태세에 돌입하며 핏발선 눈으로 광장 쪽을 노려보았다.

그들 쪽으로 걸어오는 사람들은 수십 명에 불과했다. 앞장선 몇몇은 지도부에 속한 얼굴들이고, 나머지는 건장한 호위역들이었다.

"저 자식, 부여단장이잖아."

“감찰대장하구 위생부장도 있네. 쳐죽일 놈으 새끼덜!”

“우리한테 무슨 소리를 하자는 건가?”

“뻔할 뻔자지 뭐. 못 나가게시리 달래려는 거 앙이겠슴.”

모두들 바짝 긴장한 상태로 한마디씩하고 있을 때, 이윽고 30미터쯤 거리에서 발걸음을 멈춘 부여단장이란 자가 입을 열었다.

“동무들, 밤새 고생 많았지요? 지금 모두 흥분상태라서 내 말이 귀에 들어가기 어렵겠지만, 그래도 제발 참고 들어 보세요.”

반응을 살피기 위해 일단 말을 끊은 그는 상대편에서 별다른 항의나 반대가 나오지 않자 자신감을 얻은 듯 본격적인 설득에 들어갔다.

“동무들은 지금 괜한 고생을 하고 있습니다. 시위행사는 간밤의 한 번으로 끝났고, 인민재판에 회부된 자들은 감찰에서 선별하고 선별해도 도저히 용서할 수 없는 악질 반동들만입니다. 동무들은 그들과 처지가 다르지요. 여단부에서는 동무들 모두의 신상파악을 다 하고 있지만, 혐의가 가벼울 뿐 아니라 어차피 전쟁이 끝나면 조국의 품으로 돌아갈 사람들이기 때문에 처벌에서 제외한 겁니다. 그래서 동무들은 지금까지도 별 문제 없이 잘 지내오지 않았습니까? 괜한 자격지심으로 겁먹어서 이러고들 있는 것이지, 아무런 문제가 없어요. 내 부여단장 직함을 걸고 분명히 약속하지만, 여러분은 걱정하지 않아도 됩니다. 그러니 마음을 돌려 동지들의 품으로 다시 돌아오세요.”

뻔한 수작 집어치우라는 소리가 드디어 터져나오자, 그는 그 비난이 잦아들기를 기다려 목소리를 한 옥타브 높였다.

“동무들의 심정 충분히 이해합니다. 불안하기도 하겠지요. 그렇지만 스스로 돌아들 보세요. 왜 찬이슬을 맞으며 밤새 이 고생을 하고 있어야 하는 건지. 동무들의 희망대로라면 벌써 다른 곳에 가서 밤새 편한 잠자리에서 피로를 풀고 아침식사를 배불리 해야 정상 아니겠소? 그런데도 보세요. 국방군과 미군놈들은 여태 나몰라라 하고, 저희들만 돌아가 아침밥 처먹지 않습니까? 놈들은 그래요. 우리 포로를 인간취급을 하지 않는 겁니다. 놈들에게 기대할 건 하나도 없습니다. 그런데도 그놈들한테 비굴한 애걸을 할 겁니까? 굳이 그럴 필요가 없습니다. 이제라도 동무들의 귀순을 진심으로 고대하는……."

기진맥진 반 호기심 반으로 귀를 기울이던 반공포로들은 드디어 폭발하고 말았다. 벌떼같이 일어나 삿대질하고 무기를 휘둘러 보이며 말을 중단시켰다.

"닥쳐! 이 살인마놈아."

"우리가 돌아가면 집단 돌작업으루 둑이려고? 뻔한 수작 집어치라우!"

"그러지 말고, 이 새끼, 너나 이리 오라우. 살가죽 벗겨 이 털조망에 걸어 줄 테니까니."

반공포로들의 기세가 워낙 요지부동임을 알게 되자, 설득하러 왔던 자들은 마침내 본색을 드러내어 마주 욕을 퍼붓고 어디 두고 보자며 으르렁거렸다. 그러더니 씩씩거리며 돌아가버렸다.

일단 부여단장 일행을 쫓아 보내기는 했지만, 반공포로들은 불안해지기 시작했다. 설득이 무위로 돌아간 이상 그 반작용으로 더욱 강경하고 악랄한 공세로 나오지 않을까 싶었기 때문이었다.

아니나다를까 얼마 뒤 수많은 공산포로들이 험상한 기세로 몰려나왔으나, 다행히도 때맞춰 경비당국의 후속조치가 떨어짐으로서 반공포로들은 절박한 순간에 간신히 위기를 모면할 수 있었다. 한국군뿐 아니라 미국군 증원병력이 장갑차를 앞세워 도착해 신속한 움직임으로 전투태세에 들어가고, 사방 감시망루의 기관총이 일제히 78수용소 광장을 향해 총구를 겨누며 여차하면 불을 뿜을 태세를 갖춘 덕분이었다.

그런 초강경 조치에 기가 질린 공산포로들이 멈칫거리는 사이, 드디어 78수용소 정문이 활짝 열렸다.

"와아!"

"살았다!"

"만세!"

"대한민국만세!"

기진맥진해 있던 몸 어디에서 그런 힘이 솟구치는지, 반공포로들은 일제히 뛰쳐나가며 환성을 질렀다. 서로 얼싸안으며 감격의 눈물을 흘리기도 했다.

위기를 벗어난 반공포로들이 경비병들의 호송 아래 대표적 반공 수용소인 제8구역 83수용소로 이동하고 있을 때, 78수용소에서는 공산포로들과 한국군 경비병들의 일대격돌이 벌어지고 있었다. 2개 소대병력이 관리당국의 지시에 따라 간밤의 사태에 대한 진상조사를 하기 위해 광장 안에 진입하고, 공산포로들이 극렬하게 저지함으로써 비롯된 사태였다.

그러나, 객관적으로 그 싸움은 어처구니없는 해프닝이었다. 제네바협정의 포로관리규정에 따라 경비병들은 고지식하게도 총기를 휴대하지 않은 채 곤봉 하나씩만 들고 있음에 비해, 포로들은 몽둥이와 칼 같은 흉기를 휘두르며 선제공격을 가했기 때문이었다. 더군다나 포로들은 수천 명이 동원되었음에 비해 경비병들은 겨우 80여 명이고 보니 중과부적도 그런 어처구니없는 중과부적이 없었다. 결국 사병 1명이 납치되어 타살되고 수십 명이 부상을 입은 채 퇴각함으로써 경비대의 수용소 진입은 실패로 끝나고 말았다.

그럼에도 불구하고 별다른 무력제재가 가해지지 않자, 공산포로들의 기세가 등등하게 살아났다. 기관총을 겨누고 장갑차가 동원되어도 한낱 강도높은 무장에 불과할 뿐 적극 개입이나 간섭의 의지가 없다고 판단한 세 수용소의 공산포로들은 의기양양해서 연 나흘 동안이나 밤낮없이 극렬한 시위를 벌이며 반공포로 소탕전을 벌였고, 그 바람에 인민재판으로 비명에 숨진 사람이 400여 명이나 되었다.

한국전쟁의 기록에서 이른바 '9. 17폭동'이라고 일컫는 포로수용소의 참혹한 비극은 그런 소요 끝에 겨우 잠잠해졌다.

4

개성에서 열린 휴전회담은 군사분계선 설정에 대한 양쪽의 의견차이로 지루한 입씨름만 계속하다가 1951년 8월 23일 마침내 중단되고 말았다.

그 반작용으로 한국군과 유엔군의 지상군이 모든 전선에서 제한공격을 계속하고, 공군은 북한 전역의 전략지점에 대한 대대적인 폭격을 감행해 공산측을 압박했으며, 그에 대해 공산군 역시 필사적 반격을 가함으로써 휴전회담을 둘러싼 신경전은 좀처럼 해결의 실마리가 잡힐 것 같지 않았다.

노련한 국제감각의 소유자인 이승만 대통령은 이 전쟁을 어떤 식으로든 빨리 끝내고자 하는 국제역학상의 대세를 거스를 수 없다고 판단했다. 그래서 휴전회담 용납에 대신한 조건부를 내걸었다. 중공군 철퇴와 북한군 무장해제, 유엔 감시하의 북한 선거, 휴전기간 설정 등 공산측이 도저히 받아들일 리 없을 뿐 아니라 유엔군측도 고개를 저을 내용이었다.

이 대통령이 무리한 요구조건 제시로 딴죽을 걸어 회담 당사국들의 분노와 빈축을 사고 있을 때, 전국 각지에서는 휴전반대 북진통일을 외치는 민중시위가 끊이지 않았다.

그러나, 한국국민들의 열망에도 불구하고 휴전회담은 교착상태를 의외로 단기간에 끝내고 돌파구를 마련했다. 유엔군 공군의 대규모 폭격으로 극심한 피해를 본 공산측이 협상테이블에 복귀하려는 제스처로 휴전회담 장소를 판문점으로 변경하자는 제안을 내놓았고, 그것을 유엔군측이 즉각 수용한 것이다.

급히 마련된 판문점회담장에서 양쪽 대표단이 마주앉은 것은 10월 25일이었다. 2개월의 휴회기간을 청산한 휴전회담은 그때부터 일사천리로 진행되어, 11월 27일에는 30일간 기한부로 잠정적인 군사경계선을 설정함과 동시에 전투행위를 중지하기로 합의했다. 마침내 한반도 허리의 모든 전선에서는 총성이 완전히 멎고 기묘한 정적의 평화가 찾아들었다. 이어서 12월 7일 비무장지대가 확정되고, 18일에는 양쪽이 포로명단을 교환했다.

마침내 그것으로 전쟁과 살육의 신 아레스는 1년 반 광란의 군무(軍舞)를 마치는가 싶었으나, 포로교환 문제가 커다란 걸림돌로 등장하는 바람에 휴전회담 자체가 와해될지 모를 상황이 되고 말았다.

양측은 어떠한 타협의 가능성도 배제하는 듯한 입장을 취했고, 그로부터 후퇴할 낌새는 거의 보이지 않았다. 공산주의자들은 전원 송환이 아니면 아예 회담자체를 거부한다는 태도를 누그러뜨리지 않았고, 휴전협상이 체결되면 모든 포로는 지체없이 북한이나 중공 당국에 인도되어야 한다고 주장했다.

유엔군측의 입장 역시 그 결의에 있어서 공산측 못지않게 확고하였다. 포로는 자유의지에 의한 송환의 기초 위에서 교환되어야 하며, 그의 출신국으로 돌아갈 것인지, 억류국에 남아있을 것인지에 관한 그의 희망을 표시해야한다는 것이었다.

　휴전회담이 시작된 이래 전투행위 중지와 휴전선 설정이라는 근본문제 타결에 매달릴 무렵만 해도 유엔군측은 부칙사항에 불과한 포로교환을 그렇게 심각한 문제로 생각하지 않았고, 그 점은 공산군측도 마찬가지였다. 제네바협약 제118조에 '전쟁포로는 실질적인 적대행위가 끝나면 지체없이 석방 송환되어야 한다'고 엄연히 규정되어 있으므로, 그 원칙에 입각해 다소의 조정을 가하면 무난하리라는 것이 공통된 생각이었다.

　그러나, 거제도 포로수용소에서 적대세력간의 유혈충돌사태가 잇따라 일어나고 송환을 원하지 않는 반공포로의 목소리가 거세어지면서 제네바협약상의 포로교환 조항은 한국전쟁의 경우 비현실적인 수사(修辭)에 불과했다. 같은 겨레의 내부갈등이기 때문에 포로들 중에 송환복귀를 원하지 않는 이탈자가 발생할 개연성은 없지 않았지만, 그 규모가 예상 외로 컸기 때문이었다. 당혹한 것은 공산군측뿐 아니라 유엔군측도 마찬가지였다.

　그렇다고 해서 이미 밑그림이 완성된 휴전성립의 큰 틀을 훼손할 수는 없으므로, 이해가 일치한 양측은 즉시 조정작업에 들어갔다. 공산군측은 전원 무조건 송환이라는 그들 나름의 종래 원칙에서 한 발짝 물러나, 정 그렇다면 송환희망자와 기피자가 어느 정도인지 일단 증빙자료부터 제시하라고 요구하고, 유엔군측 역시 그 숫자를 파악할 필요가 있으므로 분류심사를 서두르게 되었다.

　공산군측은 자료제시를 요구하면서도 한편으로는 공산포로 지도부에 심사를 실력으로 거부하도록 은밀한 공작지령을 내리는 이중플레이를 진행하고 있었으며, 그 궁극목적이 그들의 애초 주장인 일괄강제송환에 있음은 말할 나위가 없었다.

　그런 내막도 모른 채 유엔군측은 해가 바뀐 1952년 2월 포로들에 대한 분류심사를 서둘렀고, 그 첫 대상으로 제6구역 62수용소를 꼽았다.

선정동기는 두 가지인데, 하나는 수용자들이 남한출신 의용군들이므로 고향과 부모를 배척하고 굳이 북으로 가지 않으리라는 기대와, 또 하나는 상당수가 대학생을 비롯한 고학력 젊은이고 사상적으로 무장이 되어 있는 진짜 공산주의자이기 때문에, 그들에 대한 표본분석으로써 전체 포로의 성향과 분포를 어느 정도 가늠할 수 있으리라는 계산이었다.

포로수용소 관리당국은 62수용소에 대한 분류심사 실시에 앞서 공산포로들의 방해공작을 예상해 나름대로 치밀한 계획을 짰다. 심사당일 새벽 2시를 기해 제6구역 내의 모든 수용소에 통행금지령을 발동하고, 날이 밝는 대로 심사반과 함께 무장병력을 투입하며, 구역을 4등분해서 포로들의 역내이동을 차단한 가운데 소구역별로 심사해 나간다는 것이었다.

그러나, 관리당국은 결과적으로 공산포로들의 정보능력과 투쟁의지를 너무 얕잡아보아 낭패를 본 꼴이 되고 말았다. 디데이로 정한 2월 18일 아침 미국군 대대병력의 엄호 아래 새벽같이 62수용소에 도착한 심사반은 벌어진 입을 다물 수가 없었다. 포로들이 몽둥이·도끼·칼·죽창 등 각종 무기를 들고 광장에 이미 포진하고 있지 않은가.

당황한 심사반은 일단 계획대로 면회심사를 강행하지 않을 수 없다는 판단 아래 포로들을 설득하려고 했다. 그래서 포로대표를 불러 담판을 벌였다.

"판문점회담에서 공산대표의 요청에 따른 양쪽 합의로 포로 개개인의 희망사항을 묻고자 하는 것이 이번 면회심사의 취지다. 이것을 방해하면 포로문제 처리를 어렵게 하는 행위가 되어 여러분의 상급지휘부에 대한 항명(抗命)이 될 뿐 아니라, 여러분의 진로결정과 처리가 그만큼 늦어지게 된다. 그런 만큼 시위를 풀고 관리당국의 방침에 따라 순순히 심사에 응하는 것이 좋지 않겠는가?”

“우리는 전원 조국의 품으로 송환되기를 원하므로 심사는 시간낭비일 뿐이다. 단념하고 돌아가라.”

“그렇게 말하는 것은 포로의 신분을 망각한 명백한 도전이므로 절대 용납할 수 없다.”

“좋을 대로 하라. 우리는 죽음 따위 무서워하지 않는 인민전사들이다.”

심사반의 설득에 대한 포로들의 반응이 그처럼 냉담하고 강경했으므로, 결국 피를 보는 충돌을 피할 수 없게 되었다.

지휘장교의 공격명령에 따라 병사들이 정문 안으로 진입하자, 포로들도 무기를 휘두르며 일제히 달려들어 일대격전이 벌어졌다. 병사들은 처음 허공을 향한 위협사격으로 포로들을 제압하려고 했으나, 포로들이 위축되기커녕 오히려 자극을 받은 맹수처럼 달려들자 하는 수 없이 수평조준사격으로 대응하지 않을 수 없었다.

한동안의 격돌 끝에 폭동은 가까스로 진압되었지만, 그 결과는 양쪽 다 참담하고 심각했다. 포로 55명이 즉사하고 162명이 중경상을 입었으며, 중상자 가운데 22명은 병원에서 죽고 말았다. 그리고 미국군의 피해는 사망 1명, 부상 38명이었다.

이 사건이 터졌을 때, 공교롭게도 수용소장 피츠제럴드 대령은 거제도에 없었다. 그는 황급히 돌아왔으나, 이미 상황은 종료된 후였다. 설령 부재중이었다 해도 그는 막대한 인명살상에 대한 지휘관으로서의 책임을 모면할 수 없게 되었다. 결국 그는 곧 사령관직에서 해임되었다.

피해사실만 가지고 따진다면 포로들이 공연한 도발로 너무 많은 피를 흘린 격이 될지 모르겠으나, 정치적 관점에서 본다면 그것은 그들의 승리라고 해도 어불성설이 아니었다. 그 사건으로 62수용소에 대한 분류심사는 무위로 끝나 다시는 시도되지 않았고, 그 영향이 전체 거제도 포로수용소뿐 아니라 판문점 휴전회담에까지 크게 미쳤기 때문이었다.

62수용소에서 일대공방전이 벌어지고 있을 무렵, 이웃한 61·63 수용소뿐 아니라 그 두 수용소를 대각으로 하여 마주보는 형국인 64수용소에서도 포로들이 철조망 가에 나와 서서 구경하느라 여념이 없었다. 사상적 동류의식의 관심뿐 아니라, 그런 불행한 사태가 자기들한테서도 언제 벌어질지 모른다는 불안감 때문이었다.
쌍방간에 저렇게 하는 것이 과연 최선의 방법일까. 좀 더 이성적이고 합리적인 방법은 통할 수가 없는 것일까.
철조망 가에서 다른 포로들과 함께 62수용소의 소동을 바라보다가 이윽고 막사로 향하는 길에 최윤학은 착잡한 심정으로 자신에게 묻고 있었다.
최근 들어서 그는 괜히 매사에 시들하고 무력감을 느끼며 기분이 우울했다. 한마디로 심리적 침체의 늪에 빠져있다고나할까. 뚜렷하고 구체적인 이유가 있는 것도 아니지만, 그는 굳이 심각하게 생각하지 않고도 자기가 왜 그러는지 알고 있었다. 말할 나위 없이 휴전회담과 포로처리의 향방이었다.
판문점 협상테이블에서 진행중인 줄다리기가 어떻게 끝나느냐에 따라, 구체적으로 대다수 북한인민군과 함께 북송열차를 타게 되느냐 남반부 출신이라고 제외되느냐에 따라 자기 운명이 백팔십도 달라지는 것이다. 그렇다고 어느 쪽을 원하거나 기피하지도 않았고, 어느 쪽이 자기에게 유리한지에 대해서도 생각하고 싶지 않았다. 그런 거취문제 자체가, 그것을 본인의 뜻과 무관하게 몰아가는 주변상황이, 그리고 그 상황을 잉태하여 출산한 이 땅의 역사와 사회가 지긋지긋하고 넌더리가 날 따름이었다.

우울한 기분으로 막사에 돌아온 윤학은 자리에 드러누워 담요를 목까지 끌어올려 덮었다. 어쩐지 온몸이 찌뿌드드하고 머리가 띵했다. 정말 몸살이나 감기가 들려나 보았다. 눈을 감자, 자고 난 지 얼마 되지 않는데도 쉽게 잠을 들일 수 있을 것 같았다.

어쨌든 벼랑 끝까지 이놈의 몸뚱이를 끌고 가자. 그래서 걷어차 떨어뜨릴 것인지, 끌어당겨 정신차리도록 후려팰 것인지, 그건 그 막판에 가서 결정하자꾸나. 어차피 이미 망가진 청춘 아니냐.

이렇게 속으로 뇌며 억지로 잠을 청하고 있을 때였다.

"어쩐 일이당가. 어디 아픈게벼?"

인기척이 들리더니, 귀에 익은 목소리가 곁에서 들려왔다.

눈을 뜨자, 감찰대장 진상용이 싱긋이 웃으며 발치 쪽에 서 있었다.

"아까 본 것 같았는디, 눈에 띄지 않기에 혹시나 해서 들러봤지이. 감기 들었소?"

"약간 그런 거 같습니다."

윤학은 부스스 일어나 앉았다.

"조심하지 않고. 늦겨울 감기가 오래 가는 법인께. 그나저나, 갑시다."

"네?"

"62 꼬라지 봤제이? 우리 발등에도 언제 불똥이 떨어질지 모른단마시. 그래서 여단장이랑 이야기했소. 나름대로 대책을 강구해야 할 거 아닌게벼."

"아, 네."

윤학은 신발을 찾아 신고 일어났다. 걸핏하면 회의를 소집하는 공산당의 행동양식에 순간적으로 짜증이 났으나, 내색하지 않고 순순히 진상용을 따라 다시 막사를 나섰다.

여단본부로 가면서 보니, 62수용소의 상황이 종료되었는지 그쪽에서 아무런 소리도 들려오지 않았고, 철조망에 붙어 구경하던 포로들도 거의 다 떨어져 나오고 극히 일부만 남아서 뭔가 아쉬운 듯 어슬렁거리고 있을 뿐이었다.

문득 3대대장 강주열의 모습이 윤학의 눈에 들어왔다. 제법 떨어져 있었지만, 걸어가고 있는 방향으로 봐서 그도 회의에 참석하러 여단본부로 가는 것이 틀림없었다.

"저 인간 말이시."

진상용이 자기 어깨로 윤학의 팔을 툭 건드리며 속삭였다.

"3대대장 말이어라."

진은 턱짓으로 가리키기까지 했다.

그 순간, 윤학은 가슴이 철렁했다. 그러고 나서 자기가 까닭없이 의식하고 있는 사실 자체에 스스로 놀라고 말았다.

"최 동무는 저 강가가 으떤 거 같소?"

윤학의 기분을 알 리 없는 진은 그렇게 묻고 있었다.

"글쎄요. 무슨 말씀인지……."

"동무는 으떻게 생각하는지 모르겠으나, 내가 보기엔 암만해도 곪은 냄새가 솔솔 난단마시."

"네?"

"반동의 냄새 말이어라. 여태까지 죽 지켜보고 있는디, 내 짐작이 틀림없어야."

"설마……. 사람이 성실하고 괜찮지 않습니까? 전 그렇게 봤는데요."

"최 동무는 이래서 얌전한 지식인 때를 벗지 못했다니깐. 그래서 내가 좋아하는 바이기도 하지만. 하여튼 동무도 저 인간 잘 주목하시오. 겉으로는 열성당원인 척하지만, 우리가 바로 옆에다 적을 두고 있는지도 모른께. 여차하면 잡아다 족쳐야제이."

윤학의 잔등에 소름이 돋았다. 그제야 방금 진이 강을 지목했을 때 놀란 것은 자기와 강 사이에 흐르고 있는, 한 번도 확인하거나 인정한 바가 없으면서도 스스로도 인지하고 있는 미묘한 유대감 때문임을 깨달았다. 그러자, 강이 이럴진대 자기 역시 진의 예리하고 무자비한 촉수의 공격권을 결코 벗어나 있는 존재가 아니라는 깨달음이 뇌리를 스쳤다.

윤학이 미처 대꾸할 말을 찾지 못하자, 진이 물었다.

"어째 암말 없어야? 내가 공연히 생사람 잡는 거 같으요?"

"아니, 그런 건 아니고……너무 뜻밖이어서……."

"최 동무."

진은 아주 친근한 투로 윤학의 등을 툭툭 쳤다.

"나 이래 뵈도, 가방끈은 짧을망정 사람 하나 팍 꿰뚫어보는 안목은 타고났어야. 그럼 내가 최 동무 요새 심정을 알아맞혀 볼까?"

진이 싱글싱글 웃으며 고개를 돌려 윤학을 쳐다보았으나, 윤학은 그 얼굴을 마주 바라볼 수가 없었다. 변명하려 들수록 자기 약점을 내비치는 결과만 초래하리라는 생각이 뒤통수를 짓누르며, 침이 바짝바짝 말랐다.

"순진하기는. 그렇게 긴장할 거 없어야. 송환문제가 으떻게 되나, 북의 조국으로 가야 하나, 남반부에, 부모형제와 사랑하는 애인 옆에 남아야 하나, 그래서 싱숭생숭한 거 아닌게벼? 그렇지 않다면 거짓말이제. 아, 새파란 청춘 가슴이 어찌 그런 갈등을 느끼지 않겠소. 다른 동무 같으믄 인텔리 근성 어쩌구 비판하겠지만, 동무는 내가 충분히 이해할 수 있어야. 동상 같은께."

“…….”

“하지만 나 장담하건대, 최 동무 결국 북으로 가게 될 것이요. 아, 머릿속에 박힌 사상을 어쩐디야? 그런께 동무는 북에 가야 출세를 할 수 있어. 안 가면 내가 끌고서라도 갈 거야. 알았소?”

“네, 그럼요.”

마침내 윤학은 고개를 끄덕이며 대답했다. 어느 정도는 자기다짐이기도 했다.

윤학의 대답에 진은 흡족한 빛이었다.

“좋소. 난 최 동무를 믿은께. 하지만, 저 강가 같은 인간은 바탕부터 다르단마시. 내가 잘 지켜볼 텐께, 동무도 눈여겨보소. 알겠제?”

“그러지요.”

대화는 그 정도에서 끝났지만, 윤학의 마음은 삭풍 앞의 한 그루 나무처럼 오랫동안 흔들렸다. 진상용이란 인간의 무서운 면을 새삼 발견한 두려움과 놀라움 때문이었다.

뜻밖에도 그가 강주열이란 인물을 예의주시하고 있다는 사실은 실로 충격적이었고, 그것은 강의 처지에서 보면 예고된 재앙을 의미했다. 머잖아 피바람이 불 것 같은 불안한 예감이 들며, 진이 지금 서슴없이 속내를 드러내는 것은 어떤 측면에서 보면 강과 싸잡아 자기한테도 경고를 하는 것이 아닐까 하는 생각이 들었다.

그러나, 역으로 생각하면 이 작자가 나한테만은 너그럽고 호의적이라는 속내를 내비친 것이 아닐까 싶기도 했다.

최윤학은 그런 생각으로 조금 마음을 놓으며, 어쨌거나 앞으로는 처신에 더욱 조심하리라 다짐했다.

손영목(孫永穆)

1974년 한국일보 신춘문예 당선, 서울신문 신춘문예 당선 이어, 경향신문 장편소설 당선 이후 활발하게 작품을 발표했으며, 현대문학상, 한국소설가협회 장편문학상, 한국문학상을 받았다. 《풍화》《무지개는 내릴 곳을 찾는다》 등 장편과, 《산타클로스의 선물》《장항선에서》 등 중단편 작품집을 다수 출간했다.

1956

손영목전작소설
거제도
1 폭풍

손영목 지음
1판 발행/2006년 6월 30일
발행인 고정일
발행처 동서문화사
창업 1956. 12. 12. 등록 16-345(윤)
서울강남구신사동 540-22 ☎ 546-0331～6 (FAX) 545-0331
www.epascal.co.kr

＊

이 책 내용의 전부 또는 일부를 재사용하려면 반드시
저작권공동소유자인 손영목과 동서문화 양측의 글로 쓴 동의를 받아야 합니다

＊

책값은 뒤표지에 표시되어 있습니다.
잘못 만들어진 책은 바꾸어 드립니다.

사업자등록번호 211-87-75330
ISBN 89-497-0348-3 04810
ISBN 89-497-0347-5 (총2권)